LA PRINCESSE EFFACÉE

ALEXANDRA DE BROCA

LA PRINCESSE EFFACÉE

roman

ROBERT LAFFONT

ISBN 978-2-221-11548-0

À mes J...

« Bonheur, je ne t'ai reconnu qu'au bruit que tu fis en partant. »

Raymond Radiguet

Première partie

Prologue

Dans la moiteur d'une oppressante soirée de juin, alors que Paris et ses habitants s'endorment, un curieux cortège quitte par une porte latérale l'enceinte de l'ancien domaine des Templiers.

Aucun bruit de pas, d'armes ou de paroles ne vient perturber l'étrange procession qui s'avance lentement. Huit soldats, dirigés par un caporal, et une dizaine d'hommes en civil aux visages en partie masqués par leurs chapeaux progressent serrés les uns contre les autres pour dissimuler le petit cercueil de bois clair qu'ils transportent. Ils laissent la rue du Temple, s'engagent dans les rues de la Corderie, du Pont-aux-Choux, de Popincourt, avant d'atteindre la rue Saint-Bernard.

L'église Sainte-Marguerite, bordée de tombes, les attend. Les hommes ne s'y arrêtent pas ; ils contournent l'édifice religieux, pénètrent rapidement dans le cimetière. Sans aucune cérémonie, ils déposent le coffre dans une des innombrables fosses communes, puis se fondent dans la nuit.

Quelques heures plus tard, et malgré l'imminence d'un orage, un des personnages revient sur les lieux. Une pluie violente s'abat sur la ville, assourdissant la tâche qu'il va accomplir. Muni d'un marteau et de quelques clous, il dessine une grossière fleur de lys sur la boîte, avant de la replacer sur le sol détrempé.

Le 11 juin 1795, au lendemain de cette tragédie, un soleil éclatant réveille les Parisiens...

1

La rue des Rosiers

Juillet 1795

Renée Chantereine résidait à Paris, rue des Rosiers, depuis 1786, année où son époux avait été victime d'une chute mortelle dans un banal escalier. Sans enfant et avec une pension modeste, elle aurait pu sombrer dans la tristesse coutumière d'une femme désœuvrée. Or, Renée aimait la vie et s'était sentie rapidement soulagée de ne plus dépendre d'un homme à l'humeur sombre. Elle avait alors quitté leur petite maison de Sèvres pour un des quartiers les plus animés de la capitale. Elle n'avait jamais regretté sa demeure, son jardinet et sa décision de vivre en plein Paris.

Cette liberté nouvelle, elle avait entrepris de la mettre au service des habitants de son quartier, où elle avait toujours aimé se promener. En quelques mois, elle avait fait ainsi connaissance de bon nombre de ses voisins, n'hésitant jamais à grimper dans les soupentes pour secourir les esseulés, tenir la main des mourants, ou assister les jeunes mères en couches. Malgré les changements politiques successifs, elle n'avait pas modifié ses habitudes. Elle aimait, surtout le soir, après s'être consacrée aux autres, se retrouver dans la rue, parler avec les commerçants, et entendre les nouvelles du jour...

Lorsque les révolutionnaires avaient commencé à tirer leurs premières salves, Renée s'était bien gardée de donner son avis sur les événements, prenant prétexte de son statut de femme : « Nous sommes incultes et légères », disait-elle avec force. On la croyait naïve et se désintéressant de la chose publique, ce qui la réjouissait en son for intérieur.

Un seul habitant du 24, rue des Rosiers pouvait prétendre mieux la connaître : M. Binet, ou plutôt le citoyen Binet. Renée avait accepté, au début de son veuvage, de participer à son déjeuner dominical et était devenue une amie de la famille. Petit-fils du célèbre perruquier de Louis XIV, Binet avait conservé son commerce tant bien que mal durant les années troubles. La Révolution avait aboli cette mode, symbole de l'Ancien Régime, et il avait eu fort à faire pour prouver à la section du Comité de salut public de son quartier que travailler le cheveu n'était pas forcément une activité contre-révolutionnaire. Il conservait religieusement, entre deux lattes de son plancher, la dernière facture payée par le Trésor royal, preuve qu'il avait eu l'insigne honneur de créer les ultimes perruques de feu le roi Louis XVI...

Il avait dû s'adapter aux nouvelles modes, où désormais les femmes s'habillaient d'étoffes légères et dévoilaient leurs corps avides de liberté. Le cheveu devait suivre cette aspiration nouvelle : les postiches immenses et poudrés de M. Léonard avaient disparu avec son créateur, infortuné complice de la fuite de Varennes. Binet proposait désormais des ajouts discrets à épingler dans les boucles légères et vaporeuses des égéries de la Révolution, désireuses de se coiffer à la mode du jour, dite « à la romaine ». Certaines dames, que la nature n'avait pas pourvues de crinières de lionne, avaient retrouvé rapidement le chemin du magasin de la rue des Rosiers. Désormais elles constituaient la majorité de la clientèle du citoyen Binet, ce qu'il avait d'ailleurs rapidement regretté.

— Les hommes sont, à mes yeux, meilleurs clients, moins capricieux. Les femmes, elles, sont insolentes ou mauvaises payeuses, avait-il coutume de dire le dimanche à table devant les mines amusées de sa femme et de Renée.

Toutefois, jamais un mot ne devait être prononcé dans son atelier à l'encontre de ses nouvelles clientes. Il craignait trop d'être de nouveau convoqué par les autorités révolutionnaires. Les ouvrières collaient, décollaient, recousaient, teignaient inlassablement les cheveux dans l'arrière-boutique, en silence, avec la même application qu'elles avaient montrée autrefois pour satisfaire les caprices des dames de la Cour. La Révolution avait aussi bouleversé les goûts : les gracieux angelots à la Boucher, les balancelles libertines à la Fragonard, n'étant plus dans l'air du temps, déplaisaient fort à ces dames. Pour conserver cette clientèle versatile, Adèle et Étienne Binet avaient dû revoir entièrement la décoration de leur commerce : un crépi blanc et froid avec ornementation à l'antique avait été inauguré le jour de la victoire de Valmy, ce qui fut considéré comme un heureux présage du succès à venir de la maison Binet. Les perruques se dénommaient depuis lors « à la vestale », « Vésuve », ou « Pompéi », et les postiches étagés en cascade « Vénus en boucles ». Le tout s'arrachait à des prix astronomiques, alors que la nourriture commençait à manquer dans les faubourgs de Paris.

Renée appréciait les Binet, bien que se rendant rarement dans leur boutique. Cette activité mercantile et futile la gênait. Elle connaissait trop bien le revers honteux de ce luxe : elle voyait tous les jours des jeunes femmes sans couleurs, ni formes, sortir la tête dissimulée sous leur houppelande, après avoir vendu leurs cheveux pour survivre. Paris, comme à l'époque des Bourbons, était toujours aussi hostile aux pauvres et impitoyable à leurs plaintes. Étienne Binet, brave homme, détestait cette partie affreuse de son art, et en particulier l'inspection de la chevelure de ces malheureuses avant de donner son accord pour la coupe. Comme tout perruquier avisé, il craignait l'invasion des poux dans son atelier !

Lorsque les cheveux destinés à être transformés gisaient dans de grands sacs, il glissait à l'oreille de ces pauvres femmes en les payant et pour les dissuader de recommencer :

— Je ne les prends que la première fois. À la repousse, ils seront trop drus pour être soyeux.

Il croyait ainsi leur rendre service. Renée, moins crédule, pressentait qu'à défaut de leur chevelure, elles vendraient leur corps au prochain hiver.

Durant toutes les années révolutionnaires, Renée ne s'était pas sentie en danger. Elle était une proie trop maigre pour ces messieurs empressés de raccourcir la vie des partisans de l'Ancien Régime. Elle avait donc peu changé ses habitudes, à l'exception de ses prières qu'elle faisait chez elle et non dans l'église du quartier désormais fermée.

Pendant l'hiver 1793, un curieux personnage s'était installé dans le bel appartement du premier, laissé vacant par le départ précipité de l'abbé de Villèle. Cet ecclésiastique fort mondain avait réussi à profiter de l'exil d'un Montmorency pour le suivre à Spa, ville d'eaux envahie par les nobles en fuite. Il avait été inscrit sur la liste des émigrés et son appartement avait été réquisitionné par la Ville de Paris dans le but d'y loger un fonctionnaire dévoué à la Révolution.

Le citoyen Robert était l'un de ceux-là. L'homme, à la mine modeste, ancien officier de police, était entré au Comité de sûreté générale lors de sa création. Des heures durant, il rédigeait les discours des gouvernants ou triait les lettres de dénonciation. Chaque soir, avant de regagner son domicile, il jetait au feu des centaines de suppliques demandant de libérer ces « faux suspects ». À quoi bon les lire ? Elles étaient toutes identiques et, de ce fait, inutiles. Robert, homme fin et cultivé, faisait preuve de la plus grande discrétion. Il ne disait jamais rien de ses véritables occupations aux habitants de la rue des Rosiers, qu'il saluait ponctuellement, sans un mot.

La froideur et la distance entretenues par le citoyen Robert agaçaient Chantereine, toujours curieuse de mieux connaître ses proches. L'enquête de voisinage qu'il avait fait mener lors de son emménagement l'avait rassuré : les habitants du 24 étaient d'honnêtes gens. Ils avaient été de loyaux serviteurs de la royauté, puis des partisans de l'abolition du régime ; ils se comportaient aujourd'hui en patriotes convaincus, uniquement préoccupés par la vie chère et indifférents aux affrontements d'une république balbutiante. Robert ne devisait jamais de la « chose publique » avec ses voisins, désormais conscient que ses grands idéaux fraternels seraient malmenés, face à la révolte sourde des faubourgs parisiens menacés de chômage et de faim. Un soir, pourtant, le citoyen Robert perdit de son assurance lorsqu'il apprit l'arrestation et le suicide manqué de l'homme politique qu'il vénérait pardessus tout : Robespierre.

Pressentant le pire, il décida de se réfugier rue des Rosiers. Le perruquier Binet, ayant entendu toute la journée les pires rumeurs sur l'arrivée prochaine des troupes autrichiennes, s'apprêtait à fermer sa boutique lorsqu'il vit devant lui le secrétaire, les cheveux en bataille et le teint pâle. Il l'invita à entrer et lui offrit sans façon un remontant. La liqueur de prune aidant, Robert fit le récit de la journée de ce 9 thermidor en lui confiant son désarroi. Ses paroles mesurées et directes ne ressemblaient en rien au bavardage des clientes du magasin. La gravité de la situation se découvrait argument après argument : les dirigeants, oubliant leurs grands principes, s'entretuaient. La France était au bord de la guerre civile.

Binet, glacé d'horreur à l'évocation de la tuerie – frères un jour, ennemis le lendemain –, se resservit une grande rasade d'eau-de-vie. Pour supporter l'épouvantable récit, il se mit, évitant le regard de son voisin, à reconstituer dans sa tête l'ordonnancement de sa boutique. Ce soir-là, rien ne lui plaisait, ni ce qu'il entendait, ni ce qu'il voyait de ce décor néoclassique qui faisait habituellement sa fierté... C'était comme si les événements de l'hôtel de ville de Paris jetaient son petit monde frivole dans un chaos insupportable.

À partir de ce jour-là leurs rapports changèrent. Le citoyen Robert, suffisamment scrupuleux dans sa tâche pour s'être rendu indispensable, poursuivit sa carrière, sans être entraîné dans les dérives qui suivirent la chute de l'Incorruptible. Il fut nommé secrétaire de Lindet, membre du Comité de salut public, puis, après l'éviction de celui-ci, attaché à la personne de Barras. Ses relations avec les Binet et Chantereine devinrent plus aimables. Il finit par accepter, avec un certain plaisir, de partager leurs repas dominicaux. Peu soucieux d'améliorer sa tenue vestimentaire négligée, il prit régulièrement le chemin de la table de Mme Binet et de sa délicieuse cuisine, avec une bouteille de sancerre. Il oubliait qu'il transgressait la loi qu'il avait lui-même rédigée et qui supprimait le dimanche, remplacé par le décadi.

Il s'était mis aussi à apprécier Renée, la simplicité de sa mise, sa bonne humeur, son esprit acéré. Elle leur contait avec talent les nouvelles histoires du quartier : cette semaine, le boucher du bout de la rue menaçait de fermer boutique ! Ses mains déformées l'empêchaient de dépecer efficacement son bœuf ; aussi se lamentait-il, imprudemment, d'avoir son fils aux armées. Renée s'exprimait désormais sans crainte. Ces informations permettaient à Robert d'intervenir, toujours dans le secret de son bureau, afin d'améliorer le sort des habitants du quartier.

Un jour de juillet 1795, il sortit de sa réserve habituelle. Le fonctionnaire demanda à Chantereine si cette admirable bonté, louée par tous, était réservée aux seuls habitants de la rue. Elle répondit avec un sourire un peu forcé :

— Il me semble que le malheur est en tout lieu ! En ville comme dans les campagnes ravagées par la guerre... Mais moi, je ne peux être partout.

— Soulager la misère des autres, mais pas celle de nos ennemis ? appuya-t-il.

Chantereine, ne comprenant pas où il voulait en venir, répliqua évasivement :

— Quels ennemis une veuve sans ressources pourrait-elle bien avoir ?

— Je vais préciser ma pensée : pourriez-vous, citoyenne, venir en aide à des ennemis de la Révolution ?

— Pardon ?

— La Convention aurait besoin des services d'une femme sans liens avec la royauté qui irait visiter la fille Capet...

Instinctivement, Binet ne put s'empêcher de réagir et d'interrompre le fonctionnaire :

— C'est vrai qu'elle est vivante et toujours au Temple !

Le citoyen Robert ne chercha pas à s'étendre sur le sort des enfants du dernier roi de France. Le sujet était trop brûlant pour être évoqué lors d'un déjeuner de bon voisinage, d'autant que la rumeur de la mort du fils commençait à se répandre. Il ne voulut rien dire de plus. Qui allait oser prétendre devant un représentant du Comité de sûreté générale que les enfants Capet étaient à plaindre ?

Renée, se sentant observée, n'eut guère le loisir de réfléchir :

— Aucun enfant ne peut être considéré comme un ennemi de la patrie. Pourtant, je ne peux remplir la tâche que vous me proposez, car je suis redevable de l'obligeance de notre ancien roi.

Robert se redressa, entendant ce mot qui ne pouvait plus être prononcé et qu'elle avait volontairement accentué :

— Une royaliste parmi nous... Je n'en espérais pas tant pour un jour de repos do...

Il sut s'arrêter à temps ! Chantereine sourit de voir qu'ils étaient aussi mal à l'aise l'un que l'autre dans l'usage du nouveau vocabulaire républicain.

— Je serais une bien vaine victoire pour vous, cher citoyen. Inutile de m'accuser de royalisme ! Je ne crois ni en un roi, ni en la république. Je crois en Dieu, n'en déplaise à vos amis, partisans de l'Être suprême. Vous voulez une personne sans lien avec le précédent régime. Je crois la tâche peu aisée, car beaucoup de Parisiens ont applaudi, me semble-t-il, leurs souverains, à la fête de la Fédération en 1790. Et beaucoup d'autres encore ont bénéficié des soutiens de l'administration royale... pour subsister !

Un silence assez lourd s'ensuivit, que Renée meubla en ménageant ses effets comme une bonne actrice ; elle se servit un verre d'eau qu'elle but tranquillement, avant de reprendre :

— Je dois tout à l'Ancien Régime. Je suis la fille d'un armateur de Marseille. Mon père, en bon patriote, a mis à disposition de la marine deux de ses vaisseaux marchands lors de la guerre des Indes. Ils ont sombré par la faute des Anglais en lui causant un tort commercial considérable, si bien que le roi Louis XV consentit à lui compenser ses pertes par une pension. Pension qui ne fut jamais versée car le roi mourut avant de signer l'acte. Il me fallut écrire au nouveau roi Louis XVI, et lui démontrer la nécessité de ma démarche. Trois ans plus tard, cette rente me fut enfin accordée, mettant un terme à des années difficiles. C'est grâce à elle que je vis parmi vous.

Robert réfléchissait. Le patriotisme du père ferait bon effet sur ses collègues du Comité ; quant à la gratification royale, elle ne devait pas être généreuse vu la simplicité du train de vie de sa voisine.

— Je vous sais gré de votre honnêteté. M'autorisez-vous, malgré cette pension que visiblement la République continue de vous servir, à proposer votre candidature ?

Reprenant une gorgée d'eau, elle prononça d'une voix ferme les mots qui allaient modifier le cours de sa vie :

— Si je peux adoucir le séjour en prison de cette enfant, je le ferai.

La conversation reprit autour de la fille de Louis XVI : chacun, à part Robert, cherchait à se souvenir de son âge, de son nom, et se demandait quelle vie pouvait être la sienne, depuis qu'elle était emprisonnée.

2

Le Temple

Quelques jours plus tard, Chantereine fut convoquée par le Comité, à son grand soulagement. Cette proposition l'avait fortement dérangée dans son quotidien, au point de troubler son sommeil d'habitude excellent.

Durant ses visites dans le quartier, elle n'avait pas osé poser de questions sur la jeune orpheline royale, de peur d'éveiller les commérages, mais elle y pensait sans cesse ; elle croyait se souvenir qu'elle était née autour de l'année 1778, elle devait avoir environ seize ans... Ce jour de convocation, elle n'avait toujours pas trouvé son prénom : Marie ? Charlotte ? Thérèse ? Élisabeth ?

Pour la première fois de sa vie, elle pénétrait dans le palais des Tuileries. Elle n'avait jamais aimé la façade de cet édifice devenu, à la chute de la royauté, le Palais national et le siège de la Convention. Les derniers vestiges des splendeurs de Louis XIV avaient été masqués à la va-vite par des charpentes de bois et des estrades, permettant aux députés de s'invectiver à loisir. Avant d'être reçue, elle dut traverser de nombreuses pièces en enfilade, où des commis, leurs têtes enfouies derrière des tas de dossiers, paraissaient s'épuiser à la tâche. Elle se sentit fort mal à l'aise en entendant les indications des huissiers : escalier du peuple, salon des pétitionnaires, salon de la liberté... Elle était, sans le savoir, précisément en train de traverser les anciens appartements des enfants royaux. Aujourd'hui, ces lieux ne ressemblaient plus à rien : ni à une demeure royale, ni à un ministère.

Enfin, elle pénétra dans une pièce sombre, où l'attendait le citoyen Robert. De là, il l'introduisit dans la salle des pétitions. Quelques membres du Comité, qui discutaient, la reçurent sans égards. Le temps où les hommes se levaient pour faire asseoir une dame était révolu et, aujourd'hui, un tel excès de politesse était jugé antirévolutionnaire. Ne voulant rien montrer de son inquiétude, elle déclina elle-même son identité d'une voix maîtrisée. Au fond d'elle-même, elle se maudissait d'être là. Elle était prête à rendre service à la fille de Louis XVI, mais n'accepterait pas de devoir passer aux yeux de quiconque pour une révolutionnaire convaincue.

Un personnage encore jeune et particulièrement élégant vint les rejoindre ; très vite, il se mit à diriger les débats avec une autorité naturelle. Renée comprit qu'elle avait en face d'elle le nouvel homme fort du pouvoir, Barras. Le directeur voulut tout savoir d'elle : ses origines, ses goûts, ses lectures, sa religion, sa vision de la France, les qualités, les défauts qu'elle s'attribuait elle-même.

Barras enfin lui asséna en la regardant droit dans les yeux :

— La République doit adoucir le sort de la prisonnière du Temple en la faisant visiter par une femme de confiance. Sa santé, indéniablement plus robuste que celle de son frère, l'a maintenue en vie jusqu'à présent. Ses conditions de détention sont en contradiction avec mes principes philanthropiques.

Barras, devant ses pairs et la candidate, se garda bien de donner les véritables motifs de sa soudaine sollicitude : le pouvoir pourrait un jour avoir besoin d'elle. Un renversement d'alliance, une défaite militaire, peut-être même un changement de régime, pour des Français si versatiles et imprévisibles ! Si la Convention parvenait à une paix civile et militaire, alors le député la voulait en vie, pour qu'elle devienne son principal atout politique.

Face à lui, Chantereine répondit sans réserve aux questions indiscrètes sur sa vie personnelle que Barras, très attentif, consigna dans un carnet noir, qu'il glissa dans sa poche, avant de lui signifier qu'elle pouvait se retirer. Dès sa sortie, le citoyen Robert, le visage fatigué, vint la rejoindre et lui porta un verre d'eau. Renée, lasse, espérait quitter ces lieux oppressants au plus vite.

— Ce ne sera pas long, la rassura-t-il, le citoyen Barras est attendu.

Robert se trompait et la superbe Mme de Rochefort, maîtresse en titre de Barras, rescapée des prisons sous Robespierre, dut, ce soir-là, attendre longtemps son amant chez lui, dans son somptueux château de Grosbois.

Les députés débattirent fort tard du rôle de Chantereine. Son peu d'enthousiasme patriotique pour le travail proposé avait ébranlé l'influent Lindet, l'ennemi de Barras. Le citoyen Le Bas, lui, avait été dérouté par le refus de la citoyenne de se faire rémunérer :

— Trop d'honnêteté apparente. Cela cache un agent royaliste !

Le citoyen Vadier, d'ordinaire calme et indécis, avait ajouté :

— La Chantereine en plus d'être royaliste est bigote !

Barras, pourtant, l'avait appréciée. Il la sentait loyale et cela seul lui importait. Pressé d'en finir, il proposa de laisser la prisonnière décider elle-même de l'avenir de Renée Chantereine.

— Personne n'obligera la citoyenne Capet à supporter une femme à ses côtés. Laissons donc faire !

La motion fut adoptée à une très courte majorité, ce qui exaspéra le citoyen Barras qui s'éclipsa sans saluer ses collègues. « Son dédain lui portera tort un jour », songea Robert, lorsqu'il fut autorisé par les autres députés à porter la nouvelle à sa voisine : Renée était attendue le surlendemain en ce 7 thermidor de l'an 3 à quatorze heures devant les portes de la prison du Temple. Les députés soumettaient la nomination de Chantereine à une seule condition : qu'elle ne parle jamais de politique.

Liée par cette promesse, Renée prenait un risque vis-à-vis de Barras. Comment être certaine qu'elle ne parlerait pas politique avec la fille de Louis XVI ? Évoquer son père, c'était évoquer la royauté ! Évoquer sa mère, l'ennemi autrichien ! Évoquer son frère, la Terreur ! Évoquer Dieu, parler de cette guerre civile qui ravageait la Vendée... La citoyenne Chantereine venait de lier son destin à celui de Marie-Thérèse, Charlotte, autrefois Madame Royale, dont elle avait enfin appris de Barras les prénoms exacts.

3

La rencontre

À présent, Renée marche dans la rue des Francs-Bourgeois, l'estomac vide, l'esprit inquiet. Que devra-t-elle dire à la prisonnière ? Comment devra-t-elle s'adresser à elle ?

Devant elle se dresse l'ancienne résidence du comte d'Artois, lieu de fêtes si brillantes, aujourd'hui disparue pour laisser place à un sinistre donjon encerclé par un mur d'enceinte crénelé.

De jeunes soldats en uniforme tricolore avancent d'un pas cadencé : ordre leur a été donné de marcher en silence, sans quitter du regard le chemin de ronde. Le portail principal bardé de pentures de fer et d'énormes verrous en impose par sa taille et sa hauteur.

Il est quatorze heures lorsque Renée, les jambes tremblantes, tend son sauf-conduit à l'un des deux guichetiers qui lui ouvre une petite porte latérale et l'introduit dans la cour. Elle découvre la tour, vestige du Moyen Âge, qui jouxte le palais d'ordonnance classique du grand prieur, et partage avec lui un jardin, dit « à la française ». Elle n'a guère le temps d'observer les lieux car deux municipaux l'entraînent dans un escalier en colimaçon sombre et raide à l'odeur entêtante de salpêtre. Les hommes, habitués à monter ces imposantes marches, sont déjà en train d'ouvrir les serrures de la porte lorsque la visiteuse, essoufflée, atteint le palier. Elle inspire profondément, supplie Dieu de lui donner du courage, et pénètre dans une grande pièce particulièrement sombre. Les fenêtres, barricadées par des planches de bois, obstruent la lumière et l'air. Un des gardiens vient de refermer la porte et ce bruit la fait frissonner. La voici à son tour emprisonnée.

Une ombre grise se tient debout devant elle, les mains jointes dans le dos comme si elle attendait d'être suppliciée.

Chantereine, à sa propre surprise, esquisse, pour la première fois de sa vie, une révérence presque au ras du sol et s'immobilise. Elle attend un geste, un ordre pour se relever. C'est un rire puissant, caverneux, affreux, qui l'oblige à affronter le regard de la prisonnière. Le râle est bien sorti de cette forme inerte où seuls des yeux affolés prennent vie en roulant sans cesse. Ce ricanement est haché de raclements de gorge incompréhensibles ! Ce ne sont pas des paroles, mais des sons comparables à ceux d'un animal blessé.

Renée, qui s'est maladroitement redressée, parvient enfin à traduire deux mots : révérence... prison ! Ce symbole de respect, fort incongru dans pareil lieu, n'a pas échappé à la prisonnière. Voulant faire cesser ce trouble, la visiteuse prend la parole, mais sa langue se trouve brusquement embarrassée :

— Chantereine... Renée, de mon prénom, votre obligée... Ne craignez rien. Je suis là pour adoucir votre... réclusion, murmure-t-elle.

L'ombre demeure immobile.

— Je suis chargée par le gouvernement de la République...

La prisonnière n'écoute pas ; son esprit s'affole : est-ce un piège ? Cette femme est-elle une espionne ? Que lui veut-elle ? Pourtant, celle-ci parle d'un ton aimable et calme. Respectueusement, la dame s'adresse à elle en la vouvoyant, tandis que ses gardiens s'obstinent à la tutoyer. La douceur de la visiteuse, ses yeux à la teinte grise la déroutent. Elle voudrait parler. Chantereine le sent, et s'avance vers elle pour l'encourager, mais la jeune fille, affolée, recule vivement et met ses mains devant elle, comme pour se défendre. La peur vient s'immiscer entre elles et empêche les mots de sortir distinctement. Les bribes de propos se heurtent, s'entrechoquent en des sons inaudibles. Épuisée, la prisonnière replie ses bras sur son corps, avant de détourner son regard vers le mur, résolument silencieuse.

Chantereine hésite, déconcertée. Elle se souvient alors avoir emporté un petit calepin auquel un crayon est relié par un joli fil doré, qui lui sert à noter les derniers mots des mourants. Elle le lui offre en chuchotant :

— La parole vous est pénible, semble-t-il. Un malaise passager sûrement. Pourquoi ne pas transcrire ce que vous cherchez à me dire ? Vos mots ne peuvent encore franchir le seuil de votre bouche, car je vous effraie. Ne voulez-vous pas vous asseoir et me les écrire ?

La jeune fille attrape le calepin d'un geste violent et, sans attendre, se dirige vers une table. Le dos voûté, elle se penche et écrit, vite, très vite, puis se redresse. Elle ne veut aucun contact avec la visiteuse et, pour s'en protéger, abandonne le carnet sur la table. Chantereine s'approche et découvre une écriture enfantine, irrégulière, aux lettres inclinées. Elle parvient cependant à lire ce premier message :

« Vous ressemblé à la chatte griz du père Adrien. Vos zyeux sont gris comme elle. Je ne me souvient plus de son nom. Renseigner-vous. »

Renée, stupéfaite, relit le message. Une enfant, après trois ans de réclusion, lui donne un ordre. La prisonnière a utilisé une feuille entière du petit carnet pour signer ! Les lettres M et T sont entrelacées dans un graphisme surchargé aux allures de monogramme.

MT

Décontenancée, elle voudrait s'asseoir pour masquer sa déconvenue, mais n'ose pas. Elle doit répondre dans l'instant, de manière à ne pas briser le fil ténu de cette amorce d'échange.

— Je tâcherai de m'informer, mais peut-être auriez-vous la bonté de m'aider ? Le père Adrien est un prêtre ? Vivait-il à Versailles ?

La prisonnière lui arrache le calepin des mains et reste debout pour écrire. Elle se redresse. Ses mains tremblent et ne parviennent pas à tendre le carnet. Chantereine, en prenant garde de ne pas la toucher, le récupère doucement, pour lire à voix haute :

« Pas prêtre, jardinier. Le jardinier de la Reine à Trianon. »

En entendant le dernier mot, la jeune femme est soudain prise de tremblements. Sa bouche cherche à prononcer le mot « Trianon ». Il sort enfin, avec un son guttural affreusement laid. Le visage de la jeune fille en est déformé.

Chantereine recule, effrayée. Mais la prisonnière s'obstine et le répète encore ! Marie-Thérèse doit tenir des deux mains l'assise d'une chaise pour tenter de maîtriser ce corps qu'elle ne domine plus. Chantereine s'oblige à ne pas la secourir. Ces affreux soubresauts se prolongent interminablement... Enfin, la prisonnière retrouve un semblant de calme. Renée se lève alors, prend une couverture, la lui pose sur les épaules et la fait asseoir.

À voix basse, elle lui demande :

— La chatte appartenait au père Adrien ?

La princesse acquiesce de la tête.

— Jardinier du domaine du Petit Trianon, où il habitait, j'imagine, avance Chantereine. Je vais tenter d'en savoir plus et je vous le communiquerai, si toutefois vous souhaitez que je revienne.

Un timide hochement de tête donne le signe d'approbation que Renée espérait. Ces mots pleins de respect et de douceur, les premiers entendus depuis des mois, ont ébranlé la jeune prisonnière. Ses yeux parlent à la place de ses lèvres ; les larmes perlent d'abord, puis coulent abondamment. Quittant sa posture rigide, elle s'essuie les yeux du revers d'un pan de son corsage gris de crasse.

Chantereine sort un mouchoir brodé immaculé de son sac et le lui tend :

— Il vient d'Alençon, ville qui vénérait votre mère, la reine, pour son goût de la dentelle. Vous me le rendrez à ma prochaine visite. Vous êtes fatiguée. Je vais vous laisser vous reposer et je reviendrai demain dans l'après-midi.

La jeune fille ne réagit pas, trop attachée à triturer ce cadeau, le premier depuis qu'elle est en captivité. La visiteuse esquisse une nouvelle révérence et recule vers la porte.

— Bientôt nous aurons l'autorisation de démasquer les fenêtres et de nous promener dans la cour.

Enfin, avec une gaieté forcée :

— Je vous raconterai l'été, les arbres, leur verdure et le ciel de Paris, si lumineux en ces chaudes journées.

Mais ces mots n'atteignent plus la jeune fille, accaparée à chiffonner son carré. Vaincue, Chantereine abandonne. Elle frappe plusieurs coups secs à la porte, pressée de quitter ces lieux qui soudain l'angoissent. À son grand soulagement, on lui ouvre aussitôt. Sur le palier, elle s'adosse un moment au mur. Ses jambes ne la portent plus.

Devant elle, Lasne, le plus jeune des deux gardiens, l'attend.

— Citoyenne, la porte sera toujours ouverte quand tu seras à l'intérieur.

Lasne poursuit :

— Gonin et moi, nous sommes ses surveillants depuis la mort de Robespierre. Il n'y a plus d'ordres et le temps est long. Tant pour elle que pour nous. Aussi, on lui adoucit la vie autant qu'on peut. Tu as l'air brave, citoyenne, et si tu reviens, ni moi ni Gonin ne te dénoncerons si tu te montres aimable avec elle. Ma femme cuisine bien. Il m'arrive de lui faire passer ma gamelle. Je ne sais pas si elle a remarqué que c'était meilleur, car elle ne nous parle pas et mange à peine, mais qui sait... Donc quand tu seras seule avec elle, tu n'auras pas à nous appeler pour ressortir.

— Ne craignez-vous pas qu'elle ne veuille s'échapper durant mes visites ?

— Pour aller où ? Sa famille n'existe plus et je la crois beaucoup trop orgueilleuse pour s'enfuir en ville vêtue comme elle l'est ici.

Chantereine, intéressée :

— Orgueilleuse, avez-vous dit ?

— Pour sûr, oui. Je l'ai longtemps observée par le judas ! Elle m'intrigue, la petite ! Dès qu'elle entend du bruit dans l'escalier, elle se lève de son fauteuil, lisse sa pauvre jupe et se tient debout à attendre. Quand je rentre, ses mains dans le dos et raide comme un bâton, elle me toise d'un regard qui me glace, tandis que je ramasse son pot ou dépose son bois de chauffage.

— C'est peut-être que, même en prison, elle reste fille de roi, tente Renée en guise d'explication.

— Oui, je le crois, mais je ne perds jamais son regard de vue. À moi il me fait peur... C'est pour ça que tu seras plus en sécurité la porte ouverte, si des fois elle s'en prenait à toi.

— Vous la pensez violente ?

— Je ne sais plus rien. Ni ce qu'elle fait là, ni moi non plus ! Imagine, j'étais le bedeau de Saint-Eustache avant que l'Être suprême ne fasse de moi un gardien de prison ! Son attitude est étrange : jamais une larme, jamais une crise de désespoir, et pas même une question sur ce qu'elle va devenir. Juste ce silence méprisant. Mais si tu essaies de l'apprivoiser, elle peut se jeter sur toi comme un animal. Alors un bon conseil : réfléchis peut-être avant de revenir !

Chantereine promet d'y penser, et n'a plus qu'une hâte : quitter le Temple, là, maintenant, tout de suite. Et retrouver sa rue des Rosiers. Elle ne sait si elle aura le courage de revenir. Lasne, silencieux, la précède de sa lanterne dans l'escalier, puis lui lance, sans la moindre ironie :

— Au plaisir de te revoir tout de même, citoyenne ! Je dis ça pour la jeune Capet, qui a bien besoin de toi.

Renée quitte la prison d'un pas précipité. Un soleil éclatant l'attend, dehors. Dans la moiteur de cette fin d'après-midi, Chantereine, les jambes lourdes, le souffle coupé, rentre sans pouvoir détacher sa pensée du regard halluciné de la recluse. De retour chez elle, sur le point de préparer une soupe pour son repas du soir, elle est interrompue dans sa tâche par des coups brefs frappés à sa porte. Elle prie le ciel que ce ne soit pas une nouvelle sollicitation d'un voisin en difficulté. Sa surprise est grande lorsqu'elle se trouve devant le citoyen Robert.

— Vous permettez, citoyenne Chantereine ?

Elle n'a pas le temps de répliquer qu'il a déjà pénétré dans son appartement. Jamais un homme n'est entré chez elle ! Chantereine, irritée de cette intrusion cavalière, le toise :

— Que me vaut votre visite, citoyen ?

— Le citoyen Barras s'inquiète de votre première visite et m'a demandé, avant que vous ne lui en fassiez un compte rendu écrit, de lui rapporter personnellement votre première impression.

Décidément, « ils » ne la laisseront point tranquille, ni ce soir, ni les prochains jours. Elle s'assied et fait signe à son visiteur de prendre place en face d'elle.

— Vous transmettrez mes remerciements au citoyen pour sa sollicitude, mais le député devrait s'inquiéter du sort de sa prisonnière plutôt que du mien !

— Il s'en inquiète au point de me demander de venir vous importuner chez vous. Le citoyen Barras ne vous a pas tout dit lors de votre entrevue. Il y a un moment, la

Convention lui a demandé de vérifier l'état de santé de la citoyenne. Il s'y est rendu avec le citoyen Delmas.

— Quand était-ce ?

— Le 10 thermidor, le lendemain de la chute de Robespierre. Elle était alors en bonne santé et s'exprimait normalement.

— C'était il y a un an ; depuis, sa santé s'est altérée. Ma visite a été extrêmement courte, car je ne savais que dire ou faire devant son état de déchéance.

Son visiteur réagit au mot « déchéance ».

— Vraiment, mais...

— La dernière des Capet est sale et maigre à faire peur ! Elle vit dans un air vicié, recluse dans une semi-obscurité. Ses fenêtres sont condamnées, ce qui lui a sûrement abîmé les yeux. Pire encore, elle a perdu l'usage de la parole.

Robert bredouille :

— Mais c'est une enfant...

Chantereine ne lui épargne aucun détail, comme s'il en était l'unique responsable. Elle poursuit, implacable :

— Une enfant, oui ! Qui n'a pas vu la lumière depuis trois ans et qui vit seule dans une pièce. J'ai compté : elle n'a pas dû s'exprimer depuis treize mois, sauf si elle a été interrogée par un officiel.

— Mais enfin, citoyenne, vous décrivez une quasi-débile ! Et...

— Je le crains, et j'ai peur pour son esprit. J'ai croisé un fantôme, alors que je m'attendais à rencontrer une enfant craintive. Il faut faire vite si la République ne veut pas recommencer la tragédie du frère !

Chantereine prend encore plus d'assurance :

— Demandez au citoyen Barras qu'il donne rapidement l'ordre de faire ouvrir les fenêtres. Je voudrais aussi que le député m'autorise à m'occuper d'abord de son apparence et de sa santé. Si j'arrive à la toucher, à la vêtir, peut-être reviendra-t-elle dans le monde des vivants ? Mais aujourd'hui... je n'en suis pas sûre.

— Ne vaudrait-il pas mieux faire venir un médecin ?

— Dans un premier temps, le contact s'établira mieux entre femmes, tranche-t-elle.

Le secrétaire hésite et se demande si sa voisine n'exagère pas un peu. Agacée de devoir se justifier et pressée d'en finir, elle lui raconte que la seule question posée par la prisonnière a porté sur le nom d'un chat et d'un jardinier. Robert comprend mieux l'urgence de la situation.

— Je parlerai au citoyen Barras et je suis sûr qu'il donnera son accord pour améliorer le sort de...

Il ne termine pas sa phrase, ne sachant plus comment nommer la recluse, et reprend :

— La République a donné l'égalité à tous ; à défaut de liberté, cette enfant ne peut être traitée plus mal que d'autres prisonniers.

— Rassurez-moi, Robert, réplique Chantereine irritée par le soudain angélisme de son voisin, la République n'envoie pas les enfants en prison ?

— Non, certes !

— Alors elle est seule dans ce cas... Du fait de sa naissance !

— Allons, Chantereine, de grâce, soupire Robert. Votre franc-parler m'épuise ; n'abordons pas le sujet. Vous me verriez obligé de vous parler de son arrière-grand-père, tout Louis le Bien-Aimé qu'il était, qui envoyait des enfants arrachés à leur famille, les fers aux pieds, peupler la Louisiane !

— Vous avez raison, cessons là, je suis à bout.

— Je m'occuperai moi-même, lui dit-il d'un ton plus conciliant, de ce jardinier, le père Adrien dites-vous, et, s'il est vivant, je vous rapporterai même le nom du chat ! Nous ne serons pas trop de deux pour redonner vie à... la citoy...enne Capet.

Robert a failli la désigner par son titre. Chantereine le remarque mais ne dit rien, amusée de voir l'ardeur républicaine de son voisin vaciller.

— Puisque vous êtes là, et que je vous vois aussi troublé que moi, je vous garde à souper, mais de grâce n'évoquons plus ma visite au Temple... Vous n'aurez qu'un potage de légumes, mais je vous propose de l'agrémenter d'un vin de Chinon qui rendra nos âmes plus légères.

4

La vie rêvée

Tandis que, rue des Rosiers, les deux voisins se séparent, la prisonnière du Temple somnole sur le divan sale et défoncé qui lui sert de refuge depuis trois ans. En face d'elle trône l'imposant lit où dormait Marie-Antoinette, qu'elle se refuse à occuper, s'illusionnant encore sur la certitude de son retour. Recroquevillée sur elle-même, elle attend que ses membres affaiblis se réchauffent et que le sommeil la délivre de son tourment.

Le jour, les proches de son cœur sont loin d'elle, emprisonnés, blessés, morts guillotinés. La nuit, elle les retrouve vivants, souriants, présents. Elle revit son bonheur passé avec ses parents, ses frères et ses fidèles gardes suisses dont quelques noms lui reviennent en mémoire. Ils sont là, à ses côtés, dans l'obscurité d'une grotte où elle trouve à se blottir. Les yeux mi-clos, elle laisse alors son âme dériver vers les doux souvenirs de l'enfance. Une porte va s'ouvrir : dans un instant, elle sera dans son appartement de Versailles, échappant aux directives de sa gouvernante.

Avec l'aube le songe s'évanouit. La journée ravive l'absence des disparus et l'horreur de sa vie, depuis l'âge de neuf ans, l'étreint de nouveau jusqu'au prochain endormissement.

La promesse faite à sa tante Élisabeth, durant leur détention, de remplir ses journées d'activités, fussent-elles dérisoires, la hante. Chaque matin, elle parvient à quitter son divan et ses chimères nocturnes... Mais pendant combien de temps le pourra-t-elle encore ?

Ses réveils sont de plus en plus difficiles, et particulièrement, en cette matinée sans clarté, après la visite de cette femme. N'aurait-elle pas rêvé sa présence ? Les illusions de la nuit ne commenceraient-elles pas à l'envahir le jour ? Est-ce le début de la folie ? Pourtant le mouchoir blanc dans sa main ne l'a pas quittée. L'obligation qu'elle se fait, dès les premières heures, de contrôler sa peur, de se maîtriser à l'arrivée des gardiens, sera plus difficile encore à respecter aujourd'hui, tant l'attente du retour de la visiteuse la rend nerveuse. Alors, pour réprimer le fol espoir que cette rencontre a fait naître en elle, elle se retourne contre le mur, ramène encore un peu plus ses jambes contre son buste et ferme les yeux en espérant que son esprit veuille bien la guider vers les douceurs de son enfance.

Où était-elle cette nuit ? À Saint-Cloud ? À Trianon ? Elle ne sait plus, elle est déjà loin.

Soudain, elle sent une main d'homme, puissante et chaude, tenir la sienne. Quelle est cette main à l'empreinte si délicate ? Elle se laisse porter par sa rêverie quand le municipal Gonin ouvre bruyamment la porte pour déposer le bol de lait et le pain qui composent le petit déjeuner frugal de la fille de Louis XVI. Il découvre sa prisonnière encore recroquevillée sur son lit, au lieu de la voir debout, habillée et le toisant de son air méprisant.

Dérouté, il pose le plateau et s'approche d'elle. Marie-Thérèse se retourne et lui jette à la figure, telle une possédée, les deux bras en avant, comme pour l'empêcher d'avancer davantage. Médusé, il lui obéit.

— T'es souffrante ?

— A-a-llez... Non, non, parvient-elle à ordonner.

Le gardien recule et quitte la pièce tel un manant congédié.

À peine la porte refermée, la prisonnière replonge dans sa rêverie. Elle ressent toujours cette pression sur ses doigts et l'associe à celle d'un homme vêtu d'un uniforme clair cintré d'un cordon noir.

Enfin, le visage apparaît.

Elle le reconnaît : c'est son cher chevalier ! C'est M. de Fersen. Il lui sourit et l'entraîne joyeusement vers les allées sablonneuses du parc de Trianon ! Derrière eux, des voix s'émerveillent de cette image exquise. Il fait beau. L'été est là. La reine s'avance vers sa fille, caresse ses cheveux blonds, réajuste le chapeau de paille qui protège son teint clair de l'éclat du soleil et lui lance d'une voix enjouée :

— Bonne pêche, Mousseline...

L'enfant, ravie d'être nommée par le surnom que ses parents lui ont choisi, prend la main de sa mère, la pose furtivement contre sa joue, puis s'envole en courant rejoindre son chevalier. Fersen la porte dans ses bras, puis la fait tournoyer dans les airs et l'emmène vers la pièce d'eau qui borde le Belvédère. Elle reconnaît la voix du chevalier, son accent délicieux et ses paroles tendres. Comme elle l'aime ! La voix de Fersen retentit :

— Madame, aujourd'hui, je vais vous initier à la chasse aux grenouilles, comme je vous l'avais promis, car il m'a été dit que vous connaissiez votre table de multiplication des 7 parfaitement !

La petite fille bat des mains de plaisir. Les gardes suisses, toujours sensibles à sa grâce, les précèdent ; la troupe, dans un mouvement de farandole, se dirige vers le potager du hameau royal. Là, le jardinier en chef, Adrien, complice du chevalier, tend à la princesse deux paniers, l'un vide, l'autre plein de fraises et de framboises. Son excitation est telle qu'elle se met à les manger. Merveilleux sentiment de liberté pour une jeune enfant de neuf ans habituée depuis son âge le plus tendre à ne rien faire sans permission...

Fersen remplit le panier, tout en récitant la fable de

M. de La Fontaine, *La Grenouille et le Bœuf*. Marie-Thérèse ne la connaît pas encore et éclate de rire lorsque s'achève le récit. Elle gonfle même ses joues afin de ressembler à la grenouille, mais hélas, recrachant les fruits, elle tache de jus rouge sa robe blanche ! Aussitôt, elle s'affole : Mme de Tourzel va la gronder. Fersen, attendri, la console et promet d'intervenir. Elle le croit. N'est-il pas son chevalier servant ?

— Mais pourquoi me faites-vous cueillir des framboises avant de pêcher des grenouilles ? l'interroge la petite fille en essuyant ses larmes.

Le chevalier rit et lui tend deux cannes de bambou avec du fil et un hameçon accroché. Il s'en saisit, tandis que l'enfant reçoit du jardinier son propre panier. La princesse a atteint le bassin, indifférente à la présence de sa mère et de ses invités qui se promènent au loin. Elle n'a d'yeux que pour son chevalier, qui vient de retirer sa veste d'uniforme et se montre à elle en chemise de fine batiste.

— Au cas où vous viendriez à tomber dans le bassin et que je vienne à vous sauver, permettez que je me mette à l'aise !

Elle rit encore et veut à tout prix tenir sa canne, ce que Fersen interdit, conscient de la menace du hameçon. Au milieu des exclamations et des battements de mains, le chevalier, calmement, accroche soigneusement un fruit à chaque extrémité, puis les lance à l'eau !

— Les grenouilles adorent la couleur, lui dit-il ; elles seront appâtées avec une framboise à défaut d'un chiffon rouge.

Elle redemande à tenir sa canne et cette fois Fersen l'y autorise, à condition qu'elle reste bien au bord. Sous sa protection, elle sait qu'elle ne risque rien. Si fière et si heureuse, elle en devient radieuse. Soudain, les deux bâtons tressaillent ! Les grenouilles ! Vite, il faut ramener les prises ! Le chevalier, en un tournemain, détache prestement les pauvres bêtes et les dépose dans le panier. La petite fille a tout vu et, au lieu de manifester sa joie, elle se met à hurler :

— Méchant ! Méchant !

Les cannes sont jetées à terre et les grenouilles remises à l'eau. La petite fille n'a pas supporté la vue du sang, ni les grenouilles blessées. Fersen tente, vainement, de faire passer la teinte du sang pour du jus de fruits. Mousseline, furieuse qu'on la croie à ce point candide, l'apostrophe avec une autorité insoupçonnée :

— Vous êtes un menteur, chevalier. Je vous déteste !

Alertée, Marie-Antoinette se rapproche. Face à la colère de sa fille, la mère intervient durement.

— Madame de Tourzel, conduisez cette insolente personne à la chapelle. Le père La Morlaix l'entendra en confession sur l'heure. Vous êtes privée de promenade jusqu'à nouvel ordre, mademoiselle l'orgueilleuse... Allez !

La sentence est tombée de la bouche même de la reine Marie-Antoinette. L'enfant baisse la tête, vaincue. Le chevalier n'a pas osé intercéder pour elle et voit la fillette partir, tête basse, entraînée fermement par Mme de Tourzel, sa gouvernante. Mousseline vient d'être jugée par le « tribunal des adultes ».

Dans la moiteur de sa réclusion, la prisonnière encore ensommeillée esquisse un sourire comme si son chevalier la protégeait toujours ce matin.

« Et si cette pêche à la grenouille avait été mon dernier jour heureux ? se demande-t-elle. L'instant où l'insouciance s'éloigne, et où la raison la remplace pour diriger nos vies... »

Marie-Thérèse n'a toujours pas l'intention de se lever. Pourquoi ferait-elle cet effort ? Pourquoi changer sa chemise pour une autre tout aussi rêche et sale ? Elle voudrait regagner son rêve. Hélas, l'image qui surgit maintenant est celle de son frère chéri, le Dauphin Louis Joseph, sur son lit de souffrance.

Il va mourir.

Il a huit ans, elle en a dix.

Fiévreuse, suffocante, la princesse se réveille et le cauchemar s'évanouit. Elle se dresse sur son séant.

— Ne pas penser aux morts ! Ne penser qu'aux vivants ! se répète-t-elle. Je dois vivre pour les retrouver ! Je dois me lever, bouger et oublier mon enfance. Debout !

5

La malle

Chantereine a très mal dormi. Elle s'est interrogée, une partie de la nuit, sur l'opportunité de poursuivre sa mission. La situation de la jeune fille est beaucoup plus préoccupante et problématique que celle que lui a présentée Barras. Si elle retourne dans ce cachot, elle va très rapidement devoir abandonner toute autre occupation.

En début d'après-midi, Renée se rend au Temple pour retrouver la recluse. Gonin apparaît, portant dans ses bras un immense panier d'osier.

— Bonjour, citoyenne. Cette malle a été livrée ce matin par un messager de l'Assemblée. Elle contient, à ce qu'il paraît, des effets personnels pour la prisonnière, ainsi qu'un courrier pour toi. J'ai pensé que tu voudrais regarder avant de monter.

— Comment va-t-elle ?

— Pour la première fois, elle ne s'est pas levée.

— Serait-elle souffrante ? s'alarme Chantereine.

— J'y suis allé, mais elle m'a repoussé.

Vite, Renée décachette l'enveloppe et découvre une écriture fine et posée :

Citoyenne Chantereine,

Vous trouverez ci-joints des effets pour la prisonnière. Ils ont été commandés par une de mes amies que la Terreur a envoyée l'an dernier réfléchir en prison. J'espère qu'elle a fait bon usage de ses souvenirs de captivité et a choisi ce qu'il lui faut. S'il venait à manquer quelques objets indispensables, vous me le ferez savoir par le citoyen Robert. Enfin, j'ai donné des instructions pour que sa chambre soit aérée.

Nous nous rencontrerons prochainement. Vous me rapporterez vous-même les progrès qu'accomplira, je n'en doute pas, la citoyenne Capet grâce à vous.

Salutations républicaines,

P. Barras

« Quel homme curieux, songe Chantereine. Ainsi le député croit qu'il lui suffit d'ordonner pour être obéi ! »

Agacée, elle replie rapidement la lettre. Gonin, sans un mot, se saisit de la malle et grimpe l'escalier, tandis que Chantereine se prépare à attaquer la pénible ascension : trois étages de marches étroites, irrégulières et hautes. Quelques minutes plus tard, elle entre dans la pièce toujours sombre ; apparemment, les instructions du député n'ont pas été suivies d'effet.

La jeune fille est là, recroquevillée. A-t-elle seulement entendu Chantereine entrer ? Une odeur indéfinissable augmente le malaise de Renée qui apostrophe le gardien :

— On étouffe, ici. Le citoyen Barras a donné l'ordre de faire aérer la pièce et démasquer les fenêtres. Allez chercher des pinces et un marteau ! Vous allez faire sauter ces planches de bois !

Elle outrepasse ses droits, mais n'en a que faire. Gonin, ahuri, s'exclame :

— Là, maintenant ?

— Immédiatement !

Décontenancé par ce ton rude, le municipal fait demi-tour sans discuter.

La prisonnière n'a pas quitté sa place, ni marqué le moindre étonnement. Chantereine ne sait comment agir :

aller vers elle et la saluer ? Ouvrir la malle et ranger les effets ? Elle s'adresse à elle d'un ton doux :

— Bonjour, Madame. Avez-vous bien dormi ?

La prisonnière ne répond pas. Chantereine poursuit, imperturbable :

— Vous avez reçu aujourd'hui des vêtements propres et ajustés à votre taille. Voulez-vous les découvrir avec moi ?

Toujours aucune réponse. La visiteuse décide alors d'ouvrir la malle, sans attendre son consentement. Elle soulève le couvercle et découvre un intérieur garni d'un piqué de coton ajouré, du plus bel effet. Elle n'a guère le temps de s'extasier car une voix faible se fait enfin entendre :

— Le... le ch... che... ?

Marie-Thérèse a parlé !

Hésitante, redoutant le moindre faux pas, Renée pousse son avantage :

— Puis-je vous offrir un verre d'eau ? Vous devez avoir soif, ce qui explique votre difficulté à vous exprimer.

La réconforter, l'encourager, ne pas l'inquiéter à propos de sa voix éraillée, songe Chantereine tout en versant de l'eau dans un verre à la propreté douteuse.

La jeune fille se retourne très lentement, s'étire pour enfin s'asseoir sur son sofa et fixer de ses yeux ternes cette visiteuse attentionnée. Elle accepte le gobelet tendu et boit la totalité de son contenu avant de le reposer. Mais, contre toute attente, avec une agilité surprenante, elle arrache le petit carnet des mains de Chantereine.

Renée la laisse faire et l'observe. Ses cheveux sont très longs, sales et emmêlés ; sa peau et ses vêtements ont la même apparence grise ; son teint est brouillé par de vilains boutons. Certains de ses ongles sont rongés jusqu'à la chair et d'autres sont trop longs. Le calepin est rendu avec brusquerie.

On peut y lire cette phrase :

« Le chevalier Fersen est-il vivant ? »

Chantereine ne s'attendait pas à pareille demande. Embarrassée, elle répond :

— Je n'en sais, hélas, rien. Nous pouvons espérer que le chevalier a pu regagner son pays d'origine. À propos, de quel pays vient-il ?

La fille de Marie-Antoinette veut parler sans avoir recours au carnet. Elle rassemble alors toutes ses forces pour émettre le son SUÈ que Renée perçoit dans un chuintement.

Elle décide de l'aider et, ensemble, les deux femmes prononcent le nom du pays d'origine du chevalier de ses rêves :

— CHU-È-DE.

Un très léger sourire se dessine enfin sur le visage de la prisonnière du Temple, lui rendant pour un instant ses traits d'enfant. La visiteuse se réjouit de ce premier contact. Elle se lève et tire vers le sofa le panier en osier, laissant sur le sol une marque qui témoigne de la saleté du lieu.

Sans frapper, le municipal Gonin revient. Il a un marteau et des pinces dans ses mains et maintient des clous entre ses dents. Chantereine lui indique la première fenêtre à démasquer, celle qui se trouve en face du divan. À l'intention de la prisonnière, elle déclare :

— Il fait beau aujourd'hui, et dans un instant vous allez retrouver le bleu du ciel et la blancheur des nuages.

Les deux femmes se penchent ensemble sur la malle, tandis que les coups réguliers assénés par Gonin martèlent le bois. Renée soulève une, puis deux chemises de coton blanc à manches longues, agrémentées de dentelle sur les bras, et à l'encolure carrée. L'une s'extasie avec excès, l'autre ne dit mot, bien que ses yeux témoignent d'un contentement certain.

Renée tend alors à la princesse une des blouses. Avec la brutalité qui caractérise chacun de ses gestes, la jeune femme enfouit sa tête au creux de la chemise. L'odeur de lavande qui imprègne le coton empesé la bouleverse.

La fenêtre a cédé. Une coulée de lumière vive envahit brusquement la pièce. Chantereine s'écrie :

— Regardez !

La jeune fille lève la tête pour découvrir le soleil en face d'elle. Il l'aveugle, lui brûle les yeux. Elle se lève et marche vers lui, puis tourne sur elle-même, les bras levés, s'enivrant de cette chaleur nouvelle. Mais son rire si disgracieux interrompt le charme de cette danse improvisée.

Chantereine et Gonin, mal à l'aise, retournent chacun à leur tâche et laissent la jeune fille à son étrange ballet. Enfin, la danseuse se fatigue, tourne une dernière fois sur elle-même, puis, étourdie, revient s'asseoir. Elle prend le carnet et griffonne :

« Je viens de retrouver mon aïeul, le Roi-Soleil ! »

Chantereine, heureuse de la voir évoquer Louis XIV, s'empresse de la rassurer.

— Vous le retrouverez chaque jour désormais. Voulez-vous respirer un peu de cet air frais ?

Elle bredouille avec une moue enfantine :

— La ma-lle !

Un léger sourire de première complicité les engage à sortir tous les effets et à les disposer sur le lit : bonnets de coton blanc, deux châles aux impressions orientales, une paire de ravissantes mules en satin blanc avec un léger plumetis sur le devant qui les font s'esclaffer de si bon cœur que le rire de la prisonnière devient presque supportable.

Telles deux caméristes du temps où sa mère dépensait sans compter chez Mme Bertin, elles extraient du fond du panier deux longues tuniques blanches à l'encolure échancrée sans manches. Le tissu, d'une incroyable finesse, est assurément la gaze dont raffolent les Parisiennes à la mode. La maîtresse de Barras a ajouté de fines ceintures de satin aux couleurs printanières. Des sandales dorées accompagnent les robes, ainsi que deux chapeaux de paille agrémentés de rubans assortis. Le parfait attirail d'une de ces femmes à la mode que les journaux raillent sous le nom de *Merveilleuses* ! Au fond de la malle, ce sont encore des bas de coton blanc à la jarretière rose pâle, des draps d'une éclatante blancheur avec des taies d'oreiller ourlées de dentelle de Calais, un manchon de soie brodée d'un motif de jonquilles, un éventail en nacre. Enfin, une ombrelle en soie rose !

Un nécessaire de toilette en galuchat vert pâle clôt l'inventaire : à l'intérieur, des peignes, des brosses de tailles différentes, des flacons en cristal de Bohême au fermoir doré laissant flotter une délicate odeur de rose, des pots emplis de fards opaques ou d'huile d'amandes douces... « Décidément, songe Renée, médusée devant l'attirail parfaitement désuet de Mme de Rochefort, la République a encore les moyens d'être frivole. »

Marie-Thérèse sourit, touche chaque objet, redevenant l'espace d'un instant la petite fille émerveillée par ses jouets et ses poupées de cire. Chantereine, elle, s'attendrit devant cette première étincelle de vie, mais l'accumulation de tant de choses inutiles l'insupporte. Sans attendre, elle se met à rédiger sur son calepin la liste des effets manquants : chaussures de marche taille adulte, pantoufles matelassées, robe de chambre en coton, couvre-lit propre, draps simples, couvertures, oreillers, et enfin une cape de toile huilée pour une éventuelle promenade sous la pluie.

Il est temps aussi, pense-t-elle, qu'elle aborde avec la jeune fille la nécessité de la toilette et de la propreté. Elle éclaircit un peu sa voix avant de se lancer :

— Je vous propose, Madame, de remplacer aujourd'hui les draps de votre lit en profitant de cette merveilleuse parure, puis de changer de vêtements. Ensuite, nous tenterons de démêler vos cheveux et nous les protégerons grâce à l'un de ces ravissants bonnets que vous changerez chaque jour.

Toute à son discours, Renée ne remarque pas que le visage de la jeune fille s'est assombri. Elle poursuit :

— D'ici quelque temps, je pense obtenir le nettoyage de la chambre et la possibilité de vous faire donner un bain.

Marie-Thérèse n'écoute plus ; la bonne humeur qui régnait dans la pièce s'est évanouie. Chantereine la voit se lever, prendre un des rares livres présents dans la bibliothèque, l'ouvrir et en sortir une feuille pliée en quatre. Elle se rassied, prend des mains de sa visiteuse son calepin et raye d'un geste rageur la liste établie. Sa main tremble, son écriture est fébrile. Elle écrit longtemps et son interlocutrice est contrainte d'attendre le bon vouloir de cette femme-enfant. Enfin, la prisonnière s'arrête, dévisage froidement la visiteuse et lui rend son calepin.

Chantereine peut déchiffrer :

« Madame, je ne sais qui vous êtes et peu m'importe. Je n'apprécie pas vos comentaires sur la saleté de mes cheveux, de mes vêtements ou encore la poussière de la pièce dans laquelle je suis enferméz contre ma volonté depuis trois ans.

Même en prison, je suis fille de roi et vous me devez respet et obéissance. »

Renée laisse glisser le petit carnet à ses pieds, sans prendre garde aux fautes d'orthographe.

Elle va se résoudre à formuler des excuses de pure forme, quand la jeune fille lui tend le papier plié en quatre caché dans le livre, lui faisant comprendre qu'elle doit le lire.

Ma nièce,

Si par malheur nos geôliers devaient nous séparer dans les jours à venir, je vous prie de vous tenir strictement aux instructions suivantes si vous deviez résider seule en prison.

Conservez, ma nièce, de la nourriture dans le poêle au cas où les rations de nourriture diminueraient.

Ne laissez jamais quiconque entrer sans que vous soyez totalement vêtue de votre robe et de votre châle.

Ne faites pas attendre vos gardiens pour ne pas exciter leur animosité contre vous. Dès que leurs pas se font entendre vous devez vous tenir prête à les recevoir.

Faites de l'exercice une heure par jour dans la pièce. Marchez, ployez sur vos jambes, tenez vos bras pliés puis détendez-les.

Balayez votre chambre chaque jour pour que la poussière n'abîme point vos bronches.

Faites votre lit tous les matins pour ne plus jamais vous y allonger de la journée.

Restez assise sur une chaise et pas sur le lit.

Lisez à haute voix.

Dessinez la carte de la France sur le sol et mémorisez le royaume dont votre frère aura un jour la charge.

Récitez les tables de multiplication, les fables de Monsieur de La Fontaine tous les jours ainsi que les commandements de Dieu.

Ne demandez jamais rien à personne.

N'oubliez jamais votre rang ni votre sang.

Confiez votre sort à Dieu et jamais aux hommes.

Fait dans la prison du Temple le 5 avril 1794.

Élisabeth de France

La jeune fille reprend la lettre, qu'elle serre contre son cœur. Chantereine cherche les mots qui pourraient la toucher :

— Cette lettre est magnifique et... je vous prie de me pardonner. Ma critique de votre apparence était une maladresse. Je vous remercie de m'avoir permis de prendre connaissance de ce message et je m'efforcerai, à l'avenir, de ménager vos souvenirs. Il se fait tard. Je souhaiterais vous aider à ranger les effets de la malle et à faire votre lit.

La jeune princesse hoche doucement la tête, ramasse le carnet tombé sur le sol et y écrit sans hâte. Chantereine attend, inquiète. Elle reprend le calepin, parcourt les trois lignes tracées d'une écriture plus déliée :

« Je rangerai moi-même. Je voudrais des livres et un jour prochain un bain. À demain, Madame, vous m'aiderez pour remettre mes cheveux en ordre. »

La visiteuse, soulagée, ramasse ses effets rapidement, esquisse une révérence et se retourne avant de franchir le seuil ; elle distingue la prisonnière debout dans le rai de soleil fixant au travers de la fenêtre le ciel bleu.

Au bruit mat des verrous qui condamnent la porte, Marie-Thérèse se jette sur le sofa, saisit une des chemises de coton et s'en recouvre le visage. Au contact de cette fraîche odeur de lavande, elle se sent apaisée. Cette sensation de propreté la ramène auprès de son cher chevalier. L'émotion est si forte qu'elle s'allonge sur la pile de linge impeccablement repassé :

— Seule... Veux... seule, bégaie-t-elle.

En fermant les yeux, elle tente de se remémorer les ciels enchanteurs de son enfance et surtout les nuages avec lesquels elle jouait des heures en leur donnant vie. Ici, dans cette pièce sombre, elle aime fixer le plafond et imaginer l'immensité qui se cache derrière, tout comme à Trianon où, depuis sa chambre, elle aimait, par les fenêtres grandes ouvertes, dans la senteur du parc en fleurs, dans le concert des oiseaux, fixer longuement l'immensité.

6

La coiffure

Au rez-de-chaussée, Chantereine retrouve Gonin. Elle le salue brièvement, puis lui demande une table, une chaise et une plume afin d'envoyer un pli au citoyen Barras. Elle rédige aussitôt sur un pupitre sa requête destinée à l'homme fort du régime. L'humidité et la moiteur qui règnent dans la pièce l'oppressent. Dans sa missive, elle évite les salutations égalitaires ou fraternelles dont ces messieurs de la Convention usent et abusent entre eux. Déjà, en temps ordinaire, elle se défend de tutoyer ses concitoyens, elle ne formulera donc ni respect ni considération républicaine à Barras. Son unique préoccupation est de ramener à la vie la dernière des Capet.

En sortant, elle suit une des allées de buis du jardin et croise le commandant de la garnison, Vizille, qui l'ignore et disparaît à sa vue.

« Encore un qui ne se soucie guère de sa prisonnière, pense la visiteuse en allongeant le pas. Cet homme ne veut plus rien savoir de ce qui se passe dans son donjon. Il n'a qu'une hâte, quitter le commandement de ce lieu et batailler enfin contre les vrais ennemis de la nation : les Autrichiens, les Prussiens, mais certainement pas contre une pauvre fille devenue quasi muette ! »

La soirée se déroule sans incident. L'habitante de la tour a accepté son repas du soir au grand plaisir des gardiens. En l'observant par le judas, ils l'ont vue se relever, étaler à même le sol tous les effets de la malle, les prendre dans ses bras et s'enrouler dans les draps immaculés.

Elle s'est alors, enfin, endormie.

Le lendemain, à son réveil, la première pensée de Chantereine est pour la jeune fille de la tour : elle se réjouit qu'elle puisse bénéficier ce matin de la lumière du jour. Juste avant l'ouverture de l'atelier de M. Binet, elle frappe quelques coups discrets à la porte arrière. L'épouse du perruquier, vêtue d'une charmante robe blanche garnie de rubans jaunes, lui ouvre, surprise de cette visite matinale.

— Bonjour, citoyenne. Il me faudrait parler à votre époux.

Le ton calme, mais résolu, de Renée laisse penser que l'affaire est sérieuse. Quelques minutes plus tard, Chantereine et M. Binet se retrouvent dans le bureau du maître perruquier, à l'abri de la curiosité des ouvrières et de sa femme.

Renée le met tout de suite au courant :

— La princesse a les cheveux jusqu'à la taille. Ils sont fort emmêlés, de surcroît très sales et, je le crains, remplis de vermine. Que dois-je faire ?

La moue que fait Binet est semblable à celle d'une carpe du bassin des Tuileries. L'idée que la fille de sa chère Marie-Antoinette puisse connaître pareille infortune le laisse sans voix. Il réfléchit quelques instants avant de répondre :

— Voulez-vous que je vous accompagne et que je prenne soin de sa chevelure ?

— Elle est extrêmement peureuse. Je n'ai moi-même pas pu l'approcher et je n'aurai jamais l'autorisation de ses geôliers...

L'homme se désole et hoche la tête.

— Quelle époque ! Il va falloir les lui couper d'abord, puis les laver. Sont-ils bouclés comme ceux de feu la reine ?

— Oui, j'imagine qu'elle a les mêmes cheveux que sa mère.

— Alors proposez-lui de les couper en boucles dégradées qui orneront sa nuque. Cette mode est fort commode car, enfin, la femme peut se coiffer sans aide. Regardez !

Il prend un papier, une mine de plomb et esquisse une nuque qu'il agrémente de boucles courtes formant un triangle dans le cou.

— Je ne saurai jamais ! s'exclame la pauvre Chantereine.

— Mais si ! La chose est fort aisée et je vais vous l'enseigner sur une perruque.

Ainsi, Renée passe la matinée, enfermée dans le bureau de son voisin, à apprendre à tailler les cheveux en effilé. Tout en lui enseignant avec application et fierté son art, Binet évoque les différents onguents qu'elle devra appliquer pour sauver cette chevelure trop longtemps maltraitée. Chantereine note soigneusement les vertus de l'huile de lin mélangée à de la pommade à l'amande douce, tandis que Binet dépose sur la table chacune des fioles nécessaires. Ce sera sa contribution au salut de la fille de la reine ! Renée écoute avec attention, elle qui ne s'est jamais servie d'autre chose que de savon de Marseille et, dans les grandes occasions, d'eau de rose.

Binet, fier de montrer ses connaissances, poursuit :

— Vous imaginez bien, ma chère, que les poux sont notre fléau à nous, maîtres perruquiers.

Elle hoche la tête en souriant, étonnée de découvrir à cet instant les misères de ce noble art.

— Ils se propagent à la vitesse du vent d'un postiche à l'autre. Chaque compagnon a ses astuces pour s'en libérer ; quant à moi...

Binet a baissé la voix comme quelqu'un qui s'apprête à livrer un secret d'importance.

— Je charge mon premier commis d'inspecter très soigneusement les cheveux des jeunes femmes qui viennent les vendre et j'oblige mes ouvrières à se frictionner les cheveux tous les matins avec ceci...

D'un geste ferme, Binet pose un flacon bleu sur la table.

— Je vous conseille d'en faire autant avant de retourner en prison.

— Qu'est-ce ? demande Renée, intriguée.

— De l'eau de lavande, tout simplement. Les poux détestent cette odeur et ne se posent jamais sur une chevelure parfumée de cette essence. Ah ! si vous saviez combien je regrette que ma clientèle ne s'en serve pas plus fréquemment. Ne croyez pas que leur naissance, leurs titres ou leurs fonctions politiques les exemptent de vermine. Le sérieux de mon commerce m'interdit de vous dévoiler des noms, mais...

Chantereine l'interrompt.

— Et que dois-je faire pour... ?

— Attachez ses cheveux dans un bonnet de percale que vous serrerez bien, afin de ne pas en être affligée vous-même. Je vous suggère de les enduire de pommade à l'amande douce, puis de les natter et de les laisser une nuit entière sous un bonnet avant de procéder à la coupe et au lavage. Le lendemain vous pourrez d'abord les démêler avec ces différents peignes...

Il lui en montre plusieurs.

— Celui-ci est suffisamment fin pour faire glisser la vermine. Vous les laverez avec cette lotion à plusieurs reprises.

Il va chercher sur une étagère un flacon blanc comme le lait.

— Puis vous rincerez les cheveux avec de l'eau vinaigrée.

Impressionnée par le savoir et le ton docte de M. Binet, Renée opine à tout. Elle se met à ranger dans un panier les ciseaux, brosses, peignes, lotions, pommades et parfums offerts par le perruquier. Il est grand temps qu'elle se rende au Temple, elle-même coiffée d'un charmant bonnet de lin et dentelle de Calais, prêté par Mme Binet, trop heureuse de voler au secours d'une victime par ce petit symbole.

Dépassant le portail du palais et parvenue devant Lasne, elle se présente :

— Citoyen, bonjour, le salue-t-elle d'un ton enjoué. Il me faut une grande bassine remplie d'eau très chaude, une dizaine de brocs d'eau claire, et des serviettes de toile en grande quantité.

— Mais, citoyenne, tu n'y penses pas. Où vais-je trouver ça ? C'est une prison, ici, pas une... auberge !

Amusée qu'il s'exprime sans façon devant elle, elle continue :

— Vous trouverez ces ustensiles dans les appartements du commandant de la garnison. Je l'ai vu parader, hier, dans un uniforme rutilant ; aussi je le soupçonne de coquetterie. Allez, Lasne, un effort, il nous faut choyer la prisonnière...

La prisonnière se tient debout le corps raide, le visage sans expression. Renée, impressionnée par sa prestance, esquisse une ébauche de révérence.

— Bonjour, Madame. Le beau soleil que nous avons ce matin ! Avez-vous mieux dormi avec les fenêtres dégagées ?

La princesse ne répond pas, mais s'avance vers le panier, telle une enfant curieuse. Chantereine sourit et dépose sur la table les fioles, les brosses et les ciseaux du sieur Binet. Les rayons du soleil l'aveuglent et ne lui permettent pas de prêter attention à la pâleur de la jeune fille.

— Ceci est un prêt de mon ami et voisin, M. Binet.

C'est un homme bon et dévoué, grand admirateur de la reine, votre mère. Il...

Marie-Thérèse attrape le bras de la visiteuse, qu'elle serre très fort. Elle bégaie :

— Pas les che... che...

Elle ne parvient pas à finir sa phrase, aussi Chantereine pose-t-elle délicatement ses mains sur sa chevelure déliée et emmêlée.

— Ne craignez rien, nous irons doucement, soupire-t-elle, comprenant que la chose sera moins aisée qu'elle ne l'avait prévu. Il nous faut les couper un peu pour pouvoir ensuite les soigner et surtout les démêler.

Tout en parlant, elle a déplié du panier le croquis de Binet.

— Tenez, vous serez charmante avec de jolies boucles courtes dans la nuque.

Mais la princesse ne veut rien entendre ce matin. La vieille dame se décourage : hier la vue des vêtements avait déclenché une ébauche de sourire. Aujourd'hui un rien la bouleverse ! Après un long silence, la jeune fille réussit à prononcer d'une seule traite :

— Votre nom ?

— Chantereine, Renée.

La jeune princesse a parfaitement entendu et se met à reprendre son nom en bégayant :

— Chan-te-rei-ne ? Chan-te-rei-ne...

Et soudain elle est secouée par ce rire affreux, caverneux et sonore... Alors seulement Renée saisit la cocasserie de son propre nom.

— Madame, de grâce, calmez-vous. Vous allez vous sentir mal. Oui, je porte un nom dont je suis fière, tout comme je vous admire.

— Et... la... reine ? interrompt la princesse, la voix assourdie par cette subite crise de rire.

— Aussi, Madame, répond doucement Chantereine : je la respectais comme reine et l'admirais comme mère.

La jeune femme bondit et agrippe les bras de son interlocutrice. Elle éructe des mots incompréhensibles, attrape le carnet et y griffonne quelques mots :

« Pourquoi admirais ? Elle est morte ? Et ma tante ? »

Soudain, Chantereine se sent mal. Elle se ressaisit et se hâte d'ouvrir la fenêtre pour cacher son trouble. Ainsi, la princesse ne sait rien du sort qui a été réservé à sa mère. Les gardes, les commissaires, les municipaux, en plus de leur brutalité, ne lui ont-ils donc rien dit ? Que sait-elle alors de son frère et de sa tante Élisabeth ?... Le visage toujours tourné vers le ciel, Renée, pâle comme une morte, tente de reprendre la parole :

— Depuis quand êtes-vous sans nouvelles de... ?

— Depuis...

Les mots sont trop douloureux et il lui faut rédiger, avec la même hâte, sur le petit carnet :

« Depuis qu'ils sont venus les chercher. »

Renée, sous le choc, réfléchit rapidement. Alors elle ne sait rien ! Renée a certes promis à Barras de ne pas parler politique, mais est-ce de la politique que d'évoquer l'exécution de la reine ? N'est-ce pas tout simplement déjà un événement de l'histoire ? Chantereine sait pour Louis XVII, elle sait pour Élisabeth...

— Je m'informerai du sort de votre famille et nous en reparlerons, tente-t-elle, maudissant sa présence et son propre rôle.

La princesse a cessé d'être une enfant fragile. C'est une femme dure et cassante qui l'affronte à cet instant. La fille de Marie-Antoinette crie presque distinctement :

— Je ne veux plus vous voir ! Je veux la vé-ri-té ! Adieu !

La tête courbée, la pauvre Chantereine sort de la pièce en répétant :

— Ainsi, elle ne sait rien ; elle ne sait rien, rien...

Chantereine fuit. Elle hait tous ces hommes, tous ces municipaux, ces commissaires et leur odieuse lâcheté. Elle marche à grands pas sans parvenir à calmer son esprit. Que doit-elle faire ? Lui révéler la vérité, au risque de la faire basculer dans la folie ? Se parlant à elle-même comme une démente, elle s'imagine le pire, à savoir lui asséner la vérité dans toute la brutalité des faits :

— Ils sont morts ! Tous ! Et ils sont haïs ! Personne ne les regrette ! Personne n'est venu les sauver, ni vos amis, ni votre famille ! La République a été très efficace. Vous étiez cinq Capet, il n'en reste qu'une : vous !

7

La promesse

Après avoir évité de justesse un porteur d'eau maladroit, qui a mouillé le bas de sa robe et ses souliers, Chantereine doit se jeter contre une devanture pour échapper à l'attelage d'un cocher trop pressé. Adossée à la vitrine, elle recouvre ses esprits et reste un moment les yeux mi-clos sans prendre garde aux bruits familiers de la rue. En cette fin d'après-midi, Paris et ses habitants lui paraissent soudain répugnants.

Elle ouvre les yeux et regarde tout autour d'elle : l'imprudence du valet l'a immobilisée devant l'ancienne boutique du chocolatier de Madame Élisabeth ! L'enseigne, *Au Sucre Royal de Bercy*, a même été conservée, calligraphiée en blanc et or à l'aide d'une plume d'oie. Le mot « royal » a bien été badigeonné de chaux claire, sûrement par un Parisien zélé, mais la pluie a déjà balayé le camouflage républicain. Par un curieux caprice du sort, le mot réapparaît. Cela fait longtemps que Chantereine ne croit plus au hasard, et ce signe du destin la perturbe. Elle reprend son chemin, une fois sa décision prise : ce soir, elle demandera à être reçue par Barras.

Aux abords du Palais national, les rues grouillent encore de vie à cette heure où le soleil joue avec les ornements des façades qui bordent la Seine : des jeunes femmes hardies s'apprêtent à vendre leurs derniers bouquets de fleurs avant de proposer leurs charmes dans les bosquets de l'ancien jardin de la reine. Des enfants crient le long des quais, en livrant bataille contre d'imaginaires soldats autrichiens. Une jeunesse dorée se promène par couples, fière de faire admirer ses dernières extravagances vestimentaires. Chantereine ne les remarque pas. Ses pensées ne quittent pas le sort de la prisonnière. Doit-elle lui raconter que sa dernière résidence a été saccagée, que les gardes suisses et les derniers courtisans de son père ont été massacrés, que le palais est devenu le siège du Sénat, que sa chambre est devenue la salle d'attente de tous les quémandeurs et délateurs, attirés par la nouvelle république ?

Elle atteint sans encombre le bureau du citoyen Robert, à qui elle expose sa volonté de rencontrer Barras sur-le-champ :

— Faute de quoi, ajoute-t-elle, je ne retournerai pas demain au Temple, ni les jours suivants !

Le visage pâle et les yeux brillants de colère de Renée persuadent Robert de l'importance de sa requête.

Quelques minutes plus tard, ils sont invités à pénétrer dans le bureau de l'homme le plus puissant de France. Barras se lève en les voyant entrer, ce que la visiteuse apprécie.

— Que voulez-vous me rapporter sur la citoyenne Capet ? Je vous écoute.

Déterminée, Renée Chantereine expose en termes poignants, incisifs et précis la solitude de la jeune fille et ses terribles conditions de vie. Les deux hommes écoutent sans l'interrompre.

— Tous les gardiens et officiers de la prison du Temple ont scrupuleusement respecté les ordres donnés par vos prédécesseurs. Elle a été maintenue dans l'ignorance absolue de ce qui est arrivé à sa famille. Aujourd'hui, elle veut savoir.

Comme les deux hommes baissent la tête, gênés, elle insiste :

— Mais dites-moi, messieurs, comment aurai-je sa confiance si je ne réponds pas précisément à ses questions ? Et que répondre ? Est-ce de la politique de dire à une enfant de quinze ans qu'elle ne doit plus espérer revoir sa famille ?

Barras répond cette fois avec autorité :

— La République se doit d'assurer l'ordre sur le territoire français... Bien qu'il y ait parfois des cas particuliers, des situations individuelles cruelles...

Chantereine le reprend immédiatement :

— Un cas, dites-vous ?

— Le terme est inapproprié, je vous l'accorde, relève Barras d'une voix où l'embarras le dispute à l'impatience. La prisonnière n'est pas une enfant. Elle est un symbole qui incarne, pour certains, tous les maux que notre pays a connus, comme les privilèges et le despotisme ; et, pour les autres, l'espoir que la royauté puisse être rétablie.

Après un temps, il précise :

— Pour notre gouvernement, j'en conviens, elle pose un problème : certains députés voudraient la laisser dépérir comme son frère afin d'éradiquer la descendance de Capet. Pour moi et pour d'autres, au nom de la Déclaration des droits de l'homme et du citoyen, nous ne pouvons tolérer le maintien en détention d'une enfant sans décision de justice.

Barras, toujours debout, se tourne vers son secrétaire.

— Quel est votre avis, Robert ?

La réponse tarde un peu :

— Prudence et discrétion, citoyen Barras. Améliorons ses conditions de détention, pour son bien-être physique et moral mais... surtout laissons-la au Temple où elle est parfaitement gardée par nos soldats et par les Parisiens. Poursuivons notre mission, nous aurons peut-être un jour besoin d'elle.

Chantereine est parcourue par un frisson. Elle comprend que la jeune fille n'est ni plus, ni moins qu'une otage de la République.

— Citoyenne, tente de la calmer Barras, j'ai rencontré il y a deux ans la prisonnière et son courage m'a touché, tout comme vous, apparemment. Mais laissez-moi déjà consolider le régime et la sécurité à l'intérieur du pays et chercher la paix avec nos ennemis qui sont tous, je vous le rappelle, des membres de sa famille !

Robert s'interpose pour essayer de convaincre Chantereine :

— Rassurez-vous, elle ne peut être jugée. Il n'y a aucun grief contre elle. Elle était mineure lorsqu'elle a suivi ses parents dans leur tentative de fuite.

Chantereine ne supporte plus ce discours formaliste privé d'humanité. Fixant Barras dans les yeux, elle s'emporte :

— Puisqu'elle est fille de tyran, vous ne verrez, sans doute, aucun inconvénient à lui annoncer vous-même la mort de la sœur, de la femme et du fils du tyran... Peu importe qu'elle les chérisse !

Barras blêmit.

— Moi ? Vous n'y pensez pas ! J'ai d'autres affaires en cours, et guère le temps de me rendre au Temple.

La colère de Chantereine explose :

— Vraiment ? Un problème de temps, dites-vous ? Ne serait-ce pas plutôt que vous redoutez de la rencontrer et... d'affronter son regard et même sa haine ?

Robert s'interpose :

— Citoyenne, vous dépassez les bornes !

Barras se réfugie derrière les dossiers encombrant son bureau, fâché par la tournure que prend cet entretien.

Un long silence s'installe, permettant à Chantereine de scruter le cabinet de travail de Louis XVI : tapisseries, stucs dorés et plafonds peints dans la magnificence du XVIIe siècle. La colère sourde qui l'anime se ravive et lui fait prendre conscience que sa princesse a vécu ici ! Elle a dû venir parfois parler avec son père et, aujourd'hui, elle dépérit dans une pièce sans lumière et sans air, qu'elle balaie elle-même !

Barras, voulant rompre le silence insoutenable qui s'est établi, avoue :

— Vous avez raison, citoyenne. Je redoute d'annoncer à la fille Capet de funestes nouvelles. Les hommes ne sont pas très courageux face aux larmes des femmes. Je vous demande de vous charger de cette pénible mission : non pas pour me faciliter la tâche, mais parce que, je l'imagine, elle aura besoin de vous à cet instant.

Enfin des mots justes, admet Chantereine, qui se lève, décidée à retourner sur-le-champ au Temple, et déclare aux deux hommes sur le qui-vive :

— Je le ferai, messieurs, mais méfiez-vous que votre « otage » ne vous échappe. Je ne la connais pas encore, mais je doute qu'elle veuille survivre après... cela !

Barras veut en finir. Il la raccompagne à la porte et conclut d'un ton ferme :

— Elle devra survivre pour les besoins de la République. Nous comptons sur vous. Dès demain, vous y retournerez. Bonne nuit, citoyenne.

***

À la tour du Temple, la porte est surveillée ce matin d'été par le municipal Manuel, un ancien maître d'école, l'un des assaillants des Tuileries.

« Rien ne sert d'attendre, pense Chantereine en gravissant ces marches harassantes. Allez, oiseau de mauvais augure, entre dans la tour et fais pénétrer ton cortège de morts avec toi. »

Marie-Thérèse a reconnu le pas de la visiteuse. Elle se redresse, tapote fébrilement les plis de sa robe, puis abandonne son petit lit dressé à l'abri du regard des gardiens.

Chantereine découvre alors Marie-Thérèse de France vêtue de neuf, d'un jupon sombre, d'une chemise immaculée. Ses cheveux sont propres et courts. Elle s'incline devant elle.

— Madame, quelle joie de vous voir ainsi vêtue !

La jeune fille ne réagit pas, elle se rassied et indique de sa main la chaise qui lui fait face. Elle commence à parler d'une voix basse et assourdie :

— Vous êtes partie et le tub est arri... J'ai... j'ai pris mon bain et j'ai cou... coupé mes... !

— Pourquoi ne pas m'avoir attendue ? Vous avez dû beaucoup vous fatiguer à rincer et à démêler vos cheveux.

La prisonnière sourit faiblement devant l'expression confuse de Renée.

— Pas qu'on me touche... pas vous... pas Chantereine...

Renée observe la jeune fille : un nez trop long, des cernes bleus, des yeux sans éclat. Quant à la coupe, elle est bien sûr maladroite, mais elle permet de dégager un décolleté gracieux.

— Madame, vous avez accompli un travail remarquable qui vous donne meilleure mine et je m'en réjouis, la félicite-t-elle. Voulez-vous que j'affine votre coiffure et surtout que j'enduise vos cheveux des lotions de M. Binet ? Elles sentent si bon !

La princesse ne dit mot, mais acquiesce d'un signe de tête. Chantereine se dirige vers le panier, saisit un linge fin, des ciseaux et une brosse. Tout en nouant la serviette autour du cou de Marie-Thérèse, elle lui demande si elle les veut plus courts ou seulement alignés.

Subitement, la prisonnière lui attrape la main et l'interpelle :

— A-t-on cou-coupé les che-cheveux de mon père avant de lui tran-trancher la tête ?

Renée tente de lui caresser la joue. À ce contact, la jeune fille se rejette en arrière, puis se recroqueville comme un animal battu. La visiteuse la prend dans ses bras et cherche à la bercer. Alors, les larmes inondent le visage de la princesse, tandis que des hoquets l'étouffent. Son rire affreux se mêle aux spasmes bruyants de ses sanglots. Renée ne cède pas ; elle serre longuement la jeune fille tout contre elle.

Une fois la crise éloignée et les larmes séchées, Chantereine ramasse la brosse jetée au sol et, avec d'infinies précautions, se met à lui brosser les cheveux.

La jeune fille pose sa tête sur les genoux de Renée et s'endort. Lorsqu'elle se réveille quelques instants plus tard, elle s'étire comme un chat, et se rendant compte de cette intimité déplacée, elle recule.

— Ne vous inquiétez pas, madame, lui chuchote Chantereine, le temps est désormais pour nous le meilleur moyen de vous rétablir, et peut-être d'oublier vos malheurs.

— Jamais ! Ils m'ont enlevé la parole, mais pas la mémoire.

Ces mots prononcés sans heurt ont jailli de sa bouche.

— Calmez-vous, Madame. Je vous aiderai ; je vous le promets. Que puis-je faire pour vous ?

— Je veux... tout... savoir... mais pas maintenant, je ne suis pas prête...

Le son de sa voix faiblit :

— Mais, demain, oui demain... Pourriez-vous demander à ce que je voie mon frère ?

Chantereine frémit. Marie-Thérèse chuchote :

— S'ils ne veulent pas... Ne pourriez-vous le voir ? Je m'inquiète tant pour sa santé.

— Oui. Vous avez raison, je vais essayer... pour demain. Ma visite a été fort longue. Laissez-moi juste finir vos cheveux avant de me retirer.

— Je... fatiguée...

Sur la chevelure de la jeune fille, Renée dépose une pommade à l'odeur suave d'amandes douces qu'elle lisse avec la paume de sa main. La prisonnière ferme les yeux. La vision tendre de sa famille lui apparaît sous forme de nuages : son père majestueux et blanc, sa mère longue, grise et fine comme une fumée, et dans les hauteurs ses frères, semblables à des petits anges turbulents !

Avec des gestes lents et minutieux, Chantereine fait glisser le peigne dans sa chevelure sans troubler la rêverie de la princesse, qui marmonne alors, voulant retrouver son divan :

— Laissez-moi...

Sans un mot, la visiteuse se lève. Une petite voix d'enfant l'interpelle :

— Mon pè-re disait que j'étais jo-lie...

— Vous l'êtes, Madame, rassurez-vous.

— Un miroir ?

— Vous l'aurez demain. En attendant, je vous ai apporté un livre. Voulez-vous que je vous le laisse ? La lumière est encore assez diffuse pour lire.

— Vous reviendrez de-main et avec des nouvelles de...

— Vous avez ma parole.

Renée pose sur la table un petit livre sorti de sa poche.

— J'ai pensé que les aventures de Candide vous feraient sourire.

Elle ferme la porte et retrouve Gonin. Sans hésiter, elle se confie à lui :

— Elle veut voir son frère demain, ou que je le rencontre. Elle ne se doute de rien et je ne sais comment...

Gonin la regarde, ennuyé :

— Faut lui dire la vérité, tu le sais bien... Je crois que quelqu'un pourrait nous aider.

Renée reprend courage devant cette proposition.

— Il faudrait faire venir le municipal Laurent. C'est lui qui a assisté aux derniers jours de l'enfant. C'est un brave homme. Il a essayé de le soigner, mais il était déjà trop tard...

— Crois-tu qu'il acceptera ?

— Obtiens pour lui un ordre de se présenter demain aux guichets. J'irai moi-même ce soir chez lui, le lui porter. On se parlera.

— Merci de ton aide.

— Rentre chez toi. Tu as l'air épuisée, citoyenne.

8

Le poème

De retour à son domicile, Chantereine découvre devant sa porte un pli accompagné d'une petite rose jaune, cadeau des Binet, lui proposant de partager leur repas du soir. Le souper est copieux mais la conversation s'enlise et ses hôtes l'orientent sur le nouvel éclairage public et la peur qu'entraîne, dans le voisinage, un chien chapardeur et affamé. Renée tente de s'intéresser à ce qui se dit, mais son esprit est ailleurs. Que va-t-elle lui dire ? Quels mots choisir ?... Elle espère, à cet instant, sa princesse endormie, protégée par le souvenir de ses parents. Elle lui veut une dernière nuit d'illusions, avant que demain la vie ne se charge de la briser de nouveau.

Dans la tour, l'entrée bruyante du gardien a réveillé Marie-Thérèse en sursaut. À Gonin, qui lui apporte le repas du soir, elle tente de poser une question :

— Mon frè-re a le même re-pas que moi ?

Pris au dépourvu, le gardien a marmonné qu'il n'en savait rien avant de tourner les talons.

Cette fuite plonge la prisonnière dans l'angoisse. S'emparant du livre laissé par Chantereine, elle arrache la dernière page, griffonne, avec une mauvaise mine de plomb, des mots qu'elle barre à la suite pour les recommencer aussitôt. Elle est tellement appliquée à cette tâche qu'elle en oublie son repas. Enfin, elle se lève et se rapproche du divan.

Avec les ciseaux oubliés, elle parvient à arracher un morceau de papier peint au-dessus de son lit. Se servant de la lame comme d'un burin, elle s'y acharne la nuit entière.

C'est un poème, le premier qu'elle ait jamais écrit. Il est pour « la dame en gris » en guise de cadeau de bienvenue, pour son retour demain !... Enfin, sa tâche achevée, elle s'écroule à l'aube tout habillée.

Tard dans la matinée, Chantereine, le visage défait, est de retour. Gonin lui présente rapidement l'ancien municipal Laurent. Pantalon de coutil et veste grise, soignés et marqués des plis du repassage, l'homme arbore une physionomie aimable. Rassurée sur son aspect, elle monte cet escalier devenu familier au point d'en connaître le nombre exact de marches et les moindres incurvations.

Atteignant enfin le seuil de la cellule, elle entend la voix de la jeune fille qui s'efforce de lire à haute voix un passage du livre de Voltaire :

« Ici des vieillards criblés de coups regardaient mourir leurs femmes égorgées qui tenaient leurs enfants à leurs mamelles sanglantes... »

Chantereine écoute, horrifiée, la lecture du conte de Voltaire dont elle avait occulté dans son souvenir l'aspect sombre et sanguinolent. Cependant la prononciation, tout en restant maladroite et hachée, finit par devenir plus liante, malgré quelques mots encore écorchés. Enfin, la voix s'interrompt dans une quinte de toux.

« C'est le moment », songe Chantereine. Elle frappe à la porte, entre, attrapant au passage la cruche d'eau posée sur un tabouret.

Découvrant le visage défait de sa protégée, d'une voix faussement enjouée, elle la salue :

— Bonjour, Madame. Je viens de vous entendre tousser. Voulez-vous un peu d'eau ?

La jeune fille ne lui rend pas son salut. Renée, décidée à ne pas se formaliser, se dirige vers la fenêtre pour rafraîchir l'atmosphère :

— Il fait très chaud, permettez-moi. Je vous ai entendue lire. Vous faites de considérables progrès.

Marie-Thérèse relève la tête et, d'un regard hostile, engage Renée à découvrir les inscriptions tailladées dans la pierre.

— Lisez ! ordonne la prisonnière.

Après avoir hésité, Chantereine s'exécute :

Marie-Thérèse est la plus
Malheureuse personne du monde.
Elle ne peut obtenir de savoir des nouvelles
De sa mère, pas même d'être réunie à elle,
Quoiqu'elle l'ait demandé mille fois.
Et dont je ne peux avoir des nouvelles !
Ô mon Dieu, pardonnez à ceux
Qui ont fait mourir mon père !
En effet je l'imagine pleurant comme moi aujourd'hui !

En secret, Chantereine adresse une prière muette au Seigneur pour qu'il vienne en aide à la prisonnière.

L'heure de vérité est arrivée.

— Vous pleu-pleurez ? Allons, ces-cessez votre jeu ! A-avez-vous vu le roi Louis XVII ? l'interpelle la jeune fille.

— Je voudrais que vous acceptiez de rencontrer le municipal Laurent qui s'est occupé de votre frère, commence Renée.

Marie-Thérèse la coupe :

— S'est ? Il n'est plus au Tem... au Temple ? Où est-il ? Il est... il est avec la reine ?

— De grâce, calmez-vous.

Laurent, caché dans l'embrasure de la porte, apparaît discrètement. S'approchant, il baisse la tête tout en triturant son bonnet de grosse laine et bredouille :

— Je te salue, citoyenne.

Elle le dévisage.

— Je vous écoute, lui dit-elle sèchement.

— J'ai pris mes fonctions à la fin de thermidor de l'an 2. Après que Robespierre...

Elle l'interrompt :

— Il est ques-tion de notre roi.

Curieusement, le municipal ne se laisse pas dérouter par le ton cassant de la princesse. Lui qui n'a jamais approché la moindre figure royale, qui n'a jamais considéré l'enfant du Temple comme son monarque, mais comme un enfant en péril, conserve son calme et répond :

— Ton frère, citoyenne, était dans un état épouvantable, quand j'ai pu l'approcher. Il vivait seul, allongé, malade, rongé par la gale.

— Mon Dieu ! Vous n'avez pas pu, pas po-possible !

Laurent poursuit.

— Te souviens-tu que je suis venu chez toi ?

— Vous ? Ici ?

Elle le toise d'un regard méprisant, qui dérange Renée.

— La Convention m'a désigné comme gardien de ton frère au lendemain du 9 thermidor. Ce jour-là, j'ai découvert que le petit ne pouvait plus quitter son lit. On m'a laissé faire : j'ai fait venir le médecin et j'ai changé sa literie. Tu étais là.

— Je n'ai aucun souvenir de vous.

— Tu m'as ignoré. Après, je suis revenu trois fois par jour inspecter tes barreaux et te demander si tu ne manquais de rien.

— Et je ne vous ai pas parlé ! répond fièrement la jeune femme.

— Si ! Tu m'as répondu et je n'ai jamais oublié. Tu m'as dit mot pour mot : « J'y suis très bien pour le local, mais très mal pour le cœur, parce que quand on est séparé de sa mère depuis deux ans sans avoir de ses nouvelles, c'est très triste. » Comme j'ai souffert de ta réponse, je suis prêt à parler de lui avec toi.

Marie-Thérèse, qui n'a aucun souvenir de ses paroles, ni même d'avoir rencontré Laurent, garde ses distances.

— Et ? fait-elle simplement.

— Je me suis vraiment consacré à lui.

— Où est-il ?

— J'ai échoué. Je l'ai lavé, soigné, bercé tant et plus, mais au début de frimaire, j'ai vu que ses genoux et ses poignets enflaient.

Après un temps, dominant son émotion :

— J'ai écrit au Comité pour obtenir que le petit prenne l'air après tant de mois à l'isolement et sans exercice, mais...

La voix de la prisonnière n'est plus qu'un mince filet qui interroge encore d'un murmure :

— Pourquoi ne l'ai-je pas entendu gémir la nuit ?

— Simon pensait qu'il le calmerait en lui versant du vin. Il s'y est vite habitué et, déjà très faible, il somnolait la journée. À défaut de le promener dans le jardin, je l'ai souvent porté sur les remparts de la tour. Comme il souriait, heureux de voir la ville, le ciel, les nuages...

Au mot « nuage », Marie-Thérèse tressaille.

C'est alors que Gonin intervient :

— Je crois savoir qu'en décembre le médecin est venu constater l'aggravation du mal.

— J'ai cru qu'il se rétablirait et j'arrivais parfois à jouer avec lui, enchaîne Laurent, mais en décembre, pardon nivôse, la fièvre l'a pris et ne l'a plus quitté. Il dormait beaucoup. Il avait froid, malgré le feu que j'attisais pour lui.

Marie-Thérèse se tourne vers Gonin :

— Ainsi, vous saviez... mon frère malade au-dessus de moi... et vous ne m'a-vez pas fait venir ?

— On devait juste améliorer sa santé et ne pas parler de son état.

— Que voulez-vous dire ?

Honteux à ce souvenir, Laurent révèle :

— Ton frère était redevenu comme un petit enfant. Il se contentait de jouer des heures durant avec son mouchoir ou de faire des ronds imaginaires dans l'air avec ses mains. Sa santé empirant, le Comité de sûreté générale a fait venir deux médecins dont les noms m'échappent.

Gonin s'en souvient :

— Les docteurs Desault et Dumangin. Ils se sont inquiétés, ils ont donné des drogues, mais le petit n'arrivait plus à les avaler.

— Citoyenne, je voudrais te dire qu'il n'a pas souffert, assure Laurent avec une infinie douceur. Ses forces ont diminué peu à peu et je n'ai pas cherché à le bousculer. Quand je lui disais que sa mère allait revenir, alors il me souriait. L'hiver a passé ainsi, puis le printemps... Tu ne pouvais point l'entendre de là où tu es, car il reposait sans chercher à lutter ou à parler... Il ne voulait plus vivre. Il est mort le 9 juin dans mes bras, et son souvenir ne me quitte pas.

La princesse, qui est restée figée tout au long de l'horrible description, s'emporte enfin :

— Alors, mon frère était au-dessus de moi et je ne pouvais rien ! Il était seul, il avait la fièvre, ne chantait plus, ne criait... comme un pauvre innocent que le chagrin, la peur et la solitude ont rendu débile... Alors, moi aussi, je suis coupable, comme ma tante... Comment ai-je pu croire en la clémence de ces monstres ?

Chantereine d'un signe de tête fait comprendre aux deux hommes qu'ils peuvent les laisser, mais Marie-Thérèse retient Laurent par la main et lui met soudainement dans la main le livre de Voltaire. Leurs regards se croisent ; il accepte le présent et disparaît, suivi de Gonin. La jeune fille, qui était parvenue à dominer le choc, apostrophe Renée d'un ton odieux :

— Où est la reine ? hurle Marie-Thérèse.

— La reine a comparu devant le tribunal révolutionnaire de Fouquier-Tinville. Elle a été jugée coupable d'entente avec l'ennemi, c'est-à-dire l'Autriche, car, vous le savez, nous sommes en guerre. Elle a été condamnée, puis guillotinée le 16 octobre 1793...

— Qu'ont-ils fait de ma tante Élisabeth ? demande-t-elle en joignant les mains pour prier.

— Elle a connu le même sort et sa...

Mais la dame en gris ne peut achever : la prisonnière vient de s'écrouler sur le sol. Chantereine, affolée, sort appeler à l'aide :

— Vite ! Aidez-moi ! Il faut la réanimer... De l'eau ! Un linge !

Quelques instants plus tard, la princesse reprend conscience. À la vue de Renée, elle éructe aussitôt, la repoussant de violents coups de pied.

— Partez et ne revenez jamais !

Chantereine, les yeux inondés de larmes, s'apprête à se retirer, lorsqu'elle entend distinctement la jeune fille prononcer :

— Ainsi, je suis donc toute seule ?

Effondrée, la visiteuse acquiesce, puis referme doucement la porte...

9

Les ciseaux

Deux heures se sont écoulées. Chantereine est restée derrière le seuil de la porte, incapable de bouger. Gonin n'a pas eu le courage de refermer les verrous derrière lui et a disparu. Renée veut entendre ou surveiller la prisonnière, de peur qu'elle ne commette l'irréparable. Mais comment adoucir l'intolérable souffrance d'une enfant victime de la cruauté humaine, comment en partager le fardeau ? Elle rêve de la faire sortir de cet endroit maudit et de l'emmener loin, très loin des hommes, dans une maison isolée près d'un petit village au bord de la mer.

À l'intérieur, allongée sur la courtepointe bleue de sa mère, l'orpheline hurle, pleure, trépigne, s'agite. La révélation l'a plongée dans un abîme d'horreurs. Jamais, dans ses pires angoisses, elle n'avait imaginé la disparition de tous les siens, jamais...

Ses larmes sont pour son frère de neuf ans, mort seul, affamé, privé d'eau, de lumière et de soins, pour sa mère et sa tante décapitées comme de vulgaires assassins !

La tour est, chose étrange, parfaitement silencieuse. Par le judas, Chantereine voit la jeune fille se lever, s'éloigner du lit et atteindre la fenêtre. Marie-Thérèse hurle un « non » avec une telle violence que le mot parvient à atteindre la salle des gardes, les jardins, et peut-être la ville même ; l'écho de son cri cherche à toucher le cœur desséché de chaque Parisien et à faire partager sa souffrance à tous les anciens sujets de son père.

La prisonnière regagne son lit en vacillant. Son « non » est devenu une plainte sourde qui se résume à un mot... Un mot interminable, un mot que la princesse, redevenue enfant, module à l'infini : « m », puis « man », « maman »...

Chantereine se redresse, incapable d'en supporter davantage, et se réfugie dans une prière :

— Seigneur, apaisez sa souffrance...

Hélas. Ce soir, Dieu, insensible, ne secourra ni la recluse ni la visiteuse.

Au cœur de la nuit, un bruit l'oblige à relever la tête : Laurent et Gonin sont revenus vivre avec elle cette étrange veillée. Renée les implore :

— Je ne sais quoi faire...

— Un calmant, peut-être, pourrait l'apaiser et la faire dormir, suggère Laurent.

L'ancien gardien ira chez l'apothicaire, celui-là même qui avait soigné le Dauphin. Renée veut sortir quelques pièces de son sac, mais Laurent refuse et dévale l'escalier. Elle tire le miroir enfoui dans son sac qu'elle avait apporté comme promis à Marie-Thérèse. « Un miroir, pense-t-elle, quelle absurdité ! » Que pourrait-elle y contempler, sinon les traces de son malheur.

— Que va-t-elle devenir ? demande Gonin. Ils ne vont pas lui faire passer toute sa vie en prison ?

— Où pourrait-elle aller ? s'interroge Chantereine. Vous les imaginez lui rendre Versailles ?

— Ils pourraient au moins l'installer au palais du prieuré... Avec toi, elle y serait bien, suggère Gonin.

— Vous oubliez les Parisiens. S'ils la savaient en liberté, ils seraient capables de se venger sur elle, seule survivante des Capet, eux qui ne supportent plus cette guerre et les privations.

Les pleurs et les gémissements se poursuivent derrière

la porte. Soudain, s'y mêlent des mots presque audibles. Chantereine tend l'oreille.

— Écoutez, dit Renée, la prisonnière implore Dieu !

La plainte de la fille de Louis XVI devient un cri qu'elle adresse au Seigneur :

— Mon Dieu ! Laissez-moi venir à vous, je vous en supplie... Je ne peux vivre sans eux... Je ne veux pas... Aidez-moi, je vous en supplie, mon Dieu, donnez-moi la mort...

Chantereine s'affole et s'empare du bras de Gonin.

— Les ciseaux ! Où sont les ciseaux du coiffeur ? Vite ! Trouvez n'importe quel prétexte, mais entrez et prenez-les... Avec vous, elle n'osera pas résister.

— J'ai des cerises dans mon armoire...

— Oui, oui, peu importe ! Allez...

Chantereine connaît bien la détermination et le courage de sa princesse. Elle serait prête à désobéir à Dieu pour retrouver les siens !

Le gardien, revenu avec son panier de fruits, tire la porte et entre mais Marie-Thérèse ne se retourne pas. Sans un mot, il dépose son présent sur la table et plonge la main dans le nécessaire de toilette, en sort les ciseaux qu'il glisse dans sa poche. Elle n'a rien vu. De retour, Gonin remet l'objet à Renée.

— Citoyenne, rentre chez toi, lui conseille-t-il. Prends un peu de repos et reviens demain...

— Et si elle demandait à me parler ?

— Elle ne te demandera pas. Elle nous hait bien fort à présent.

De l'autre côté de la porte, la prisonnière a enfin quitté la fenêtre et s'est approchée de la table. La vue des cerises déclenche chez elle un rire hystérique qui la secoue violemment.

— Des ce-ri-ses ! Ce-rises...

Ses mots se noient dans un étranglement discordant. Elle se met à tousser, puis s'étouffe. Renée inquiète, sans consulter Gonin, s'engouffre dans la pièce. Elle se jette sur elle pour lui faire rendre ce qu'elle aurait avalé à leur insu. Marie-Thérèse, refusant tout contact, se précipite vers le mur en criant :

— Ne me touchez pas !

Renée recule. Elle s'est trompée. La jeune fille n'a apparemment rien tenté.

— Qui êtes-vous pour avoir accep-té pa-reille tâ-che ? Combien d'argent avez-vous reçu ? J'avais raison de me méfier de vous, traîtresse ! lui crie Marie-Thérèse.

— Laissez-moi vous parler...

— Taisez-vous, vous dis-je, c'est moi qui parle, je sais tout maintenant. Qui sont ces hommes à qui vous obéissez, qui n'ont pas voulu réunir un frère et une sœur dans la mort ? hurle-t-elle.

Les larmes l'envahissant, elle ne peut achever :

— Il est mort par manque d'amour.

Renée ne dit mot, tête basse.

— Vous ne l'aurez pas. Ni aujourd'hui, ni le jour de ma mort, hurle la jeune fille attrapant le panier de cerises et le jetant à la figure de la visiteuse qui l'évite de justesse.

Les fruits se répandent au sol, dessinant une tache rouge sang.

— Allez-vous-en !

— Si ma faute pouvait effacer votre douleur, Madame... J'ai honte, oui honte et devant vous j'implore votre pardon.

10

La volonté divine

Toute la nuit, Chantereine a entendu Marie-Thérèse pleurer, parler, prier... Ces mots échappés ont peu de sens, mais il lui semble qu'elle appelle à son secours à la fois son père et Dieu.

En vain...

Au petit matin, Gonin est remplacé par Lasne, qui trouve la visiteuse et la prisonnière endormies, chacune d'un côté du mur de pierres du donjon. Attendri, il les laisse se reposer.

Le soleil est déjà haut lorsqu'il revient avec une collation pour les deux femmes. Le bruit de la porte réveille la prisonnière. Lasne dépose le plateau sur la table et s'éloigne. Alors, hautaine, sortant de sa torpeur, elle l'apostrophe :

— Remportez vos cerises ; elles n'ont aucun goût ! Et faites venir Chantereine.

— Elle est là, citoyenne, lui répond-il. Elle a passé la nuit derrière ta porte.

Marie-Thérèse a les yeux cerclés d'un vilain bistre et la bouche pincée. Renée n'a guère meilleure mine...

— Alors, Chantereine, attaque la prisonnière d'une voix encore hachée, mais beaucoup plus distincte, est-ce confortable une nuit en prison ?

Sa remarque n'autorise aucune réponse. Une future

reine vient de prendre pouvoir sur son nouveau royaume, composé d'une femme, de deux gardiens, d'une pièce et d'un palier ! Avec fermeté, comme si le chagrin avait pour vertu d'effacer ses difficultés d'élocution, elle poursuit d'une voix particulièrement forte, distinguant chaque mot pour qu'il devienne un ordre :

— Approchez ! Vous allez me trouver du papier et des plumes. Vous prendrez en note mes souvenirs et les transcrirez chez vous. Et un jour, je sortirai de cette horrible tour et les ferai lire. J'ai décidé cette nuit de rapporter mes années de malheur et de vivre le temps de témoigner. Ensuite, je rejoindrai ma famille, là où elle est, et ma mort sera ma délivrance... Quant à vous, Chantereine, votre punition sera d'être ma secrétaire.

Renée, les mains jointes, a écouté ses ordres. La confiance que la fille de Louis XVI avait en elle s'est volatilisée et sa douleur s'est transformée dans la nuit en colère.

— Mais, Madame, pourquoi soudain me haïr ? Je ne suis pas votre ennemie.

— Vraiment ?

— Je pense que vous retrouverez bientôt votre liberté.

— Liberté, dites-vous ? Mais pour aller où et avec qui ? À Versailles dans trois cents pièces avec vous comme dame de compagnie ? Je suis seule ! hurle-t-elle, saisie de nouveau par ce rire saccadé qui déforme ses traits.

— Versailles non, mais Trianon, peut-être ? tente Chantereine.

— Taisez-vous, imbécile ! Je vous interdis de prononcer ce mot. Le malheur n'entrait pas à Trianon, par ordre de la reine ! Et vous, vous portez malheur.

Renée, feignant de n'avoir rien entendu, lui tend un verre avec des gouttes de laudanum, le même calmant prescrit pour son frère :

— Madame, vous n'avez rien mangé ; prenez au moins un peu de lait et reposez-vous. Je vais revenir avec du papier.

La jeune fille se laisse faire et avale le contenu du gobelet d'étain, puis se met à grignoter du pain. Elle s'allonge sur le sofa. Sa main retient celle de la visiteuse un instant et ce premier contact est un bonheur pour Renée, après les insultes proférées à son endroit.

— Vous n'êtes pas mon ennemie, dites-vous ?

— Au fond de votre cœur, vous le savez, Madame. Je ne peux que vous aimer, vous admirer et vouloir vous venir en aide.

— Alors, aidez-moi à mourir ! Et le plus vite possible... Ils ne vous fouillent pas ?... Vous pourriez revenir demain avec un couteau et me le laisser...

Chantereine, bouleversée par la supplique, hoche la tête. Elle parvient à cacher son trouble et répond :

— Mes visites ne nous ont guère laissé le temps de nous connaître. Je ne peux pas... Écoutez-moi. Vous voulez que j'intervienne en lieu et en place du Créateur... La mort est injuste, Madame, elle choisit toujours ceux qui ne la veulent pas : les jeunes, les heureux, les femmes en couches, les mères d'enfants en bas âge... En revanche, elle oblige ceux qui la supplient de quitter cette terre à continuer leur chemin.

Renée s'arrête quelques instants, et remarque une moue sur le visage de la jeune femme. Elle reprend :

— Combien de fois ai-je entendu des malades souffrant atrocement supplier la mort de venir ? Et des miséreux claquer des dents, trembler de froid, et supplier Dieu d'arrêter leur pauvre vie ?

— Dois-je attendre que tous vos miséreux rejoignent le royaume de Dieu pour, moi aussi, entrer au paradis ?

— Je vous répondrai par un souvenir : un triste jour de juin 1787 où votre jeune sœur a perdu la vie...

— Eh bien ?

— J'étais à l'église de Saint-Germain où une très belle messe était célébrée en mémoire de la petite princesse Sophie. Les orgues m'ont émue aux larmes... Mais, en sortant, j'ai été arrêtée par un jeune homme qui criait sa colère sur le parvis : dans la nuit, une cinquantaine d'enfants étaient morts de misère dans la ville et aucune messe n'était dite pour eux...

— C'est impossible, on ne mourrait pas de faim en été.

— Peut-être... Je voudrais seulement vous dire que la mort ne consent pas à apaiser les hommes, quel que soit leur rang. La mort nous domine. Aucun être sur terre n'est égal devant elle et personne ne décide pour elle !

Malgré le sommeil qui commence à l'envahir, Marie-Thérèse se redresse et jette un regard noir à Renée.

— Convenez qu'après le bonheur de mon enfance, j'ai versé suffisamment de pleurs pour que Dieu me fasse une petite place auprès de Lui.

— Détrompez-vous : il n'y a pas de place pour vous au ciel, pas encore... Si vous avez survécu à vos conditions de détention, tandis que le Dauphin y succombait, c'est que Dieu en a décidé ainsi.

— Je vivrai le temps de témoigner, déclare solennellement la princesse. Mais les larmes que mon récit fera jaillir me feront mourir sans votre aide.

— Alors ce sera volonté divine et je ne m'y opposerai pas, lui répond Chantereine en soutenant son regard.

La jeune fille s'allonge de nouveau sur le sofa et se tourne contre le mur. Comprenant que la drogue fait son effet, la visiteuse se lève, se dirige vers la porte avant d'ajouter doucement, comme pour rassurer une enfant qui s'endort :

— Je reviendrai avec des plumes et du papier demain, je vous le promets.

De retour à son logement, Chantereine attend, impatiente, l'arrivée de son voisin Robert. Elle ne pourra pas trouver le sommeil sans lui avoir parlé. Quand elle l'entend arriver, elle décide de frapper à sa porte. « Au diable les convenances, pense-t-elle, j'ai passé l'âge d'être prise pour une gourgandine... »

Robert, la chemise entrouverte sur une culotte grise, s'inquiète en la reconnaissant.

— Que se passe-t-il ? Qu'a-t-elle fait ? dit-il d'une voix basse tout en l'invitant à entrer dans son appartement. Asseyez-vous et ne regardez pas le désordre. Je ne sais pas vivre autrement !

L'intérieur est un assemblage disparate de meubles, de gravures, de livres, de vêtements jetés à même le sol. Ces divers objets forment des pyramides que le moindre geste risquerait de faire basculer. Amusée par un pareil capharnaüm, Renée soulève du bout des doigts deux chemises posées sur un vaste fauteuil, d'un velours à la couleur incertaine, et s'assied avec le naturel d'une dame de l'Ancien Régime.

— Vous semblez fatiguée. Cette chaleur est éprouvante ! Laissez-moi vous servir à boire, propose-t-il, très gêné, tout en reboutonnant maladroitement sa chemise.

Il lui apporte un verre d'eau coupée d'un peu de vin rosé qu'il lui tend avant de poursuivre :

— Je me suis inquiété cette nuit en ne vous entendant pas rentrer et j'ai été informé que vous étiez restée là-bas. J'en conclus qu'elle sait.

— J'ai passé des heures derrière sa porte à écouter son désespoir. Cela a été, je peux vous l'assurer, la nuit la plus éprouvante de ma vie. Ce soir, elle est prête à se donner la mort, à moins qu'on la laisse raconter son calvaire par la rédaction d'un mémoire réhabilitant les siens.

Robert écoute, pensif, et sa mine s'allonge.

— Bigre ! On ne peut pas lui donner cette autorisation. Un écrit, même malhabile, deviendrait une bible pour les royalistes.

— J'en ai peur, approuve Renée, mais je pense que ses forces ne soutiendront pas longtemps pareille tâche.

Elle voudra seulement réhabiliter les gestes de ses parents, et non pas rédiger un discours politique...

— Mais enfin, Chantereine, explose Robert, si ses oncles Bourbons viennent à s'en emparer, ils feront publier à Bruxelles et...

— De toute façon, l'interrompt-elle, la République a mal agi envers cette enfant en l'emprisonnant sans motif ni jugement...

Robert, exaspéré, lève les bras au ciel. Renée poursuit :

— Si elle survit, elle restera pour les uns une victime et pour les autres la fille du tyran...

— Il me faut en parler à Barras ; je ne peux pas vous laisser faire sans son accord, temporise Robert.

— Alors, allez-y maintenant : je dois me présenter demain avec des plumes et du papier.

— Mais enfin, citoyenne, vous trouverez bien autre chose à faire, le temps que...

— Le temps joue contre nous, Robert. Soit elle bascule dans la folie dans les heures à venir, soit vous lui donnez une raison de se maintenir en vie avec ce témoignage.

— Le directeur Barras voudra en prendre connaissance ! Et vous me devez une réponse au plus vite, martèle-t-il.

— Certes, mais comprenez que je cherche à gagner du temps pour qu'il cicatrise son âme. Elle ne guérira pas avec les nouvelles de la mode et des chansons de rue !

— Je ne peux déranger le citoyen Barras, il est en province jusqu'à ce soir. Je me présenterai demain matin avant les débats de l'Assemblée, où il doit parler. Vous trouverez, je l'espère, notre réponse aux guichets du Temple.

— Je vous remercie, citoyen. Je vais vous laisser, je suis épuisée... Ah ! avant cela, une dernière question : avez-vous retrouvé la trace du jardinier de Versailles ?

Robert lève la main dans un geste d'impatience et retient une pile de livres branlante.

— Vous allez vite en besogne, bredouille-t-il, le comité du district de Versailles ne m'a point répondu et...

— J'ai perdu sa confiance en ne lui parlant pas du sort réservé à ses parents le premier jour et elle me méprise pour cela. Demain, je lui dirai que le père Adrien est toujours en vie, mais trop âgé pour se rendre à Paris, et qu'il recherche le nom du chat.

— Je constate que vous êtes prête à mentir pour un chat !

— Pour elle, je suis prête à tout, j'en conviens ; cette enfant me touche. Il faudrait, pour son bien, que vous lui fassiez porter un petit chat sevré et gris qui lui tiendrait compagnie.

Robert reste perplexe à l'idée de cette nouvelle tâche. Jamais il n'aurait imaginé sa voisine aussi combative et imaginative.

— Faut-il aussi que Barras choisisse le nom de l'animal ?

Cette fois, ils se mettent à rire ensemble de bon cœur. Puis se levant, Chantereine ne peut s'empêcher de formuler tout haut ses pensées :

— Combien de temps va-t-elle rester encore en prison ? Que vont-ils faire d'elle ? Je me sens responsable et... je suis prête à rester à ses côtés où qu'elle aille.

Robert, ému par cette confidence, referme la porte en concluant :

— J'ai compris. Je transmettrai.

11

L'installation

Au matin du 15 juillet 1795, un orage très violent a éclaté. La rue des Rosiers n'est plus qu'un torrent. L'eau boueuse a transformé la ville en cloaque. « Décidément, Dieu est en colère », médite Chantereine.

Au Temple, Lasne s'impatiente. Le mauvais temps doit retarder la visiteuse... Il est entré ce matin à sept heures et a déposé le déjeuner. Il l'a agrémenté d'un petit pain frais, pris en passant chez le boulanger Thomas réputé dans le quartier pour son savoir-faire. La vision de la prisonnière le désole : une pauvre forme recroquevillée, qui ne réagit ni à l'appel ni à ses salutations. Il s'est dirigé vers la fenêtre, pensant qu'un peu de lumière pourrait la faire réagir. La réponse a surgi, immédiate et violente, sous la forme d'un cri rauque qui a arrêté net son geste :

— Allez-vous-en... Laissez-moi !

Il est midi lorsque Chantereine pénètre enfin dans l'ancienne chambre de Marie-Antoinette. Sa fille n'a toujours pas bougé. La visiteuse cherche à son tour à ouvrir les volets. Alors, comme saisie d'une violente douleur, Marie-Thérèse se dresse sur son sofa, toute de blanc vêtue telle une statue antique.

— Je ne veux pas de lumière... Nous sommes en deuil...

Ces mots sont prononcés avec une lenteur cérémoniale et l'emploi du « nous » royal n'en est que plus étrange dans ce décor. La forme inerte se dérobe toujours au regard de son interlocutrice.

— M'avez-vous apporté des vêtements de circonstance ?

Chantereine bafouille :

— Pas encore... Mais... J'ai des plumes, de l'encre et des feuilles. Comment souhaitez-vous que nous procédions ? questionne Renée en prenant place à la table de bois rustique.

Elle sait qu'elle agit sans l'autorisation de Barras, mais elle doit à l'instant provoquer le processus de rédaction faute de quoi la jeune fille risque de ne pouvoir sortir de la douleur qui brûle son esprit. Agir, pense-t-elle, maintenant, tout de suite... lui donner un but.

D'une voix lointaine, Marie-Thérèse l'interpelle :

— Quelle date sommes-nous aujourd'hui ?

— Le 15 juillet 1795, lui répond Renée, prenant garde de ne pas citer le calendrier révolutionnaire.

— Alors, je suis ici depuis bientôt trois ans. Nous sommes arrivés, le 14 du mois d'août, le château des Tuileries ayant été envahi quelques jours plus tôt...

Elle prononce ces mots clairement. « Elle est lucide et parfaitement saine d'esprit », songe Renée.

Afin d'éviter le regard de sa visiteuse, Marie-Thérèse s'avance vers la fenêtre murée et, après une grande inspiration, commence lentement le récit que Chantereine retranscrit :

En juin, le château avait déjà été attaqué par une horde d'horribles gens et depuis lors mes parents attendaient, persuadés qu'ils allaient revenir. J'avais treize ans. Je passais mes journées avec ma famille et les quelques courtisans qui, par fidélité, restaient auprès de nous, ainsi que ma chère princesse de Lamballe. J'écoutais, je commençais à comprendre que notre sort dépendait d'une foule manipulée qui nous haïssait et d'un empereur autrichien peu pressé de sauver sa sœur...

La plume glisse sur le papier en faisant un bruit régulier. Chantereine écrit vite, sous la dictée de la jeune fille, qui semble avoir oublié sa présence dans la pénombre de la pièce. Renée, qui ne s'y attendait pas, remarque que ses souvenirs sont parfaitement ordonnés et certainement le fruit d'une longue et douloureuse réflexion. Elle l'en admire d'autant plus.

Allait-il laisser périr la fille de l'impératrice Marie-Thérèse ? Car il s'agissait bien de mort. Nous en étions tous persuadés, à l'exception de mon jeune frère, Louis Charles... Lui seul conservait une popularité auprès des Parisiens et paraissait ne pas les craindre... Moi, j'avais peur, horriblement peur. La princesse de Lamballe savait la terreur que m'inspirait la foule, depuis cette horrible journée d'octobre 1789 où elle avait dévasté notre château ! Cette même foule qui, trois heures durant, nous a accompagnés de sa haine des Tuileries au Temple. « Bougresse, traîtresse, le peuple aura ta peau ! » J'entends encore les injures que la reine, toujours droite et digne, endurait. Assise en face d'elle, je cherchais son regard qu'elle ne me rendait pas. Elle semblait au-delà du dégoût, de l'effroi, et même de la colère. Le roi avait son fils sur ses genoux. Il l'exposait dans le but de calmer la violence de la foule. En effet, les sans-culottes s'apitoyaient sur son sort et l'enfant acceptait leurs familiarités. Il cherchait à plaire. L'inverse de moi, somme toute...

Soudain, Marie-Thérèse se tait. Chantereine, calmement, l'incite à poursuivre par une question :

— Et vous, Madame, étiez-vous applaudie ou conspuée ?

— Moi, je n'étais rien...

Elle reprend sa dictée :

Les louanges qui ont accompagné mon enfance se sont effacées avec l'arrivée de mes frères. De charmante, instruite, gracieuse, je suis devenue la fille Capet cachée derrière les silhouettes imposantes de ma mère et de ma tante Élisabeth. Et si, par malheur, une question venait à m'être posée, alors je bredouillais, rouge de frayeur, et le Dauphin répondait à ma place...

La princesse ouvre machinalement la fenêtre puis, se souvenant de l'ordre qu'elle avait précédemment donné, la referme d'un geste violent.

Elle poursuit :

Ils nous attendaient, massifs, haineux, lorsque, enfin, la berline s'est arrêtée devant l'entrée du Temple. Il faisait sombre pour un soir d'été, mais quand le portail s'est ouvert, nous avons découvert la façade du palais éclairée de mille lanternes. Je n'ai pu m'empêcher de m'écrier : « Oh ! que c'est beau ! »

Comme j'étais naïve. D'une voix glaciale, ma mère m'a intimé l'ordre de me taire, tandis que mon père nous a expliqué que ce domaine était la propriété de son frère Artois et que nous y serions bien... Quelle surprise de voir qu'un souper nous avait été préparé comme à Versailles. Les nourritures et les boissons se succédaient grâce à une multitude de serviteurs. Puis, soudain, les lanternes ont été soufflées et les gardes, aux visages devenus hostiles, nous ont obligés à les suivre dans cette tour que je n'ai plus jamais quittée. Je me souviens de la poussière et des insultes. Mon père portait dans ses bras mon frère, et je montais les marches, ma main dans celle de Lamballe, entendant les cris et les rires de toute cette foule qui reprenait en chœur : « Madame à sa tour monte, ne sait quand descendra » sur l'air de Marlborough s'en va-t-en guerre.

Lamballe, d'habitude si fragile et si prompte à s'évanouir, s'est installée dans la tour comme si elle était à Versailles et m'a aidée à supporter les premières heures, couchant entre deux pièces, sur une paillasse à même le sol. Elle avait pris l'habitude de me caresser les cheveux chaque fois qu'elle s'approchait et de me glisser à l'oreille : « Courage, mon petit cœur. »

Le premier soir, la reine a vérifié l'ordonnancement des pièces et elle n'eut pas une plainte quant à la promiscuité ou la saleté du lieu ! Je l'ai suivie, tandis qu'elle ouvrait le lit dans la chambre voisine pour mon frère. Il allait partager sa première nuit avec sa chère Mme de Tourzel, sa gouvernante.

Nous sommes montées au troisième étage visiter la chambre du roi, et l'avons trouvé en train de décrocher du mur des gravures, sous l'œil impassible de ses gardiens. Mon père s'est alors tourné vers moi et m'a dit qu'il ne souhaitait pas que je voie ces images licencieuses. Il m'a serrée dans ses bras quelques secondes avant de s'éloigner et de me rendre à ma mère qui m'a ordonné de sécher les larmes qui m'étaient venues aux yeux.

Le maire de Paris, Pétion, nous a fait passer d'un palier à une petite pièce et j'ai entendu cet homme saluer mon père par un laconique « Bonsoir, monsieur » qui m'a fait enrager. À cet instant précis de ma vie, j'ai compris que je n'étais plus fille de roi, mais la fille de Capet que je suivais en prison...

Après un temps marqué d'une hésitation, Marie-Thérèse reprend :

J'étais, ce soir-là, une petite fille désemparée. Je voulais rentrer à Versailles, ou mourir ! Nous étions entre femmes, à la merci de ces gardes ivrognes, condamnées à dormir sur des paillasses sales et pleines de vermine. J'entendais le pauvre Hué, le valet de mon père, qui demandait en vain qu'on ouvre une fenêtre ; Tourzel se mettait à instruire le Dauphin comme si nous étions toujours aux Tuileries ! Je voyais mon frère jouer au trictrac ou à des jeux futiles de charade avec Pauline tandis que moi je ne parvenais ni à jouer, ni à leur parler et encore moins à lire. Je crois que j'ai fini par m'endormir, épuisée par la fatigue.

Le lendemain, ils élevaient des murs, abattaient des arbres et masquaient nos fenêtres : la tour devenait notre prison ! Et pourtant, nous avons continué à vivre selon notre rang. Mon père restait à nos yeux le roi de France. Je continuais à m'adresser à lui en utilisant « Votre Majesté », tandis que les dames prononçaient avec déférence le mot « Sire » !

Le matin, mon père nous rejoignait, mais la présence de nos gardes empêchait toute conversation libre. Coupés du monde, sans journaux ni lettres, nous ne savions rien de la situation politique, de la guerre ou de la vie de nos proches. Nous nous sommes interdit de commenter entre nous les nouvelles distillées par les municipaux. Le roi a ordonné que deux heures soient réservées à la lecture d'un ouvrage. Les études de la nature de Bernardin de Saint-Pierre ont été mon premier recours face à l'ennui et à l'angoisse. Nos geôliers décidaient de notre quotidien, de nos horaires comme de nos sorties. De haute lutte, Hué a obtenu de nos gardiens qu'ils ne nous accompagnent pas derrière le paravent... Il fallait le voir en ressortir avec les pots de chambre, comme s'il portait la couronne de France ! Un jour que je confiais à ma tante Élisabeth l'horreur de mon existence, celle-ci m'expliqua que j'agissais sous le coup de l'orgueil : « Essayez de vous imaginer dans ce lieu par la volonté de Dieu et acceptez de Lui obéir. Ainsi, vous n'obéirez plus aux municipaux, mais à Notre-Seigneur et accepterez plus facilement votre sort. » Je me le tins pour dit et chaque fois qu'un garde nous rabrouait ou que l'un d'entre eux m'envoyait à la figure la fumée de sa pipe, je serrais les poings, me répétant à voix basse : « C'est la volonté de Dieu, c'est la volonté de Dieu... »

Sur ces mots, la jeune fille se tait et se réfugie dans le silence. Au bout de quelques minutes, Renée se décide :

— À propos, Madame, vous souvenez-vous que vous m'avez demandé, le jour de notre rencontre, le nom du chat d'un des jardiniers de Versailles ?

Revenant à elle, la princesse, interloquée, réagit :

— Ai-je pu vous faire une demande aussi saugrenue ? J'en doute.

— Sachez que le jardinier de votre enfance, le père Adrien, est toujours en vie. Il a été très honoré que vous ayez le souvenir de lui et recherche le nom de l'animal.

— Mais c'est absurde. Je me souviens parfaitement du nom de ce petit chat : je le nommais Grisou.

Dehors, la pluie a repris et les gouttes projetées contre la fenêtre font un bruit sourd. Marie-Thérèse revient vers son canapé et s'assied en repliant les jambes contre elle. Alors, elle se laisse aller à une première confidence et, d'une voix triste, avoue à Renée que la vue de la pluie la ramène toujours à la mort de son jeune frère. Voir le ciel déverser son torrent de larmes, c'est penser qu'il est là-haut, qu'il la voit et qu'il pleure.

12

Lamballe

Une bourrasque vient de se projeter contre la fenêtre qui s'est ouverte. En quelques secondes, la pluie s'invite dans la pièce et interrompt l'évocation du cher frère disparu.

Troublées par ce signe du destin, les deux femmes dans un même geste se lèvent pour repousser les battants et se replonger dans l'obscurité qui rassure la prisonnière. Quelques instants plus tard, Marie-Thérèse trouve l'énergie de poursuivre son récit.

La guillotine est dressée en permanence et exécute les prétendus serviteurs de Louis. J'ai entendu cette phrase effrayante prononcée par un garde au soir du 19. Au milieu de la nuit, Mme de Tourzel et la princesse de Lamballe sont entrées dans la chambre de la reine suivies de deux commissaires de la municipalité. Blanches de terreur, elles ont esquissé une pitoyable révérence ! Sans ménagement, un commissaire nous a annoncé que toutes les personnes affectées à la famille royale devaient être interrogées. Ma mère s'est alors dressée et, tout en nouant un châle sur ses épaules, a protesté que l'on ne pouvait lui enlever ces personnes. Le commissaire a soutenu son regard et lui a asséné : « Les prisonniers n'ont pas droit à des serviteurs ! Ne vous opposez pas à leur départ. Cela se retournerait contre elles. »

Elles allaient à la mort !

Tandis que les gardes s'impatientaient, et que ma main retenait celle de Lamballe, je me suis souvenue des paroles de ma tante. C'était la volonté de Dieu, et non celle des hommes. Alors, j'ai lâché sa main. C'en était fini...

Ma mère m'a enfin ouvert les bras et nous avons pleuré sans retenue dans cette chambre vide. C'était la première fois, depuis notre détention, qu'elle me consolait. Au petit matin d'une nuit de larmes, nous nous sommes retrouvées avec mon père auquel on avait retiré son cher Hué. Devant son visage sombre, je n'ai rien pu dire... rien ! Le jour de la fête du roi, nous avons eu droit à une promenade, mais les insultes du peuple prenaient une telle ampleur que nous sommes vite rentrés. En montant, nous avons eu la surprise de voir que Santerre allait nous honorer de sa présence pour le dîner. Curieuse façon de fêter la Saint-Louis avec son bourreau ! Auparavant, il a demandé au roi : « Monsieur Capet, au nom de la Commune, je vous demande de me donner votre épée. »

Mon père, sans un mot, l'a sortie doucement de son fourreau et l'a posée sur la desserte, ne voulant pas la tendre à son ennemi. Sans réfléchir un instant, je me suis précipitée sur l'objet et m'en suis emparée... Santerre a cru que je m'apprêtais à le tuer et s'est mis à crier « À la garde ». J'ai hurlé à la figure de cet homme que son geste était ignoble et que seul le roi de France avait l'insigne honneur de porter une épée en tout lieu, et même en prison. L'esclandre a été bref. Mon père, en un clin d'œil, m'a enlevé l'arme des mains, l'a reposée sur la desserte et a prié Santerre de s'asseoir. Celui-ci a refusé et s'est enfui avec l'épée. Ma mère, fidèle à elle-même, n'a pas dit mot tandis que je me suis écroulée en larmes... Ma tante m'a alors tendu son mouchoir en m'assurant, d'une voix glaciale, qu'il était inconvenant de faire attendre le repas du roi. Mon père, pourtant, a poursuivi son dîner sans me faire le moindre reproche.

Après cet événement, les jours se sont écoulés avec une désespérante lenteur. Depuis ce moment, je me suis battue, chaque jour, contre l'ennui et la promiscuité. Tout ce qui faisait ma vie à Versailles avait disparu en quelques mois...

Chantereine repose sa plume et voit la princesse s'approcher d'elle et, dans un geste bienveillant, poser la main sur son épaule.

— Vous devez être endolorie... Nous nous arrêterons ici. Prenez du repos.

— Je suis fatiguée, il est vrai, mais si heureuse de vous entendre parler. Je vais recopier les premières notes et vous les rapporterai.

— N'oubliez pas les vêtements de grand deuil, je vous prie, rappelle la princesse.

— Qu'appelez-vous grand deuil ?

— En hommage aux défunts roi et reine de France, il faudra tendre la pièce de noir. Le grand deuil est réservé pour les membres de la famille royale et dure six mois, récite d'une voix morne Marie-Thérèse devant Renée décontenancée. Pendant les trois premiers mois, on porte la laine en popeline, des bonnets d'étamine noire et les manches des chemises en crêpe blanc. Puis la soie noire pour les six semaines suivantes et enfin le petit deuil de blanc et de noir pour les six dernières semaines. Mais convenez que, dans mon cas, le noir durant six mois serait mieux, vu le nombre de décès à honorer.

Un rire sarcastique accompagne ces derniers mots.

— Madame, nous sommes en août... Vous allez souffrir de la chaleur... et...

— Ne vous occupez pas de mes souffrances, la coupe-t-elle. Prenez des jupes de laine de Saint-Maur, des chemises blanches à manches plates, une ceinture de crêpe noir pour arrêter la taille et des fichus de batiste et renvoyez cette malle à frivolités ; sa présence est une injure à mes morts...

Chantereine, ahurie par la maturité de la visiteuse, accepte d'un signe de tête et descend l'escalier raide, les bras chargés de feuillets, où elle croise le commandant Vizille en personne. Nullement impressionnée, elle le salue et poursuit sa marche.

Il l'interpelle :

— Citoyenne, un instant, je vous prie. Je dois vous remettre, en mains propres, un pli du citoyen Barras. Par ailleurs, il m'a été demandé de voir avec vous quelles mesures il me faut prendre pour améliorer l'ordinaire de la prisonnière.

Ce faisant, il lui tend une belle enveloppe cachetée de cire et frappée d'un immense sceau RF. « La République aime mettre les formes », pense Renée amusée.

— Il faudrait que la pièce soit nettoyée de fond en comble et qu'un lit lui soit apporté, réplique-t-elle spontanément.

— Je ne comprends pas, il y en a déjà un.

— Elle refuse de s'y allonger, car jusqu'à hier, elle espérait le retour de sa mère qui y dormait.

— Absurde ! Mais je ferai nettoyer et je trouverai un lit. Quoi encore ? ajoute-t-il brutalement.

— Des vêtements de deuil et des draps noirs pour draper les murs.

— Foutaises !

— Non, elle agit comme si elle vivait à la cour de France et que Louis XVI, puis Louis XVII venaient de mourir.

— Elle est folle, surtout !

— On le serait à moins après trois ans de réclusion, avance Chantereine. Je vais me charger des vêtements. Je vous laisse le soin de nettoyer la pièce... Une dernière chose, il y avait une chapelle, j'imagine, dans le palais du grand prieur ?

— Je n'y ai pas fait attention.

— Je crois qu'un crucifix ou un tableau représentant la Vierge lui serait d'un grand secours...

— Citoyenne ! Vous êtes en République. Je ne ferai rien porter dans sa cellule et je me contenterai de la faire nettoyer.

Alors, à bout de patience, Chantereine clôt l'entretien :

— Commandant, si vous aviez perdu tous vos proches, vous auriez besoin d'un réconfort pour ne pas sombrer dans la folie. Pour vous, ce serait peut-être l'alcool, pour elle, Dieu, peut-être...

Sans attendre la réaction du militaire, elle tourne les talons et dévale l'escalier.

Arrivée dans le jardin, il lui faut longuement reprendre son souffle, épuisée par cette déplaisante rencontre. Elle observe un court instant le spectacle désolant des parterres laissés à l'abandon et décachette la lettre lui accordant le droit de poursuivre son entreprise, sous réserve que le récit de la citoyenne Capet se limite aux souvenirs privés. C'est pourquoi elle se rend ensuite rue du Faubourg-Saint-Honoré, chez une couturière qu'elle a connue en soignant ses parents. Roselyne Debord lui a plu d'emblée. Toutes deux ont conservé, après le décès des siens, une relation mêlée de confiance et de sympathie. Roselyne a un sens inné de la discrétion et n'apprécie qu'une seule chose : coudre seule au coin de sa fenêtre. C'est d'ailleurs ce refus de se mêler aux caquètements des autres qui l'a poussée à quitter l'illustre maison de couture de Mme Bertin où elle excellait dans l'art du corset.

Au dernier étage d'un bel immeuble en pierre, Roselyne vit seule avec son canari. Son talent a rapidement fait le tour du quartier et depuis des années une clientèle bourgeoise, discrète, aussi bien masculine que féminine, insensible aux excès de la mode mais soucieuse de conserver longtemps des vêtements de qualité, se presse chez elle.

Reçue chaleureusement, Chantereine lui raconte brièvement sa mission au Temple et la prie de confectionner les fameux vêtements de grand deuil voulus par la descendante des rois de France ! La couturière s'amuse de cette demande fort peu courante après la déferlante révolutionnaire qui l'a obligée, ces derniers mois, à transformer radicalement les formes de ses capes, à ajuster les jupes en drapés ou à dévoiler les bras et la gorge à peine dissimulés par une gaze pour des clientes auparavant fort sages...

Renée supplie son amie de garder le silence sur cette commande et lui assure un prompt règlement grâce à la diligence de son voisin Robert. Ensemble, elles décident de deux jupes de laine noire à plis plats, d'une ceinture de flanelle à bouton de velours, d'une petite veste ajustée en taffetas rayé noir et blanc, de deux chemises simples et de deux fichus de dentelle noire qui feront office de châles, le temps de l'été... Quant à une commande pour l'hiver, Chantereine ne peut, pour l'heure, se prononcer.

Le soleil commence à se cacher derrière l'église Saint-Roch et à éclairer l'édifice d'une somptueuse lumière dorée quand Renée achève sa visite. Elles conviennent d'une prochaine livraison sous trois jours pour satisfaire la demande de la jeune prisonnière. Au moment de refermer la porte, Chantereine entend un petit cri, un faible miaulement. Une pauvre chatte du quartier ayant été renversée par un cavalier dans la rue, Roselyne est obligée de nourrir une portée de chatons affamés.

Renée se dirige vers la cuisine et découvre, sous le puisard, un panier avec quatre petits chats recroquevillés les uns contre les autres.

— Je suis bien ennuyée, avoue Roselyne, je ne peux les garder. Ils risquent, un jour, d'attraper mon oiseau.

Face à ce clin d'œil du destin, Renée n'hésite pas à prendre dans ses bras une boule de poils gris.

— Celui-ci est réquisitionné...

13

Grisou

Chaque phrase de Marie-Thérèse de France recopiée par Chantereine ce matin lui fait prendre la mesure de la dignité et du courage de la prisonnière. Quant au petit chat, il a commencé à s'aventurer dans son logis et ce spectacle attendrissant la détourne parfois de l'énorme tâche qui l'attend.

Vers quatorze heures, Renée, un petit panier à champignons sous le bras, se présente au guichet du Temple. Le chat a eu la bonne idée de rester calme et les gardiens abrutis de soleil et d'ennui ne montrent aucune curiosité. Comme la veille, elle trouve la prisonnière prostrée dans l'ombre et répondant à peine à son salut.

— Laissez-moi aérer au moins quelques instants pour renouveler l'air de la pièce ! Je ne veux pas que vous vous affaiblissiez.

Marie-Thérèse se lève, telle une automate, se dirige vers la fenêtre pour l'ouvrir elle-même ; elle recule pour ne pas affronter la luminosité de cette belle après-midi d'été.

— J'imagine que vous devez avoir des ordres pour m'engraisser comme un animal de foire et me rendre présentable, lui lance Marie-Thérèse d'une voix sèche. Mais enfin, que vont-ils faire de moi ? Me juger, me tuer comme ma tante, m'exiler... ?

Devant l'extrême nervosité de la jeune fille, son

interlocutrice tente de répondre le plus calmement possible :

— Les temps ont changé, personne ne vous veut du mal, les enragés de la Révolution ont péri eux-mêmes et les Français rêvent de calme et de paix.

À cet instant, le chaton enfoui dans le panier se met à miauler faiblement. Marie-Thérèse s'avance tandis que Renée balbutie :

— C'est pour vous, c'est...

— Le père Adrien ! s'exclame la jeune fille en prenant l'animal et en le collant contre elle. C'est lui qui a pensé à moi ?

Elle a soudain une expression d'enfant joyeuse. Renée, soucieuse de préserver cet infime instant de grâce, confirme :

— En effet, il l'a fait déposer aux guichets du Temple en demandant qu'il vous soit remis.

— Comme il ressemble à Grisou ! Il est si petit...

La prisonnière a quitté cet air chagrin et l'angoisse de son avenir s'est volatilisée avec l'apparition du petit chat gris. Elle peut s'asseoir sur une des chaises de paille et caresser l'animal qui se laisse amadouer. Ses mains se font légères sur le pelage gris et bien vite un ronronnement rassurant se fait entendre. Alors, tout en perpétuant son geste, elle demande à Renée de se munir de son matériel pour la dictée et c'est d'une voix assurée qu'elle commence :

Le roi n'aimait pas beaucoup les animaux de compagnie et comprenait mal que je puisse avoir un tel amour pour les lapins et les chats. « Les bêtes sont faites pour être sauvages et donc susceptibles d'être chassées », disait-il en faisant mine d'attraper Grisou. La chasse était sa grande passion ; il rêvait de gibier au bout du monde. Lorsque le fils de l'impératrice de Russie est venu en France, il a proposé à mon père de chasser l'ours dans son pays. Je me souviens avoir crié mon dégoût, tandis que mon père acceptait avec enthousiasme ! Après notre départ de Versailles, mon père a continué à chasser à Saint-Cloud, puis les déplacements lui ont été refusés et il a dû renoncer à l'un de ses plus grands plaisirs. L'enfermement au Temple a été terrible pour cet homme habitué aux grands espaces et aux pièces immenses de Versailles.

Levé tôt, habillé et rasé par lui-même, lorsque les gardes voulaient bien le laisser se servir d'une lame, il passait dans la tourelle attenante à sa chambre et s'y enfermait toute la matinée pour prier et lire. Il descendait nous retrouver et restait avec nous jusqu'au souper. Nos journées étaient ponctuées de lectures à haute voix, d'activités de tapisserie pour ma mère, de raccommodage de nos vêtements par ma tante très habile en couture, et surtout de leçons pour mon frère et moi.

— Qu'appreniez-vous alors ? demande Renée.

Nous prenions surtout des leçons d'ennui, de patience et de retenue. Et la géographie ! Mon père dessinait de mémoire des cartes en petits pointillés qu'il nous fallait remplir. Noms de fleuves, de villes, de provinces. Contrairement à ma mère, il n'avait jamais besoin de vérifier un lieu dans une encyclopédie. Lorsque mon frère réussissait sa leçon d'algèbre, mon père lui accordait une partie de trictrac où le Dauphin se révélait aussi habile que lui !

— Mais revenons plutôt à cet horrible 19 août, se reprend la princesse de peur de se perdre en digressions.

À la fin du mois, Hué, autorisé à reprendre du service, nous a rejoints. En même temps, nous avons eu à supporter, pour les corvées, le couple Tison envoyé surtout pour nous espionner. Hué a réussi à nous dire que Mmes de Tourzel et Lamballe étaient en vie à la prison de la Force et de ne pas nous inquiéter à leur sujet. Comme il avait tort ! Et ma mère, d'habitude silencieuse, m'a prodigué quelques recommandations dont je me souviens :

« Dans ces temps violents, il convient de maîtriser votre peur.

Comme moi, ne parlez jamais devant nos gardiens et amusez-vous, ma fille, à observer combien le silence déroute et entraîne votre adversaire à perdre son sang-froid. Santerre est un monstre qui éprouve un plaisir évident à vous voir presque défaillir, lorsque vous l'entendez m'insulter. En le défiant par mon silence, je nie ses cris et l'oblige à rester ce qu'il est : un être méprisable. Ses paroles, je ne les entends pas. Les mots, ma chère enfant, sont nos ennemis ! Ils ont été ma perte lorsque je suis arrivée en France, sans me douter que chacune de mes paroles deviendrait pamphlet ou chanson grivoise ! Tâchez de choisir le silence, ma fille, surtout si nous venions à être séparées et que je ne puisse vous protéger... »

— Je l'ai écoutée, mais à quel prix ! soupire la jeune fille.

— Vos parents n'ont-ils pas cherché à fuir ? réagit spontanément Chantereine.

La prisonnière la regarde calmement, réfléchit, pose le petit chat par terre, et poursuit :

Après l'arrestation de notre chère princesse de Lamballe, j'ai pris conscience que nous étions seuls pour la première fois de notre existence. En famille, certes, mais en prison ! Désormais, la liberté ne pouvait venir que de l'extérieur, mais voulions-nous vraiment être sauvés par des soldats étrangers en terre de France ? Ni liberté, ni fuite ! Hué nous avait raconté que deux cent quatre-vingt-sept soldats gardaient une famille de deux femmes, deux enfants et un homme. Ce qui avait fait sourire mon père, peu enclin à une nouvelle fuite, après l'échec de Varennes. Il aurait fallu établir un plan. Or, les contacts avec l'extérieur étaient très difficiles : notre pain était coupé avant d'être servi, les carafes remplies devant nous, aucun courrier distribué et notre linge fouillé. Ne restait que la voie légale, à savoir : juger une famille entière.

Marie-Thérèse s'anime :

Que pouvait-on nous reprocher ? À mon père, d'avoir voulu se faire aimer du peuple et chercher la voie de la conciliation ? De tous les rois de France, il était peut-être le plus pieux, le moins dépensier, et d'une moralité incontestable contrairement à mes ancêtres. N'a-t-il pas été le premier roi à supprimer la torture ? Et quoi d'autre ? À ma mère d'avoir été frivole et dépensière ? Mais elle ne méritait pas la prison pour cela... À ma tante ? Son penchant pour la religion ? Et à nous, enfants de France, que nous reprocher, sinon d'exister ? Nous étions innocents...

Chantereine court après les mots enflammés de la jeune princesse :

Quelques jours après notre arrivée, un nouvel incident est intervenu et je n'ai pas su me contrôler. Nous étions le 25 août, date de la Saint-Louis, et nous espérions adoucir notre quotidien d'un repas plus festif. Autour de nous, sous les marronniers grillés par le soleil, les injures fusaient de toutes parts, au-dessus du cercle des gardes. Puis la nouvelle s'est répandue que l'ennemi était aux portes de Paris ! « Une armée autrichienne et prussienne a pris Verdun, puis Châlons, Paris est en danger ! » criait-on partout. Les pierres ont alors remplacé les insultes et nous avons dû rebrousser chemin.

L'après-dîner s'est déroulé entre nos études et nos lectures, tandis que le tocsin qui sonnait sans relâche me terrifiait. Je faisais semblant de lire, mais je tremblais... Ils allaient revenir, je le sentais, ils allaient revenir dans cette horrible tour et réussir cette fois-ci à nous massacrer !

Vers cinq heures, un municipal est entré et s'est adressé directement à mon père : « S'ils rentrent dans Paris, ils massacreront tous les Parisiens, mais, monsieur, vous périrez avant... Car c'est vous qui les avez fait venir ! »

Mon père a riposté : « J'ai tout fait pour le bonheur du peuple, il ne me reste plus rien à faire. »

Le municipal, voyant qu'il ne pouvait atteindre le roi, a alors arrêté Hué sur-le-champ ! Nous étions tous conscients, à part le

Dauphin, qu'il partait pour la mort. Hué, le visage décomposé, nous a fait ses adieux avec une extraordinaire dignité et a disparu sans un mot...

Dans la matinée du 3 septembre, le gardien Manuel nous a déconseillé de nous rendre en promenade. En effet, l'après-midi, la foule a réussi à pénétrer dans l'enceinte du Temple. Ils arrivaient, les monstres, et exigeaient de nous voir ! Ils voulaient « le cochon Capet » et « sa gueuse » ou « sa putain d'Autrichienne ». Il fallait qu'ils se montrent, faute de quoi, ils détruiraient tout ! Je tremblais de tout mon corps. Mon père nous a demandé de prier. La porte s'est ouverte pour laisser passer deux municipaux accompagnés du général de la garde. Il ne montait jamais nous voir, aussi fallait-il que l'heure soit grave. Il a pris la parole : « Nous avons fait courir le bruit que vous n'étiez plus dans la tour mais le peuple veut vous voir. Je ne le veux pas, car je suis garant de l'ordre et de la sécurité de mes prisonniers, mais s'ils vous trouvent, je ne répondrai plus de rien. »

Le commandant, sans se préoccuper de la présence de ma mère et d'enfants dans la pièce, a asséné alors cette phrase terrible : « En réalité, le peuple veut vous voir et vous montrer... la tête de Lamballe sur une pique. »

Ma mère s'est évanouie à nos pieds. Je me suis jetée dans les bras de mon père qui m'a réconfortée. Ils ont reculé jusqu'à la porte et se sont enfuis en nous laissant seuls face à l'horreur. La reine, revenue à elle, sanglotait. Toutes les larmes contenues depuis son départ de Versailles se répandaient... Elle pleurait son amie, sa vie passée... Ce soir-là, elle n'était qu'une femme désespérée. Le roi se parlait à lui-même comme s'il était seul. Il se sentait responsable de sa mort et répétait sans cesse que le sacrifice de sa vie était absurde. Je me suis recroquevillée sur moi-même dans un coin, cherchant à retrouver ma respiration. Enfin, mon père s'est arrêté de marcher et s'est adressé à Dieu pour que cesse le massacre.

Le récit de Marie-Thérèse a atteint une telle intensité que Chantereine, à son tour, ne peut retenir ses larmes. Tentant de dominer son émotion, elle demande :

— Mais, au moins, avez-vous pu vous consoler dans les bras l'une de l'autre ?

— Non, répond la jeune fille. Je vous avoue que ces élans démonstratifs ne ressemblaient en rien à ma mère. J'ai laissé mes parents vivre leur douleur ensemble pour supporter, seule, la mienne. À qui pouvais-je confier ma peine ? Pas à mon frère, pas à tante Élisabeth qui n'avait jamais apprécié la princesse, la jugeant futile... Ces heures, après la mort de Lamballe, m'ont été les plus difficiles. J'étais jeune encore, et pleine de vie. Les jours et les nuits suivants, je n'étais que colère et haine mêlées : je bouillais intérieurement de rage contre ces monstres. Je ne voulais pas prier pour le repos de l'âme de Lamballe, je voulais la venger ! Je ne voulais pas de prières aux paroles insipides ! Je voulais du sang !

14

L'intimité

De retour chez elle, Chantereine entreprend de recopier ses notes sur-le-champ avec la crainte de mal faire. La prisonnière a dit tant de choses ! Elle a surtout bousculé l'idée que Renée se faisait de la famille royale : la description de Marie-Antoinette, acceptant toutes les humiliations sans la moindre résistance et se réfugiant dans la prière, la frappe. Comment une situation dramatique peut-elle changer, à ce point, le comportement d'une femme ? Trouve-t-on dans l'adversité la foi et le courage ? Et ce roi, qu'elle découvre admirable père de famille. Mais c'est la princesse qui l'émeut particulièrement avec cette volonté de se faire sage pour ne pas importuner son père et, la nuit, de maîtriser ses terreurs pour ne pas inquiéter sa mère.

Deux coups frappés contre sa porte interrompent sa réflexion. Le citoyen Robert est là. En quelques mots, elle l'informe des événements des deux derniers jours.

— Et son récit ? demande-t-il.

Chantereine, volontairement évasive, répond :

— C'est un récit très formel, rendant compte de son quotidien au Temple depuis le premier jour.

— Très bien.

— À ce propos, j'ai une faveur à vous demander : si

un jour mon logis venait à être visité par un voleur, on ne sait jamais, j'aimerais que ce document soit protégé...

— Je comprends ; je vous ferai livrer un petit coffre que nous scellerons dans le mur. Par ailleurs, vous disposerez d'une bourse pour régler les demandes de la prisonnière et vos besoins personnels. Avec ce pécule, bien modeste, vous pourrez faire monter un plat de chez le charcutier d'en face, je n'ai pas envie de vous voir dépérir, ma chère.

— Merci, citoyen, merci. Vous avez raison, je n'ai pas vraiment le courage de m'occuper des tâches ménagères quand je rentre et parfois je regrette de ne pas vivre auprès d'elle. Ce serait plus simple, pourtant...

— Ne vous attachez pas trop à cette jeune personne, l'avertit son voisin. Si vos destins se sont croisés, ils se sépareront forcément un jour.

— Pourquoi dites-vous cela ? s'inquiète Chantereine. Le Comité a-t-il décidé quelque chose ?

— Non... non, répond précipitamment le secrétaire de Barras, mais elle ne restera pas indéfiniment en prison.

— Alors je la suivrai là où elle résidera.

— Nous verrons, nous verrons, tempère-t-il. Citoyenne, je vous laisse... Reposez-vous, s'il vous plaît.

Renée dort mal cette nuit-là, inquiète pour l'avenir de sa protégée, tournant dans tous les sens les propos sibyllins du citoyen Robert.

Le lendemain, les bras chargés de deux ballots de toile noire, les épaules fourbues et le visage fatigué, Renée retrouve Marie-Thérèse qui la reçoit aimablement.

— Le petit chat a bien dormi et a un appétit d'ogre, annonce la jeune fille avec une moue enfantine. J'ai dû déranger deux fois le gardien ce matin pour qu'il remette du lait dans l'écuelle, nous allons coûter cher à la République, lui et moi !

Son regard tombe sur les paquets posés au sol. Elle

défait les nœuds, sans commentaire sur les tenues confectionnées à la hâte par la couturière, et ne cache pas son émotion à la vue des mètres de gaze noire.

— Bravo ! madame. Il nous faut des ciseaux. Ils ont disparu du nécessaire de toilette...

Renée courbe la tête et sort chercher l'objet qu'elle lui tend sans appréhension. Fébrilement, la jeune fille s'approche de la fenêtre, tire une chaise, grimpe et accroche le voile noir sur la tringle abandonnée. Avec l'étoffe qu'elle a découpée, elle couvre aussi le lit de sa mère, qui, en un instant, se métamorphose en une sorte de catafalque, invitant les deux femmes à se recueillir.

Chantereine s'assied, se met à aiguiser les plumes, en attendant que la jeune fille livre la suite de ses souvenirs. Marie-Thérèse se souvient parfaitement du moment où son récit s'est arrêté et elle reprend méthodiquement :

Avec la mort de Mme de Lamballe, j'étais confrontée de nouveau à la disparition d'un être aimé. Mes parents s'étant résolument réfugiés dans le silence, il ne me restait que mon frère et ma tante. Voyant mon chagrin, la princesse Élisabeth a abandonné enfin ses prières et ses tapisseries pour se préoccuper de moi.

Nous évoquions ensemble nos moments heureux à Versailles, dont elle connaissait chaque nom de fontaine, de bosquet et leurs histoires. Ainsi, malgré la présence de nos gardes, j'ai découvert les légendes de Neptune, Cérès, Latone et surtout du bel Apollon, pour ne rien oublier de la grandeur de nos ancêtres. Elle me persuadait qu'un jour, je revivrais dans cet endroit et qu'il me faudrait en connaître les usages et les lieux. C'était absurde dans cette prison, mais je lui obéissais.

À l'automne 1792, nous avons été transférés dans la grande tour où nous avons été tous réunis dans de nouveaux appartements, là où nous nous trouvons aujourd'hui. Elle comptait deux étages pour nos gardes et deux pour nous. Mon père partageait sa chambre avec son fils, Santerre ayant décidé de le soustraire à la piètre influence des femmes ! « Chou d'amour », ainsi surnommé par ma mère, quittait à sept ans le monde de la tendresse. Dès que les gardes s'éloignaient, le roi apprenait en secret à son fils cette prière qu'Élisabeth m'avait enseignée : « Dieu tout-puissant, qui m'avez créé et racheté, je vous adore, conservez les jours du roi mon père et ceux de ma famille. Protégez-nous contre nos ennemis, donnez à Mme de Tourzel les forces dont elle a besoin pour supporter les maux qu'elle endure à cause de nous... »

Un nouveau serviteur nommé Cléry est arrivé. Il s'est avéré être un homme remarquable. Étant autorisé à sortir, il est parvenu à nous glisser quelques informations pendant le repas, derrière le paravent. Grâce à Hué, miraculeusement sauvé des massacres de septembre et vivant à Paris, il a tenté l'impossible pour alléger notre sort.

Quant à moi, peu m'importaient mes conditions de vie tant que je vivais sous le regard bienveillant de mon père. Ainsi, je pouvais me lever tôt, prier des heures durant, recoudre mes deux robes déjà usées, découdre même les armoiries des Bourbons sur mes jupons à la demande de nos bourreaux ! Grâce à lui, j'ai pu me promener dans le froid et marcher autour des marronniers, affronter ces repas silencieux, écouter ma tante nous faire la lecture. Je suis parvenue à baisser les yeux devant Manuel, l'affreux municipal qui me dévisageait comme une vulgaire servante.

Lorsque le roi paraissait aux repas, je me réjouissais enfin de voir ma mère l'accueillir. Il se sentait aimé de sa femme, comme il l'avait, lui, toujours aimée. Ils se parlaient peu pour ne pas donner prise aux municipaux, mais ce silence leur convenait et abritait ce curieux bonheur qui était devenu le leur. En prison, leur amour renaissait et apaisait leurs angoisses. Ainsi, pour se protéger de l'humidité, ma mère portait souvent un châle qui ne cessait de glisser. Le roi souriait et ramenait constamment l'étole sur les épaules de sa femme. Moi aussi, j'avais froid, et j'enviais ce geste de tendresse. Parfois, leurs mains se croisaient et mon père devait s'arracher à cette nouvelle intimité, obligé de monter dans sa chambre rejoindre leur fils endormi.

Nous étions dans l'attente des messages d'espoir que nos

proches tentaient de nous faire passer. Nous cherchions en vain à savoir si Mme de Tourzel et sa fille Pauline avaient survécu. Mon frère demandait chaque jour des nouvelles de sa gouvernante. Ma mère rêvait d'exil, mon père d'un relais de chasse en province, ma tante d'un couvent, et moi, de mon cher Trianon.

Chantereine pose la plume et s'interroge tout haut :

— Mais, mis au secret et surveillés en permanence, comment avez-vous pu communiquer avec l'extérieur ?

— Grâce à Cléry ! répond Marie-Thérèse.

Ma tante avait mis au point, avec lui, un langage codé. Elle y excellait, car les municipaux ne voyaient en elle qu'une bigote revêche et inoffensive ! Il montait tous les jours dans la petite tour, à l'heure du passage des colporteurs, se hissait à la hauteur d'une lucarne, et écoutait les annonces ; il revenait, croisait ma tante au même moment et lui glissait rapidement les nouvelles. De retour dans la chambre de la reine, elle se plaçait au balcon de la seule fenêtre non murée. Là, le roi, sous prétexte de prendre l'air, s'approchait et sa sœur lui répétait l'événement. Autre ingéniosité de ma tante : les messages à l'écriture invisible. Nous avions un poêle inutilisé où ma tante plaçait ses billets rédigés la nuit. L'encre était remplacée par des citrons ou des noix, qu'elle dissimulait dans ses poches, selon ce qui nous était servi aux repas. Enfin, elle communiquait avec Cléry par un code gestuel qu'elle m'a transmis.

La jeune fille se lève et mime chacun des gestes avec un sourire tout en continuant son monologue :

— Pour les Anglais, portez le pouce droit sur l'œil droit. S'ils débarquent du côté de Nantes, portez-le à l'oreille droite ; du côté de Calais, à l'oreille gauche. Si les Autrichiens sont vainqueurs du côté de la Belgique, le second doigt de la main droite sur l'œil droit. Les troupes du roi de Sardaigne, le quatrième doigt. Lorsqu'ils seront à quinze lieues de Paris, en suivant le même ordre pour les doigts, on observera seulement de les porter sur la bouche...

— Bravo, vous vous en souvenez, c'est bon signe ! Et vous riez. J'aime vous voir rire !

— Je me suis tant exercée la nuit, dans mon lit, à singer ma tante ! Cette princesse de France qui n'avait quasiment jamais quitté le château de Versailles réussissait, devant nos gardes, à se passer un ou deux doigts du nez à la bouche, puis aux cheveux avec une aisance digne du chevalier d'Éon !

Chantereine écoute, amusée. Marie-Thérèse, essoufflée, se rassied et se sert un verre d'eau.

— Quand ma tante ne complotait pas, elle priait. Elle m'a fait don d'un texte qu'elle avait pris soin de recopier dans sa chambre... Je crois que ma tante m'a sauvé la vie avec cette prière.

La jeune fille se lève et déclame lentement :

« Que m'arrivera-t-il aujourd'hui, ô mon Dieu ? Je l'ignore. Tout ce que je sais c'est qu'il ne m'arrivera rien que Vous n'ayez prévu de toute éternité. Cela me suffit, ô mon Dieu, pour être tranquille. J'adore Vos desseins éternels. Je m'y soumets de tout mon cœur : je veux tout, j'accepte tout, je Vous fais un sacrifice de tout, j'unis ce sacrifice à celui de Votre cher fils, mon sauveur, vous demandant par son cœur sacré et ses mérites infinis la patience dans nos maux et la parfaite soumission qui Vous est due pour tout ce que Vous voudrez et permettrez. »

Chantereine en est ébranlée :

— Comme ces mots ont dû être difficiles à entendre pour l'enfant que vous étiez...

— Je n'étais plus une enfant. La mort odieuse de Lamballe m'avait fait quitter les rives de l'innocence. Les premiers temps, les prières de tante Élisabeth m'ont paru inacceptables ; puis, un soir, je me suis aperçue que je les connaissais et qu'elles adoucissaient la brûlure qui déchirait mon cœur.

— Je vous entends et je vous admire, mais il est si difficile d'accepter que nos souffrances viennent de Dieu.

— Je vous l'accorde. Aujourd'hui, depuis que je sais, je doute de Dieu. Je ne pense qu'à eux, à leurs derniers instants de vie, à leurs exécutions que j'imagine abominables.

Chantereine, troublée, se risque :

— Il court une histoire émouvante à propos des derniers instants de votre tante. La princesse Élisabeth serait arrivée place de la Révolution en charrette, au milieu d'une dizaine d'autres femmes, toutes destinées à être guillotinées. Lorsqu'il a fallu en descendre, elles se sont présentées devant l'échafaud et, en signe de respect, lui ont fait chacune une révérence en allant vers la mort... Lorsque ce fut son tour, la foule présente, qui d'habitude hurlait d'excitation, serait restée totalement silencieuse.

— Elle était l'innocence même, murmure Marie-Thérèse, au bord des larmes, et sa foi l'a portée jusqu'au bout. Elle adorait Dieu et son frère, et a dû se sentir presque heureuse à l'idée de les retrouver. Comme j'aurais aimé être une de ces femmes et m'incliner devant elle, avant de monter, moi aussi, à l'échafaud !

— Mon enfant, vous ne pouvez souhaiter la mort...

— Si, Chantereine ! La mort signifie rejoindre les miens alors que, dans cette tour, dans l'enfermement qui est le mien, la pire des punitions est l'obligation qui m'est faite de vivre.

15

Le procès

Le jour suivant, alors qu'elle atteint le palier du deuxième étage de la grande tour, Renée est arrêtée par Lasne qui la prie d'attendre : un visiteur et le commandant Vizille s'entretiennent avec la prisonnière. La curiosité est trop forte. Renée se met à les observer par l'œilleton de la porte. Marie-Thérèse est debout, immobile, tenant dans ses bras Grisou qu'elle caresse mécaniquement. En face d'elle, deux hommes de belle allure, l'un militaire, l'autre en civil paré d'une ceinture tricolore. Elle identifie Barras immédiatement...

— Ils viennent d'entrer, chuchote le gardien.

La porte s'ouvre brutalement et les deux hommes sortent, la figure maussade. Barras s'adresse à Chantereine de façon abrupte :

— Ah ! vous tombez bien ! Votre protégée a du caractère.

— C'est ce qui lui a sauvé la vie, lui rétorque-t-elle.

— Je lui ai annoncé notre volonté de lui faire rejoindre son cousin, l'empereur François II, à Vienne. Elle refuse.

— Pire, ajoute Vizille, elle se proclame fille du roi de France. L'empereur d'Autriche étant l'ennemi de la France, est donc son ennemi...

Barras s'emporte :

— Je ne suis pas là pour écouter une enfant me donner une leçon de politique ! Aussi, à vous de jouer, Chantereine ! Ou vous réussissez à la convaincre d'accepter l'exil ou je la colle de force dans un carrosse jusqu'à la frontière et... En attendant, ni mémoires, ni souvenirs ! Elle se refera une santé à Vienne ! Ce n'est pas le moment d'apitoyer les royalistes avec les malheurs de leur martyre.

Furieux, il disparaît dans l'escalier.

Renée, encore sous le choc, frappe à la porte, entre et trouve Marie-Thérèse figée. Ses vêtements noirs et ses cheveux dissimulés par un discret bonnet blanc lui confèrent un air austère.

— Vous allez être bientôt débarrassée de moi, Chantereine, ils veulent me chasser de France.

— Allons, vos conditions de vie seront sûrement plus douces auprès de votre cousin !

— François II est un lâche qui n'a rien fait pour sauver notre famille. Je dois rester, je dois témoigner et dire aux Français que mes parents étaient bons et loyaux envers leurs sujets. Leur mort est une injustice qu'il me faut réparer.

Ses yeux s'emplissent de larmes, mais elle se contient et ajoute :

— Je ne veux pas quitter la terre de mes ancêtres ! Je veux retrouver la sépulture de mes parents, m'y recueillir, et vivre simplement dans un coin de France. Aidez-moi, Chantereine, je vous en supplie, je vous récompenserai plus tard.

— Je vous aiderai, je vous l'ai promis, et si vous devez quitter la France, je vous suivrai. Dans l'immédiat, nous devons gagner du temps, et, peut-être, prétendre que vous êtes souffrante. Je suis sûre du silence de Lasne et de Gonin.

Le visage de la jeune fille s'éclaire.

— Allons, ne dérogeons pas à nos habitudes quotidiennes et avançons votre récit ; faisons comme si rien ne s'était passé. Nous en étions à Cléry à l'automne 1792, rappelle Renée en s'installant à la table.

Son ton convainc Marie-Thérèse qui docilement reprend :

À l'automne, Cléry a été surveillé par le couple Tison qui nous espionnait sans cesse. Il nous a été interdit de nous réunir dans le petit cabinet adjacent à la grande tour. Les municipaux nous ont enlevé notre encre, nos plumes et nos crayons. Ce qui a empêché mon père de faire passer le moindre message à ses fidèles. Malgré tout, il s'attachait à parfaire l'éducation de son fils. Un peu plus tard, les municipaux nous ont dépouillés de nos couteaux, rasoirs et ciseaux.

En quelques jours, nous sommes devenus pitoyables à voir : les femmes dans nos robes d'été usées et sales, et mon père, dans son seul habit, souillé, couleur puce. Et le froid est arrivé ! Cléry écrivait sans relâche aux commissaires pour leur réclamer du bois et des couvertures, mais il n'obtenait aucune réponse. Il a pu, malgré tout, avec son propre argent, acheter un peu de linge et un peigne, par l'intermédiaire de notre fidèle Hué, devenu notre créditeur.

Un matin de décembre, mon père, comme de coutume, est descendu prendre son déjeuner à dix heures. Il était très calme. Il m'a embrassée, en me souhaitant « Bon anniversaire » dans un murmure, ne voulant pas être entendu des municipaux. Il avait, hélas, un bien triste présent pour mes quatorze ans. Il nous a appris que nous allions être séparés pendant quelque temps. Devant les pleurs de son fils, il lui a expliqué que la France étant en guerre, elle intentait à son roi un procès pour trahison. Comme je criais qu'il était innocent, il m'expliqua avec la bonté qui le caractérisait qu'un nouveau régime appelé république s'était installé. Dès lors, il devait comparaître comme « simple citoyen ».

C'était ma première rencontre avec ce mot curieux qui restera toujours associé pour moi à l'idée de trahison de mon père. À onze heures, mon père a quitté notre chambre et nous a promis de revenir. Nous étions pétrifiés ! Mon frère, d'habitude si bruyant, tenait la main de sa mère et ne bougeait pas. Nous sommes restés longtemps figés dans la douleur. Nous étions déjà perdus sans lui ! C'est encore et toujours tante Élisabeth qui a interrompu ce silence trop pesant, en nous rappelant à nos leçons et en demandant à Louis Charles d'énumérer, dans l'ordre, la liste des rois de France depuis François Ier et à moi, le nom de leurs épouses. Stupéfaits par tant d'audace, les municipaux n'ont dit mot et nous ont entendus égrener la liste des grands noms de notre lignée !

La première journée, nous l'avons passée à attendre, à prier, et à faire semblant de vivre comme à l'accoutumée. Tante Élisabeth a pris en main les rênes de nos existences, et plus particulièrement la vie du Dauphin. Elle voulait surtout éviter qu'il ne se pose trop de questions. Nous ne pouvions rien faire pour elle. Tandis qu'Élisabeth s'occupait de mon frère, je passais des heures, immobile, laissant croire que je priais. En réalité, je ne pensais qu'au roi ! Que lui voulait-on ?

Ce soir-là, rentré fort tard, il a été reconduit directement à sa chambre. Il nous a été interdit de lui parler et même de le voir. Beau cadeau d'anniversaire que la République me faisait ce jour-là ! J'étais prête à bondir dans l'escalier, ne serait-ce que pour le voir un instant. Ma mère, devinant mon impatience, m'a rappelée à l'ordre : tout geste inconsidéré de ma part serait reproché à mon père.

Mon frère vivait désormais à notre étage. Nous étions semblables aux dessins de M. Greuze : des poussins dormant sous l'aile de leur mère.

Marie-Thérèse marque un temps de pause, comme si elle voulait se réfugier dans cette image attendrissante avant d'aller plus avant :

Le jour de Noël 1792, nous avons espéré toute la journée le retour du roi parmi nous. Les commissaires sont restés inflexibles : une fête catholique était contraire aux principes révolutionnaires ! Le roi demeurait au secret. Il ne nous restait plus qu'à nous rapprocher de lui par la pensée et nous remémorer la joie de nos Noëls passés à Versailles, sous la neige, dans les jardins, autour du grand canal, sur lequel nous pouvions patiner. Je me souviens de mon père faisant préparer des courses de traîneaux, magnifiquement parés. Nous avions peur de verser dans le canal, mais nous ne cessions d'en redemander. J'adorais ces messes célébrées le soir du 24 décembre dans la splendeur des chants. Nous traversions le palais pour découvrir toutes les cheminées qui avaient été décorées durant la célébration : papier doré, boules de couleur, branches de houx. Le matin, à notre réveil, des paniers remplis de jouets nous attendaient et il nous plaisait de croire que le petit Jésus nous les avait déposés dans la nuit. Nous nous précipitions dans les appartements privés du roi pour lui montrer tous nos cadeaux. Notre arrivée dérangeait le protocole et les courtisans s'exclamaient de voir leur roi, ému ou fier, jouer aux chevaux miniatures avec son fils. Cela ressemblait au bonheur et nous ne le savions pas !

Marie-Thérèse s'interrompt un instant à l'évocation de ce lumineux souvenir d'enfance. Elle se ressaisit et revient à la réalité du Temple.

— Mais poursuivons, reprend-elle d'une voix dure. Versailles n'est pas notre sujet !

Tandis que notre père se préparait, seul, à retrouver l'Assemblée pour les plaidoyers de la défense et l'annonce du verdict, sa famille continuait à attendre. Les quelques nouvelles qui nous parvenaient émanaient de gardiens moins hostiles que d'autres. Un colporteur criait les titres des gazettes au pied de la tour. C'est ainsi que, le 20 janvier, nous avons appris l'horrible nouvelle. Ces mots sont gravés pour toujours dans ma mémoire : « La Convention nationale décrète que Louis Capet subira la peine de mort. L'exécution aura lieu dans les vingt-quatre heures à compter de sa notification au prisonnier. »

Après l'annonce du verdict, un silence de plomb s'est abattu sur la chambre de la reine. Nous avions entendu la sentence, mais elle n'avait pas encore atteint mon esprit, comme si ce dernier refusait de l'accepter. Pourtant, cette infamie me marquera pour la vie : l'être que j'aimais le plus au monde allait être décapité.

Chantereine est prête à poursuivre sous la dictée, mais Marie-Thérèse, envahie par l'émotion, lui fait signe de s'interrompre.

— Le choc a été abominable pour moi, murmure-t-elle à Renée. Aujourd'hui encore, je ne peux pas vous en parler sans le revivre et me l'imaginer ! Mon père était un homme bon, attentif aux autres à l'extrême, ne parlant que de pardon... Il faut que le monde soit devenu fou si, désormais, on tue de tels hommes. Mais où est la justice de Dieu ?

— J'imagine qu'à votre âge ma douleur aurait été immense et que comme vous j'aurais haï les hommes. Je suis beaucoup plus vieille que vous et habituée à côtoyer la mort, je m'en accommode.

— N'avez-vous donc point peur de la mort, surtout lorsqu'un homme la fait subir à un autre homme ?

— Si, bien sûr, concède d'une voix contrite la pauvre femme que la vision de la guillotine a toujours épouvantée.

La princesse pose Grisou qu'elle avait sur les genoux et reprend courageusement la dictée :

La porte s'est ouverte, et j'ai vu Cléry, le visage bouleversé, nous annoncer que nous étions autorisés à nous rendre auprès du roi. En un instant, nous étions debout, prêts à bondir, mais la voix de ma mère nous a retenus en nous annonçant que Sa Majesté avait été éloignée de sa famille pendant vingt jours, qu'il était inutile de l'alarmer avec nos inquiétudes et nos petits chagrins. Elle nous a ordonné de nous changer et de nous coiffer pour donner un peu de maintien à cette entrevue.

Nos vêtements n'étaient que chiffons, mais par ultime souci de coquetterie, la reine m'a demandé de dissimuler ses cheveux blancs sous sa coiffe. Au moment de monter l'escalier, ma tante m'a prise à part et m'a rappelé que les larmes ne pourraient qu'affliger le roi et réjouir nos ennemis. Je lui ai promis de tenter de me maîtriser. Ma mère, droite et presque élégante dans une robe de toile brune à fleurs, est entrée, tenant son fils par la main. Ma tante et moi suivions.

Il était là, debout, le visage fatigué, mais éclairé par son merveilleux sourire. Au cours des trois semaines de procès, mon père avait considérablement maigri et son visage marqué par la douleur contrastait avec l'expression douce de son regard. Les bras de mon père nous ont accueillis. Malgré les recommandations d'Élisabeth, nos pleurs n'ont pas cessé tout au long de cet ultime rendez-vous. Il nous a entraînés dans la salle à manger isolée du regard des gardiens par des paravents. Un homme disait adieu à sa femme, sa sœur et ses enfants... Pas un homme, pas un roi, mais un père ! Il s'était visiblement préparé à cette entrevue, pour que l'émotion ne perturbe pas notre fragile équilibre. Il trouvait sa femme merveilleusement belle, alors que je ne la voyais qu'amaigrie, sans aucun éclat, ses beaux yeux bleus masqués sous des paupières gonflées.

Ma tante Élisabeth se tenait à la gauche de son frère et s'agrippait à son bras. Mon frère ponctuait de petits sanglots les rares paroles des adultes. J'avais, quant à moi, repris mon rôle de Mousseline la sérieuse. Aucun son ne sortait de ma bouche. Rien. Je le regardais, consciente qu'il fallait m'imprégner de ces instants pour en garder le souvenir à jamais. Autour de lui, nous nous sommes assis, de façon à pouvoir encore le toucher. Mon frère est resté debout et se tenait entre ses jambes ou couché contre sa poitrine. Il ne disait rien. Le roi nous a fait un bref compte rendu de son procès en louant le courage de son avocat, M. de Malesherbes. Il nous a appris que notre cousin Orléans avait voté la peine de mort. Ma mère a sursauté. Il a alors eu ces mots extraordinaires : « Qu'ai-je donc fait à mon cousin pour qu'il me poursuive ainsi ? Mais pourquoi lui en vouloir ? Il est plus à plaindre que moi. Ma position est triste, sans doute, mais le fût-elle encore davantage, je ne voudrais pas changer avec lui. »

Notre père nous a dit avoir relu, dans son isolement, l'ouvrage de Hume sur Charles Ier d'Angleterre, son prédécesseur devant l'échafaud. Grâce à cet écrit, il avait réussi à pardonner aux Français. Il a conclu devant nous en disant : « Je subirai le sort de Charles Ier et mon sang coulera pour me punir de n'en avoir jamais fait verser. »

Marie-Thérèse, alors, tourne son visage livide vers Renée.

— Comme mon père, je ne pardonnerai jamais à la famille d'Orléans. Je paie de mon emprisonnement des fautes que mon père n'a pas commises. Ils paieront pour leur parent régicide.

— Il a déjà payé, en étant lui aussi guillotiné, lui apprend Chantereine.

— Vous m'en voyez ravie, mais j'espère que sa mort a été atroce !

16

Le 21 janvier

Après une interruption de deux jours, les séances consacrées à la rédaction des mémoires de Marie-Thérèse reprennent. Chantereine, la plume droite et taillée, retrouve sa place et attend que la princesse se mette à parler.

Mon père avait demandé un sursis de trois jours pour les passer en famille, délai qui lui a été refusé, un prêtre pour pouvoir se confesser, et l'assurance que sa famille pourrait se retirer dans un lieu de son choix. Il nous a recommandé l'abbé Edgeworth qui risquait sa vie, nous a-t-il dit, pour aider son roi à mourir en vrai chrétien. Est-il parti l'esprit apaisé, comme il semblait l'être ce soir-là ? A-t-il cru véritablement en la parole de ces monstres ? A-t-il pensé qu'après les torrents d'insultes déversés sur la reine, le nouveau régime la laisserait en paix ?

Je me souviens fort bien de ses propos, mais moi, malgré mes quatorze ans, je n'ai pas cru un instant que ces messieurs, nos tortionnaires, nous laisseraient sortir. La République lui mentait.

Mon père s'est alors adressé à son fils sur un ton solennel : « Promettez-moi de ne jamais songer à venger ma mort. »

Mon petit frère, un peu inquiet, a acquiescé timidement. Le roi l'a mis debout devant lui, en lui disant : « Jurez, en levant la main, que vous accomplirez les dernières volontés de votre père. »

— Mon Dieu, heureusement que mon père m'a ignorée à cet instant ! Je me serais parjurée, moi qui ai le cœur envahi par la haine et la vengeance, avoue la jeune fille avant de poursuivre.

Mon frère a juré, terrifié et en larmes, jusqu'à ce que ma mère le prenne dans ses bras et l'apaise. Je les ai regardés, mes chers parents, se dire adieu devant nous, leurs yeux et leurs mains joints dans le silence. Je suis sûre que mon père, à cet instant, pardonnait toutes les légèretés de sa jolie épouse. Ma mère l'aimait comme elle ne l'avait jamais aimé. Nous avions devant nous un homme, un père, un roi et peut-être un saint !

Elle lui a demandé de rester à ses côtés cette nuit-là. Il a décliné fermement, lui qui ne savait rien lui refuser : l'entretien était terminé. Nous nous sommes levés aussitôt. D'une voix brisée, ma mère a encore insisté. Alors, mon père a, peut-être pour la première fois, menti à son épouse. Il lui a promis que nous pourrions remonter chez lui le lendemain à neuf heures. Puis il nous a signifié qu'il fallait nous quitter. Il avait, ce soir-là, disait-il, besoin du réconfort de Dieu. Le voyant partir, je me suis évanouie. Ma mère et ma tante ont dû abréger leurs adieux pour me relever.

Mon frère suppliait qu'on le laisse parler aux « méchants » pour sauver son père...

— Toute ma vie, Renée, je vous l'avoue, je m'en voudrai d'avoir défailli à cet instant et manqué nos adieux. Je voulais tant être digne de lui, lui montrer que j'étais bien sa fille, qu'il pouvait me transmettre ses qualités morales et que le salut des autres passerait avant le mien. Hélas, j'ai failli !

Marie-Thérèse essuie une larme et d'un geste de la main signifie qu'elle veut reprendre le récit.

Cette nuit a été horrible. Je me retrouvais enfant et je voulais mon papa. Mes larmes coulaient continuellement et glissaient dans mon cou. Je grelottais dans l'humidité glaciale de cette tour, je n'avais plus aucune force. Ma mère, roulée en boule, le visage caché, sanglotait. Nous étions deux petites filles perdues dans une forêt la nuit, abandonnées par notre guide. Il était au-dessus de nous dans ses prières. Dieu ne pouvait plus rien pour nous.

À cinq heures, nous nous sommes levées, telles deux automates. Nous nous sommes mises à chuchoter en l'assurant de notre amour pour l'aider à quitter ce monde, comme deux amoureuses devant le départ de leur héros vers son destin !

À six heures, alertées par des bruits dans l'escalier, nous avons vu deux municipaux entrer dans notre chambre. Pas un salut, pas un geste de compassion, juste quelques mots aboyés : « Nous savons que vous avez une bible. Il nous la faut ! Le condamné a obtenu une messe ! »

Au moment où nous nous dirigions vers la porte, l'un des gardiens nous a arrêtées brutalement : « Capet ne veut pas de sa famille, ce matin. »

Le roi nous avait menti. Mon père ne voulait pas de nous. Anéanties à l'idée de ne pouvoir l'assister dans ses derniers moments de vie, nous nous sommes effondrées dans les bras l'une de l'autre. La matinée s'est écoulée dans le fracas assourdissant des tambours, des salves d'artillerie, des cris de joie et des chants. Ce 21 janvier n'était pas une journée ordinaire pour le peuple de Paris : il allait guillotiner son roi.

Vers dix heures trente, des hurlements et des applaudissements au pied de la tour nous ont fait comprendre que le martyre de mon père avait pris fin. Il avait trente-neuf ans et cinq mois moins cinq jours. Il avait régné dix-huit ans et avait vécu en prison cent cinquante-huit jours.

Face à la fenêtre, la jeune princesse trace d'un doigt un petit signe de croix sur la vitre sale et se recueille longuement, transformant ainsi sa cellule en une chapelle ardente. Puis elle se retire dans un coin de la pièce et reprend son monologue.

Tandis que les Parisiens fêtaient l'assassinat de mon père, ma mère, devenue la veuve du condamné, plongeait dans un mutisme total. Ma tante, elle, surmontait son chagrin et sa rage pour sauver les enfants de son frère. Elle nous a donné, ce matin-là, la preuve de son courage : je la revois se lever, m'obligeant à en faire autant et intimant à Louis Charles de rester debout, sans pleurer ! L'enfant, médusé, a obéi. Alors, elle m'a pris la main, m'a fait reculer pour me placer face à lui. Je la revois effectuer une magnifique et lente révérence en m'obligeant du regard à l'imiter. Comme si elle était dans la salle du trône, elle a proclamé haut et fort afin que tous l'entendent : « Le roi est mort, vive le roi ! »

Grâce à elle, au milieu d'une pièce étroite et confinée, dans la froidure de janvier, Louis XVII régnait ! Par son geste, elle nous a obligés à vivre, à nous battre, pour que le nouveau roi puisse exister. Dès cet instant, nous avons pris l'habitude de nous adresser à mon frère par l'intitulé « Sire ». Élisabeth, avec la même volonté, renforcera plus tard l'enseignement du protocole, de la religion et de la géographie, comme si le retour du jeune roi à Versailles était imminent !

— Et vous ? interrompt doucement Chantereine.

— Moi ? Chacune de mes nuits était assaillie de cauchemars. La décapitation de mon père me torturait et les deux têtes chéries de Lamballe et de mon père se collaient dans la nuit contre moi... J'avais beau me débattre et les repousser, dès que je m'endormais, je voyais les yeux de mon père, affolés par la peur, qui revenaient me hanter. Je les vois encore... Ils ont détruit mes nuits. Mais il me faut poursuivre car le pire, ma pauvre Renée, est encore à écrire.

Ma mère ne bougeait pas, ne parlait pas et ne s'alimentait plus. La seule fois où elle est parvenue à sortir de sa torpeur, ce fut pour demander à rencontrer Cléry. Elle voulait qu'il évoque les dernières heures de son époux. Cela lui a été refusé. La reine a voulu prendre le deuil et Élisabeth a fait transmettre sa demande à la Commune. Deux jours de débat ont été nécessaires pour avoir cette autorisation. Enfin, un garde nous a déposé des vêtements noirs qu'un donateur anonyme avait, courageusement, fait porter au Temple. Revêtus de nos habits de désolation, nous passions nos journées à attendre le sort que la République allait nous réserver.

Élisabeth, me voyant dépérir, s'est inquiétée. Harcelant les gardiens, elle a obtenu la venue d'un médecin qui m'a prescrit un calmant. Hélas, les pauvres gouttes de fleurs d'oranger du docteur Brunner ne m'ont jamais été d'aucun secours. Mais j'ai fait semblant de dormir pour rassurer ma chère tante qui se levait toutes les nuits dès que Louis Charles et moi bougions.

Les Parisiens et leur gouvernement se souciaient fort peu des femmes et enfants du Temple. Toulan, ce gardien qui s'est révélé être notre allié, nous a permis, pendant quelques jours, de reprendre espoir. Il s'est mis à imaginer une évasion mais, fort de l'expérience de Varennes, n'a voulu assurer que celle d'une personne : la reine. Il était convaincu qu'un gouvernement ne toucherait pas à l'héritier du trône et que les enfants étaient protégés en prison. En revanche, ma mère, en tant qu'Autrichienne, risquait un procès pour intelligence avec l'ennemi et une mort certaine. Il s'est donc mis en tête de la convaincre de fuir. Une fois en sécurité, la reine pourrait réunir ses partisans et nous faire libérer.

L'évasion était prévue pour le 8 mars. La veille au soir, la reine s'est mise à faire les cent pas dans la pièce où nous étions réunis autour du poêle. Nous avions froid. Son fils dormait déjà dans un coin. Soudain, elle s'est arrêtée devant lui, et a prononcé ces mots : « Non, je ne puis... Le remords de vous quitter m'en empêche, seul l'intérêt de mon fils me guide. Je ne peux le laisser. »

Elle avait décidé : il n'y aurait plus d'évasion, plus de correspondances secrètes, plus d'espoir. Ma mère a repris sa vie mutique, dans l'attente du drame prochain qu'elle pressentait.

Le 27 mars, j'ai tenté d'organiser, pour les huit ans de mon frère, un repas. N'ayant pu obtenir ni livres, ni gâteaux, j'ai improvisé un récital de comptines sur le clavecin de notre étage.

Les gardiens n'ont pas pu m'en empêcher. Ma mère souriait tristement, sans chercher à participer, alors qu'Élisabeth reprenait les chants en chœur.

Nos conditions de vie devenaient chaque jour plus pénibles. Les Parisiens subissaient les conséquences de la guerre, qu'il nous fallait subir à notre tour. Le 20 avril, à quatre heures du matin, sur dénonciation du couple Tison, notre logement a été perquisitionné. Nous étions soupçonnés d'avoir parlé avec le docteur Brunner, venu soigner une mauvaise plaie que j'avais à la jambe. Deux municipaux, très éméchés, ont fouillé nos maigres effets et nos lits. J'ai été prise d'une véritable panique. Élisabeth a dû m'aider à me lever, tant je tremblais, tandis que ces horribles gardes proposaient, d'un air entendu, leur aide pour me recoucher... Depuis ce jour, je dors tout habillée !

Nous n'avons jamais revu Toulan.

Il nous a fallu supporter l'inconfort, le froid, la vermine, la peur... Moi qui craignais tant les araignées, quand j'étais petite, j'ai dû lutter contre de terribles accès de frayeur à leur vue. Je suis, malgré tout, parvenue à me maîtriser et même à les tuer !

Le 3 juillet au soir, nous n'étions pas couchés, tant la chaleur nous incommodait. Seul Louis Charles dormait. L'hiver précédent, il avait été très malade, au point que la Commune avait dépêché des médecins à son chevet. Depuis cette fièvre, mon frère avait un grand besoin de sommeil. Nous n'évoquions jamais le souvenir tragique de Louis Joseph décédé au même âge, mais, sans en parler, ma tante, ma mère et moi guettions les symptômes, craignant le même mal.

Ce même soir, nous avons entendu de nombreux pas dans l'escalier ; nous nous sommes regardées, très inquiètes. Six gardes, pris de boisson, sont entrés pour exécuter l'ordre reçu d'arracher son enfant à ma mère ! Louis Charles, réveillé par leur arrivée, a entendu ces hommes lui dire qu'il serait séparé de nous et qu'il devait les suivre. Il s'est mis aussitôt à hurler, et s'est jeté dans les bras de notre mère, en la suppliant de les en empêcher.

— Mais pourquoi pareille décision ? s'exclame Chantereine. Nos députés étaient pères de famille, d'autres de grands lettrés, fiers d'appartenir à la France des Lumières !

— En éloignant l'enfant, nos bourreaux rendaient toute fuite familiale impossible. Astucieux, n'est-ce pas ?

Marie-Thérèse poursuit :

Depuis le 20 janvier, j'avais souvent craint la venue de députés annonçant le jugement de la reine ; mais je n'avais jamais imaginé que l'on puisse infliger pareil supplice à un enfant de huit ans ! En un instant, notre mère s'est métamorphosée. Elle a perdu son calme, son maintien, pour devenir une louve affolée, prête à tout pour sauver son petit.

« Vous me tuerez avant de me l'arracher ! » hurlait-elle aux gardes ahuris, mais déterminés à faire leur sale besogne au plus vite. À l'évidence, ils nous haïssaient. Ma mère perdait chaque instant du terrain dans ce combat impossible et ses cris ne faisaient que décupler la peur de son fils. Lorsqu'elle a proposé de mourir pour qu'il demeure, Louis est devenu comme fou. Exaspéré, un des gardes l'a menacée d'exécuter ses deux enfants sur-le-champ si elle ne cédait pas. « Oui, tuez-nous tous ! ai-je crié. S'il vous plaît, maintenant ! » Alors ma mère a cessé de se battre et nous a demandé d'habiller son fils. Elle ne voulait pas de la mort pour ses enfants. Elle n'en avait pas la force. Je n'arrivais à rien non plus. Comme toujours, seule ma tante est parvenue à le vêtir, avant de le laisser aux gardiens. Ma mère se cachait le visage dans ses mains pour ne plus rien voir... Brisée, elle suppliait les gardes, d'une petite voix, que l'on puisse le retrouver au moins à l'heure des repas. Soulagés d'en finir, ils ont promis et les six hommes ont enlevé l'enfant, le ligotant comme un animal que l'on mène à l'abattoir.

La porte s'est refermée à onze heures du soir.

Mon enfance était définitivement terminée.

17

Le 2 août 1793

Tard dans l'après-midi, Chantereine quitte la prison, encore toute chamboulée par ce qu'elle vient d'entendre. C'est en revivant la situation, espère-t-elle, et même parfois en la criant, que sa princesse pourra un jour se délivrer de ses visions cauchemardesques. À son domicile, elle constate que Robert, fidèle à sa parole, lui a fait livrer un coffre-fort.

Il est très tard quand Renée achève son travail de copie. Elle étire ses bras et, massant sa nuque douloureuse avant de rassembler les feuillets, dissimule un des jeux du manuscrit au fond d'un panier en osier sous une pile de chemises blanches. Le lendemain, en attrapant son châle accroché à l'entrée, elle s'aperçoit qu'on lui a glissé une enveloppe sous la porte. Intriguée, elle la décachette tout de suite :

Chère voisine,

Hâtez-vous dans vos écrits et agissez avec discrétion, car il est de plus en plus question d'expulser votre protégée en Autriche.

Bien à vous,

R.

Devant cette nouvelle menace, Renée s'inquiète : la prisonnière n'est pas prête, pas encore... Alors, elle attrape une feuille et griffonne à la hâte :

Le 2 août 1793

Citoyen,

La prisonnière est incapable d'affronter le monde d'aujourd'hui dont elle ignore tout. Il lui faut finir de me raconter ses souvenirs, puis l'instruire. Donnez-moi un mois au minimum et obtenez que je l'accompagne dans sa vie future.

Meilleures salutations,

Renée Chantereine

En quittant son appartement, le panier à son bras, elle glisse le courrier sous la porte de son voisin...

Les retrouvailles sont aimables ce jour-là. Le petit chat vient se frotter contre ses jambes et Renée découvre la reconnaissance sur le visage de la princesse, lorsqu'elle lui tend un nombre impressionnant de feuillets.

— Merci. Votre écriture est belle ! Vous avez dû veiller fort tard.

— Peu importe, Madame, cet exercice est sûrement plus éprouvant pour vous que pour moi et il nous faut continuer...

— J'ai rassemblé mes souvenirs en vous attendant, ce sera plus facile pour avancer.

Concentrée, elle commence à parler d'une voix plus apaisée que la veille :

Ils ont emmené Louis Charles, comme s'il s'agissait d'un ballot de linge sale, mais mon frère avait parfaitement saisi ce qui lui arrivait. Toute la nuit, nous l'avons entendu hurler... Puis, le silence s'est fait et nous l'avons cru mort. Ma mère harcelait nos gardes pour obtenir des nouvelles, tant et si bien qu'ils finirent par lui dire qu'il était dans la chambre du roi, avec Simon, cordonnier de son état. Nous l'avions connu gardien. Comment oublier cet homme brutal et fanatique ?

Nous avons eu, le lendemain, la visite du député Chaumette. Ma mère l'a supplié de nous donner des nouvelles de Louis Charles. Il allait bien, nous assurait-on. Mais la citoyenne Capet devait lui écrire un mot lui demandant de s'astreindre à l'éducation républicaine qu'il allait recevoir. Indignée, elle a refusé.

Agacé par sa résistance, il a ajouté : « Tant pis. Je l'éloignerai de sa famille pour lui faire perdre l'idée de son rang ! »

Elle n'a pas cédé. Seul lui importait de le savoir en vie.

Avec le départ de mon frère, je perdais l'énergie de ma jeunesse. Je devenais une ombre mécanique cachée entre deux pièces sales. Ma mère ne me regardait pas. Ses fils et son mari disparus, elle ne pouvait plus manifester d'amour pour moi. Elle ne me voyait pas comme sa fille mais comme une femme de plus, une compagne d'infortune dans cette tour.

Sensible à cette confidence, Renée pose sa plume :

— Pourtant, vous aviez besoin de pleurer dans les bras de votre mère...

— Elle n'était plus ma mère. Elle était trop malheureuse. C'était à moi de la consoler et de lui insuffler de l'espoir. Si vous saviez comme j'ai prié la nuit pour que les gardes me prennent, moi, et lui rendent son fils.

Marie-Thérèse renoue le fil de ses souvenirs.

Tison, en sortant notre linge, est parvenu à rencontrer Simon, ce monstre, et à le faire parler devant un pichet de vin. Selon Simon, l'enfant ne pleurait plus et ne demandait plus sa mère. Je me souviens m'en être alarmée et Tison m'a répondu laconiquement : « Simon l'a travaillé. »

Derrière ce verbe se cachait la méthode éducative de l'ancien cordonnier : enivrer un enfant et le battre.

Un miaulement se fait entendre à cet instant sous le lit et vient interrompre l'horreur de son propos. Grisou sort de sa cachette pour aller se frotter contre les jambes de Chantereine. Soulagée de cet intermède joyeux, la visiteuse se penche afin de le prendre dans ses bras, mais le jeune chat esquive le geste, saute sur le guéridon et renverse la carafe d'eau avant de s'enfuir. Les deux femmes sont obligées de rire, tout en constatant les dégâts.

Leurs rires s'estompent et la jeune fille, telle une automate, reprend la parole sans se soucier du temps qui passe, ni de l'obscurité qui envahit la pièce et peut-être de la lassitude de Renée. Sûre d'être obéie par sa secrétaire, elle poursuit :

Nous étions très gênées par notre incapacité à nettoyer notre linge nous-mêmes. Trop peu d'eau, à peine de savon, et si peu de savoir-faire ! Nous refusions de faire laver à l'extérieur notre linge intime. J'ai pu alors très vite constater que ma mère subissait de fréquentes hémorragies, qui la faisaient beaucoup souffrir et l'épuisaient.

Au cours de nos veillées, ma tante avouait ne pas regretter son célibat, tant la promiscuité d'un mari la terrifiait. Ma mère souriait à de pareils aveux, et nous rappelait combien sa vie de couple avait été jetée en pâture à la Cour et dans les gazettes ! Elle concédait qu'en prison, elle était enfin devenue raisonnable. Elle me souhaitait différente d'elle et voulait me voir vibrer un jour pour un beau chevalier.

Quelques jours après l'enlèvement de mon frère, la reine m'a soudain parlé : « Ma fille, il vous faudra vivre avec le poids de vos chagrins et le souvenir de vos parents. Ne commettez pas la faute que ma mère m'a fait vivre : je suis autrichienne aux yeux des Français et française aux yeux de ma famille ! Vous êtes française, Marie-Thérèse, et la fille du roi de France. Si vous devez vous marier un jour, épousez un homme de votre pays, car la patrie est plus importante que le sang ! Qu'importe sa naissance, pourvu qu'il soit fier d'être français ! »

Ce furent les dernières recommandations qu'elle me fit, avant de se murer dans son malheur. À l'abri, protégée par notre gynécée, la reine méditait sur son passé et prenait bientôt conscience de ses erreurs : sa légèreté avait entraîné Lamballe dans la mort, ses amis dans l'exil, son mari à l'échafaud, et son fils dans l'horreur.

Notre monde de femmes se refermait sur le temps qui passait avec une lenteur infinie. Il faisait très chaud cet été-là. Nous étions cloîtrées dans ces pièces aux fenêtres condamnées. Le monde extérieur, la ville, les gouvernants, les ennemis, ce monde-là s'éloignait... La réalité s'effaçait au profit d'un monde silencieux, monotone, et confiné. Trois fois par jour, le grincement des verrous nous sortait de notre torpeur et je finissais par l'attendre !

Nous faisions de la tapisserie, nous rêvions, nous lisions. Avec le départ du Dauphin, les leçons ont cessé et ni ma tante ni moi n'avons eu le courage de les reprendre. Seuls les crises de larmes de ma mère et ses malaises répétés ponctuaient notre ordinaire.

Le 2 août, comme souvent, ils nous ont réveillées dans la nuit... Lecture a été faite par un municipal, passablement éméché, de la réquisition du procureur de la Commune : ma mère serait conduite à la Conciergerie. Elle n'a paru aucunement surprise et, sans émotion apparente, a ramassé quelques effets qu'elle a noués dans un châle. J'étais muette d'effroi. Ma tante, d'une voix ferme, a déclaré : « Nous souhaitons, ma nièce et moi, connaître le même sort que Sa Majesté. »

J'étais d'accord pour la suivre mais ils n'ont même pas répondu. La reine a voulu se changer : les gardes ont alors refusé de quitter la pièce. De telle sorte qu'elle a été obligée de se dévêtir devant eux ! J'étais horrifiée de la voir essayer de passer sa robe noire sur son maigre jupon. Élisabeth l'a aidée, alors que j'en étais incapable. En quelques instants, elle a été prête. Elle n'a ni parlé ni faibli.

Elle m'a serrée dans ses bras. D'une voix calme, elle m'a suppliée de trouver en moi le courage et la force d'affronter cette nouvelle épreuve dans la communion de mon père et de notre Dieu. Mes yeux se sont noyés de larmes. Aucun son n'est parvenu à sortir de ma bouche, alors que je voulais tant lui crier mon amour ; elle est sortie sans se retourner...

18

Élisabeth

La prisonnière et la visiteuse dans un rituel presque complice se retrouvent en fin de matinée, après que Renée a passé les premières heures de la journée à recopier le récit de la veille. Malgré l'atrocité de ces souvenirs, elles sont l'une comme l'autre satisfaites de l'avancée de leur travail.

Le carillon de l'horloge « La fortune et la roue » vient de sonner midi lorsque Chantereine pénètre dans la pièce et lève les yeux vers les aiguilles comme si elles allaient déclencher le début de leur entretien. Marie-Thérèse, à qui rien n'échappe, s'en amuse et déclare :

— Maintenant que la France est en république, le temps passe peut-être autrement... Bonjour, Renée.

Elle se lève et s'approche de la fenêtre, endroit qu'elle a choisi pour livrer ses confidences tandis que la visiteuse reprend sa place derrière la table.

Quelques jours après le départ de la reine et toujours sans nouvelles, nous avons noté, ma tante et moi, que nous vivions en détention depuis un an jour pour jour.

J'avais considérablement grandi, ma pauvre robe était devenue trop courte. J'en voulais une autre. Élisabeth m'a demandé d'ouvrir la commode et de me servir parmi les vêtements laissés par ma mère.

— Je ne peux...

— Il sera toujours temps de les lui rendre à son retour. Que préférez-vous, ma nièce ? Vous humilier à demander à nos bourreaux une nouvelle robe ? Ils ne manqueront pas de railler la transformation de votre corps et la finesse de vos chevilles désormais visibles... Puis, vous devrez attendre que votre demande soit examinée par ces messieurs de leur prétendue assemblée ou conseil... Enfin, vous recevrez peut-être une pièce dont vous ne connaîtrez point l'origine ! Peut-être celle d'une malheureuse suppliciée !

Cette vision m'étant insupportable, j'ai continué chaque matin à me vêtir de la sorte.

Chaque jour, ma tante écrivait au Comité. Elle réclamait soit de connaître le lieu de détention de sa belle-sœur, soit de pouvoir la rejoindre, et même de lui faire porter son linge et sa laine. Active et déterminée, sachant que ma mère souffrait de maux de ventre, elle s'est battue pour lui faire parvenir son eau de Ville-d'Avray qui la soulageait. Élisabeth se persuadait que la reine était exilée ou emprisonnée. Jamais elle ne me laissait évoquer sa fin probable. Réconfortée par son courage, j'arrivais dans la journée à la croire, mais la nuit, ma terreur revenait. J'imaginais ma mère, seule dans son cachot, se vidant de son sang et nous implorant...

Un soir nous avons entendu mon frère, au-dessus de nous. Il était vivant ! Il chantait La Carmagnole *sous l'injonction de l'ignoble Simon. Trop heureuse de le savoir en vie, je me suis mise, moi aussi, à reprendre en hurlant ces paroles révolutionnaires dans l'espoir que mon frère m'entende à son tour. Élisabeth, heurtée par la violence des paroles, s'est agenouillée pour cacher ses larmes et s'est mise une fois encore à prier...*

— Mais vous connaissez les paroles, Chantereine. Vous avez même dû les chanter sans vous douter du mal que vous faisiez !

Dansons la carmagnole,
Vive le son, vive le son du canon
Madame Veto avait promis
De faire égorger tout Paris
Mais son coup a manqué
Grâce à nos canonniers...

Puis elle s'arrête et cache ses yeux, sur le point de fondre en larmes ! Alors Renée chuchote :

— Nous n'en comprenions pas les paroles. Je vous le promets !

— Peut-être. Mais poursuivons.

Un matin, j'ai enfin eu la force de porter une robe noire laissée par ma mère. Un municipal qui déposait notre dîner et traînait plus que de coutume m'a vue ainsi vêtue. Il m'a regardée étrangement, avant de m'asséner : « Simon a rhabillé ton frère, lui au moins porte le bonnet rouge et chante ! »

Moi aussi, je pouvais chanter, je pouvais tout pour être avec les miens ! Mais il a disparu et je me suis précipitée à la porte et j'ai tambouriné pour qu'il revienne ! Longtemps, j'ai hurlé.

« Je veux bien me vêtir de rouge, de blanc, vivre avec Simon ou un autre pourvu que je sois avec mon frère. »

Élisabeth a fini par me ramasser à terre contre la porte et à me traîner sur mon lit. Ce jour-là, il n'y a eu ni promenade en chambre, ni prières, ni lectures, ni repas, ni jour, ni nuit, jusqu'à ce que Tison, ému de notre sort, nous apprenne que mon frère était retombé malade. La fièvre l'avait repris, mais Simon le soignait, nous assurait le trop crédule Tison ! En réalité, pour le fortifier, il lui faisait boire du vin rouge alors qu'il mangeait peu. Ma tante ne faisait aucun commentaire. Une fois seule devant moi, elle a murmuré : « Il est vivant... Notre roi est vivant... Nous devons vivre nous aussi. »

Je lui ai obéi et me suis levée.

Mais en septembre, la sévérité de nos conditions de vie s'est à nouveau accentuée. Je déteste ce mois depuis le massacre de

Lamballe. Sans nouvelles de mon frère, ils nous ont obligées à vivre au rythme de la lumière en enlevant nos chandelles. Ils ont ensuite pris l'habitude de nous tutoyer. Nous, dans un ultime effort de volonté, nous avons pris un malin plaisir à les vouvoyer et à leur répondre avec déférence.

— Bravo ! ne peut s'empêcher de s'écrier Renée.

À cette époque, Hébert en personne est venu un jour nous informer de nouvelles dispositions. Désormais, nous étions assignées à vivre dans une seule pièce : l'ancienne chambre de la reine... Nos gardes déposeraient trois fois par jour notre nourriture et vérifieraient nos barreaux. Puis il s'est offert le privilège d'arrêter, sous nos yeux, le malheureux Tison à qui la République reprochait son humanité à notre égard. En nous quittant, Hébert nous a gratifiées d'une ultime leçon de morale : « Dans la République française, l'égalité étant la première des lois, dans les prisons, les détenus n'ont personne pour les servir ! »

Puis il a disparu en emmenant dans son sillage Tison et les soldats...

Après cette visite, ils nous ont ôté nos draps, de peur qu'ils ne nous servent à nous échapper. Ils ont muré totalement nos fenêtres au point que l'air ne se renouvelait plus.

Alors nous avons réagi : le matin, nous avons fait nos lits et balayé la pièce. Une marche d'une heure à pas vifs dans la chambre avait lieu après dîner. Le matin tôt et le soir ont été réservés à la prière ou à la méditation. Une lecture à voix haute de n'importe quel livre, une conversation sur l'histoire des rois de notre famille que ma tante connaissait à la perfection, nous a occupées à d'autres moments. Élisabeth me parlait de Fouquet, de la bataille de Fontenoy, de la construction de mon cher Versailles, et je l'écoutais. Ma tante avait raison de vouloir éviter les crises de larmes, les syncopes, et autres signes de faiblesse qui risquaient de nous conduire à la folie ou à la mort. Pour ma mère et mon frère, il me fallait résister et me préparer à les retrouver.

Notre nourriture s'est limitée à du bœuf bouilli et du pain.

Ma tante s'abstenait de viande le vendredi tout en m'obligeant à en consommer pour ne pas m'affaiblir. Comme nous étions interrogées et fouillées tous les jours par des gardes ivres qui me faisaient de plus en plus peur, je ne parvenais plus à affronter leurs insultes et leurs regards vulgaires. Une nuit, exaspérés, ils ont menacé de me « finir » comme ma mère ! Trop effrayée, je n'ai pas voulu comprendre.

Le pire allait arriver.

Un soir d'octobre, trois membres de la Convention emmenés par le député David sont entrés dans notre chambre au milieu de la nuit pour me signifier de les suivre. Encore une fois, j'ai eu peur, très peur ! J'ai pourtant obéi, j'ai embrassé ma tante, et suis descendue... Je me suis retrouvée dans la pièce qu'avait occupée mon père. Quelle horreur ! Tout avait changé : un désordre et une saleté inimaginables y régnaient. Dans ce taudis, j'ai revu mon petit frère... En le découvrant, je me suis précipitée pour l'embrasser, mais Simon m'en a empêchée et m'a donné l'ordre de passer dans l'autre pièce. Louis n'a même pas réagi... M'a-t-il seulement reconnue ?

Je venais de voir un enfant sale, les cheveux pendant du bonnet rouge, les joues énormes, les yeux brillants de fièvre ! Méconnaissable !... Poussée par les gardes, je me suis retrouvée en face du conventionnel Chaumette, et d'une dizaine d'hommes hostiles. Ils voulaient savoir si mes parents avaient communiqué avec certains gardes, dont Toulan.

Je ne savais rien et je le leur ai dit. Chaumette, d'une voix presque aimable, m'a alors révélé que la reine était sous le coup de graves accusations. Mon frère se serait confié à son tuteur Simon, pour se plaindre de gestes déplacés que ma mère aurait commis sur son intimité ! Face à mon innocence, Chaumette s'est offert de me dévoiler certains détails immondes... Ma tête bouillonnait. J'étais prête à lui cracher au visage, mais je n'en ai rien fait. J'ai martelé n'avoir jamais vu ma mère prodiguer autre chose que de la tendresse à ses enfants. Il n'a pas insisté.

L'interrogatoire s'est poursuivi sur les raisons de notre fuite. Que pouvait savoir de la politique, à l'époque de Varennes, une fille de douze ans ? Au bout de trois heures, Chaumette, exaspéré, m'a promis que la République prendrait bientôt soin de moi.

En remontant dans ma chambre, j'ai croisé ma tante qui allait subir le même sort. Nous n'avons pas échangé la moindre parole mais nos regards suffisaient.

— Mon petit frère avait huit ans, s'indigne Marie-Thérèse en suspendant son récit. Son nom est à jamais entaché de ces horribles accusations. L'enfer existe-t-il pour Simon et les autres monstres, les citoyens Chaumette, David, Hébert ?

La jeune femme s'écroule en larmes sur le sofa. Renée se lève, s'approche de la prisonnière et pose ses mains sur ses épaules :

— Rassurez-vous, princesse ! Personne n'y a cru !

Renée, par ces mots innocentant la reine, gagne la reconnaissance de sa fille. Celle-ci sèche ses larmes du revers de la main, et comme à l'accoutumée, avec une aisance déconcertante, poursuit.

Enfin, ma tante est remontée, anéantie. Pour la première fois, je l'ai vue pleurer. Au matin, elle a eu le courage de me raconter son interrogatoire. Face à la charge d'attouchement contre son neveu, elle a eu l'aplomb de leur rétorquer : « Pareille infamie est trop au-dessus et trop loin de moi pour pouvoir y répondre. »

Dans un ultime sursaut, nous avons pris la décision de ne jamais reparler de cette nuit-là pour ne pas sombrer dans la folie où nous entraînaient nos pleurs.

Une fois l'engagement pris, Élisabeth a retrouvé sa force devenue rage, puis hargne. Elle m'inquiétait.

« Vous êtes mon roc, ma tante, sans vous je serais morte ! Je vous en prie, ressaisissez-vous… Votre peine fait plaisir à vos ennemis, ne l'oubliez point ! »

Elle m'a souri en disant : « Vous devenez aussi raisonnable que moi, ma nièce ! Il nous faut réfléchir à notre conduite future. Je me suis crue à l'abri du Tribunal révolutionnaire, n'ayant jamais joué le moindre rôle politique. Hélas, je viens de comprendre que nos ennemis cherchent à réunir des charges contre moi. Marie-Thérèse, il nous faut envisager une possible séparation dans un avenir proche. Laissez-moi vous y préparer... »

Toute la journée, elle m'a recommandé mille moyens pour survivre. J'ai obtempéré à tout. La souffrance du cœur avait pris le pas sur ma raison.

Quelques jours plus tard, alors que nous commencions à ne plus différencier le jour de la nuit, j'ai entendu au loin un colporteur hurler que c'était le dernier jour de la veuve Capet ! Dans un sursaut de révolte, je me suis précipitée vers Élisabeth qui a refusé d'y croire, prétextant que nos gardes se seraient fait un plaisir de nous l'annoncer... Elle a décidé de vivre cette journée semblable aux autres, bien que je l'aie vue trembler lors de ses prières ; elle avait peur et moi aussi ! Puis le calme est revenu, et le froid et l'isolement se sont emparés de nous.

J'ai alors souffert de plaies à la jambe, que les solutions d'alcool ne soulageaient pas. Élisabeth ne voulait pas quémander auprès des gardes des graines de pavot pour me soulager. J'essayais de m'endurcir, de ne rien demander et de prier Dieu que mon mal passe... Mais la douleur physique s'ajoutait à celle de l'absence de mes parents, et de mon frère loin de moi. J'en venais même à douter du secours de Dieu. J'avais parfois la sensation que mon père m'appelait, qu'il cherchait à ce que je le rejoigne... Quant à ma mère, je me répétais à l'infini qu'elle était vivante. J'étais en état de quasi-démence lorsque, la nuit du 9 mai, ils sont venus chercher tante Élisabeth. Je suis restée pétrifiée, en m'accrochant à l'espoir qu'il ne s'agissait que d'un nouvel interrogatoire.

Mais elle n'est jamais revenue et j'ai sombré.

19

L'isolement

Le lendemain, les deux femmes se retrouvent dans la chambre du Temple. Marie-Thérèse, voyant des cernes autour des yeux de Renée, s'en inquiète.

— Ne vous préoccupez point de moi, Madame, je suis d'une famille où les femmes décèdent tard, énonce-t-elle avec un sourire désarmant. J'ai transcrit votre récit d'hier, mais je n'ose le sortir de chez moi, de crainte que la tour ne soit fouillée. Je préférerais le conserver en un lieu sûr, en attendant que vous puissiez le corriger dans son intégralité et en sécurité.

— Vous pensez à tout, ma chère Renée. Merci. Je vous fais confiance, mais nous devons achever ce récit qui vous épuise et vous ébranle.

— Assurément, lui confirme en souriant sa visiteuse qui cache autant que faire se peut les longues heures de travail auxquelles elle se consacre et la somme des interrogations qui en découle.

Ma première nuit sans ma tante a été terrible : j'étais incapable de dormir, terrifiée par les bruits des rongeurs, les craquements du bois, le vent… Au matin, il m'a fallu admettre l'évidence. Elle ne reviendrait plus. J'étais seule, avec mes fantômes, quelques insectes, des plaies sur mes jambes et des jérémiades à un Dieu silencieux !

Je me suis accrochée à cette illusion : « Elle n'est pas morte, elle n'est pas morte », pour ne pas sombrer, et j'ai continué sans elle, comme si elle allait remonter.

Au matin de cette horrible nuit, oubliant ma fierté, j'ai questionné les gardes : « Où est la princesse Élisabeth ? »

Ils m'ont répondu en riant : « Elle est allée prendre l'air ! »

Une autre fois, ils m'ont donné la clef de l'armoire à linge de ma tante. J'ai voulu lui faire parvenir quelques vêtements, mais ils ont refusé en riant ! J'aurais dû interpréter la signification de leurs moqueries. J'étais tellement terrifiée d'être seule face à eux que je tressaillais en les entendant, puis je bégayais en leur parlant. Les recommandations de ma tante me sont revenues. Je n'arrivais pas encore à toutes les exécuter, paralysée par la peur affreuse que ces hommes ne me touchent, qu'ils me fassent subir leur haleine... Cette porte qui s'ouvrait trois fois dans la journée me glaçait. Ils ne venaient pas m'annoncer mon procès ou mon exécution, ils venaient pour me faire du mal.

Au mois de juin, je crois, j'ai vu entrer deux municipaux et un conventionnel qui s'est présenté sous le nom de Robespierre. Alors je me suis redressée devant l'ennemi farouche de mon père. Ma frayeur des hommes m'a d'abord figée dans le fond de la pièce. Je n'étais plus fille de France, j'étais une servante qui allait se faire violer par le maître. Il n'en a rien été.

*Il ne m'a pas parlé ou, du moins, ne m'a rien dit dont je me souvienne ; son regard, en revanche, comment l'oublier ? Il était gris, froid et dur ! Aussi ai-je pu lui faire face. Il a parcouru les livres de prières qui constituaient mon unique lecture et l'*Abrégé de l'histoire générale des voyages, *de La Harpe, puis il est reparti sans un mot, me laissant en proie à la panique. Il voulait quelque chose mais ce jour-là n'en a rien dit. Il pensait revenir.*

Chantereine intervient :

— Je me souviens que les bruits les plus fous ont circulé. On a même prétendu qu'il avait imaginé sauver sa tête en demandant votre main !

La princesse s'écrie :

— Le bourreau veut épouser la fille de sa victime et vient voir à quoi elle ressemble ! Alors je n'ai pas dû lui plaire, car il ne m'a rien dit de ses intentions. Quel fou ! Comment pouvait-il imaginer un instant que je puisse épouser un révolutionnaire... Même sous la contrainte, je n'aurais jamais accepté !

La visite de ce M. Robespierre a déclenché chez moi une rage de vivre et de résister. À partir de ce jour, je me suis levée, j'ai fait mon ménage, j'ai lavé mon linge, j'ai marché, j'ai lu, j'ai pratiqué mon calcul mental et j'ai prié.

Quelque temps après cette visite, les bruits d'une foule au pied de la tour m'ont alertée d'un changement : un massacre, une guerre, peut-être, pourtant le tocsin ne sonnait pas... Les gardes ont monté ma nourriture sans rien me dire. Il m'a fallu attendre la visite de deux nouveaux députés vêtus de leur costume d'apparat pour comprendre que ces messieurs s'étaient entretués et que Robespierre avait eu la tête tranchée comme mon père !

— Ne vous l'ai-je pas confirmé lors de notre première rencontre ?

— Peut-être, concède Marie-Thérèse qui ne s'en souvient pas.

Un après-midi, deux inconnus se sont annoncés. Barras et Delmas, deux députés, m'ont demandé, bien trop obséquieusement, des nouvelles de ma santé ! J'ai réussi à bégayer que je voulais des nouvelles de ma tante, de ma mère et de mon frère... Ce jour-là, j'ai su que mon frère était vivant, et selon eux en bonne santé. Alors, j'ai repris espoir. Puis ils sont repartis, me laissant seule. C'était à n'y rien comprendre.

De nouveaux gardiens, Gonin et Lasne, plus respectueux, m'ont été attribués et m'ont enfin donné la nouvelle tant attendue : mon frère n'avait jamais quitté la tour et vivait là. Ils m'ont rendu mon briquet et mon couteau et ont cessé de vérifier mes barreaux.

Dans ma chambre aux rayures bleues et vertes, terrée au fond de ma grotte, je rêvais de le sauver.

L'hiver est revenu avec l'ennemi de toujours : le froid. Les gardiens m'ont promis de libérer bientôt les fenêtres et de laisser enfin entrer le jour. Un matin, Lasne m'a retrouvée évanouie sur le sol glacial. Il a tenté de me frictionner au camphre, mais j'ai repris connaissance et me suis précipitée dans mon fauteuil, ne supportant pas qu'il me touche. Il a, Dieu merci, renoncé !

Je commençais à ne plus noter les jours qui s'enfuyaient. Peut-être étais-je malade, comme mon frère. Je somnolais facilement. Gonin, en me déposant mon déjeuner, ne manquait pas de me chuchoter la date du calendrier d'autrefois. Ainsi, le jour de mes seize ans, j'ai été réveillée par un vigoureux « Debout, citoyenne, nous sommes le 28 frimaire de l'an 3 », suivi d'un respectueux « Princesse, levez-vous, nous sommes le 18 décembre 1794 ». Ainsi, pour fêter ce jour qui devait être heureux, je me suis octroyé de rester dans mes rêves toute la journée. Allongée, j'ai imaginé ma mère, à mon âge, sous le regard ébloui de son époux et la bienveillance du vieux roi Louis XV. J'ai cherché les anecdotes de Lamballe sur les premiers bals de la reine, les fêtes à Trianon, l'arrivée de mon oncle l'empereur Joseph à Versailles... Je me suis remémoré la couleur d'une robe, la hauteur d'une coiffure, les paroles d'une chanson, chaque détail de mon enfance, tout, plutôt que de prier et de pleurer. Je me suis sentie presque bien ce jour-là.

À Noël, j'étais encore seule. J'ai attendu en vain toute la journée mon frère. Mais ils m'ont ignorée. Je suis repartie dans mes songes, alors qu'une vérité aurait dû s'imposer à moi : si Louis n'était pas avec moi ce jour-là, c'est qu'il était mort. Plutôt que d'admettre l'évidence, j'ai préféré m'endormir et rêver à l'affection, la prévenance et la douceur de ma vie d'antan.

— La suite, vous la connaissez, annonce la princesse en se levant. Il ne s'est rien passé de nouveau.

Le printemps est revenu. Je ne me souviens de rien, sauf du crépitement de la pluie sur les carreaux, vivant comme une automate au point d'oublier les jours qui s'enfuyaient, à dormir le jour, à marcher la nuit, à perdre mes mots. La folie me guettait lorsque vous êtes entrée dans cette pièce.

— Que vais-je devenir, Chantereine ? Que vont-ils faire de moi ?

— De nous, Madame, car je ne vous quitterai plus, soyez-en sûre.

— Si vous savez quelque chose, dites-le-moi.

— Hélas, Madame, je n'en sais rien si ce n'est ce que vous vivez et que bientôt nous sortirons.

— Nous ? répète la prisonnière en souriant.

20

La menace

La patrie n'est plus en danger ! L'été 1795 s'achève doucement. Les armées françaises se sont magnifiquement comportées au-delà des Pyrénées. Les crieurs de journaux annoncent un traité de paix avec l'Espagne et l'annexion d'une partie de l'île de Saint-Domingue. Mais, les Parisiens ne s'en soucient guère.

Chantereine, tout comme les Binet, qu'elle continue de fréquenter le dimanche, aspire à un automne sans révoltes royalistes, sans coup d'État, sans réveil au son du tocsin. Maintenant qu'une grande partie des souvenirs de Marie-Thérèse de France ont été racontés et recopiés dans l'intimité de son logis, les après-midi au Temple sont devenues plus douces. La prisonnière est désormais vêtue proprement, son intérieur est balayé, aéré et agrémenté d'un véritable lit qu'elle a poussé contre celui de la reine. Les voiles de tulle noir encadrent toujours la fenêtre, mais sans parvenir à dissimuler la clarté de ces journées ensoleillées.

Chaque jour, les deux femmes prennent le thé dans un service mis à la disposition par le commandant. La visiteuse a pris l'habitude, avec l'argent de la République, d'acheter dans son quartier des sablés, des tuiles ou des macarons selon son humeur. La jeune fille se laisse faire, et depuis qu'elle a achevé le récit de sa détention n'évoque plus son passé malheureux. Toutes deux se contentent de commenter la vie parisienne qui reprend, à travers les gazettes que se procure Renée.

Sans le reconnaître, elle pratique la censure... et favorise le journal *Le Poste de Paris* qui se consacre à la littérature, aux spectacles dans un style caustique et familier, mais léger. Renée surprend un jour Marie-Thérèse rire aux éclats en lisant la critique du divertissement *Colombine mannequin*... Sa protégée va mieux, son rire redevient presque gracieux, ses manières moins brusques ; elle est même devenue aimable avec Lasne et Gonin qui tentent de se conduire en valets respectueux plutôt qu'en gardiens de prison.

La princesse, afin de mieux connaître la capitale, veut être au fait de tous les monuments, toutes les grandes artères, toutes les places d'une ville qu'elle a à peine entrevue. Une après-midi de désœuvrement, Renée dessine sur le sol la Seine, les ponts qui l'enjambent et décrit les quartiers populaires de la ville, au grand plaisir du petit chat qui croit y voir un jeu pour lui. Parfois, la visiteuse se présente avec quelques fleurs arrachées des parterres peu soignés du jardin du Temple et les dispose dans cette curieuse pièce, ni tout à fait prison, ni tout à fait salon. Ces quelques jours s'écoulent dans la douceur de septembre comme si le temps ne comptait plus.

Les promenades sont maintenant autorisées, et c'est une princesse affaiblie que Renée emmène un matin dans le jardin. Les hautes marches font souffrir son genou gauche ankylosé. Elles avancent lentement en prenant garde d'éviter les soldats qui, sous prétexte de manœuvrer, dévisagent la prisonnière. Chantereine entend le rire vulgaire d'un sergent accompagné de paroles désobligeantes :

— Elle est vraiment pas gracieuse, la fille Capet.

Un curieux manège s'anime autour d'elles et Renée, attentive, découvre que, depuis les fenêtres des immeubles adjacents, des silhouettes se penchent dans les embrasures, pour tenter d'apercevoir celle qui attise la curiosité de tout le quartier. À petits pas, la princesse avance, le bras droit appuyé avec force sur celui de Renée, comme si elle craignait de chuter. Marie-Thérèse semble ne rien apercevoir autour d'elle. Son esprit se refuse à prendre en compte cette apparence de liberté. L'enfermement, qu'elle a haï pendant trois ans, la rassure au point de vouloir y retourner sur-le-champ : une pièce humide de seize mètres carrés lui tient lieu de royaume et elle en est l'unique régente. Elle s'immobilise et murmure d'une voix très faible :

— J'ai peur, rentrons...

Renée acquiesce, désolée. Les deux femmes font demi-tour et remontent sans un mot vers la tour.

À peine arrivée, Marie-Thérèse s'effondre sur son lit et se met à pleurer sans retenue. Renée lui caresse les cheveux en la réconfortant. Elle entend la voix de la prisonnière affaiblie par les larmes :

— Pourquoi ai-je peur des hommes, de leurs regards et pourquoi suis-je incapable de les affronter ?

— Et maintenant, comment vous sentez-vous ? s'inquiète Renée.

— Mieux... Ici, je suis libre : mon amour, mes souvenirs, mes espoirs ont un sens. Et je rêve surtout. J'oublie ma souffrance.

— Vous irez mieux chaque jour, je vous le promets.

La prisonnière la regarde, se lève de son lit, prend la main de la visiteuse, la serre très fort :

— Merci, Reinette, je suis fatiguée, j'ai envie de retrouver mon enfance...

Renée, bouleversée par l'emploi de ce surnom affectueux, recule doucement pour ne pas la troubler. Elle la contemple dans la pénombre. Sans réaliser qu'elle l'aime comme une mère aime sa fille.

Restée seule, la princesse ne quitte pas son lit et refuse de toucher au souper. Le Gonin s'en inquiète même :

— Et si elle avait pris froid, pour sa première sortie ? Elle n'avait plus l'habitude, nous avons été imprudents, mais...

Lui aussi associe son existence à celle de la jeune femme et ne veut plus qu'on lui fasse du mal. Les heures de sa garde nocturne s'égrènent lentement. Avant de s'endormir, Marie-Thérèse rêve qu'elle court dans les hautes herbes de Trianon avec son cousin Angoulême. Elle ira ensuite rejoindre la reine et ses amis pour un colin-maillard qui les fera rire aux éclats !

De son côté, Renée n'a que très peu touché à son repas et s'est remise au travail.

Elle va devoir écourter ses nuits si elle veut mettre en ordre ce récit bouleversant. Dans son esprit, jusqu'à cette rencontre, il y avait les révolutionnaires, les royalistes aussi excessifs les uns que les autres, et les petites gens, comme elle, qui pensaient juste à subvenir à leur quotidien. Parce que, en peu de temps, elle a rencontré le plus puissant des dirigeants français et la plus symbolique des royalistes, elle prend conscience que chaque citoyen a sa part de responsabilité dans cette Révolution. Sa propre passivité lui est soudain intolérable et son silence, un signe d'acceptation. Certes, elle n'a pas voté la mort du roi et ne connaît même pas le nom du député qui a agi en son nom, mais à son insu, ce 21 janvier 1793, elle a souhaité, voulu, et accepté sa décapitation. Désormais, en mettant des mots sur les souvenirs terriblement lucides d'une enfant, elle s'implique.

Cette nuit, chez elle, Chantereine est animée d'une rage inhabituelle. Elle pense à tout ce qu'elle a vu et entendu, tout ce que la jeune fille lui a dit : ses nuits de terreur, ses souffrances physiques sans le recours d'un médecin, l'ennui intense, le froid, les poux. Pire encore, cette volonté affichée des premiers municipaux de la détruire par leurs incessantes humiliations : ils l'ont fouillée la nuit, ils l'ont laissée grelotter de froid, ils ont ignoré ses questions...

Chaque fois qu'elle relit ses notes, elle entend de nouveau cette voix brisée par le chagrin qui décrit les derniers instants de son père, ou bien encore de sa mère, obligée de se déshabiller devant ses gardiens. La République espérait-elle que la dernière des Bourbons devienne folle ? ou débile ?

Renée se sent atteinte dans sa chair. Un début de nausée la prend, lui soulevant le cœur et l'empêchant d'avaler toute nourriture. Elle a mal pour la prisonnière, elle a honte pour elle-même et pour tous les Parisiens. Elle comprend qu'elle n'est pas là seulement pour secourir une princesse oubliée, elle est là aussi pour défendre une cause qui devient la sienne. Elle sera son ombre, ses racines... jusqu'à sa mort, se jure-t-elle.

Au petit matin, Lasne prend la relève et décide qu'aujourd'hui la prisonnière devra s'alimenter, quitte à la menacer de prendre son chat si elle ne se nourrit pas ! Mais il découvre la jeune fille d'excellente humeur et décidée à dévorer un bœuf tant elle a faim...

En pénétrant dans l'enceinte du Temple, Chantereine croise le commandant Vizille. Elle lui demande la permission de se promener l'après-midi à l'abri de sa garnison, dont le comportement risque de gêner l'innocence de la jeune fille.

— Nous pourrions convenir d'une heure fixe, dix-sept heures par exemple, commandant, si cela vous va...

Elle tourne les talons sans chercher à attendre la réponse et laisse le militaire sur place, exaspéré par le toupet de cette bonne femme !

En se présentant devant la recluse et en la saluant avec déférence, elle est accueillie par un chaleureux :

— Bonjour, Reinette, la journée est fort belle, quel est le programme aujourd'hui ?

À ces simples mots, une onde de bonheur envahit la visiteuse.

— Que voulez-vous que nous fassions ? Nous avons

quelques heures devant nous avant d'aller nous promener ; nous serons seules dans le jardin désormais...

La jeune fille, d'un air sage, répond :

— Je suis partagée par des sentiments très contradictoires aujourd'hui. Envie de choses sérieuses et tristes, mais aussi de distractions, de lectures faciles, de rire en votre compagnie et celle de Grisou, bien sûr.

L'après-midi se déroule dans une atmosphère sereine. La jeune fille a choisi d'être légère : elles commencent par un jeu de dames qui permet à Marie-Thérèse de s'enhardir à rire, battre des mains, et même jeter son pion en l'air... Elle a cinq ans, ou dix ans peut-être, ses joues sont rouges, ses yeux brillent. Soudain, le chat se réveille de sa sieste et vient s'étirer contre sa maîtresse ; celle-ci décide qu'il a faim et qu'il leur faut interrompre leur jeu...

Lasne est appelé pour nourrir Grisou, tandis que Renée se lève et prépare le thé et les friandises du soir. Surprise, elle entend la princesse réclamer un jeu de tarot dont Chantereine sait que les figures royales ont été remplacées et qu'il faudra une fois encore justifier cette aberration.

— À ce jeu, je suis imbattable, assure-t-elle.

Puis son visage s'assombrit.

— Mais il faut jouer à trois, c'est impossible.

— Et si nous demandions à un des gardiens ? se risque Renée.

— Jouer avec un gardien de prison, vous oubliez qui je suis, l'interrompt-elle, cinglante. Je vais vous dicter une lettre que vous porterez vous-même...

Renée, interdite par le changement de ton, se rebiffe et annonce qu'il n'y aura pas de jeu de cartes. Un silence pénible s'immisce entre elles.

Enfin, la princesse se lève, et pousse un profond soupir avant d'annoncer qu'elle n'a plus envie de jouer. Son visage vient de changer d'attitude et ses traits en se durcissant lui confèrent une expression sévère.

Chantereine reprend sa place de scribe et consciencieusement retranscrit :

Monsieur le citoyen Barras,

Je ne sais ce qu'il adviendra de moi, mais il vous faut savoir que je ne veux pas quitter la terre de mes ancêtres et ma patrie.

Si, par malheur, vous mettiez à exécution la menace de me faire quitter la France, je vous prie d'accéder à la seule demande que la fille du dernier roi de France puisse vous faire. Je vous prie de me faire savoir où sont enterrés mes parents, ma tante et mon frère, et de m'autoriser à m'y rendre pour leur présenter mes respects et mon éternel amour.

Salutations.

Une fois encore, la jeune fille est passée du rire aux larmes, sans que Renée y soit préparée. Un silence épais envahit la pièce tandis qu'elle signe le courrier « Marie-Thérèse de France ». Renée, la voix chancelante, intervient :

— Je vous jure, Madame, que je ne sais pas où votre famille repose... Et je crains que votre demande, au demeurant fort compréhensible, ne soit pas entendue. Durant la folie des années où la guillotine a sévi, peu de familles ont pu retrouver le corps des leurs.

— Il s'agit, madame, je vous le rappelle, du roi de France ! Il ne peut avoir disparu ainsi.

— Espérons que Barras et le ministère de l'Intérieur pourront nous aider.

— Nous ? s'étonne Marie-Thérèse.

— Oui, Madame, nous ; tout ce qui vous tient à cœur me touche désormais... Allons nous promener si vous le voulez bien.

Et, comme si le sujet de la sépulture du roi Louis XVI n'avait jamais été abordé, Marie-Thérèse redevient enjouée :

— Le soleil n'est-il pas encore un peu haut ? Je vais

bientôt vous reprocher d'avoir rendu l'ombrelle à sa propriétaire.

Cette évocation de la maîtresse de Barras allège un peu l'atmosphère. Quelques instants plus tard, les deux femmes sont dehors dans le jardin déserté ; le commandant Vizille a tenu parole. La jeune fille, qui se sent mieux que la veille, marche silencieusement d'un pas lent mais assuré. Cette fois, elle peut regarder autour d'elle, et s'imprégner d'odeurs automnales oubliées.

Brusquement, elle se retourne et adresse à son interlocutrice un sourire mélancolique.

— Je ne ressens même pas le besoin de m'évader ! Où irais-je ?

— Où aimeriez-vous vivre ?

— Mais ici, Chantereine. Il suffirait juste de me transférer de la tour au palais. Il conviendrait parfaitement à une sans-famille.

Renée sourit à cette idée.

— Je me vois fort bien vous servir de dame de compagnie et me promener ici chaque jour.

— Si je vis ici, je ferai abattre cette horrible tour et construire une chapelle, continue faiblement Marie-Thérèse.

Pour empêcher la tristesse de s'installer, Renée l'encourage :

— Vous ne serez pas toujours seule. Une fois votre liberté retrouvée, ce dont je ne doute plus, une multitude de prétendants va vouloir vous enlever...

— Que vous êtes romanesque, Reinette ! Je suis affreuse, j'ai l'esprit dérangé et chaque personne qui me soutiendra risquera la prison. Méfiez-vous, votre gentillesse à mon égard va troubler un jour l'humeur changeante de nos gouvernants et vous pourriez être arrêtée pour m'avoir apporté des fleurs de lys.

Elles rient de bon cœur et, sans se consulter, s'asseyent toutes les deux sur un banc de pierre.

— Reinette, à propos de prétendants, je dois vous faire un aveu. Le mariage me terrifie. Il m'est déjà tellement difficile de tenir ma place dans ce monde inconnu que je ne m'imagine pas une seconde capable d'être une épouse dévouée et de fonder une famille.

— Vous allez trop vite, Madame... Il vous faudra du temps pour supporter la présence de gens autour de vous, car votre besoin de solitude ou de recueillement ne disparaîtra pas si facilement. Pourtant, un jour, vous vous sentirez en confiance avec un gentilhomme et naturellement vous trouverez en vous toutes les ressources nécessaires pour construire une vie à deux. Quant aux enfants, vous êtes bien trop jeune pour en avoir envie. Donnez un peu de temps au temps...

— Je vais bientôt avoir dix-sept ans et la reine à mon âge était mariée.

— Avouez qu'elle a été mariée beaucoup trop tôt ! Cette malheureuse expérience devrait vous faire réfléchir...

— Mais les reines de France étaient mariées très jeunes, s'insurge Marie-Thérèse, fâchée par cette critique déguisée.

Chantereine s'empresse de détourner la conversation.

— Vous êtes de nature plus réservée, comme devait l'être le roi... Votre humilité et votre courage seront très appréciés.

Pourtant, la jeune fille persiste :

— Ma mère a beaucoup souffert d'avoir épousé un prince étranger et d'être ainsi tiraillée entre son pays et celui de son époux. Elle m'a fait promettre de ne pas m'imposer pareil déchirement. J'ai promis et je tiendrai parole.

— Vous pourriez peut-être épouser quelqu'un qui vous plaît pour ses qualités morales, et non pour son rang ou son titre, tente Renée.

— Le titre m'importe peu. Vous avez raison, je rechercherai avant tout ses qualités morales, d'autant qu'il lui en faudra, car m'épouser, c'est épouser l'histoire de

France ! ajoute-t-elle avec un air malicieux. Je crois que je connais celui qui pourrait être mon époux... Mais est-il seulement en vie ?

— De qui parlez-vous, Madame ?

— Il s'agit de mon cousin germain, le fils aîné du comte d'Artois, Louis Antoine, duc d'Angoulême. Dès ma naissance, il s'est pris d'affection pour moi et m'a toujours protégée. Je me sentais fière d'être prise sous son aile et il m'arrivait de provoquer mes larmes pour qu'il me console.

— Je peux le comprendre, assure Chantereine.

— J'avais dix ans et lui quinze, en juillet 1789. Quel beau jeune homme ! Il a été le premier à me parler des troubles qui débutaient dans le royaume. Je ne savais rien de la chose politique et m'y intéressais fort peu, mais l'écouter était un plaisir. Puis tout a basculé. Un soir, alors que nous étions dans le parc devant la fontaine de Latone, il m'a appris que la forteresse de la Bastille avait été mise à sac par les Parisiens. Cela ne m'a pas paru grave, ce qu'il m'a reproché. Deux jours plus tard, il m'annonçait tristement que ses parents et lui prenaient le chemin de l'exil. J'ai compris que je perdais mon cousin, mon confident, mais surtout un ami.

Elle laisse échapper un soupir :

— Ce soir-là, tandis que Versailles grouillait de malles d'osier, de petits pages épuisés, nous avons réussi à nous retrouver dans l'Orangerie. Son gouverneur faisait le guet pour nous laisser seuls. Là, il m'a annoncé que nos parents avaient le projet de nous unir. Il le souhaitait lui aussi. Nous avons décidé de garder notre engagement secret et de correspondre sans jamais l'évoquer. Dès la situation politique rétablie, il honorerait sa parole. Hélas, je n'ai jamais reçu la moindre de ses lettres. Il a été inscrit sur la liste des émigrés et son courrier confisqué. Il m'a fallu obtenir de ses nouvelles par des tiers et m'inquiéter de son sort en suivant l'avancée de l'armée du prince de Condé qu'il a rejoint très vite. Aujourd'hui, je ne sais rien de lui.

Renée, attendrie par la révélation, pose sa main sur le bras de Marie-Thérèse, et déclare, en la regardant droit dans les yeux :

— Je vous remercie de m'avoir fait partager votre secret, qui sera bien gardé. Vous avez eu votre lot de malheurs ; je suis sûre qu'il est vivant et que vous vous retrouverez...

21

La sépulture

De retour chez elle, Chantereine trouve sous sa porte un pli de son voisin Robert lui proposant de venir dîner. La forme aimable ne lui laisse aucune chance d'échapper à l'invitation. Elle est pourtant fatiguée et sait qu'il lui faut passer encore de longues heures à recopier les souvenirs de la prisonnière. Elle a toujours en mémoire la confidence reçue cette après-midi. Elle imagine les deux cousins à l'aube de leur adolescence, leurs premiers émois, et leur douleur d'être séparés par un peuple en colère qu'ils n'ont jamais croisé. Ce serment amoureux enfoui depuis six ans dans le cœur de la jeune Marie-Thérèse est une aubaine pour Renée, qui cherche tous les moyens de lui donner la volonté de poursuivre sa destinée. Avec un cœur amoureux, elle ne peut songer à se suicider, pense-t-elle, alors qu'elle rafraîchit sa toilette et se passe de l'eau sur le visage.

Installée dans le capharnaüm de Robert avec un verre de vin blanc tout juste frais, Renée relate brièvement que, après deux sorties, la prisonnière se sent mieux. Elle ajoute qu'une vraie confiance s'est instaurée entre elles au point qu'elles n'envisagent pas de se séparer.

À ce moment, le visage de Robert se plisse dans une curieuse grimace.

— Je crains que les événements n'aillent pas forcément dans votre sens, chère amie : la Convention a entamé des négociations avec l'Autriche pour libérer votre protégée à condition qu'elle quitte la France. Comme les deux pays sont en guerre, les discussions ont lieu en Suisse, sous l'autorité d'un dénommé Bourkhard, chef de la régence de Bâle. Il sert d'intermédiaire entre le ministre autrichien et le citoyen Bacher, notre secrétaire d'ambassade. Aujourd'hui, les négociations sont quasiment rompues. L'Autriche offre une somme de deux millions alors que la France voudrait récupérer des prisonniers livrés par Dumouriez lors de la défaite de Neerwinden. Rappelez-vous, ce général a trahi...

— Je ne suis pas très douée en relations avec les autres pays et je me préoccupe davantage du sort de la prisonnière.

— Alors, résumons : je crains que sa libération ne soit pas pour tout de suite.

— Je ne comprends pas très bien, l'interrompt Renée. La princesse a dit au directeur Barras qu'elle ne voulait pas quitter la France. Si l'Autriche rechigne à la recevoir, pourquoi ne pas trouver une autre solution dans son pays ?

— Les députés s'accordent sur un seul point : elle ne peut rester en France. Sa présence réactiverait les mouvements royalistes et remettrait le feu à la Vendée. Elle doit partir, Chantereine ! Votre mission est de l'en persuader. Si nous échouons avec l'Autriche, nous entamerons des négociations avec la Russie, qui héberge son oncle Provence.

— Alors pourquoi ne pas la transférer là-bas directement ?

— Vous n'entendez décidément rien à la politique... Laissez-nous faire et prévoyez qu'elle passera l'automne avec vous.

— Seulement l'automne ?

— Pourquoi iriez-vous la suivre en exil ?

— J'avais l'espoir secret qu'elle puisse rester dans son pays. Après tant de souffrances, lui imposer de quitter la France est inhumain.

— Il y va de sa sécurité...

Un long silence clôt la discussion. Un goût amer envahit Chantereine, qui ne peut faire honneur au repas froid que son voisin lui a servi. Décidément, elle a bien du mal à comprendre le raisonnement des hommes. Lasse, elle demande à Robert si Barras accepterait que la prisonnière puisse se rendre, avant son départ, sur la tombe de ses parents.

Robert, gêné, se dresse pour se resservir du vin.

— Je voulais aussi vous parler de cela. Sa demande est déjà sur mon bureau.

Renée, presque hostile :

— Qu'y a-t-il de si difficile à accéder à la demande d'une enfant de se recueillir ?

Robert lève les yeux au ciel avant d'avaler son verre d'un trait.

— Parce que nous ne savons pas où ils sont !

— Comment ? Ils ont pourtant été enterrés quelque part.

— Pour ce qui est de ses parents, ils seraient, semble-t-il, dans une fosse commune au grand cimetière de la Madeleine.

— Une fosse commune ! Quelle horreur !

— Le cimetière a accueilli, d'après les informations d'un gardien, les corps des gardes suisses morts lors de l'attaque du 10 août 1792, puis les personnes décapitées pendant la Révolution entre 1792 et 1794. Depuis, il a été fermé faute de place.

— Et la princesse Élisabeth ?

— Ailleurs, au cimetière des Errances qui a été ouvert par la commune en 1794 pour accueillir les personnes décapitées. Selon toute logique, la tante de votre protégée y repose, elle aussi dans une fosse commune, qu'elle partage avec Danton et Robespierre.

— Arrêtez, c'est ignoble !

— Non, ma chère, c'est l'égalité devant la mort, proclame le citoyen Robert.

— Et l'enfant ?

— C'est le seul à avoir été inhumé dans un cercueil. Il repose depuis juin dans un cimetière parisien. Nul ne doit savoir en quel lieu tant qu'une paix civile et durable n'est pas rétablie dans notre pays.

Renée a baissé la tête dès les premiers mots.

— Et c'est encore à moi de le lui annoncer ?

— Ne dites rien. Barras ne répondra pas à son courrier. Vous ne savez rien et n'obtenez rien du Comité. En revanche, nous allons adoucir ses conditions de détention et lui accorder quelques visites, si elle le souhaite... Mais il faudra qu'elle accepte, pour sa sécurité, de ne sortir du Temple que pour quitter le pays. Après tout, elle ne sera pas la seule Capet en exil.

— Votre discours est parfaitement clair et ne souffre aucune discussion. Pardonnez-moi de me retirer si tôt, mais je n'ai plus beaucoup d'appétit, conclut sa voisine.

— Une dernière chose, Chantereine, vous avez l'air épuisée. Voulez-vous qu'une autre personne vous remplace ou vous seconde ?

— Citoyen Robert, permettez-moi de vous dire qu'en me faisant cette proposition, vous montrez que vous n'avez rien compris ! Bonsoir...

Piquée au vif, Renée laisse le pauvre Robert sans voix.

Avec trois chandelles pour compagnie, elle se remet au déchiffrage de ses notes. Savoir les parents de Marie-Thérèse sans sépulture décente ne fait que renforcer son malaise. Tout en écrivant, elle sait d'avance que la jeune fille voudra tout savoir de leurs dernières heures et des détails de leurs exécutions. Renée, trop en colère, bâcle sa recopie. Elle souffle les bougies et entreprend de se déshabiller pour la nuit. Ce faisant, elle réfléchit à sa situation. N'a-t-elle pas promis de la suivre ? Mais est-elle seulement capable de quitter le pays, elle qui n'a jamais dépassé les faubourgs de sa ville ? Est-elle prête à devenir sa servante, au mieux sa dame de compagnie, dans un monde de cour et de protocole qu'elle ne connaît absolument pas et n'a jamais souhaité connaître ?

Renée ressent une vraie terreur à l'idée d'affronter l'avenir. Au petit matin d'une nuit trop courte, elle se réveille, glacée, en proie à une forte fièvre et les membres tremblants. Vêtue de sa robe de chambre et de son bonnet de nuit, elle frappe à la porte de son voisin encore endormi.

— Je suis malade... Je ne pourrai me rendre au Temple aujourd'hui, pourriez-vous la prévenir ?

— Chantereine, vous êtes blanche à faire peur. Ne vous inquiétez pas, je préviendrai et, surtout, je ferai venir un médecin.

La journée entière, Renée demeure au lit. Des douleurs assaillent son corps, comme si elle avait été rouée de coups.

Prévenue, Mme Binet est montée lui apporter un peu de bouillon et quelques fruits que Renée fait semblant d'apprécier.

— Vous êtes épuisée, ma bonne, tout simplement, et vous n'avez aucun besoin de médecin. Vous vous êtes mal alimentée ces derniers jours, vous avez mis toute votre énergie dans le salut de cette enfant et vous le payez aujourd'hui... Reposez-vous !

— Mais elle m'attend, elle a besoin de moi et...

— Chut ! Elle a assurément besoin de vous, mais en bonne santé. Dormez, je repasserai ce soir, lui assure-t-elle en fermant d'un coup sec les rideaux.

Le surlendemain, à son réveil, Renée se rend compte qu'elle a dormi d'une seule traite plus de dix-huit heures.

Décidée à retrouver au plus vite le chemin de la tour, elle bondit hors du lit et s'active.

— Vous m'avez manqué, Reinette ! l'accueille Marie-Thérèse en lui tendant les bras.

— Pardonnez mon absence, une légère indisposition...

— C'est moi qui vous demande pardon, je vous fais veiller tard. Vous sentez-vous mieux ?

Renée découvre que Marie-Thérèse peut être douce et attentive avec les autres ; elle s'en émeut au point de le lui avouer.

— Je tiens peut-être ce trait de caractère de ma mère qui savait être particulièrement sensible aux autres. Un jour que nous partions en calèche pour Trianon, Mme Vigée-Lebrun s'est présentée. En réalité, elle aurait dû venir la veille. Au lieu de lui montrer son mécontentement, la reine a changé ses plans. Émue par tant de bonté, l'artiste a fait tomber sa boîte de couleurs d'où se sont répandus des brosses et des pinceaux. Ma mère s'est alors baissée pour les ramasser.

— Laissez, vous êtes trop avancée dans votre grossesse pour vous baisser, l'a-t-elle arrêtée.

Mme Vigée-Lebrun avait caché son état, mais son amie l'avait deviné.

Renée sourit, tout en avouant qu'elle ne connaît pas le nom de ce peintre. Marie-Thérèse ne s'en formalise pas et lui explique que les plus beaux tableaux de la reine sont d'elle.

— Ma mère l'appréciait particulièrement. Quant à moi, j'essayais toujours de me faufiler entre elles pendant les séances de pose. Elle a fait de mon jeune frère et moi un tableau exquis. Nous sommes représentés au pied d'un arbre, moi vêtue d'une robe de soie à rayures jaunes et bleues, un ruban assorti dans mes cheveux. Comme elle avait remarqué que je prenais souvent Louis Joseph par l'épaule, elle m'a fait poser dans cette attitude.

— Ces séances n'étaient-elles pas pénibles pour des enfants ? demande Chantereine.

— Oh, le Dauphin ne cessait de s'agiter, alors que je restais immobile et silencieuse comme à l'accoutumée. Le chevalier Fersen a alors trouvé, à quelques mètres, un nid avec quelques oisillons miraculeusement vivants. Il les a pris et mis dans les bras du Dauphin qui les a caressés... et a cessé de s'agiter ! C'est ainsi que nous avons été immortalisés, mais j'imagine que ce tableau a été détruit.

— À vrai dire, Madame, je n'en sais rien.

— Je voudrais aller à Versailles, soupire Marie-Thérèse.

— Mais, vous n'y pensez pas !

— Si, j'y pense, parfaitement et sans cesse, si vous voulez le savoir. C'est ma demeure, figurez-vous...

— Pardonnez ma maladresse. Mais il faut vous raisonner. Si Paris s'est calmé et si les émeutes ont cessé, il n'en reste pas moins que la situation est précaire et les heurts entre royalistes et républicains sont fréquents. Vous êtes en sécurité ici.

— Mais je dois me rendre sur la tombe de mes parents.

— Nos promenades doivent se limiter à l'enclos du Temple. Croyez bien que je le regrette.

— Alors, si je vous entends bien, je n'ai d'autre choix que d'être une orpheline prisonnière ou un fantôme en exil.

— Non, détrompez-vous, Madame ! Des partisans se massent près d'ici pour vous témoigner leur respect. Je sais par les gardiens que les demandes de visites de gens qui vous sont proches font l'objet d'une signature pour autorisation. Alors, reprenez courage ! Vous n'êtes pas seule. Vous ne le serez plus jamais.

22

Tourzel

Dans la douceur des derniers jours de septembre, deux femmes se présentent avec un sauf-conduit devant les guichets du Temple. À l'intérieur de la tour, Marie-Thérèse s'impatiente de retrouver les compagnes de son enfance. Renée, elle, s'inquiète de savoir si elle va être acceptée par les intimes de sa princesse.

La jeune fille a choisi de se vêtir en demi-deuil d'une jupe de soie rayée de gris pour se présenter à ses premières invitées.

Chantereine attend les visiteuses sur le palier : la marquise de Tourzel, habillée de noir, est d'une impressionnante dignité, sa fille, tel son portrait en plus jeune, conserve malgré son austérité un beau et doux visage. La rencontre entre l'ancienne gouvernante des enfants de France et la visiteuse républicaine est glaciale dès les premiers instants.

Tourzel apostrophe Chantereine :

— La princesse sait-elle, pour les siens ? Y a-t-il des sujets qu'il ne faut pas aborder ?

— Elle sait tout.

L'emploi si peu protocolaire du pronom « elle », en lieu et place de « Madame », fait sursauter la marquise.

La porte se referme devant Renée, qui a juste le temps d'entendre Pauline murmurer :

— Nous serons mieux entre nous...

En quelques secondes, toute la codification ancestrale qui sépare la noblesse du tiers état ressort face à Chantereine et laisse place à un sentiment d'humiliation et de jalousie chez la visiteuse parisienne.

Dès son entrée, Mme de Tourzel s'est jetée aux pieds de la princesse qui, en l'aidant à se relever, s'effondre alors dans ses bras. Pauline, ne pouvant retenir son émotion, rejoint le groupe enlacé. Les trois femmes demeurent longtemps muettes avant de prendre place.

Marie-Thérèse apprend de la bouche de Mme de Tourzel qu'elle et sa fille ont été sauvées par miracle lors des massacres de septembre et qu'elles ont pu rester cachées à Paris jusqu'à la mort de Robespierre. Depuis peu, elles revivent dans leur appartement qui, curieusement, n'a pas été réquisitionné. Leur principale activité consiste désormais à obtenir des nouvelles de leurs amis en exil et à adresser clandestinement du courrier hors de France.

La princesse réagit vivement :

— Mais c'est très dangereux !

Sa gouvernante l'informe de l'existence d'un fort courant royaliste mené par son oncle, qui se fait appeler Louis XVIII. Marie-Thérèse est désormais une personne populaire auprès des Français qui la surnomment « la martyre du Temple ». Un mouvement en faveur de sa libération se dessine chaque jour, y compris chez les républicains troublés par l'incarcération, sans jugement, d'une enfant.

Pauline ajoute alors :

— La mort du Dauphin a ému la France entière et les révolutionnaires paieront pour leurs horreurs.

La fille de Louis XVI a frissonné en silence à l'évocation du nom de Louis XVIII. Ainsi cet oncle, pour lequel elle n'a jamais eu de tendresse, est désormais son souverain et son tuteur. « Mais qui, à part moi, se souviendra du règne éphémère en prison de mon pauvre frère ? » songe-t-elle amèrement.

— Où est le roi ? se force-t-elle à demander.

— En Courlande.

Malgré les innombrables leçons de géographie prodiguées par son père en prison, la jeune fille n'a jamais entendu parler de ce pays. Pour dissiper le malaise, elle annonce qu'elle va chercher Chantereine, qu'elle souhaite faire connaître à ses compagnes.

Pauline, jusque-là très en retrait, demande quelques instants encore pour poursuivre l'entretien en particulier. En effet, les deux femmes ont reçu, au péril de leur vie, un message qui ne peut être partagé avec une inconnue. Très troublée, Marie-Thérèse se voit remettre une lettre du prétendant au trône de France. Louis XVIII remercie le ciel de savoir sa nièce vivante et l'assure de son soutien éternel. Il lui décrit ses démarches incessantes pour qu'elle vienne tenir son rang auprès de lui à la cour de Mittau et qu'ils puissent, ensemble, reconquérir la France et le cœur de ses habitants...

Tandis qu'elle avance dans sa lecture, le visage de la jeune fille tressaille :

« Vos longs malheurs, ma chère nièce, votre courage, vos vertus et l'admiration que le peuple de France vous porte vous désignent tout naturellement pour devenir la femme de mon héritier, le duc d'Angoulême, Dieu n'ayant point voulu me donner de descendance... L'empereur d'Autriche ne cache pas son ambition de vous faire épouser un membre de sa famille, aussi je vous supplie de me faire connaître votre sentiment par l'intermédiaire du possesseur de cette lettre... »

Savoir son cousin vivant la chavire au point que tout son corps se met à trembler...

— Allez chercher Chantereine, s'il vous plaît, et laissez-moi.

La marquise se lève et dissimule la lettre sur elle, regrettant que la princesse choisisse à ce moment de faire appel à une femme du peuple plutôt que de se confier à elle. Les deux dames s'éclipsent. Le corps roulé en boule, la tête contre le mur, le cœur emballé, la jeune fille cherche à reprendre le contrôle d'elle-même. Renée s'affole en la découvrant. Que lui a-t-on appris qui la fragilise ainsi ? Marie-Thérèse ne veut rien répondre. Elle lui demande seulement de rester en silence à côté d'elle.

Et elle finit par s'endormir.

L'après-midi s'écoule sans bruit jusqu'à ce que Marie-Thérèse ouvre les yeux.

— Reinette ?

— Oui, Madame, je suis là.

— Je peux vous le dire, après tout. Mme de Tourzel m'a donné à lire une lettre de Provence, enfin, de Louis XVIII, me demandant d'épouser Angoulême...

— Mais c'est magnifique ! Vous voyez, je vous l'avais dit, le cycle de vos malheurs s'achève.

— Mais pour cela, je dois quitter la France.

— Mais vous reviendrez, Madame, avec un mari et des enfants...

— Alors, pour me marier, il faut que je connaisse l'exil.

— Je le crains.

— M'accompagnerez-vous dans ma nouvelle vie ?

— Oui, Madame, soyez-en certaine.

La seconde visite des dames Tourzel a lieu le surlendemain. Elles sont introduites directement au deuxième étage dans l'ancien appartement du roi. C'est désormais là que la princesse recevra. La prisonnière les attend debout, jouant de sa main droite avec les pièces du trictrac pour dissimuler sa nervosité. Sans prendre le temps de s'enquérir de leur santé, elle les enjoint de prier ensemble pour la mémoire du roi. Les trois femmes s'agenouillent, en compagnie de Renée, dont Marie-Thérèse a imposé la présence. Pour la première fois de sa vie, elle adresse au Seigneur une supplique pour le roi martyr.

Quelques longues minutes s'écoulent avant que la princesse ne reprenne la parole :

— Mon père nous a fait promettre de ne jamais penser à venger sa mort. Vous qui nous avez suivis, qui avez risqué vos vies, je vous prie d'obéir aux dernières volontés de votre roi...

Mme de Tourzel et sa fille s'engagent à respecter ce vœu. Puis elles prennent place autour de la princesse. L'ancienne gouvernante tente alors de revenir à un sujet plus léger. Avec une certaine maladresse, elle se met à la complimenter, la trouvant grandie et ressemblant sensiblement à sa tante Élisabeth.

Marie-Thérèse la remercie :

— Je dois ma survie à ma tante, à la prière et au seul livre autorisé : les *Voyages* de La Harpe. Avec M. de La Harpe, j'ai beaucoup voyagé !

— Comment cela ? s'étonne Pauline.

— Vous vous souvenez, mes amies, que nous avons été logées chez le bibliothécaire de mon oncle Artois. Nous y avons trouvé vingt-huit volumes. Pourquoi nous a-t-on laissé ces ouvrages et écarté les autres ? C'est un mystère... Pour s'occuper, ma tante a entrepris de me les faire lire, puis de les recopier, et même d'en dessiner les croquis. Des après-midi durant, nous avons parcouru les continents et les pôles. Nous avons frémi avec les expéditions de Cook, pleuré avec M. de Bougainville, souri des mœurs des habitants d'Afrique et glorifié le talent de nos capitaines français qui ont su implanter dans le monde entier notre religion, notre savoir-faire et notre administration. Les nuits m'ont semblé plus douces, mes peurs moins violentes, après avoir admiré le courage que témoignaient les membres des expéditions françaises.

La jeune fille poursuit :

— J'ai conservé les livres de piété de ma tante, je les

lisais, les méditais longuement. En m'embrassant pour la dernière fois, elle m'a recommandé de n'avoir confiance qu'en Dieu et d'accepter qu'Il soit le seul à décider de mon salut...

Sa voix faiblit, et elle achève sa confession :

— J'aurais été plus heureuse de partager le sort de mes bien-aimés parents que d'être condamnée à les pleurer...

Pauline intervient :

— Madame ! Ne dites pas cela... Vous représentez un immense espoir pour une grande partie de la population.

Sa mère renchérit :

— Depuis quelques mois, les appartements qui donnent sur le jardin du Temple ont été loués par vos partisans. Ils n'attendent qu'une seule chose : vous voir...

Et Pauline, ensuite :

— Observez à votre prochaine promenade le mouvement des volets et les musiques qui émanent des appartements. Ils sont la marque de leur dévouement pour vous... Un signe de vous et toute la France pourrait s'embraser...

Marie-Thérèse rit comme une enfant et commente :

— Ma popularité, jusqu'à ce jour, se résumait à Grisou et à Chantereine...

La princesse se reprend et, d'une voix qui veut se dominer, leur demande si elles savent où ses parents sont enterrés.

— Certains d'entre nous ont pu suivre la charrette des condamnés, l'informe Mme de Tourzel. Il semblerait que vos parents aient été inhumés dans le cimetière de la Madeleine, au même titre que les condamnés de cette année-là. Il n'y eut pas d'exception pour Sa Majesté.

— Comment ? Ils n'ont pas de sépulture ?

— Hélas non, une fosse commune leur sert de cercueil, se désole-t-elle.

— Et ma tante, et mon frère ?

— Nous n'en savons rien, et il faut être très vigilants

dans nos recherches. Le sujet importune ces messieurs de la République.

— J'ai demandé à Barras de me rendre sur leur tombe et, à ce jour, je n'ai pas de réponse, leur révèle Marie-Thérèse.

— Ayant obtenu notre sauf-conduit pour vous rendre visite par l'entremise de Cambacérès, un modéré, je crois, je vais tenter d'intercéder auprès de lui, propose Mme de Tourzel.

— Merci.

— Est-il exact, demande Pauline, que vous pourriez vous rendre en Autriche ?

— Face à l'odieux chantage imposé par la République, il semble que ma liberté soit à ce prix.

— Alors, Madame, permettez-nous de vous accompagner, supplie Mme de Tourzel.

— Vous voulez quitter la France ? Toutes les deux ?

— Je suis au service de votre famille depuis 1769, et je vous rappelle ce que Madame votre mère a eu la bonté de dire publiquement, lorsque je fus nommée gouvernante des enfants de France : « J'avais confié mes enfants à l'amitié, je les confie maintenant à la vertu. »

— Je vous retrouve, madame, fidèle parmi les fidèles, la complimente la princesse. Mais vous, Pauline, ne songez-vous pas à vous marier, à avoir des enfants plutôt que de me suivre dans un exil plus qu'incertain ?

— Nous sommes amies depuis l'enfance, je ne puis dissocier votre vie de la mienne, et je n'envisage de fonder une famille que lorsque vous aurez la vôtre, assure la jeune fille.

Puis Mme de Tourzel, quittant sa réserve, l'enlace.

— Vous serez aidée par tous ceux qui ont suivi votre famille au Temple et qui, le jour venu, témoigneront de l'abnégation de la reine.

Chantereine se sent exclue. Après tout, ces deux dames seront sûrement les meilleures compagnes possibles de la princesse pour ce voyage en Autriche. Son temps auprès de la princesse est compté. Le cœur serré, elle se lève, prête à laisser ces dames entre elles.

Marie-Thérèse, la voyant se retirer, s'écrie sans malice :

— Ah ! Chantereine, quelle bonne idée de nous préparer un thé.

Renée, prise au dépourvu, s'exécute. Telle la plus zélée des caméristes, elle va leur préparer et leur servir le thé.

L'atmosphère s'est allégée et Marie-Thérèse veut tout savoir du sort des gens qu'elle a connus. De savoir que telle personne est en exil ou a eu la vie sauve la remplit de joie. Mais son sang se glace en apprenant que telle autre a subi la guillotine.

— N'avez-vous jamais eu de visites ? interroge Pauline.

— Mes gardiens, seulement. Par deux fois, des commissaires de la Convention m'ont interrogée. Mon silence a dû les dérouter. Ils ne sont jamais revenus.

— Mon enfant, intervient Mme de Tourzel, certains royalistes affirment que Robespierre lui-même s'est rendu au Temple et vous aurait proposé le mariage...

— Cet événement ne peut avoir existé ! se récrie Marie-Thérèse.

Un silence pénible envahit la pièce. Toutes savent que la fille de Louis XVI leur ment. À compter de ce jour, Marie-Thérèse de France sera l'unique dépositaire de la mémoire des siens. Quiconque voudra évoquer un souvenir devra se conformer à sa seule version. Réhabiliter la mémoire de sa famille martyrisée par la Révolution est désormais l'ambition unique de la dernière prisonnière du Temple.

23

Hué

La rédaction des mémoires est enfin achevée. Depuis que les Tourzel ont droit à trois visites par décade, Renée, quoi qu'il lui en coûte, prend l'habitude de s'exclure de leur petit cercle. Marie-Thérèse fait mine de ne pas saisir l'animosité qui s'est installée entre elles. La jeune fille se sent mieux dans l'univers suranné qui a bercé ses jeunes années. Alors qu'elles sont seules, Renée veut la ramener au présent. Elle lui réclame toute son attention afin de décider de l'avenir du manuscrit. Marie-Thérèse hésite. Elle ne veut pas apposer son nom en première page, car les Français, pense-t-elle, ne la connaissent pas... Renée juge l'appellation de Madame Royale trop provocante. Selon elle, ces mémoires doivent pouvoir être lus par tous les Français.

Finalement, Marie-Thérèse prend une plume et de son écriture malhabile trace sur une page vierge :

« Mémoire écrit par Marie-Thérèse Charlotte de France
Sur la captivité des princes et princesses ses parents. »

Renée sourit de la victoire qu'elle vient d'obtenir.

Le manuscrit comporte cent soixante-sept feuillets de l'écriture régulière et fine de Renée. Celle-ci suggère que la princesse le signe en dernière page, afin de l'authentifier. Mieux qu'une simple signature, Marie-Thérèse recopie la dernière phrase de son mémoire : « Telle a été la vie de mes vertueux et malheureux parents durant les dernières années de leur auguste vie » et s'applique à ajouter : « J'atteste que ce mémoire contient vérité. » Elle trace sa signature imposante et achève sa page d'écriture en inscrivant : « Fait à la tour du Temple, ce 14 octobre. »

— Ne voulez-vous pas écrire l'année ? lui fait remarquer Renée.

— Je crois que les années ne comptent plus guère pour moi ! Ma vie comme l'horloge « La fortune et la roue » s'est arrêtée le jour de la mort de mon père un 21 janvier et je ne suis pas sûre qu'elle et moi reprendrons notre cours à l'heure de ma libération...

— Vous êtes déjà vivante, Madame, ne serait-ce que par le témoignage que vous venez de donner. À ce propos, il nous faut le protéger jusqu'à votre départ.

— Prenez-le chez vous, lui ordonne la princesse, car ici ils viendront fouiller. Prévoyez d'en faire une autre copie !

— Alors, ils viendront chez moi. Barras voudra le lire avant de vous autoriser à le sortir de France.

— N'y aurait-il pas un lieu sûr ?

Marie-Thérèse persiste donc à souhaiter sa présence avec elle, se réjouit Renée.

— Je vais le cacher en attendant votre décision.

— Aujourd'hui, je ne veux pas qu'il soit lu. Il est destiné à Louis XVIII et aux Bourbons survivants !

Un stratagème est mis au point : seule Renée saura où le manuscrit sera caché pour que Marie-Thérèse ne puisse rien révéler si elle était interrogée.

— J'espère recevoir bientôt la visite de M. Hué, il était...

Chantereine termine la phrase :

— ... le premier valet du roi qui vous a suivis au Temple.

— C'est un homme remarquable et je pense qu'il vous plaira mieux que les dames Tourzel. Ne croyez pas que je n'aie pas su vous observer. Votre défiance à leur égard me flatte. J'en ai conclu que vous êtes jalouse de leur affection pour moi. J'étais au bord de la folie lorsque vous êtes arrivée. J'avais un tel besoin de quelqu'un à mes côtés que j'étais prête à accepter n'importe quelle présence.

— Vous voyez, le temps fait son œuvre.

— Mme de Tourzel symbolise mon passé, et à ce titre m'oblige à avancer en dominant mes terreurs, tandis que vous, ma chère Reinette, vous êtes mon présent. Vous êtes surtout la personne en laquelle j'ai le plus confiance.

Chantereine, dissimulant son émoi, prend congé de la princesse.

La requête de M. Hué est déjà sur le bureau du commandant Vizille qui reçoit Renée en fin de journée. Comme à son habitude, il ne pose aucune question sur l'état de santé de la prisonnière.

— Les demandes de visite, j'en ai des dizaines. Ces royalistes ont un toupet, ils ne se cachent même plus ! Avez-vous remarqué que les fenêtres qui donnent sur le jardin du Temple s'ouvrent lors de votre promenade avec votre protégée ? Ces pièces se louent à des partisans qui veulent saluer la fille Capet.

— Je le sais, interrompt Renée, mais la recluse n'y est pour rien. Comment donnez-vous les autorisations ? Sur quels critères ?

— Je n'ai ni le temps de les lire, ni de vérifier la sincérité de leur propos... Au fait, qui veut-elle voir ?

— À ce jour, seulement M. Hué.

— Lui, je dois lui reconnaître une détermination hors du commun. Cet homme enfermé au Temple a eu la chance d'en sortir et voilà qu'il demande à y revenir, tout comme les dames de Tourzel d'ailleurs.

Le surlendemain, par une belle journée d'automne, un homme encore jeune à la silhouette efflanquée se présente au guichet du Temple muni du certificat l'autorisant à rencontrer la citoyenne Capet. Renée, comme un fait exprès, n'est pas encore arrivée et les retrouvailles se font en dehors de sa présence.

L'ancien valet de chambre du roi Louis XVI effectue une profonde révérence. Marie-Thérèse est submergée par l'émotion.

— Asseyons-nous et causons comme de vieux amis, dit-elle pour dissimuler sa gêne.

— Je ne puis m'asseoir devant vous, objecte Hué.

— Il le faudra bien, mon ami, sinon je serai dans l'obligation de me lever aussi et comme vous le voyez, nous ne sommes ni à Versailles, ni aux Tuileries... Allons, cette chaise de paille vous attend depuis trois longues années !

L'expression enjouée de son visage attendrit Hué.

— Vous semblez en bonne santé, Madame, ce qui est un immense soulagement.

— Je dois avoir une constitution plus robuste que celle de mes frères. Par ailleurs, depuis quelques mois, mon ordinaire s'est beaucoup amélioré.

« Comme elle ressemble à Mme Élisabeth », constate Hué en l'observant. Elle est très grande et très mince, mais ses attaches et son port de tête n'ont pas le maintien de celui de sa tante et encore moins la grâce de sa mère.

— Donnez-moi de vos nouvelles et racontez-moi, s'empresse Marie-Thérèse. Comment avez-vous pu survivre ?

— Il faut croire, Madame, que je suis comme vous, de solide constitution. J'ai été arrêté et enfermé dans un cachot de l'Hôtel de Ville, pendant qu'ils massacraient les prisonniers. Je dois mon salut au député Tallien qui a refusé mon transfert pour la prison de l'Abbaye et m'a caché. Je n'ai jamais connu la raison de son geste...

— Encore un opportuniste qui, en vous aidant, a

pensé sauver sa tête si la monarchie est un jour rétablie ! s'exclame avec une moue dubitative la fille de son ancien maître.

— Sûrement, Madame, ou peut-être a-t-il aussi du cœur, espère le pauvre Hué.

Devant la mine sceptique de la princesse, il poursuit :

— J'ai été relâché et suis resté à Paris avec l'espoir de reprendre mon service ; j'ai pu ainsi correspondre avec vos parents grâce aux messages cryptés de la princesse Élisabeth. À la mort de notre roi, j'ai été de nouveau arrêté et emprisonné dans trois prisons différentes et ce, jusqu'à la fin de la Terreur. Nous étions un grand nombre de prisonniers entassés à attendre l'imminence de notre condamnation. À l'annonce des noms, nos adieux, extrêmement brefs, étaient déchirants, puisque aucune échappatoire n'était possible : un simulacre de procès de quelques minutes, et la charrette pour la guillotine.

La princesse, les doigts noués, l'écoute, pétrifiée. À l'inverse des dames Tourzel, le serviteur fidèle ne lui cache rien :

— Durant ces longs mois, j'ai beaucoup observé. À quelques rares exceptions, ces hommes et ces femmes qui avaient, pour la plupart, vécu dans le faste de la monarchie se sont comportés avec un courage et une attention aux plus faibles de tous les instants. Plus rare encore : aucun des condamnés n'a cherché à résister. Plus nombreux que nos gardiens, nous aurions pu tenter de nous rebeller et pourtant nous n'y songions pas... Après l'assassinat de notre souverain, notre monde avait basculé et notre existence dans ce nouveau régime nous semblait inutile. Je les ai vus partir la tête haute, heureux de connaître la même fin que leur roi, soulagés de quitter cette terre et persuadés qu'une vie meilleure les attendait au ciel.

— Moi aussi, comme eux, j'ai souvent espéré rejoindre mon père dans la mort, lui assure Marie-Thérèse. Dites-moi, comment avez-vous échappé une seconde fois à l'échafaud ? Serait-ce encore une intervention républicaine ?

— Je pencherais plutôt pour un signe divin, s'exclame-t-il en souriant. Ma chère épouse avait beau se rendre chaque jour auprès du Tribunal révolutionnaire, elle n'obtenait rien, si ce n'est de se mettre en danger... Je crois qu'ils m'ont tout simplement oublié !

— Vous, en revanche, vous ne m'avez pas oubliée et je ne voudrais pas que vous risquiez à nouveau une arrestation en venant ici.

— Les gouvernants actuels sont occupés ailleurs. Ils tentent de rétablir la stabilité dans les provinces de l'ouest qui vous sont restées fidèles.

La jeune princesse toujours silencieuse fait mine de comprendre mais, en réalité, elle n'y entend rien. Hué, percevant son ignorance politique, résume pour elle les grands événements de cette jeune république. L'ancien serviteur mentionne succinctement les revers, puis les victoires de l'armée, la guerre en Vendée et la lutte opposant des paysans démunis aux colonnes du général Hoche... L'évocation du courage de tous ces inconnus qui se battent en son nom la trouble. De sa poche, Hué extirpe une feuille pliée qu'il remet à la jeune fille.

— C'est un message du chevalier Charette, un des meilleurs officiers chouans, chuchote-t-il, qui offre de mettre ses hommes sous votre commandement, Madame. Avec mon aide et celle d'autres royalistes à Paris, il souhaite organiser votre évasion et votre présence à leurs côtés en Vendée.

La jeune fille, impressionnée par la lecture du document se lève et, pour gagner du temps, brûle le message. Elle réfléchit quelques instants avant de répondre avec gravité :

— Vous remercierez ce gentilhomme. Je suis, il est vrai, peu au fait des révoltes déclenchées par la mort du roi, mais j'éprouve une vraie fierté à savoir que des Français se battent pour notre cause. Aujourd'hui, il me faut, la mort dans l'âme, accepter l'échange de ma liberté contre l'exil. Ces heures de réclusion m'ont permis de réfléchir : je ne souhaite ni m'évader, ni conduire une armée. Je n'ai pas la stature d'une Jeanne d'Arc et je m'en réjouis. Ma place est, dans un premier temps, auprès de mon oncle, notre roi à tous désormais.

— Je comprends, Madame, mais votre maintien arbitraire en prison vous a rendue très populaire. En demeurant, vous pourriez sûrement jouer un rôle politique important dans le pays.

— Ne vous leurrez pas, Hué, le Comité en est conscient et ne me laissera sortir que pour quitter la France.

— Alors, nous préparerons votre retour.

Un sourire incrédule se dessine sur le visage de la princesse. Aussitôt, Hué reprend avec conviction :

— Je crois, Madame, que vous n'avez pas assez conscience du symbole d'espoir que vous représentez. Tant de personnes vous guettent pour tenter de vous apercevoir et même vous encourager d'un signe... J'ai moi-même trouvé une chambre toute proche de la tour et je vais pouvoir vous faire passer des messages par ma nièce qui chante à merveille...

Marie-Thérèse rit de bon cœur.

— Mon ami, vos attentions me touchent. Puisque vous n'avez pas été fouillé, vous pourrez revenir quand vous le souhaitez, sans prendre la peine de composer un opéra ! Si vous avez quelque message à me faire passer, vous pouvez contacter Mme Chantereine, qui m'est acquise. Tenez, la voici, je vais vous présenter.

— En êtes-vous bien sûre, Madame ? glisse Hué. Les événements m'ont appris à me méfier, tout particulièrement des républicains repentis...

Renée et Hué se saluent rapidement et Hué, habitué

au code de bonne conduite, trouve les premiers mots pour amorcer l'échange :

— Madame, vous avez rendu vie à notre chère princesse et croyez bien que nous vous en sommes très reconnaissants.

— Nous ? s'étonne-t-elle ?

Hué bredouille :

— Oui, enfin, ses partisans.

— Je n'ai fait que soigner une jeune fille sans me soucier de son origine et mon attachement pour elle ne remet nullement en cause mes sentiments patriotiques.

— Et peut-on savoir... Quels sont-ils ?

— Pour vous, monsieur, je les résumerai par une patrie, une paix, et du travail pour tous. Quant à savoir si une royauté est meilleure pour mon pays qu'une république, je vous répondrai : « Souvent femme varie... »

Marie-Thérèse applaudit à l'esprit affiché par Renée.

— De grâce, mes amis assez ! Vous m'aimez tous les deux comme je vous aime. À propos, monsieur Hué, sachez que Chantereine a demandé à m'accompagner en exil, ce qui est la plus belle preuve de son attachement.

— En effet, Madame... J'ai adressé au ministre de l'Intérieur Benezech la même demande.

— Mais tout le monde veut vivre avec moi ! s'amuse-t-elle. Alors nous sommes faits pour nous supporter longtemps. Je vous propose de sceller notre future vie commune avec un thé. Cette fois-ci, veillez à mettre une tasse pour vous, ma chère Reinette !

24

Le testament

Le lendemain, devant les guichets du Temple, l'ancien valet de Louis XVI rencontre Chantereine, qui lui adresse un bonjour aimable. Ensemble, ils montent les marches, saluent Lasne et Gonin et se présentent à Marie-Thérèse. La princesse, enchantée de leur entente, invite Hué à poursuivre son récit des années de la Terreur.

L'homme se révèle un bon narrateur, ne se mettant jamais en avant et tentant de minimiser les périls qu'il a encourus. De ses années en tant que serviteur, il a hérité des qualités de discrétion qui lui ont permis, au fil des jours, de devenir un informateur privilégié. Les deux femmes, très attentives, prennent la mesure du réseau de fidèles qui entourait la famille royale et des multiples tentatives de fuites fomentées.

Cette image de la monarchie que Renée, depuis sa tendre enfance, a associée à l'excès de dépenses, à la rigidité du protocole, à la dépravation des mœurs, change à ses yeux. Elle découvre dans la volonté commune de tous ces reclus de maintenir leurs traditions séculaires, leurs titres de noblesse, leur vouvoiement, leur étiquette, une rage de vivre, une ténacité sans faille pour surmonter leurs épreuves et une fidélité indéfectible à leur roi. Chantereine intervient dans la conversation pour avouer son étonnement et son admiration devant la capacité de résistance de la famille royale et de son entourage.

— Je crois que ma famille pouvait presque tout endurer, lui répond la princesse, dès lors que tous ses membres étaient réunis. En isolant mon frère de sa mère, la République nous a détruits.

— Je souhaiterais, si vous avez encore un peu de patience, vous raconter ma rencontre avec un homme remarquable, M. de Malesherbes, propose le visiteur.

Et, avant de continuer, il se retourne vers Renée et lui précise que cet avocat a défendu Sa Majesté lors de son procès.

— Je venais d'être transféré de la prison de la Force à celle de Port-Royal, arrêté « pour mesure de sûreté générale », ce qui prête à sourire dans une période où la France était à feu et à sang et où, il me semble, je ne devais pas être dangereux pour la sécurité de la République.

— Vous vous rabaissez à tort ! Vous êtes sûrement un de nos meilleurs agents et j'espère que mon oncle Provence saura vous en remercier... Vous devriez être fait chevalier de l'ordre de Saint-Louis, comme les meilleurs serviteurs de mon père ! lui lance la jeune fille.

— En prison, j'ai eu l'extrême honneur de retrouver M. de Malesherbes, un homme très âgé, arraché à sa famille et qui attendait la mort avec une rare sérénité. Je ne pouvais me rendre que la nuit et sans lumière dans le réduit où il couchait. Et là, des heures durant, nous évoquions l'objet commun de nos regrets : notre roi, votre père... Il m'a confié quelques écrits reprenant nos conversations. Le concierge de notre prison accordait quelquefois à mon fils, âgé de huit ans, la permission de venir me voir ; je dissimulais alors soigneusement sous ses habits les feuillets de M. de Malesherbes. Ces papiers, je vous les remettrai, lorsque vous serez libre.

— Que disent-ils ?

Renée, elle, ne dit mot mais songe avec effroi au danger que cet homme a fait courir à son fils.

— Ils condensent les conversations philosophiques et politiques que M. de Malesherbes, alors ministre de la Justice, a eues avec votre père durant son règne, puis la préparation de sa défense. C'est un vibrant hommage aux qualités de bonté, de modestie et de courage de notre dernier monarque et, je vous l'avoue, extrêmement émouvant à lire. Votre père s'inquiétait de l'avenir de son avocat, persuadé qu'en défendant le roi de France il risquait lui aussi fatalement la mort... Plus prosaïquement, il s'inquiétait de ne pas l'avoir rémunéré pour ses services. Notre roi souhaitait, à défaut de pouvoir s'acquitter de cette dette, lui faire un legs, mais craignait que la Convention ne l'annule. M. de Malesherbes, touché que le roi puisse s'inquiéter d'autrui alors qu'il vivait ses derniers jours, lui a répondu : « Le legs est payé, Sire ! Le roi en me choisissant comme défenseur a immortalisé mon nom. » Dans ce même entretien, Malesherbes a compris que le roi ne pouvait offrir la moindre largesse. Revenant le lendemain avec une bourse remplie d'or, il a prié le souverain d'accepter ce don. Sa Majesté a hésité et a fait mine d'obéir... À sa mort, la bourse a été retrouvée intacte avec cette mention de la main de votre père : « Argent à rendre à M. de Malesherbes. »

— Cette recommandation a-t-elle été suivie ? s'inquiète aussitôt la jeune fille.

— Je crains que non.

— Alors, souvenons-nous que je suis la débitrice d'une créance envers les enfants de cet homme admirable.

Hué achève l'évocation du départ pour l'échafaud de M. de Malesherbes, courbé sous le poids des ans, s'appuyant sur son enfant, Mme de Rosambo, elle-même suivie de sa fille et de son gendre, tous destinés à être guillotinés.

— Renée, avez-vous entendu cette fin cruelle ? J'ose espérer que les descendants de cette famille existent encore, afin que nous puissions les honorer, ajoute la princesse.

Sans s'en apercevoir, elle vient d'employer la formule « nous » réservée au roi de France.

Hué et Chantereine se retirent.

Tard dans la soirée Renée prépare pour sa protégée, dans le réduit qui lui sert de cuisine, une décoction de plantes dans l'espoir d'améliorer son sommeil. Sur le petit poêle, en attendant que l'eau frémisse, elle réfléchit à ce qu'elle a entendu aujourd'hui : ce culte du roi-martyr la gêne profondément. Dans son esprit, un homme qui échoue dans la conduite des affaires de l'État peut être remplacé, mais doit-il être puni ? Elle n'en sait rien encore. Elle veut bien aimer le père, mais ne parvient pas à admirer la figure du souverain. Elle n'a jamais envisagé auparavant le procès et la condamnation du roi comme un mal, mais depuis son entrée au Temple, l'admiration qu'elle portait à la République se fissure. « Après tout, s'insurge-t-elle, c'étaient des incapables, lui et ses ministres, et depuis mon enfance, je vois la misère grandir autour de moi. » Mais méritait-il la mort pour autant ?

Le lendemain, François Hué, au Temple, trouve la princesse en train d'écrire et Renée cousant près de la fenêtre. En prévision d'un prochain départ, Chantereine, telle une mère préparant le trousseau de sa fille, brode les initiales de sa protégée sur son linge.

— Le Comité, lui annonce Marie-Thérèse, vient de me faire savoir qu'ils attendent de moi une lettre pour mon cousin l'empereur d'Autriche, afin qu'il accepte de me recevoir sur ses terres ! N'est-ce pas un comble que de supplier pour un exil ?

— Pourquoi ne pas écrire à Louis XVIII pour qu'il intercède auprès de la cour d'Autriche et que vous puissiez le rejoindre ? Je parviendrais à lui transmettre votre lettre.

— Je refuse que vous preniez le moindre risque. Votre présence ici vous rend déjà suspect.

— Cessez de vous préoccuper pour moi ! s'écrie le fidèle serviteur.

— Alors, je vais l'écrire et vous la lirez, car si par malheur elle ne parvenait pas à son destinataire, je veux que vous en ayez connaissance, mais c'est Chantereine qui la fera sortir. Acceptez-vous ? dit-elle en tournant son regard vers elle.

Comme il est loin le temps où elle promettait à Barras de ne pas se mêler de politique ! Renée accepte d'un discret signe de tête.

Marie-Thérèse se met à sa table et s'applique à dominer son écriture malhabile et enfantine. Devant Hué, elle n'a pas osé avouer sa difficulté à rédiger et l'habitude qu'elle a prise de recourir à Chantereine comme secrétaire.

Enfin, après avoir rédigé sa missive, la voix de la princesse s'élève :

« Je déclare positivement à mon oncle que je lui resterai toujours fidèlement attachée, ainsi qu'aux volontés de mon père et de ma mère pour mon mariage, et que je rejetterai toutes les propositions de l'empereur d'Autriche. J'aime mieux être malheureuse avec mes parents tout le temps qu'ils le seront que d'être à la cour d'un prince ennemi de ma patrie. »

Puis elle se tourne vers Hué.

— Il faut que vous m'aidiez pour la suite, je crois comprendre que mes oncles se battent contre les armées de la République. Mon père ne l'aurait pas voulu.

— Madame, vous touchez là un point sensible : un nombre important de royalistes ont pu quitter la France jusqu'en 1789 et 1792. Rassemblés autour de la ville de Coblence, de l'autre côté du Rhin, ils ont constitué une armée dans le but de sauver votre famille et la monarchie en péril. Par la suite, les émigrés combattants ont été associés aux forces étrangères qui ont déclaré la guerre à la France. De ce fait, les soldats français de l'armée de Condé se heurtent régulièrement aux armées de Jourdan, de Marceau ou de Kléber et autres officiers républicains qui, il faut le reconnaître, battent régulièrement leurs « frères royalistes »...

— Ceci va totalement à l'encontre des dernières volontés de mon père, s'écrie-t-elle.

— La politique, Madame, présente parfois de singulières contradictions. Sa Majesté le roi et Madame votre mère savaient parfaitement qu'un grand nombre de leurs partisans se battaient contre d'autres Français pour restaurer la monarchie. Votre père dans les derniers jours de sa vie a voulu que cette lutte fratricide cesse, mais une guerre ne s'arrête pas grâce à la volonté d'un homme, fût-il le roi de France.

Marie-Thérèse réagit :

— Ce n'est pas avec les armes que nous ferons disparaître la République et cette guerre rend la cause royaliste odieuse à la population qui en souffre. Je pense que Chantereine, qui vit proche du peuple, en conviendra. Je vais écrire dans ce sens !

Quelques instants plus tard, Renée et Hué entendent la jeune femme poursuivre la lecture de sa lettre :

« J'ai une grâce à demander à mon oncle, c'est de pardonner aux Français et de faire la paix. Oui, mon oncle, c'est moi, dont ils ont fait périr le père, la mère, le frère, la tante, qui vous demande à genoux leur grâce et la paix.

Les esprits sont très changés, mais on déteste les étrangers avec raison et on est encore aveugle sur son prince quand on le voit les armes à la main contre ses sujets. Jamais vous ne pourrez monter sur le trône par la voie des armes. »

La jeune fille lève la tête et attend la réaction de Hué. Visiblement, il est touché par la force de sa conviction :

— Vous vous exprimez très clairement et j'ose espérer que votre oncle, loin du peuple français, ne prendra pas ombrage de votre pertinence d'esprit à l'égard des Parisiens. Je dois vous rapporter que j'ai eu connaissance du testament de feu notre roi, qu'il a rédigé, en deux exemplaires, trois semaines avant sa mort. Un a été remis à M. de Malesherbes et le second à un municipal, qui l'a transmis à la Convention. Je vous en porterai une copie prochainement.

— Comment oublier, poursuit Hué, les mots de miséricorde qu'il a eus pour demander à son fils de chasser de son cœur « toute haine et de pardonner à ses ennemis comme à ceux qui l'ont persécuté ».

— Moi, j'en suis bien incapable et je conserverai ma liberté de haïr.

Chantereine, qui semblait se cacher derrière son ouvrage, intervient :

— Votre ressentiment, Madame, est fort compréhensible et votre père en rédigeant ces mots ne pouvait imaginer les souffrances que ses enfants allaient subir... Aurait-il lui-même pardonné si, d'aventure, il avait survécu et découvert le calvaire de son fils ?

— Merci, Chantereine, j'apprécie que vous entendiez ma colère et ne cherchiez pas à me faire changer de sentiment.

— Je fais plus confiance au temps qu'au bon Dieu pour apaiser votre colère.

Hué et Marie-Thérèse sourient devant le bon sens de Renée qui reprend son ouvrage discrètement. La jeune fille demande alors :

— Dans son testament, mon père s'adresse-t-il à moi ?

Le pauvre Hué, désarçonné par la question, esquive :

— Je ne sais plus, Madame... Sa Majesté évoquait, je crois, ses enfants sans les nommer.

— Oubliez, monsieur, oubliez. Je suis fatiguée, déclare-t-elle, et je voudrais m'isoler un peu.

Tout en parlant, elle a tracé son imposante signature au bas de la lettre, qu'elle a pliée après avoir sablé l'encre. Elle semble calme, et pourtant ses mains tremblent.

— Je n'ai pas encore de cire pour la cacheter, mais je compte sur vous, ma tendre amie. Au revoir.

Restée seule, Marie-Thérèse fait le tour du lit de la reine, laisse sa main se promener sur la courtepointe puis, à regret, le quitte pour rejoindre son sofa. Ce n'est plus le roi qu'elle veut trouver dans ses rêves, mais son père, l'homme qui l'a bercée à Versailles, aimée aux Tuileries, et protégée dans cette horrible tour. Celui que Hué et tant d'autres vénèrent au point de lui sacrifier leurs vies, elle ne le reconnaît plus ! Dans un ultime effort pour l'atteindre, elle se lève, frappe à la porte et prie Gonin de la conduire dans la chambre du roi. Stupéfait, le municipal obéit et l'accompagne à l'étage supérieur. Là, Marie-Thérèse s'agenouille sur le prie-Dieu et s'adresse non au Seigneur, mais à son père.

— Pardonnez-moi, mais j'ai tant pleuré durant les derniers jours de votre vie. Je comprends aujourd'hui cette force qui vous venait de Dieu auquel vous aviez confié votre salut. Votre détention a fait de vous un saint homme. Vous approchiez de la mort, hanté par la crainte de nous laisser, mais habité par l'amour de Notre-Seigneur, au point de souhaiter le rejoindre. En réalité, vous étiez déjà loin de nous et très près de Lui. Mon père, je ne sais plus qui vous êtes. Aidez-moi, mon père, je vous en supplie...

Puis elle se relève et s'allonge tout habillée sur le lit de son père à la recherche de sa présence. Malgré ses supplications pour que Dieu lui envoie un signe, elle ne trouve, ce soir, aucune trace d'un éventuel amour que son père aurait eu pour elle.

25

Vendémiaire

Paris, en ce début d'automne 1795, s'est assagi. Le gouvernement est stabilisé, une nouvelle constitution proclamée. Le débarquement de royalistes à Quiberon a été sévèrement repoussé et les émeutes de ceux qui crient famine ou révolte, en province, discrètement réprimées.

Depuis sa prison, Marie-Thérèse s'inquiète de ne pas avoir de nouvelles. Renée aussi, tenue dans l'ignorance des négociations, craint que la libération de sa protégée ne soit encore retardée. Elle évite d'évoquer les mouvements qui agitent Paris et la province depuis peu. Ils risqueraient de lui donner de faux espoirs.

Les deux femmes s'emploient à préparer un trousseau pour Marie-Thérèse, qui ne veut rien demander, ni argent pour son voyage, ni vêtements, ni objets de toilette... Renée a commandé quelques robes, mais sans savoir exactement ce qu'une princesse de France se doit d'emporter avec elle. Mme de Tourzel, consultée, a proposé de s'en charger et a obtenu de tous les fervents royalistes une contribution pour préparer ce départ. La jeune fille laisse faire. Elle voudrait en savoir plus : En quelle saison partira-t-elle ? Qui l'accompagnera ? Mais ses courriers restent sans réponse. Alors, pour tromper le temps, elle passe de longues heures à converser avec Hué, l'ancien valet de son père, et même à jouer au trictrac.

La lecture du testament de son père a été pour elle une épreuve. Elle a remarqué l'absence flagrante de son prénom. La jalousie qu'elle éprouve à l'égard du frère chéri et adoré de tous l'empêche de prendre la pleine mesure de l'ultime écrit du roi. Elle n'est pas parvenue à confier cette souffrance à Chantereine et l'a enfouie au plus profond de son cœur déjà meurtri.

Pour échapper à l'ennui, les deux femmes se promènent souvent dans le jardin et ont même pris l'habitude de couper les dernières roses de la saison. Elles savent l'une comme l'autre que ces instants d'intimité ne dureront guère. Une succession de chants, de ritournelles jouées au violon s'adressent à la princesse. Ces romances, dont elle perçoit mal les paroles, deviennent sa consolation et sa fierté.

Marie-Thérèse parle peu ces temps-ci ; elle n'évoque que très rarement son passé et encore moins son enfance. Lorsque Renée s'en émeut, la jeune fille lui avoue, d'un air résigné, que ses souvenirs s'envolent chaque jour un peu plus ; comme si les avoir écrits les avait effacés de sa mémoire, ce qui l'attriste. Alors, elle renverse les rôles et fait parler Renée. Elle veut tout savoir d'elle, de son quotidien d'avant leur rencontre et espère même un jour avoir le droit de visiter son logis de la rue des Rosiers ! Renée accepte de lui raconter son enfance, le caractère chagrin de son père, sa solitude de fille unique confrontée à la mort de sa mère, puis son mariage avec un employé de son père et les aléas d'une vie simple. Elle se garde bien de lui révéler son vrai regret de ne pas avoir eu d'enfant.

Une après-midi, Marie-Thérèse s'enhardit à confier ses craintes de femme concernant son futur mariage et la question de son intimité. Renée n'ose aborder le sujet et l'esquive.

— Madame, il ne peut y avoir dans votre futur mariage d'obligations déplaisantes. Vous n'aurez, contrairement à moi, ni à servir votre mari, ni à vous préoccuper de nourriture, de ménage, bref de ce qui a fait mon quotidien. Quant à l'intimité entre un homme et une femme, elle est un réconfort si votre mari est un homme bon et attentif, et peut être une obligation difficile, si votre mari s'avérait une brute... Ce qui ne peut être le cas...

Renée, gênée, termine sa phrase par un petit rire incongru.

— Mais pourriez-vous être plus précise ? ose la jeune fille.

— Lorsque deux êtres s'aiment, ils sont heureux de se prendre la main ou de chercher la tendresse dans les bras l'un de l'autre et même de dormir ensemble...

Elle avance en cherchant ses mots.

— Je vous souhaite de vivre pareil bonheur conjugal... Et si vous n'étiez pas satisfaite de cette intimité, alors nul ne pourra vous obliger à la poursuivre. Vous demanderez à vivre chacun dans une chambre, ce qui a été mon souhait pendant des années, mais rendu impossible par l'exiguïté de notre appartement.

Ce que Marie-Thérèse entend ne la satisfait pas. Lamballe lui avait parlé de leurs obligations de femme de se soumettre au bon plaisir de l'homme pour avoir des enfants. Elle avait refusé de lui en dire plus, arguant de son jeune âge.

Depuis, la jeune fille est devenue femme en prison. Ni sa mère, ni sa tante n'ont trouvé le courage de la prévenir de ce qu'elle allait vivre chaque mois. Lorsque, un matin, la princesse a trouvé ses draps ensanglantés et son corps douloureux, elle a imaginé qu'elle allait en mourir et a été presque soulagée. Puis les douleurs se sont calmées, les saignements ont disparu et elle a dû se rendre à l'évidence : elle était toujours en vie. Le phénomène s'est répété le mois suivant et la jeune fille s'est imaginé être victime de la même maladie que sa mère qu'elle avait vue saigner en prison. Dans son esprit, la détention entraînait un pareil désordre et il fallait le supporter au même titre que la peur ou le froid. À aucun instant, elle n'a eu l'idée d'associer ce phénomène à celui de la maternité.

— Mais les enfants ? Comment viennent-ils ?

Renée, embarrassée, trouve une échappatoire :

— Ne vous inquiétez pas, la nature s'en chargera.

Mais l'agitation politique recommence : les derniers Montagnards tentent de reprendre le combat perdu après l'arrestation de tous leurs députés, ordonnée par la Convention... Les comités parisiens des circonscriptions populaires sont prêts à batailler contre l'Assemblée, mais ils ne dépassent pas leur quartier, faute d'un chef emblématique. Face à eux, les partisans de la cause royaliste sortent de leur silence grâce à la mort du Dauphin qui a provoqué un changement sensible dans l'opinion publique.

Au milieu de ces Français violemment opposés, un petit groupe de parlementaires tente de résoudre les affaires délicates. Parmi eux, Tallien, Sieyès, Rewbell, Barras et depuis peu Benezech, nouveau ministre de l'Intérieur, tous veulent se débarrasser de l'encombrante occupante du Temple.

Depuis quelques jours, chaque fois qu'elle sort de la prison, Chantereine est assaillie par des inconnus l'implorant de donner des nouvelles de leur princesse. Son nom et son rôle sont désormais connus et même commentés dans les gazettes royalistes. Renée, inquiète de la tournure que prennent les événements en cette fin septembre, finit par demander et obtenir du commandant Vizille une escorte pour rentrer chez elle.

Au matin du 4 octobre, accompagnée de son nouveau cerbère, elle quitte son domicile. La rue des Rosiers, habituellement bruyante de l'activité des commerces, des bavardages des femmes, du grincement des charrettes, s'enfonce dans un calme oppressant. Il est dix heures du matin et les boutiquiers refusent d'ouvrir ; soucieux, ils attendent, ayant reconnu l'atmosphère lourde qui précède les insurrections populaires. Non loin de chez elle, Renée entend une voix interpeller les badauds :

— Rendez-vous au Comité de salut public ! Interdisons les prochaines élections, faute de quoi, on nous ramènera un fatras d'émigrés et un gros Capet comme roi !

Les uns écoutent, les autres applaudissent, cependant que Chantereine réussit à poursuivre son chemin discrètement. Elle avance. Autour d'elle, des groupes en marche crient qu'il leur faut se rendre place de Grève. Arrivée péniblement devant les guichets du Temple, Renée observe les hommes en armes postés pour empêcher une possible manifestation de royalistes. Elle franchit la porte, entraînée rapidement par son escorte de plus en plus nerveuse.

Une main saisit son panier et le fouille. Puis, sous l'œil sévère d'un jeune officier qu'elle n'a jamais croisé, elle doit défaire les chemises soigneusement repassées de Marie-Thérèse. À pas vifs, elle traverse le jardin, bénissant le ciel de ne pas avoir de lettres ou de copie du manuscrit sur elle. Alors qu'elle s'apprête à grimper les marches de l'escalier de la tour, Gonin apparaît avec sa mine des mauvais jours, suivi d'une femme laide, modestement habillée, et inconnue de Renée.

— Fais excuse, attaque le municipal, mais aujourd'hui, il faut te fouiller. La citoyenne Lebon est là pour ça.

Renée n'a pas le temps de s'offusquer qu'il disparaît, laissant les deux femmes face à face.

— Je dois vérifier les vêtements, enlève-les !

Chantereine est tentée de désobéir.

— C'est donc ainsi qu'on me remercie pour ce que j'ai fait avec...

— Discute pas, citoyenne, si tu veux voir la petite ! Obéis, et je te préviens : je serai encore là à ta sortie.

Or, le souvenir de la reine défunte obligée de se

dévêtir devant ses gardiens lui parvient. Aussitôt, elle cède et s'empresse d'ôter son châle, puis sa jupe.

Quelques minutes plus tard, furieuse de cette humiliation, Renée découvre quatre soldats faisant le siège de cet espace réduit du premier étage. « Voilà la princesse de nouveau prisonnière », pense-t-elle effrayée.

— Pourquoi ces changements ? leur demande-t-elle.

La réponse claque :

— Ordre du commandant !

L'un d'eux fait jouer les deux serrures dans un sourd cliquetis. Il pousse la visiteuse dans la pièce et, fait nouveau, tourne les verrous derrière elle. Un sentiment odieux d'enfermement envahit Chantereine. Il lui faut se dominer et aller vers la prisonnière qu'elle trouve assise sur la chaise de paille, le petit chat blotti contre elle.

La voyant, Marie-Thérèse se lève et se jette d'instinct dans ses bras...

— Que se passe-t-il depuis ce matin, tout est différent, que va-t-il m'arriver ? questionne-t-elle sur un ton effrayé.

— Je ne sais rien, Madame, et je crois que j'ai peur ! Aussi peur que vous...

La jeune fille s'écrie sur un ton de colère :

— Peur ? Moi ? De quoi voulez-vous que j'aie peur ? De la mort ? Elle me serait si douce ! Je veux juste comprendre, affirme la jeune fille prête à mentir afin de ne pas révéler son tourment. Est-ce encore une émeute des Parisiens ? Contre qui ? Ou un de mes oncles aurait-il envahi la France ? Tenez, écoutez les cloches sonnent ! C'est la générale !

— Je crains une émeute. Les Parisiens sont dans la rue.

Une salve de coups de fusil, assortie de hurlements, l'interrompt.

Renée se précipite sur la porte et tente de l'ouvrir, en vain. Elle ressent une insupportable angoisse. La visiteuse veut sortir, s'échapper, fuir la violence qui pourrait se déchaîner. Elle a beau tambouriner, appeler pour qu'on ouvre, personne ne vient. Au pied de la porte, Chantereine perd contenance et s'écroule, en larmes.

La recluse, restée maîtresse d'elle-même malgré les tirs nourris qui agitent la rue, s'avance, la prend par les épaules, la dirige vers le sofa, la contraint à s'y allonger et lui met Grisou dans les bras :

— Caressez-le, c'est lui qui a peur ! lui intime-t-elle avec autorité.

Renée obtempère et sa main dans un doux va-et-vient sur la fourrure apaise le petit animal et éloigne sa frayeur. Marie-Thérèse l'oblige à rester immobile et entreprend de faire chauffer de l'eau pour le thé, inversant ainsi les rôles de leur rituel.

— Je ne veux pas que ces messieurs, qui vont encore s'entretuer, nous interdisent notre thé.

Soudain, se font entendre des pas dans l'escalier, puis un brouhaha sur le palier, et enfin le bruit des serrures que l'on pousse.

Deux hommes, en tenue de députés de la Convention, pénètrent dans la pièce. La princesse les toise d'un regard glacial, jugeant en un instant leur manque de distinction. Le premier, Sieyès, ne dira pas grand-chose durant tout l'entretien, tandis que le second, Benezech, va s'exprimer avec fermeté.

— Citoyenne, asseyez-vous, je vous prie. Nous venons vous interroger. La République est confrontée à un nouveau danger : de nombreux royalistes ont réussi à se rassembler et veulent renverser le gouvernement. Votre existence, désormais connue de tous, les échauffe.

Marie-Thérèse est restée silencieuse, debout près du poêle où l'eau chauffe doucement. Elle n'obéira pas à l'ordre de s'asseoir.

— Avez-vous, d'une manière ou d'une autre, communiqué avec l'extérieur ?

— Non, répond-elle posément tandis que sa compagne, le cœur battant, se remémore les lettres écrites à son oncle.

— Citoyenne, savez-vous qui est Charette ?

— Non, reprend-elle avec le même calme. L'aurais-je rencontré dans mon enfance ?

Benezech, se contenant, poursuit :

— Vous connaissez la citoyenne Tourzel et sa fille, j'imagine ?

La prisonnière hoche la tête et prononce distinctement :

— Pauline.

— Lors des visites qu'elles ont pu vous rendre, leur avez-vous remis des lettres... ?

Marie-Thérèse l'interrompt sèchement :

— Des lettres ? Mais à qui ? Ma famille n'existe plus.

Sieyès intervient, très agacé :

— Nous avons arrêté un agent royaliste qui portait sur lui une lettre de vous adressée à votre oncle Provence.

— Allons, messieurs, il ne peut s'agir que d'un faux. Je n'aurais jamais pris le risque d'écrire et de confier ce courrier à ces deux femmes qui ont déjà mis leurs vies en péril pour ma famille par le passé.

L'extraordinaire aplomb avec lequel la fille de Louis XVI vient de prononcer ces derniers mots jette un froid. Les deux députés se regardent longuement, puis Benezech reprend la parole :

— Citoyenne, sachez que la citoyenne Tourzel est interrogée en ce moment même. Je souhaite pour vous que ses réponses corroborent les vôtres. Dans le cas contraire, votre départ pour l'Autriche pourrait être remis en cause et votre statut de prisonnière confirmé par la justice de la République.

— Et pour quelles raisons ? s'étonne Marie-Thérèse.

— S'il est prouvé que vous avez comploté, vous serez jugée !

— Il n'y aura qu'une seule version de cette malheureuse affaire. Et je vous prie de libérer Mme de Tourzel sans tarder.

— Le Comité en décidera, réplique Sieyès que la suffisance de la prisonnière exaspère. En attendant, les visites vous seront interdites ainsi que les courriers.

Et les deux hommes disparaissent sans avoir adressé le moindre mot à Chantereine qui, consciente d'avoir échappé au pire, tremble. Marie-Thérèse s'avance vers elle :

— Allons, ma bonne, calmez-vous, vous êtes glacée ! Ne devions-nous pas prendre notre thé ? Quelques années de prison avec moi vous aideraient à masquer vos sentiments...

— J'ai peur, je le reconnais et votre attitude m'impressionne. Mais je crains de ne rien comprendre. Ces députés semblaient ignorer l'existence de vos mémoires ?

— Votre ami Barras est peut-être lui-même en difficulté. Il se sera bien gardé de raconter qu'il en a autorisé la rédaction.

— Peut-être, je ne sais plus...

— En tout cas, je me réjouis de ne pas savoir où vous les avez cachés. Cela m'évitera de mentir de nouveau, lors d'un prochain interrogatoire.

— Prochain interrogatoire ?

— Je crains que Mme de Tourzel ne sache nier l'existence de mon courrier.

La princesse lui propose une tasse de thé et lui saisit la main, elle qui d'habitude répugne à tout contact physique.

— Je voudrais vous remercier de votre courage... Sans vous, je serais morte, et je n'envisage pas ma vie prochaine loin de vous. J'ai besoin de vous, Reinette.

Renée veut l'interrompre.

— Non, ne dites rien, poursuit la jeune fille. Je sais bien que vous n'avez défendu ni mon père, ni ma mère, sinon vous n'auriez pas été autorisée à entrer ici... Mais m'aimer, c'est aussi un peu aimer mes parents, ne croyez-vous pas ? C'était le plus merveilleux des pères, il ne pouvait pas être un si mauvais roi !

Renée, attendrie, sourit et acquiesse.

— Et ma mère... Si vous l'aviez croisée ici, vous l'auriez admirée pour son courage, sa foi...

— Je n'en doute pas, Madame, et je resterai à vos côtés...

Elle est interrompue par un bruit effrayant qui la fait crier et se jeter dans les bras de Marie-Thérèse. Gonin entre au même instant :

— Ils font donner du canon.

— Qui ça, ils ?

— Les députés. Ils ont peur de voir les sections les attaquer.

— Reprenez-vous, Gonin, c'est incompréhensible, intervient la princesse.

— Les royalistes sont réunis autour du Palais républicain... La Convention a envoyé l'armée contre eux. Je viens de monter sur la plate-forme de la tour et il y a fusillade autour. Le canon est tiré à quelques lieues d'ici.

Le gardien se justifie avant de sortir :

— Je dois verrouiller la porte car ils ont peur que vos partisans ne viennent vous chercher. Tant qu'ils sont là, citoyenne Chantereine, tu ne peux plus quitter la tour.

En cette nuit du 13 vendémiaire, un jeune et ambitieux officier républicain, nommé Bonaparte, réprime les mouvements des royalistes en faisant tirer au canon sur les émeutiers.

Les deux femmes ne peuvent voir la fumée qui s'échappe de la rue Saint-Honoré, ni entendre la maigre réplique des fusils royalistes, mais elles n'oublieront jamais le bruit des batteries. Sans rien saisir de la clameur de la foule, des cris des blessés, elles comprennent que les événements virent au tragique. Le temps s'écoule lentement sans que personne vienne les déranger. Enfin, au tumulte des armes succède un silence inquiétant.

Aucun bruit, aucun mouvement, ni dans la tour, ni dans les jardins. Marie-Thérèse est la première à réagir, elle allume les chandelles proches de son lit et du bureau. De son côté, Renée n'imagine pas un instant quitter la pièce. Elle qui s'était trouvée mal d'être enfermée à double tour redoute maintenant d'en sortir. Avisant sa pâleur, la princesse s'approche d'elle et la force à boire un peu d'eau.

— Nous allons essayer d'avoir un peu de nourriture, vous en avez besoin et Grisou aussi.

— Ma faiblesse est impardonnable, mais...

— Cessez de vous excuser, Reinette. Je vous souhaite de ne jamais vous habituer.

— Mais vous, Madame, comment faites-vous ?

— Entendre le canon me renvoie à cette horrible dernière journée aux Tuileries. Je préfère me souvenir de mon père refusant que l'on tire sur les émeutiers, plutôt que de connaître le nom des députés qui auront du sang sur leurs mains, ce soir.

Gonin apparaît avec un plateau chargé de pain et de pommes.

— Je regrette, mais le commandant a formellement interdit les entrées et les sorties, aussi votre souper n'a pu être livré.

— Peu importe, s'impatiente Renée, a-t-on des nouvelles ?

— Hélas, aucune... Je crains que vous ne soyez obligée de rester pour la nuit, mais je ne sais pas où.

— Chantereine dormira avec moi, affirme Marie-Thérèse, mettant fin au débat.

Seules dans l'ancienne chambre de la reine, les deux femmes se préparent à passer une curieuse nuit. Marie-Thérèse, depuis la disparition de sa tante, n'a vécu et dormi que seule. Renée, depuis la mort de son mari il y a dix ans, n'a jamais partagé sa chambre et encore moins sa couche.

Il est neuf heures à la pendule lorsque Renée suggère de se reposer. Épuisée, elle rêve de s'allonger et de fermer les yeux. Marie-Thérèse accepte, se détourne pour défaire sa robe, brosser ses cheveux et laver son visage. Mais soudain, elle murmure d'une voix chagrine :

— Je ne peux pas, je ne peux pas... Je ne peux pas dormir dans son lit, je vous en supplie, prenez le lit de la reine !

Renée réagit vivement :

— Voyons, c'est impossible.

— Reinette, ne m'obligez pas.

Mal à l'aise, Renée défait la courtepointe et s'allonge tout habillée. Elle a l'impression de profaner quelque lieu sacré mais, pour ne pas inquiéter la jeune fille, ferme les yeux, lui laissant croire qu'elle s'endort. Marie-Thérèse souffle alors la lumière et dans l'obscurité s'agenouille et prie. Elle s'adresse à ses parents, les suppliant d'accepter près d'eux les malheureux que le canon a fauchés aujourd'hui. Puis elle demande à la Vierge de protéger celle qui partage une nuit en prison avec elle...

Enfin, Marie-Thérèse saisit Grisou et se glisse à son tour dans ses draps avant de replier ses jambes contre elle. Tard dans la nuit, réveillée par un mouvement du chat, elle trouve Renée endormie près d'elle sur ce lit décoré de tulle noir. Lorsqu'elle prend enfin conscience que sa mère ne dormira plus jamais à ses côtés, ses larmes, contenues toute la journée, jaillissent sans fin.

26

La punition

Deux mois se sont écoulés depuis la terrible journée du 13 vendémiaire durant laquelle le général Bonaparte a réprimé la tentative royaliste, devant l'église Saint-Roch, par un massacre. Désormais, la fortune de ce jeune officier est assurée.

La prisonnière du Temple a fait l'objet d'un long marchandage entre l'Autriche et la France, et quelques derniers détails restent encore à régler. Marie-Thérèse et Renée ont passé des heures ensemble à attendre la décision de la Convention dont le régime s'est transformé en Directoire. Marie-Thérèse, sans nouvelles des Tourzel et de Hué, s'inquiète. Aucun courrier ne lui est parvenu et elle n'est plus autorisée à correspondre. Grâce au dévouement de Gonin, elle a appris que l'ancien valet s'est souvent présenté à la porte du Temple d'où il a été refoulé.

La ferveur royaliste est retombée, les deux femmes peuvent s'avancer dans les allées du jardin du Temple mais seules quelques rares fenêtres s'ouvrent. Aucun chant ne vient plus accompagner leur promenade que les pluies automnales rendent monotone.

C'est dans ce climat étrange que Marie-Thérèse s'apprête à quitter son pays. Si elle connaît la destination finale, elle ne sait rien du trajet qu'elle devra parcourir, ni le nom des femmes qui l'accompagneront. Chantereine, lorsqu'elle est rue des Rosiers, passe ses matinées à organiser son propre départ. Avec l'aide de son ami perruquier, elle cherche à sous-louer son logement à une ouvrière de confiance qui accepterait de le lui rendre à son retour...

Par une glaciale après-midi de décembre, alors qu'elles brodent péniblement les lettres entrelacées M et T sur des mouchoirs, un bruit de pas inhabituel sur le palier résonne. Quelques instants plus tard, le directeur Barras et son secrétaire Robert entrent et saluent les deux femmes. L'homme fort du régime s'extasie, de manière un peu excessive, sur la bonne mine de la jeune fille. Elle lui rétorque que ses joues rouges sont la conséquence du froid. Robert, qui rencontre la fille de Louis XVI pour la première fois, se sent mal à l'aise devant cette recluse qui le dévisage. Il choisit de se taire et de se tenir en retrait.

Barras est venu, explique-t-il, souhaiter à la jeune femme un bon voyage et une vie nouvelle plus conforme à son âge et à son rang. « Il est sincère, et n'a jamais voulu qu'on lui fasse du mal », pense Renée. La princesse le remercie d'un ton presque aimable et entend Barras lui annoncer :

— J'ai répondu favorablement à la demande de la citoyenne Chantereine de vous laisser rédiger vos mémoires en captivité. Je me réjouis de l'excellent résultat qui vous permettra de retrouver prochainement votre famille. Mais vous n'êtes pas sans comprendre que cela pourrait nuire considérablement à la République... Avez-vous l'intention de les publier ?

— La rédaction de mes souvenirs, rétorque-t-elle en tremblant d'une colère mal contenue, est une affaire d'ordre privé et je souhaite que mes oncles puissent en prendre connaissance, s'agissant, en particulier, des derniers instants de vie des membres de leur famille.

— J'en conviens, Madame, mais permettez-moi d'en juger par moi-même.

— Il n'en est pas question !

— Remettez-moi ce document et ne m'obligez pas à faire fouiller vos affaires. Ces temps-là sont révolus, tonne-t-il.

— Vous pouvez retourner la pièce, vous ne trouverez rien. Votre demande est abjecte, monsieur. Sitôt à Vienne, je reprendrai ma plume et recommencerai, en n'oubliant pas de mentionner votre attitude odieuse.

— Bien entendu. Et vous oublierez de me remercier pour avoir adouci vos conditions de vie, j'en suis certain, mais je ne compte pas sur vous pour atteindre la postérité. Pourquoi vous opposer à ce que j'en prenne connaissance ? se radoucit Barras. Que craignez-vous ?

Dans le duel qui l'oppose au député, la jeune fille sent qu'elle perd pied, et soudain les mots qui sortent de sa bouche se remettent à trembler :

— Ils sont... à moi... À moi et à ma fa... famille disparue...

Barras se tourne alors vers Chantereine :

— Alors, citoyenne, finissons-en, où est-il ? Si ce manuscrit n'est pas ici, vous seule avez pu le sortir.

— Je n'en sais rien, jure-t-elle en affrontant son regard glacial.

Renée tente encore :

— La prisonnière n'a évoqué que des souvenirs privés et je comprends qu'elle ne veuille les partager...

— Je ne vous ai pas demandé votre avis ! À peine le prétendant, son oncle, les aura-t-il lus qu'il voudra les faire publier pour apitoyer les Français sur le sort de sa pauvre nièce prisonnière. Mesdames, je n'ai pas de temps à perdre. Soit vous me remettez le manuscrit de bonne grâce et je jugerai s'il peut vous accompagner, soit je fais fouiller la tour et votre appartement, citoyenne, dans la journée...

Alors Renée décide de prendre une initiative.

— Inutile, directeur, le manuscrit n'est ni ici, ni chez moi, souffle-t-elle. Il m'a été volé un soir où je comptais le mettre en sécurité dans le coffre prêté par le citoyen Robert, qui peut en témoigner.

Les yeux de Barras fustigent Robert, le sommant de s'expliquer.

— Ne vous inquiétez pas. J'ai conservé en ma possession un double de la clef du coffre où le manuscrit est consigné, déclare-t-il en prenant soin d'éviter le regard de Renée qu'il vient de trahir.

Chantereine réagit :

— Il n'y est pas ! Je vous l'ai dit. Il était dans mon panier qu'une bande de gamins m'a arraché, un soir où je rentrais du Temple.

La princesse, perdant elle-même tout contrôle, s'écrie :

— Mais vous ne me l'avez jamais dit !

— C'était vous causer trop de chagrin, lui répond-elle humblement.

Barras et Robert se regardent, interloqués.

— Et, bien évidemment, il n'y avait qu'un exemplaire, soupire Barras.

— Volatilisé dans un panier à Paris ! s'exclame Robert. C'est impossible, on aurait retrouvé des feuillets.

— Sauf si ces maudits royalistes, toujours très bien informés, ont dérobé l'exemplaire et se préparent à le publier en Belgique. Citoyenne, je ferai diligenter une enquête, qui prouvera, j'en suis certain, votre complicité.

Furieux, le directeur Barras tourne les talons et disparaît, suivi de Robert qui a le temps de maugréer :

— Vous êtes folle, Chantereine ! Vous n'imaginez pas dans quel pétrin vous vous êtes fourrée !

La porte claque, les deux femmes se retrouvent seules et Renée constate combien Marie-Thérèse est ébranlée. Elle la prend dans ses bras, tente de la calmer, mais il est trop tard, celle-ci fond en larmes.

— Pourquoi, pourquoi n'avoir rien dit ? bégaie la princesse.

— Chut, Madame, encore un peu de courage, ils nous observent. Continuez à pleurer et à crier... Mais écoutez-moi... Votre manuscrit est en sécurité, n'ayez crainte...

La jeune femme, troublée par ce qu'elle vient d'entendre, obéit. Renée s'approche d'elle et, lui caressant les cheveux, tente de la rassurer :

— Personne ne touchera à vos souvenirs... Personne.

Dans la soirée, Chantereine quitte la princesse et rentre chez elle, la peur au ventre. Et si Barras la faisait arrêter ? Après une nuit à ressasser les événements de la veille, elle rejoint les Binet à déjeuner. Robert, qui s'est fait excuser, est absent. Elle qui espérait entamer une conversation honnête avec lui en est très contrariée. Binet a confectionné un adorable chapeau en velours brun, bordé d'une exquise fourrure de renard et agrémenté d'un large ruban de soie, dans le même ton de roux. Il souhaite l'offrir lui-même à la fille de son idole, mais désespère d'entrer au Temple. Renée n'ose lui annoncer qu'elle a été fouillée et qu'une perquisition au 24, rue des Rosiers est imminente.

L'après-midi, rassemblant son courage, elle retourne au Temple et découvre Marie-Thérèse prostrée à terre. Au pied du sofa traîne une lettre dont Chantereine prend connaissance. L'empereur François II se réjouit de son arrivée. Les négociations viennent de s'achever par la ratification d'un accord, qui prévoit son départ en échange du retour en France de six prisonniers républicains... Son cousin se félicite du succès de l'entreprise et l'attend pour célébrer Noël à Vienne. Les détails de son voyage ont aussi été réglés à Bâle, où la princesse est attendue avec une seule dame de compagnie, choisie uniquement parmi les anciennes dames d'honneur de la Cour.

Elles ont perdu. Le reste de la lettre n'a plus aucune

importance pour Renée, anéantie par la décision impériale. Renée est incapable de rassurer sa protégée, et de la consoler.

Une heure s'écoule sans que les deux femmes cherchent à commenter la décision ou à retenir leur chagrin mutuel. Alors que Chantereine devrait prendre congé et respecter l'heure de visite imposée, Marie-Thérèse se ressaisit et décide d'agir. Elle invite Renée à s'asseoir devant la table pour écrire une lettre à l'intention du ministre de l'Intérieur.

« *Je viens de prendre connaissance, monsieur, de votre refus de me faire accompagner en Autriche par Mme Chantereine.*

Je demande instamment deux dames de compagnie. Mme de Tourzel est la seule capable de m'instruire des manières du monde et de me donner de bons conseils, grâce à son expérience. Quant à Mme Chantereine, elle m'aide à atténuer ma solitude, depuis six mois, et j'ai trouvé en elle toutes les qualités souhaitables pour supporter mon emprisonnement. Je n'entends pas quitter mon pays sans sa présence à mes côtés.

Je vous recommande M. Hué, c'est le dernier des serviteurs de mon père resté avec lui en prison. Mon père même me l'a recommandé en mourant ; c'est une dette sacrée que je dois à sa mémoire. Il demeure dans l'île Saint-Louis, quai d'Anjou.

Si vous choisissez un de mes gardiens pour me suivre, je demande que ce soit M. Gonin, premier être qui ait adouci ma captivité.

J'espère, monsieur, que vous accéderez à ces requêtes. »

En dictant sa lettre, la jeune fille s'est apaisée. Renée, en revanche, demeure fébrile. Jamais Benezech ne voudra intercéder en sa faveur. À cet instant, elle les déteste tous, ces pions du pouvoir qui décident de son sort par-dessus sa tête. Pourquoi lui interdire Vienne au prétexte qu'elle n'a pas fait partie des intimes de Versailles ? Rejetée, humiliée qu'on puisse la juger sur ses origines plébéiennes, et non sur son dévouement, elle ne parvient pas à dominer ses nerfs.

Marie-Thérèse, rassérénée, raccompagne Chantereine à la porte et la rassure dans un chuchotement :

— Ne vous affligez donc pas tant, je ne partirai pas sans vous...

Le 15 décembre, trois jours après ce courrier resté sans réponse, leur partie de cartes est interrompue. Vizille, encadré de deux soldats, s'invite pour la première fois.

— Commandant Vizille, en charge de la prison du Temple.

La princesse, avec cette franchise altière que Renée admire, lui assène :

— Monsieur mon geôlier, très heureuse de vous rencontrer... Enfin !

— Madame, il nous faut causer : vous quitterez la France le 27 frimaire, ou le 18 décembre, si vous préférez.

— C'est dans trois jours, c'est impossible, voyons ! Il me faut finir mes malles et...

— Votre trousseau, don de la République, est déjà en route pour Strasbourg, l'interrompt-il brutalement Le citoyen Hué en a la responsabilité. J'ai été informé que vous prétendez ne pas vouloir retrouver votre famille, si la citoyenne Chantereine, ici présente, ne vous accompagne pas.

— En effet, monsieur, sans elle, je ne pars pas.

Le commandant poursuit :

— Votre entêtement pourrait être touchant, s'il n'était pas dangereux pour cette dame et même pour vous. Je suis un militaire, citoyenne, et à ce titre, j'obéis sans discuter. Les ordres des membres du Directoire sont formels : vous quittez la France le 27 frimaire, de gré ou de force.

La dernière des Bourbons se met à hurler :

— Comment osez-vous ?

— Vous n'avez pas le choix, vous n'avez pas été assez

méfiante ces derniers mois et vous risquez la prison à vie pour correspondance avec l'ennemi.

— Que m'importe ! rugit-elle.

— Peut-être, mais songez à vos complices : Tourzel que vous réclamez est actuellement en résidence surveillée, soupçonnée d'avoir transmis un de vos courriers à l'étranger. Elle ne peut donc quitter la France. Quant à la citoyenne Chantereine, elle a outrepassé, en vous obéissant, l'ordre qu'elle avait reçu de prendre seulement soin de vous. Pour cela, elle encourt la prison.

Toutes deux baissent la tête. Le militaire ajoute avec mépris :

— Les directeurs Barras et Sieyès ont obtenu pour vous l'arrêt des poursuites contre ces deux dames si vous acceptez de partir sans faire d'histoires pour Vienne, accompagnée de M. Hué, et même de Gonin qui est prêt à vous servir de laquais ! Enfin, j'ai ici une liste de noms de femmes qui ont servi votre famille et qui se proposent de vous suivre. La citoyenne Sérent, ancienne dame d'honneur de votre tante Élisabeth ; la citoyenne Moucy, fille de la citoyenne Mackau, votre ancienne sous-gouvernante ; la citoyenne...

— Cessez, monsieur. Je partirai le 18 décembre avec Mme de Sérent ou Moucy, peu m'importe... M'accordez-vous le droit de me rendre sur la tombe de mes parents ?

— Je n'ai aucun ordre à ce sujet. Vous devez être transférée directement de la tour à la voiture et aucune manifestation aux alentours ne sera autorisée.

Le commandant et ses deux acolytes claquent des talons avant de disparaître. Marie-Thérèse et Renée en restent consternées. Elles n'ont que trois jours pour préparer le voyage et pour envisager leur séparation. Ce soir-là, elles se promettent de se retrouver en exil.

Dans la nuit, la princesse sombre de nouveau dans le désespoir. À son découragement s'ajoute un sentiment de colère et d'humiliation à l'encontre de ce cousin inconnu qui, de Vienne, décide de son sort comme si elle était une malle échangée contre des soldats. Une fille de France contre six révolutionnaires !

Renée a quitté le Temple l'esprit tourmenté et le corps douloureux. Rue des Rosiers, elle trouve un pli de Robert. Avec consternation, elle déchiffre :

Citoyenne, votre mission s'achève aujourd'hui. Le directeur Barras vous est reconnaissant des soins prodigués à la prisonnière. Vous n'êtes pas autorisée à reprendre vos visites, sauf le jour de son départ à dix-sept heures dans la salle du conseil au rez-de-chaussée de la tour.

D'ici là, chère voisine, je vous en conjure, tenez-vous tranquille.

Bien à vous,

Robert

Chantereine s'écroule, inanimée.

À la prison du Temple, Gonin a été chargé d'annoncer la même nouvelle à la princesse. Écœurée, elle l'a congédié brutalement.

Les jours précédant son départ, Marie-Thérèse s'enferme dans un mutisme absolu, ne prend aucune nourriture, refuse de se laver et de se changer, au grand désespoir des deux gardiens qui redoutent de la voir rechuter. Elle retourne à ses rêves d'enfant et recherche le souvenir de Lamballe, la douceur de sa voix, la tendresse de ses bras autour d'elle, pour compenser l'absence presque insupportable de Renée. Mais son passé ne lui est d'aucun secours, et lorsque son esprit cesse de divaguer, elle retrouve la douleur de sa condition.

27

L'anniversaire

Dans l'après-midi du 18 décembre 1795, l'artère principale et les rues adjacentes ont été fermées à la population. Certains Parisiens ont toutefois eu connaissance du départ de la dernière des Bourbons et tentent de lui témoigner leur attachement. Épuisée par trois jours d'insomnies et très faible depuis son malaise, Renée se présente pour la dernière fois aux guichets du Temple. Elle est conduite dans l'obscure salle du conseil. Le ministre Bezenech, la nouvelle dame de compagnie Mme de Moucy, le commandant Vizille ainsi que des représentants du nouveau Directoire attendent l'arrivée de la princesse.

Enfin, la porte s'ouvre : Marie-Thérèse, toute vêtue de noir, les cheveux enfouis dans un bonnet, le visage triste et vieilli, s'avance dignement, mais s'agrippe brusquement à Renée et sanglote sans aucune retenue... Chantereine l'enlace, la cajole, la supplie de se calmer et, n'y parvenant pas, décide de la soustraire au regard des autres.

Les deux femmes quittent les lieux en se soutenant mutuellement jusqu'au premier banc couvert de gel. La princesse voudrait parler, mais la douleur a raison de son fragile équilibre : les mots qui lui viennent sont inaudibles comme au premier jour de leur rencontre... Chantereine sort alors de son sac le petit carnet et le tend à la jeune fille. Le souvenir de l'objet ravive leur émotion. Marie-Thérèse donne libre cours à son désespoir ; elle écrit nerveusement. Renée, les yeux embués de larmes, lit au fur et à mesure.

« Adieu, belle, bonne, douce, aimable, gaie, complaisante, franche, charmante Reinette. Je vous remercie, ma Reinette, de tout ce que vous avez fait pour moi de bon et d'obligeant pendant les six mois où nous avons été ensemble. Je n'oublierai jamais ce temps-là, je finis car j'ai la tête troublée, c'est un grand jour pour moi, car mon premier jour de liberté est aussi celui de mes dix-sept ans... »

Renée se lève dès les derniers mots écrits. Elle est furieuse contre elle-même ! Comment a-t-elle pu oublier ? Elle veut parler, mais la jeune fille l'en empêche en posant son doigt sur sa bouche. Avec un léger sourire, elle l'entraîne vers le palais des Templiers où elles avaient imaginé vivre.

La nuit tombe sur les maisons avoisinantes qui s'illuminent peu à peu. Aux fenêtres se pressent ses partisans qui agitent des mouchoirs blancs, à la surprise des deux femmes. Ils tentent d'offrir un dernier hommage à la survivante de la monarchie française. Chantereine s'arrête alors en poussant doucement sa princesse vers ses sujets. Marie-Thérèse de France se dirige seule vers les bruits et la lumière, tandis que retentissent des applaudissements...

Elle les accepte et choisit d'y répondre : elle rassemble le bas de sa robe et exécute avec une grâce exquise une révérence à laquelle répond un redoublement d'applaudissements. En voyant la princesse les saluer, Renée se souvient du premier jour, lorsqu'elle a choisi, elle aussi, de ployer les genoux. La jeune fille se relève, regarde longuement ces inconnus venus dire adieu à l'orpheline du Temple, fait demi-tour et trouve refuge dans les bras de Reinette qui, la sentant très faible, l'entraîne à l'intérieur.

Elles ont rejoint la compagnie des hommes dans la salle du conseil. Marie-Thérèse veut encore parler. Son bégaiement est tel que seule Renée va la comprendre :

— Dix-sept ans, et la Ré-pu-blique m'offre en ca-deau à un ennemi !

Lasne s'approche d'elle et, sans se soucier de l'agacement de Vizille, s'incline en lui souhaitant une vie heureuse. Mme de Moucy, alertée par un signe d'impatience du ministre, annonce qu'il leur faut partir.

Chantereine défait alors sa fine chaîne en or à laquelle est suspendue une petite médaille et la passe autour du cou de Marie-Thérèse. Elle lui chuchote :

— Bon anniversaire, Madame, et que cette petite Vierge qui me vient de ma mère vous accompagne.

La princesse lui attrape la main, la serre très fort et parvient à dire :

— Grisou vous attend là-haut, il ne mérite pas de connaître l'exil.

— J'en prendrai soin. À bientôt, Madame.

Et, malgré les larmes qui coulent le long de son visage, la princesse trouve la force de lui sourire et d'ajouter :

— Non, Reinette, à demain...

Deuxième partie

Prologue

Au matin du 3 mai 1814, la France n'est plus un empire, encore moins une république. Elle redevient une monarchie.

Le soleil fait enfin son apparition pour accompagner la fête que Paris prépare. Il était temps ! Avril n'a été que pluies torrentielles et bourrasques. Les pauvres marronniers et tilleuls, fierté des habitants, tendent quelques rares feuilles.

La veille, la capitale a décidé de se parer de blanc, en l'honneur du retour de la royauté. L'hiver glacial ayant retardé l'apparition des fleurs, les marguerites, mufliers, giroflées, pois de senteur, et surtout lys, sont introuvables. Les fleuristes, pris d'assaut, doivent compenser avec du papier, de la soie, des dentelles, tous blancs.

La ville, décorée dans la nuit, est encore protégée par les vieux grenadiers de la garde impériale, priés, ou plutôt sommés, de changer de commandement.

Paris attend son nouveau Roi.

1

Le retour d'exil

Une femme d'un certain âge, à l'allure discrète, quitte, dans la fraîcheur matinale, sous un beau ciel bleu, son domicile de la rue des Rosiers pour se diriger vers les quais de Seine. Renée Chantereine se glisse au premier rang d'une foule clairsemée pour voir passer le cortège de Louis XVIII. L'arrivée d'un Bourbon sur le trône laissé vacant quelques heures plus tôt par le départ forcé de Napoléon Ier est un événement qu'elle espère depuis vingt ans. Elle s'est habillée avec soin et a emprunté à sa voisine un grand châle de dentelle crème qui adoucit ses traits. Elle a marché vite pour atteindre les quais des Tuileries, afin de mieux contempler l'héroïne du jour.

Comme beaucoup de Parisiens, Renée va à la rencontre de son nouveau roi, frère du précédent, guillotiné par les révolutionnaires. Elle est prête à saluer, à acclamer et même à remercier Dieu de mettre fin à l'exil des Bourbons.

« Réveillés par les cloches de Notre-Dame et découvrant leur capitale pavoisée de blanc, que peuvent bien ressentir les Parisiens ? » se demande-t-elle. Les uns, une méfiance après le désastre de la campagne de France et l'exil de leur empereur ; d'autres, une haine sourde devant ce retour de l'ancien régime qui signe la fin de leurs espérances républicaines ; d'autres encore, un dégoût de voir les armées russes et prussiennes parader devant les Invalides ; enfin, seul un petit nombre, une intense émotion à retrouver les frères de Louis XVI sur leur terre natale, après non loin de vingt ans d'éloignement. Leurs partisans peuvent ce jour sortir de l'ombre et proclamer haut et fort « Victoire ! » Tout le long du parcours, de la cathédrale au palais du Louvre, ils arborent fièrement leurs tenues, cocardes, mouchoirs, ou fleurs d'un blanc immaculé. Ils vont bientôt pouvoir crier leur joie au passage du souverain et compenser par leur liesse partisane leurs rangs clairsemés.

Dans quelques instants, la calèche découverte où siège l'imposant nouveau roi de France passera devant elle. Chantereine n'a pas oublié la période que les Français viennent de vivre : les terribles pertes humaines, les défaites de leur empereur, le sol national envahi par l'ennemi. Mais il lui importe seulement de revoir enfin, après dix-huit longues années, la princesse Marie-Thérèse Charlotte de France, devenue par son mariage duchesse d'Angoulême et l'héritière du trône de France.

Aux cris de « Vive le roi ! », le cortège se rapproche. Dans un souci de réconciliation, les maréchaux de l'Empire, en uniformes chamarrés couverts de décorations, témoins de vingt ans de victoires, s'avancent, magnifiques, droits et fiers sur leurs montures, malgré leurs blessures. Aucun signe ne laisse supposer qu'ils viennent de perdre la campagne de France... Les Français, obligés de supporter les régiments du tsar qui se pavanent dans les jardins des Tuileries, préfèrent détourner leur regard vers les vieux grenadiers qui font triste mine et baissent leurs toques de fourrure pour cacher leurs larmes de honte. Les officiers de l'armée défaite font une haie d'honneur autour de la calèche, comme s'ils voulaient masquer aux Parisiens la vue des occupants. En quelques heures, certains chefs de l'armée napoléonienne ont fait allégeance à l'aîné des Bourbons, devenu Louis XVIII et à son frère, le comte d'Artois, désormais appelé « Monsieur ».

Ce dernier devance le roi et, tenant sa monture d'une main, salue ses compatriotes de l'autre. Il porte beau malgré son âge, et les Parisiens sensibles à l'apparence se mettent enfin à applaudir ! Fier de son nouveau titre de lieutenant général du royaume, il affiche une grande élégance et se fraie aisément un chemin à côté de tous les maréchaux de l'Empire.

Plus le cortège avance vers Renée, plus les vivats s'espacent. Le choc est terrible pour les passants comme pour elle : à côté d'un vieillard obèse une femme sans âge est assise, attifée d'une robe à la couleur indéfinissable et d'un chapeau à drôles de plumes ! Comme il y a vingt ans, Renée s'incline dans une profonde révérence, se démarquant de ses voisins venus par curiosité et qui, au passage de la voiture, manifestent déjà leur déception :

— C'est ça, la fille de Marie-Antoinette ? Madame Royale, elle est pas gâtée par la nature !... Et hautaine avec ça, elle nous a même pas regardés !

La calèche est, Dieu merci, déjà loin... Les Parisiens attendaient leur princesse, ils découvrent une femme de trente-quatre ans, à la silhouette effacée et maigre, au port de tête hautain, au nez pointu et au visage alourdi, héritage de son père, sans élégance ni distinction. Où est donc la petite fille surnommée « Mousseline » par sa famille ? Celle qui avait, à dix ans, un visage doux, des cheveux mousseux et blonds comme ceux de sa mère.

Aujourd'hui, Mousseline a disparu...

Durant l'exil de la princesse, les deux femmes ont peu échangé, à l'exception de quelques lettres codées où Marie-Thérèse s'enquérait de la santé de Renée et la rassurait sur la sienne : une fois l'an, un discret chevalier breton lui remettait pour Noël une bourse, lui donnait des nouvelles de l'exilée et l'informait de ses incessants changements de résidence. De son côté, Chantereine livrait au messager une lettre respectueuse dans laquelle elle l'assurait de son dévouement et de sa fidélité. Elle se gardait bien d'évoquer son quotidien et son lot de peines pour ne pas l'inquiéter. Mais Renée, peu habituée au formalisme des lettres protocolaires, cherchait en vain, derrière la convenance des mots, à savoir ce que ressentait sa princesse, là-bas. Par obéissance, les réponses de Renée étaient tout aussi formelles, ne laissant jamais percer sa réelle inquiétude et son désir toujours vivace de venir la rejoindre.

Au lendemain du 18 décembre 1795, alors que Renée pleurait chez elle le départ de la princesse, deux policiers étaient venus l'interroger sur la disparition des mémoires. Devant son silence, ils n'avaient pas hésité à retourner l'appartement de fond en comble. Plus tard, elle avait été convoquée par le directeur de la police, qui l'avait menacée d'un procès pour complicité avec l'ennemi. Renée n'a jamais dérogé à sa ligne de conduite initiale et a maintenu la version d'un vol commis dans la rue. Les pressions ont cessé un an plus tard, remplacées par une sanction tout aussi pénible : la suppression de sa pension. Elle n'a alors jamais cherché à discuter la sentence et s'est refusée à défendre sa cause par des courriers ou des démarches qu'elle savait vains. Le temps s'était écoulé, et ces messieurs du Directoire avaient sans doute fini par l'oublier... À l'avènement de Bonaparte, Renée, considérée, à sa surprise, comme royaliste avait bénéficié de la grâce du nouveau dirigeant.

Avec les années, Renée avait vécu plus chichement en diminuant ses charges de bois et avait même dû accepter, pour un travail de copiste, quelques pièces que son orgueil lui interdisait auparavant. Elle aurait pu vivre plus confortablement grâce à la bourse de la princesse, si elle n'en avait pas, chaque année, donné la moitié au curé de sa paroisse.

Les feuillets étaient demeurés sous des mètres de faille grise chez la discrète modiste. Certains soirs, elle s'imaginait oubliée de la princesse, mais une lettre revenait régulièrement et parvenait toujours à lui redonner courage. Aujourd'hui, Chantereine allait enfin pouvoir la revoir.

Ces derniers temps, la vieille dame a cessé de parcourir son quartier pour secourir son prochain. Elle s'est confinée dans ses trois petites pièces qu'elle ne cesse de nettoyer dans l'hypothétique espoir d'une visite de la princesse. Il lui a été aisé de prétexter de méchantes douleurs dans les jambes, et même d'accentuer une claudication, devant des voisines douées pour les commérages. Désormais, elle reçoit chez elle toutes les après-midi autour d'un rafraîchissement l'été, et d'une décoction de feuilles de tilleul et de miel dès que les jours diminuent. Sa qualité d'écoute lui a permis d'entendre et de comprendre ce que tout politicien rêverait de connaître : l'état d'esprit et le degré d'effervescence du faubourg. Renée, ce matin, sait que les Français, anxieux de ce changement de régime, craignent d'être réprimandés comme des enfants pour avoir désobéi à la royauté et envoyé leur roi à la mort.

La vieille dame met plus de temps que prévu à atteindre le palais des Tuileries. Une sécurité imposante éloigne les quelques curieux. Elle tient son invitation à la main avec une force rare, comme si sa vie en dépendait. Un jeune officier, à l'uniforme russe, la conduit vers la cour d'honneur et l'escorte dans le dédale de ce palais qu'elle a connu autrefois plein d'agitation. Dans peu de temps, elles seront réunies !

En entrant dans le salon des Ambassadeurs, elle découvre une assemblée élégante et bruyante qui attend les nouveaux souverains. L'atmosphère est étouffante. Les six fenêtres de la vaste salle ont été condamnées et le roi a fait protéger le palais, comme s'il craignait la reprise des émeutes parisiennes de 1792, qui ont définitivement eu raison du pouvoir de son frère aîné. Renée, en levant la tête, contemple de magnifiques plafonds à trois pans miraculeusement épargnés au cours des années passées.

À attendre debout dans ce salon, elle a aussi tout loisir d'écouter les commentaires de la future cour du roi, habituée aux lieux et aux changements de régime. Elle entend, et cela l'inquiète, que sa princesse s'est évanouie dans le carrosse, avant d'entrer dans la cathédrale Notre-Dame, où un *Te Deum* a été chanté ; qu'elle serait dépourvue d'élégance et ne ferait que répéter : « Je suis heureuse d'être au milieu des bons Français ! » Aux dires de M. de Chateaubriand, « la jeune princesse persécutée par la patrie et rendue orpheline » est la cible de commentaires peu aimables de courtisans déjà déçus par celle qu'ils idolâtraient tant qu'elle était loin d'eux, en exil.

La fille de Marie-Antoinette devrait pourtant savoir qu'ici plus qu'ailleurs le défaut d'élégance est un crime. Elle est apparue avec une robe simple, sans formes et sans couleurs, et un petit bonnet tristement commun. Demain, elle passera pour la femme la plus mal habillée du royaume. Peut-être devrait-elle se rappeler que la Courlande, puis la Pologne et enfin l'Angleterre, ne sont pas des lieux réputés pour leur frivolité, et que, entretenue par des souverains étrangers, chaque dépense était comptée. Chantereine sait qu'en prison, elle n'a pu éduquer son goût pour les plaisirs vestimentaires, à l'instar de sa mère. Ces courtisans, pense-t-elle, ont la mémoire courte et ont oublié qu'à treize ans, Marie-Thérèse a été arrachée au raffinement de l'Ancien Régime pour s'enfoncer dans le sordide d'une prison. Dans son quartier, ses voisins font preuve de plus de générosité et de cœur. Ce matin, certains lui ont demandé de transmettre à la princesse leurs vœux de prospérité.

Renée attend toujours en retrait. Parmi les dignitaires impériaux, elle imagine la présence d'anciens révolutionnaires et pressent que la fille de Louis XVI aura du mal à saluer M. Fouché ou M. de Talleyrand.

Soudain, un chambellan s'écrie : « Sa Majesté le Roi ! » suivi de : « Madame la Dauphine ! » En un instant, tout bruit cesse. On perçoit seulement le froissement des robes se déployant dans des révérences surannées. Une haie d'honneur se forme, laissant le nouveau roi s'avancer avec une extrême lenteur. Il s'appuie au bras de la duchesse d'Angoulême. Il est souriant, elle est blême. Il leur faut saluer chaque personne présente, et entendre leurs noms épelés par le maître de cérémonies...

Renée se situe à quelques mètres du cortège et parvient enfin à voir distinctement la princesse. Emportée par son émotion, elle s'apprête à fendre la foule pour s'incliner devant elle, lorsqu'elle voit la princesse défaillir, s'agripper au bras du roi, puis se laisser choir sur le sol.

— Des sels, des sels pour Madame la Dauphine !

Le roi Louis XVIII, après cet ordre, s'est précipité avec une agilité surprenante, malgré ses infirmités, pour fendre le cercle des courtisans et permettre à la jeune femme de mieux respirer.

— Un médecin ! Vite, un médecin !

— M. Dupuytren est là, Sire, annonce un général, trop jeune pour être connu du roi.

Le médecin, habitué aux vapeurs de sa femme, a sorti une fiole dont il ne se sépare jamais. Il s'agenouille près de la princesse et prend son pouls. D'un petit hochement de tête, il rassure les plus proches témoins.

— Sire, demande le praticien, la duchesse d'Angoulême, la Dauphine a-t-elle souvent de telles pertes de connaissance ?

— Ma nièce a failli se trouver mal tout à l'heure pendant le *Te Deum* à Notre-Dame...

À peine le roi a-t-il répondu que l'odeur de camphre et de vinaigre ranime la duchesse qui dévisage, les yeux mi-clos, ceux qui se penchent au-dessus d'elle. Mais, se sentant trop faible pour affronter ce monde et ces bruits, elle referme les yeux. Dans le bourdonnement des conversations qui a suivi l'incident, Chantereine a pu se glisser au premier rang, et se rapprocher d'elle. À la stupéfaction de ceux qui l'entourent, elle se baisse et la gifle doucement jusqu'à ce qu'elle reprenne totalement conscience et que son visage s'anime à sa vue.

Ce regard, voilà ce que cette femme attendait depuis tant d'années. Elles se sourient, puis la duchesse lui murmure gentiment :

— Reinette... Aidez-moi !

Les courtisans, étonnés de la présence de cette inconnue à la mise simple, agrandissent le cercle selon l'ordre de leur nouveau souverain. La duchesse d'Angoulême s'y prend décidément de façon étrange pour conquérir les cœurs, dérogeant au protocole comme sa mère Marie-Antoinette à son arrivée en France. Sous les murmures surpris, la jeune femme tente, en s'appuyant sur le bras de Renée, de gagner au plus vite un lieu isolé. Auparavant, elles doivent traverser deux immenses salons bondés d'inconnus, de femmes en robe d'apparat et de militaires, tous impatients de la découvrir.

Tandis qu'un petit détachement de soldats s'avance pour permettre à la princesse de gagner ses appartements, Renée affronte, sans gêne apparente, le regard hostile des courtisans. Elle semble peu impressionnée de se trouver à quelques mètres de son nouveau souverain. Le regard bienveillant que cet oncle, presque infirme, pose sur sa nièce la rassure.

La duchesse d'Angoulême, retrouvant complètement ses esprits, la présente enfin au roi :

— Mme Chantereine, ma dame de compagnie au Temple.

L'absurdité du propos, une dame de compagnie dans une prison, n'étonne guère Louis XVIII, habitué à toutes les étrangetés depuis son exil. Il se contente de poser son regard sur Chantereine. En s'éloignant, il intime l'ordre à sa nièce de se reposer. Il ajoute en se penchant à son oreille :

— N'oubliez point de dégrafer votre robe de cour !

La duchesse d'Angoulême ne connaît pas encore les appartements qui lui ont été hâtivement attribués. Elle suit avec une certaine anxiété le gouverneur des Tuileries, le capitaine Auger. Les Tuileries de son enfance, celles dont elle garde un souvenir confus et douloureux, ont pourtant disparu pour devenir la résidence de Napoléon, lorsqu'il ne campait pas au milieu de ses soldats.

Auger s'incline respectueusement, précisant que, attaché au château depuis 1806, il se réjouit d'être à la disposition de la nouvelle maîtresse des lieux. L'improvisation due à la soudaineté de leur arrivée provoque tant de sollicitude et d'excuses embrouillées que la duchesse en est agacée et accélère le pas, sans prendre la peine de répondre.

Enfin, les deux femmes parviennent dans un salon rempli de fleurs blanches qui dissimulent avec peine le décor d'abeilles impériales sur les tentures et les boiseries. Elles se regardent sans un mot : de toute évidence, il s'agit de l'ancien appartement de l'impératrice Marie-Louise.

— Regardez cette pièce, Chantereine, et reconnaissez que la reine avait un peu plus de goût que sa nièce, Marie-Louise !

— Je ne suis pas une grande connaisseuse, avoue Chantereine.

— Ces meubles aux pieds trapus et dorés sont hideux, commente Marie-Thérèse d'un ton péremptoire.

Le regard de la nouvelle occupante des Tuileries est attiré par un ravissant pastel : un enfant à la tête couronnée de boucles blondes lui sourit. Difficile de résister à la douceur qui émane du regard du petit Aiglon. La duchesse commence à suivre avec son doigt le contour du visage, quand soudain, elle se fige et s'écrie :

— Monsieur le gouverneur des Tuileries, je vous prie

de retirer immédiatement ce tableau, ainsi que tous ceux que M. David aurait malencontreusement laissés dans ce palais...

David, peintre officiel de Napoléon, dont toutes les cours européennes admirent le talent ! Mais David, le député régicide ! L'inquisiteur de la prison du Temple ! Chantereine l'observe, inquiète : elle va de nouveau défaillir... Vite, elle s'avance.

D'un geste de la main, la duchesse l'arrête dans son élan.

Auger s'excuse comme un enfant pris en faute, décroche lui-même le portrait. Il recule, et bafouillant, promet de changer au plus vite le mobilier, d'aménager un décor royal, et même de substituer les lys aux abeilles. Le visage défait, son tableau sous le bras, il s'éloigne, les laissant enfin seules.

Marie-Thérèse prend place sur un imposant fauteuil turquoise et or, qui heurte le bleu de son manteau de cour. Elle fait signe à son ancienne compagne de s'asseoir à côté d'elle. Renée, incapable de parler, la regarde intensément et prie le ciel que les larmes ne viennent pas gâcher ce moment tant attendu. Mais Marie-Thérèse refuse de lui rendre son regard et, pour masquer son embarras, lui intime l'ordre de dégrafer sa robe.

Ces mots prononcés à la hâte font renaître leur relation d'antan, mais soulignent la distance qu'il y aura toujours entre elles. Chantereine s'exécute, trop heureuse de se rendre utile. Ses mains effleurent le dos de la jeune femme sans s'autoriser la moindre effusion, elle qui aimerait tant la prendre dans ses bras. Marie-Thérèse, le dos calé contre le dossier de son fauteuil, sans se soucier des pans de sa robe retombant sur les côtés, paraît remise de sa faiblesse passagère ; c'est tout naturellement qu'elle engage une conversation interrompue il y a près de vingt ans :

— Je sais. Ma maladresse me poursuit, et cet imbécile

d'Auger doit déjà propager que je n'ai aucune sensibilité pour avoir fait enlever de mon mur le dessin d'un enfant. Mon cousin de surcroît !

— Il était ravissant, mais quelle bêtise de l'avoir laissé là.

— Une beauté touchante, et d'autant plus étonnante que votre Napoléon est, paraît-il, fort laid, et Marie-Louise plutôt fade...

Chantereine s'amuse de cette évocation peu charitable du couple impérial et enchaîne :

— Quand je pense que cet enfant est en train de fuir pour Vienne tout comme vous, il y a vingt ans.

— Espérons qu'il y sera mieux accueilli que moi ! s'écrie la princesse d'un ton caustique.

— Vous étiez seule, Madame, tandis que lui aura au moins la protection de sa mère, tente Chantereine.

L'ombre de Marie-Antoinette s'est profilée entre les deux femmes et Marie-Thérèse, pour y échapper, se lève. Elle se dirige vers la fenêtre et parle en fixant la ville au loin :

— Je ne pourrai jamais leur pardonner... Je les hais trop, au point de n'être plus capable de m'émouvoir à la vue d'un enfant... Que Louis XVIII pardonne, c'est son droit, c'est même son devoir de roi de France. La duchesse d'Angoulême que je suis devenue pardonnera peut-être un jour pour convenances politiques, mais la petite fille que j'étais... jamais !

Chantereine reconnaît dans ces propos exaltés la prisonnière qu'elle a connue et aidée de son mieux.

— Je vous retrouve bien là, Madame, mais vous oubliez le temps qui a déjà fait son œuvre dans votre cœur et qui continuera à vous apaiser. Souvenez-vous de notre première rencontre ! Vous me haïssiez bien, alors.

La duchesse, le visage éclairé, s'approche d'elle et lui prend enfin les mains :

— Je ne sais si je suis heureuse d'avoir retrouvé aujourd'hui ma terre natale, mais je suis sincèrement heureuse de vous revoir. Ne m'en veuillez pas, vous revoir m'émeut et me ramène à ma jeunesse. Je crois qu'il me faut rester seule... Nous nous reverrons très vite, Reinette.

2

Retour aux Tuileries

Grâce à la calèche mise à sa disposition pour son retour, l'ancienne dame de compagnie traverse sans encombre les abords du Louvre que Napoléon a fait réaménager. Chantereine aime ce quartier et rêve d'une promenade où elle pourrait escorter sa protégée. Une longue rue à arcades relie le Louvre à l'ancienne place Royale, rebaptisée place de la Concorde. À présent, les voies sont larges et droites comme l'a voulu l'Empereur, pour que la cavalerie puisse intervenir en cas de révolte. Les clubs des Feuillants et des Jacobins ont disparu. Le manège, où les révolutionnaires avaient pensé changer le monde, a laissé place à un carrousel à la gloire des victoires napoléoniennes. La princesse, si elle accepte un jour la promenade, découvrira les nouvelles dénominations de lieux tels que Mondovi, Pyramides, ou encore Rouget de Lisle.

Depuis son retour d'exil, la duchesse a fort à faire. Elle doit rencontrer des sénateurs, des préfets, des survivants de Versailles, visiter des hôpitaux. Très sollicitée, elle ne parvient pas à satisfaire toutes les demandes. Il lui faut aussi se préoccuper de réorganiser le protocole du nouveau palais royal, sans commettre de maladresses à l'endroit des favoris de son oncle, qui eux semblent n'avoir rien oublié des anciens usages. Peu préparée à ces demandes, la duchesse va vite capituler et organiser sa vie autour d'un minimum d'obligations. Elle se retranche dans ses appartements avec, comme seule contrainte, d'apparaître le soir aux soupers du roi.

Durant quinze jours, Chantereine modère son impatience en lisant dans les journaux les nouvelles de la Cour. Elle n'y trouve que des critiques déguisées... Enfin, un aide de camp se présente et l'avertit qu'elle est attendue sur l'heure au palais.

C'est dans un sulky attelé à un bel alezan que Renée, habillée comme à l'ordinaire, quitte sa rue des Rosiers. Vers dix-sept heures, elle est introduite dans l'ex-salon de l'impératrice Marie-Louise, priée d'attendre la duchesse retenue par son confesseur. Enfin, Marie-Thérèse apparaît, les cheveux mal attachés et vêtue d'une robe de velours gris sans grâce.

Aussitôt la duchesse s'efforce de paraître gaie en décrivant les efforts désespérés du pauvre Auger pour réaménager l'appartement. Quelques meubles ont d'ailleurs déjà disparu, ce qui rend la pièce plus vaste, mais moins accueillante. En réalité, elle qui a si souvent changé de domicile dans sa vie s'en moque. Renée remarque combien ses traits sont tirés et ses gestes saccadés.

— Comment se passe votre retour ?

— Mal, bien sûr. Mais n'est-ce pas le lot commun de tous les revenants, à commencer par Ulysse ? Les Parisiens rêvent de bals et de fêtes... Et moi, toujours dans mon deuil, je les fuis. Je ne veux que retrouver la sépulture de mes parents. Mon oncle me demande de paraître plus aimable, Artois me prie de faire des efforts vestimentaires et de danser avec le tsar, ce qui m'est odieux... Mais ne parlons plus de choses difficiles. Je vous ai invitée pour profiter de vous et oublier mes peines.

Renée, se voulant légère, cherche alors un nouveau sujet de conversation :

— Parvenez-vous à dormir ? demande-t-elle innocemment.

— J'ai toujours très mal dormi aux Tuileries. Laissez-moi vous raconter : un soir de 1790, j'y ai fait une rencontre qui m'a terrorisée. J'avais échappé à la surveillance de Mme de Tourzel pour quitter nos appartements. L'enfant lunatique que j'étais s'était mis en tête d'atteindre le point le plus haut des Tuileries. Je me souvenais que le roi Louis XIV avait fait construire Versailles dans l'axe du Louvre et j'espérais apercevoir de la coupole du pavillon de l'Horloge le toit de mon château perdu. En me glissant dans les escaliers, je suis tombée nez à nez avec un horrible bonhomme vêtu d'un tablier noir qui brandissait une hache ! J'ai eu tellement peur que mes jambes se sont dérobées et que je me suis retrouvée assise sur une des marches de l'escalier, persuadée que ma dernière heure était arrivée ! Étrangement, il est passé devant moi sans me toucher, mais en articulant distinctement : « Je reviendrai... » avant de disparaître. Terrifiée, j'ai mis de longues minutes à me relever et à m'enfuir. Des mois plus tard, j'ai raconté ce cauchemar à Mme de Lamballe. À ma stupéfaction, elle a souri et m'a dévoilé que la même aventure était arrivée à la reine !

Déroutée par ce récit, Chantereine ne sait comment réagir face à cette macabre évocation. Elle veut ramener la duchesse vers un univers plus propice, mais, comme habitée par ce souvenir, Marie-Thérèse poursuit :

— Une après-midi où ma mère se promenait en compagnie de mon père pour pouvoir parler librement, elle lui raconta qu'elle avait eu la vision d'un homme au visage rougeâtre et vêtu de cuir qui se précipitait sur elle ! Au moment de la frapper, il avait disparu en criant : « Je reviendrai ! » Le roi, incrédule, tenta de la rassurer. La reine avait confié sa mésaventure à Mme de Lamballe. Celle-ci, cherchant à l'apaiser, avait mis à profit son temps libre pour s'informer des vieilles histoires qui circulaient sur le Louvre et les Tuileries. Elle avait ainsi appris fortuitement qu'une vieille légende avait cours parmi les bouchers de Paris : l'un d'eux, un certain Jean, ayant découvert quelque secret d'État, ou d'alcôve, que Catherine de Médicis voulait cacher, aurait été égorgé sur son ordre. Depuis, son fantôme apparaîtrait aux Tuileries... J'étais persuadée du haut de mes treize ans que l'égorgeur viendrait m'assassiner en pleine nuit. Nous avons vécu les mêmes tourments, ma mère et moi, mais de peur de l'inquiéter, je me suis bien gardée de lui en parler ; elle non plus n'a rien dit de son aventure, ne nous confiant jamais ses tourments. Une mère ne souffre ni ne pleure devant ses enfants, pensait-elle, et il a fallu nos années communes de prison pour qu'elle manifeste ses émotions.

— Craignez-vous de croiser de nouveau ce revenant ? questionne Chantereine.

— Peut-être... À moins qu'il n'ait été égorgé, à son tour, lors de la prise des Tuileries. Je ne suis pas très courageuse devant les hommes ; encore moins devant les fantômes ! Voilà pour mes nuits, ajoute-t-elle.

Il est dix-huit heures à la pendule en bronze doré. Chantereine se propose de laisser Marie-Thérèse se reposer pour rassembler ses forces. Mais la princesse, toujours aussi versatile, la retient et la prie de rester. Rien ne peut faire plus plaisir à la vieille dame, prête à tout pour mieux la comprendre.

Quelques instants plus tard, des valets viennent allumer les chandeliers, fermer les rideaux et préparer sur une desserte un repas froid. La duchesse se fait servir un vin d'Alsace, qu'elle partage avec Renée.

— J'ose vous avouer que, dans cet affreux palais, la nourriture est exquise, comparée à ce que nous avons connu en Courlande et même en Angleterre. J'apprécie déjà les mets et les vins français ! dit-elle en riant.

Mise en verve par le vin d'Alsace, la duchesse entreprend

de raconter à Chantereine ses derniers mois passés en Angleterre :

— En mars dernier, nous étions encore, mon oncle et moi, dans notre résidence d'exil à Hartwell. Artois suivait toujours l'armée des princes quelque part en Europe, au gré des batailles engagées contre Napoléon. Mon mari était avec lui. Contrairement au roi, je n'imaginais à aucun instant rentrer en France, m'étant habituée à vivre loin de mon pays. Napoléon me paraissait invulnérable et immortel. Le jour de la naissance de son fils, je me suis enfermée dans ma chambre et j'ai pleuré toute la journée. Cet usurpateur avait dorénavant une dynastie. Seul Louis XVIII n'y a pas cru et nous a annoncé un soir de l'automne 1813 : « Napoléon est perdu, son armée vient de franchir le Niémen ! » Sous l'œil ébahi de quelques convives, le roi a prédit que les armées de l'Empereur, une fois Moscou atteint, ne pourraient se ravitailler et devraient rebrousser chemin en plein hiver. Ce serait, alors, la fin de la Grande Armée... L'histoire lui a donné raison ! Dès lors, Louis XVIII s'est tenu prêt. Il a débuté des négociations avec les puissances étrangères pour se faire reconnaître comme unique monarque. À tort, je me cantonnais dans mon rôle de maîtresse de maison en exil, plutôt que de me préparer à mon futur rôle en France ! Désemparée, j'allais et venais dans la maison, ne sachant quand et pour quelle destination nous allions partir ! Mon inquiétude était l'avenir de mes chiens qu'il me fallait laisser sur place.

— Ceci me rappelle, Madame, votre départ de Versailles et votre chagrin d'enfant à laisser un lapin...

— Votre mémoire vous honore ! Et souvenez-vous de notre petit chat au Temple...

— Grisou, devenu un énorme matou, m'a tenu compagnie jusqu'à ses douze ans révolus. J'ai eu beaucoup de chagrin à sa mort.

Marie-Thérèse poursuit, comme si elle n'avait pas entendu :

— La veille de notre départ, j'ai fait une dernière promenade avec mes chiens ; puis ils sont rentrés dans leur niche sans me manifester de signes d'affection, comme s'ils pressentaient notre séparation ! Le soir même, nous avons été informés par le roi d'Angleterre en personne que nous étions attendus en France. Sur le bateau, je n'ai réussi ni à me recueillir, ni à discuter avec mon oncle, car j'ai été malade au point que le médecin a craint le choléra !

— Vous étiez sûrement inquiète...

— Oui, dites plutôt terrifiée à l'idée d'affronter les Parisiens et de revoir ces lieux hantés par le malheur. Savez-vous que notre cortège, depuis son entrée dans Paris, a emprunté le même itinéraire que lors de notre retour de Varennes ?

— Paris a dû vous sembler bien changé.

— Hélas, je n'ai rien vu ! Des tremblements, des sueurs froides m'ont accompagnée durant tout le trajet, au point que je me suis évanouie plusieurs fois ! Dans notre calèche, je me suis cachée derrière mon oncle, craignant la réapparition de bonnets révolutionnaires et de piques ensanglantées ! Nous sommes passés devant la Conciergerie, avons traversé l'ancienne place Royale où la vie de mon père s'est achevée. Je n'ai jamais cessé de penser à lui. A-t-il tremblé durant le trajet ? Ses jambes se sont-elles dérobées devant l'échafaud ? Ou bien était-il en paix à l'idée de rejoindre enfin Dieu ?

— Sa fin a été admirable, vous le savez ! s'exclame Renée en faisant un geste vers elle, mais le ton de la duchesse change et, d'une voix rauque, elle ajoute :

— C'est la dernière fois que je traverse cette place ! Rien ne me fera changer d'avis ! Rien ni personne ! Jamais !

— Calmez-vous. Vous serez obéie, ne craignez rien...

Les deux femmes prolongent leur dîner dans un silence étrange. Dans quel monde vit la duchesse pour imaginer qu'elle puisse éviter dans ses déplacements le centre de la capitale ? Chantereine, mal à l'aise, adopte le ton respectueux de tout fidèle courtisan en remarquant :

— Les Français vous ont accueillie avec ferveur. Cela a dû vous toucher.

— En effet, j'étais très attendue, mais la peur de la foule m'a contrariée. Des dizaines de petites filles se sont précipitées vers moi avec des fleurs dont je ne sais jamais que faire... Je n'arrivais ni à les embrasser, ni à les relever de leur révérence, ni même à avancer. Il me fallait en plus aider mon oncle qui, vous l'avez remarqué, ne marche quasiment plus. Le roi ne souhaite pas que les Français s'en aperçoivent. Alors je lui sers de canne et cela m'épuise ! J'étais tellement anxieuse de retrouver ce palais que je me suis effondrée dès la première pièce !

— Et je vous ai giflée devant le roi ! l'interrompt Chantereine.

La duchesse s'esclaffe et entraîne Renée dans un fou rire complice. Enfin, la distance entre elles s'efface. Marie-Thérèse s'empare de la main de la vieille dame, la serre très fort entre les siennes et lui chuchote :

— Merci, merci, Reinette, d'être là...

Émue, Chantereine balbutie :

— Je serai toujours là, mais cessez de vous détester. Quant au récit que vous faites, il est bien sombre. Les journaux sont plus indulgents que vous.

— Allons, ne vous leurrez pas, la presse écrit ce que mon oncle veut. Avez-vous eu connaissance du ridicule poème qui circule sur mon compte ? Écoutez :

Fuis ô fille des rois ! Fuis ces scènes d'horreur !
Vole aux champs maternels ! Hélas ! notre terreur
Ne peut t'offrir encore sur ton morne passage
Qu'une pitié captive et qu'un muet hommage !
Mais à peine échappés à ce séjour d'effroi,
Les cœurs en liberté vont s'envoler vers toi...

— Ce sont des louanges, estime Renée. Mais plutôt obséquieuses !

— Pathétiques, Chantereine ! Et si c'était le même auteur qui, vingt ans plus tôt, insultait ma mère dans un de ces pamphlets obscènes ?

— Les Français sont heureux de vous savoir chez eux et ils vous le montreront... Je suis si contente de vous revoir.

— Moi aussi, ma chère. Et je n'ai pas l'intention de vous laisser partir ! Mais, de grâce, pas d'angélisme entre nous. Toujours la vérité ! Qu'aurais-je dû lui dire, à ce bon peuple français ? Que je l'ai haï pendant toutes ces années ? Que j'ai été la première à encourager mon mari à porter les armes contre Napoléon ? Et qu'il me faudra toujours jouer un rôle pour que mon oncle, et plus tard mon mari, puissent régner !

Chantereine s'est trompée : leur conversation est empreinte d'une vraie sincérité, car la duchesse ne cache ni sa colère ni sa douleur d'être incomprise. Elle doit la rassurer, encore et toujours, et l'encourager à la patience.

— Souvenez-vous de ce que je vous disais, conseille Renée : laissez le temps prendre son temps. Vous êtes de retour en France et votre destin se joue maintenant. Ne laissez pas la colère ni la rancœur vous envahir !

— La colère est ma vieille amie et elle se manifeste souvent. Parfois même, elle me submerge. Les ovations des Parisiens ne pourront jamais effacer les insultes que j'ai entendues dans mon enfance ! Leurs drapeaux blancs, leurs lys blancs, leurs guirlandes blanches saluant le retour de la martyre du Temple m'agacent ! Cette foule qui m'acclame, n'est-elle pas la même qui crachait sur ma mère, en octobre 1789 ? Ces femmes habillées de blanc ne sont-elles pas les filles de celles qui ont forcé et pillé ma chambre à Versailles, alors que j'avais à peine onze ans ? Ces mêmes femmes ont-elles applaudi le couronnement de Napoléon et la naissance de son fils ? Malgré toute ma volonté de paraître admirable à leurs yeux, je n'arrive pas à tricher. Je ne saurai pas me faire aimer des Français, je le sens !

— Vous attendez trop des Parisiens. Ils ont oublié ces événements et ne cherchent qu'à profiter de la paix.

— Ma mère serait déçue d'un tel retour, elle que je n'ai jamais vue faiblir sous les insultes. Comment aurait-elle réagi devant ces compliments ridicules ? Par un sourire charmant ? Sans doute...

— Vous pourriez essayer de paraître plus enjouée lors de votre prochaine sortie ! Les Parisiens ne vont pas vous manger.

— Je ne peux pas. Mon sourire est affreux et mes dents grises ! Ils n'auront que mon indifférence, mon mépris pour leur attitude passée et leur lâcheté d'aujourd'hui.

— Vous n'êtes pas seule. Un grand nombre de vos proches cherchent à vous manifester leur affection. Vous devez leur faire confiance. Ainsi Mmes de Tourzel. Elles connaissent l'enfant de Versailles et ont admiré la jeune fille des années sombres. Pour elles, pour d'autres, et aussi pour moi, vous êtes l'avenir. Ensemble, nous vous aiderons à trouver votre place dans ce pays que vous ne connaissez pas profondément.

Il est tard, la flamme des bougies a baissé et n'éclaire presque plus la pièce. Le feu n'est plus qu'un tas de braises.

— Vous frissonnez, Chantereine, je vais vous faire raccompagner. Promettez-moi de revenir demain vers onze heures. Je me suis engagée à me montrer dans les jardins des Tuileries, et cette sortie me sera pénible.

— Je ne vous quitterai pas, soyez-en sûre.

Le lendemain, la princesse contemple la vue de Paris qui s'étend à ses pieds depuis le salon. Ses yeux sont rouges et de vilains cernes assombrissent son visage, presque laid ce matin, constate Renée, en esquissant une rapide révérence.

— Je vois, Madame, que vous avez de nouveau peu dormi.

— En effet. Je viens de demander que l'on reporte la promenade prévue : je n'ai pas envie d'être exhibée et critiquée !

— N'y a-t-il pas un lieu où nous pourrions nous promener sans être exposées aux regards ?

— Le jardin du Carrousel, peut-être. Mais les courtisans qui le fréquentent me sont aussi hostiles que le peuple. Restons ici et causons ! J'ai tant de choses à vous dire que je n'ai pas pu vous confier dans mes lettres. Elles auraient été lues par les sbires de mon oncle ou la censure de votre Empereur !

Renée est invitée à s'asseoir, tandis que la duchesse lui sert un peu d'eau. La vieille dame n'a pas le temps d'admirer le magnifique travail de cristal ciselé de son verre que Marie-Thérèse lui souffle :

— J'ai peu dormi, il est vrai... À ces appartements trop vastes, à ces visages si nombreux, à ces incessantes sollicitations et aux bruits de la ville, je préférais la campagne anglaise, ma chère Renée.

— Il a fait très chaud cette nuit, j'ai moi aussi longtemps cherché le sommeil...

— J'ai pensé à vous, dont la fidélité m'a été d'un grand réconfort en exil. Je vous savais à la fois loin et si près de moi.

— Comment vous oublier, Madame ? murmure Chantereine attendrie.

Pour couper court à toute effusion, Marie-Thérèse enchaîne :

— Je voudrais parler avec vous du récit que nous avons rédigé au Temple et évoquer les mémoires de Cléry, l'ancien valet de mon père. Laissez-moi m'expliquer. Quelque temps après mon mariage et mon installation à Mittau, j'ai été prise d'épouvantables malaises suivis d'une apathie inquiétante. La maigre cohorte d'émigrés qui nous entourait sursautait au moindre de mes bâillements. Ils rêvaient tous d'un héritier pour la couronne perdue de France. Il me fallait concevoir un enfant. La faute en incombait à moi seule si ce bonheur tardait à venir. Je subissais le même cauchemar que ma mère avait vécu pendant sept ans.

Son regard s'assombrit et, d'un geste vif, elle passe sa main sur son visage comme si elle voulait effacer ce souvenir.

— J'étais seule face à l'ignorance et à la maladresse conjugale de mon époux.

Renée ne peut s'empêcher d'intervenir :

— Si j'avais été près de vous, je vous aurais...

— Allons, Chantereine, vous avez oublié, mais je vous ai demandé, avant de vous quitter, de remplacer ma mère sur ce sujet et vous ne l'avez pas fait !

— Je n'osais pas. Mais, là-bas, j'aurais sûrement osé.

— Cessez ! Vous m'agacez ! Je ne vous ai pas fait venir car l'exil vous aurait tuée ! Qu'imaginez-vous ? Que je vivais dans un beau château, entourée de ma famille ? Non, la réalité était tout autre : nous vivions dans la misère, dans le froid et même dans la peur des armées napoléoniennes ; enfin, pour couronner le tout, dans une ambiance de mesquineries. Avec votre bon sens et votre franc-parler, vous auriez été chassée par Louis XVIII dès la première semaine et sans pouvoir retourner en France ! Vous savoir à Paris était réconfortant pour moi, d'autant que je n'ai jamais douté de votre soutien. Aussi ne m'en veuillez pas, je vous ai protégée !

— Pardon. Je suis ridicule, s'excuse Renée, blessée par cette nouvelle saute d'humeur. Mais permettez-moi de vous poser une question : le roi connaissait-il vos difficultés conjugales ?

— Le sujet n'a jamais été abordé... Était-ce pour me faire oublier cette pénible situation et m'obliger à sortir de mes perpétuels malaises qu'il m'a proposé de raconter ma captivité au Temple ? En habile stratège, il voulait, je crois, se servir de sa nièce pour apitoyer les Français. L'histoire de mes malheurs pouvait lui procurer un argument justifiant son retour.

— Ces mémoires, ne lui avez-vous pas dit que vous les aviez déjà rédigés ?

— Non, je n'ai jamais évoqué notre relation en prison et, ne pouvant vous demander directement des nouvelles, j'ai imaginé notre récit disparu. J'ai accepté de recommencer, mais cette fois-ci, je les ai écrits moi-même dans ma chambre et grâce à vous. Je me suis souvenue de tout : le lieu, le nom des gardiens, le menu des premiers jours, les mots de mon père, les adieux du valet Hué, les pleurs de mon frère. Mon travail a pris mes journées et mes nuits. En revivant mon passé, je me sentais mieux. Le roi, un soir, m'a gardée seule auprès de lui. Il s'inquiétait de toutes ces heures que je passais à écrire. Je lui ai dit combien ce travail m'était salutaire. Louis XVIII, au lieu d'être satisfait de mes explications, s'est montré sceptique. Il a demandé à lire quelques pages.

— Vous avez obéi ?

— Comme toujours, Chantereine. Le lendemain, il me faisait force compliments sur mon style, mais me reprochait de m'être laissée aller à trop d'émotion. Il a ajouté : « Une princesse de France ne peut ainsi faire étalage de ses sentiments. Vous avez été le témoin de journées qui s'inscrivent dans l'histoire de votre pays. Il nous faut un témoignage, et non les confessions ou l'exposé des états d'âme d'une enfant craintive. » Et c'est ainsi que, obéissant au chef de la famille de France, j'ai accepté de me cantonner à la stricte description des événements. Chaque matin, je remettais quelques feuillets à mon oncle qui les faisait corriger par M. Cléry, qui nous avait rejoints.

— Vous avez laissé un valet lire vos souvenirs ? s'indigne Renée.

— En exil, je suis devenue une nièce obéissante et reconnaissante à mon oncle de m'avoir permis de quitter Vienne... Oui, j'ai accepté ! J'ai remis au roi, quelques mois après mon mariage, un texte succinct pour qu'il soit utilisé à des fins politiques, puis j'ai repris une vie monotone, toujours sans espoir d'être mère.

— Vous teniez tant à témoigner du calvaire de vos parents !

— C'est Cléry qui s'en est chargé. Il avait commencé à rédiger les témoignages relatifs à son service à la prison du Temple où il était entré comme valet du Dauphin, puis de mon père. Son texte était achevé et il cherchait, avec la recommandation du roi, à être édité. La chancellerie autrichienne a interdit la publication de ses mémoires et des miens. J'en ai été intimement soulagée, alors que Cléry, furieux, est parti à Londres à la recherche d'un éditeur. C'est ainsi qu'il a pu être publié en français et en anglais avec le succès considérable que vous savez.

— Je les ai lus, mais le récit que vous m'aviez fait au Temple était plus poignant.

— Cléry était un homme exceptionnel. Je ne peux pas lui en vouloir de sa vanité littéraire.

— Et votre manuscrit, Madame ?

— À l'époque, le roi m'a avertie que le même éditeur anglais était prêt à le publier. J'ai refusé. L'ouvrage de Cléry me paraissait suffisant.

— Et maintenant que vous êtes de retour en France, ne pensez- vous pas, pour votre sérénité et la mémoire de vos parents, que les Français ont le droit de connaître votre véritable histoire ? N'est-il pas souhaitable de raconter vos souffrances pour vous soulager de votre fardeau ?

C'est alors que le visage de la princesse blêmit et que ses lèvres se pincent. Elle invite d'un geste sa visiteuse à se taire et se lève pour signifier la fin de leur entrevue. La vieille dame devrait quitter les lieux. Or, elle n'en fait rien.

— Pardonnez-moi, Madame, insiste-t-elle. Nous avons

au Temple, vous et moi, transcrit avec obstination vos premiers souvenirs. Ne voulez-vous point savoir ce qu'ils sont devenus ? Ne souhaitez-vous pas que les Français les lisent ?

— En effet, vous vouliez me faire raconter mon calvaire ! s'insurge-t-elle, tout en se dirigeant vers la porte.

Renée, toujours assise, poursuit, obstinée :

— Et vous l'avez fait, Madame ! Ces notes n'ont jamais quitté la France. Je les ai conservées, comme vous le vouliez, et personne n'en a eu connaissance.

— Mais vous savez, comme moi, qu'elles n'étaient que le cri de douleur de la jeune fille quasiment débile que j'étais alors...

— Ne soyez pas si dure envers vous-même et reprenons notre entretien...

À contrecœur, la duchesse se rassied, vaincue par la détermination de Chantereine.

— Votre récit était si bouleversant ; il traitait de votre enfance et d'une réalité que les Français connaissent peu. Relisons-le et reprenons notre tâche. Vous me raconterez votre vie avant la prison, et si votre mémoire vous fait défaut, alors nous enquêterons dans le secret absolu.

— Mais à quoi bon ?

— Il me semble que votre passé vous hante, au point que vous ne parvenez pas à assumer votre rôle de régente. Or, les Français vous guettent. Ils comptent sur vous. J'ai vu partir une jeune fille malheureuse et courageuse, qui posait un regard d'une extrême douceur sur les autres. Vous vous êtes préoccupée de chaque personne qui vivait au Temple. Vous m'avez suppliée de prendre soin de vos derniers gardiens. Je ne peux croire que votre exil ait effacé toute cette sollicitude.

— Lorsque nous nous sommes rencontrées, je n'avais pas d'identité, enchaînée que j'étais dans mon malheur. Me préoccuper des autres m'était moins odieux que de m'inquiéter de ma propre vie. Aujourd'hui, il m'est impossible d'agir avec les élans de la jeunesse !

— Alors, Madame, pardonnez la franchise d'une vieille dame qui vous aime. Vous êtes de retour sur votre terre natale, la royauté a été rétablie, ce qui était le vœu le plus cher de votre père. Vous devriez être fière de vous et de votre destin ! Pourtant votre regard est vide ! Vous marchez comme une automate, et si vous ne reconnaissez pas les compagnons de votre enfance, c'est parce que vous ne les voyez pas.

— Chantereine, ne soyez pas odieuse, vous me décrivez comme un fantôme...

— Les Français veulent vous connaître et vous les fuyez. Que s'est-il passé pendant ces vingt années pour que vous ayez laissé votre cœur en exil ? Et pourquoi vous enfermez-vous dans ce palais que vous détestez ?

Chantereine a touché au vif. La duchesse se lève brutalement et se dirige vers la fenêtre. Sur un ton cassant, elle met un terme à leur entretien :

— Je ne crois pas aux vertus des paroles et des confidences. Je réfléchirai à ce que vous me dites, mais c'en est assez pour ce soir.

La vieille dame s'est trompée. Sa princesse ne dira rien. Marie-Thérèse ne se retourne même pas pour la saluer.

Chantereine quitte le salon l'esprit chaviré, avec l'horrible pressentiment qu'elles ne se reverront plus.

3

Le cours la Reine

La fin du mois de mai s'écoule tristement malgré l'insolence d'un soleil triomphant. Les habitants du 24, rue des Rosiers ont remarqué le manque d'entrain de Chantereine, mais personne, pas même le citoyen Robert, redevenu M. Robert, n'ose faire la moindre remarque. La vie reprend son cours pour Renée, toujours sollicitée pour écouter les malheurs des autres. Parfois, l'ancien révolutionnaire, désormais à la retraite, remplace la vieille dame dans ses visites. La misère perdure, en particulier pour les familles des soldats disparus dans la débâcle de la Grande Armée. Inlassablement, Renée tend l'oreille, prépare un repas chez elle pour un voisin impotent, refait un pansement, éloigne les enfants d'un mourant en les prenant chez elle. Sans se l'avouer, elle s'épuise au service des autres et tente ainsi d'oublier la violence de sa dernière rencontre avec Marie-Thérèse.

Telle une amoureuse éconduite, Chantereine lit avidement *Le Moniteur universel* pour connaître l'emploi du temps de la duchesse, dans l'espoir d'y glaner quelques informations. La duchesse semble toujours aussi peu disposée à se montrer aux Parisiens et encore moins, selon toute apparence, à la vieille dame. Enfin, un courrier est déposé chez Binet le perruquier. Celui-ci se précipite à l'étage, très fier d'être le porteur d'un pli aux armes des

Bourbons ! La princesse réclame Chantereine... Elle désire sa compagnie le lendemain à Versailles, où elle souhaite se rendre dans le plus grand secret.

C'est ainsi que, au matin du 5 juin 1814, une berline sans ornements ni armoiries apparaît dans la rue où la vieille dame patiente depuis de longues minutes. La princesse, tapie dans le fond de la voiture, est seule. Son visage s'éclaire en voyant Chantereine :

— Bonjour, Reinette, lance-t-elle d'un ton affectueux. Montez vite et pardonnez mon retard, mais il m'a été extrêmement difficile de quitter ces maudites Tuileries. Mes dames d'honneur tenaient, à tout prix, à m'accompagner, bien que je n'aie donné aucun ordre pour ma promenade. Montmorency, mon écuyer, et mon mari voulaient me suivre ! Tous se doutent de notre destination, j'imagine, et je crains quelque comité d'accueil à notre arrivée.

Le carrosse s'ébranle dans la rue trop étroite pour pareil équipage. Il leur faudra deux bonnes heures pour atteindre Versailles. Leur attelage, mené à grand train, quitte la ville par le cours la Reine, les quais de Seine, franchit le fleuve au pont de Saint-Cloud, traverse Ville-d'Avray, pour arriver enfin au bout de l'avenue de Paris qui mène au château. Marie-Thérèse a fait peu de cas de sa toilette : elle porte une robe de toile gris pâle, ornée de passementeries d'un vert fade. Seul un beau châle dans les tons mauves donne un peu de piquant à cette tenue qu'aucun bijou ne vient égayer. Elle tient sur ses genoux un chapeau de paille en prévision de la lourde chaleur qui l'attend.

Pendant le trajet, la princesse ne prend pas la peine de regarder les faubourgs de la capitale, ni la belle montée de Saint-Cloud, ni la terrasse du château où elle a résidé, enfant, quelques étés. Les deux femmes se font face, confortablement installées, le dos soutenu par des coussins bleu ciel assortis aux capitons de la calèche. Chantereine se surprend à penser à ce bleu que la reine Marie-Antoinette affectionnait tant. Pour la première fois depuis leurs retrouvailles, la princesse s'enquiert de la santé de sa compagne et lui demande, enfin, à quoi ressemblent ses journées. Renée parle de M. Robert, à qui elles doivent leur première rencontre. Elle évoque la satisfaction du perruquier Binet, lorsque le protocole, rétabli par la duchesse elle-même, a de nouveau autorisé le port de perruques et de robes d'apparat pour se présenter aux Tuileries. Marie-Thérèse approuve, amusée :

— Une famille au moins est satisfaite de cette décision, qui m'est vertement reprochée par tous les tenants des nouveaux usages !

Renée décrit ensuite le quotidien des commerçants de la rue des Rosiers. Tous bénissent le rétablissement de la paix et attendent beaucoup de leur nouveau souverain. La princesse veut savoir comment vivent les Parisiens : les écoles, les églises, les marchés, les médecins, tout cela a-t-il changé ? tout cela est-il comme avant ? Va-t-on de nouveau à la messe ? Les cabarets sont-ils toujours pleins d'hommes qui parlent politique ? Quels journaux lit-on ? Plus le carrosse avance, plus Marie-Thérèse s'anime en découvrant la vie de ses nouveaux sujets, elle qui n'a habité que des châteaux ou des prisons ! Chantereine s'enhardit et lui propose de se rendre discrètement un jour en ville pour y effectuer quelques achats. Le sourire de Marie-Thérèse s'efface aussitôt.

— J'ai réfléchi à notre précédente conversation. Vos propos m'ont blessée... Je pensais jusqu'alors parvenir à masquer mon malaise en public !

— Le public n'est pas aussi proche de vous que je le suis, tente la pauvre Chantereine.

Comme si ces mots affectueux ne la touchaient pas, la princesse continue :

— Vous avez raison, je ne suis pas encore capable de rencontrer vos Parisiens. J'ai beaucoup changé et je crains que la jeune fille courageuse que vous avez aimée n'existe plus. Mon dégoût pour les Français se confirme. C'est au prix d'un immense effort que je cache cette répulsion, mais pour mon malheur, mon attitude farouche déplaît.

— Le souvenir de toute cette tragédie reste encore trop présent dans votre esprit et alimente votre malaise, murmure Renée en lui prenant la main.

Gênée par ce geste, Marie-Thérèse esquive la caresse.

— Ma mémoire capricieuse me trahit sans cesse ; tout se mélange dans ma tête. Je me souviens mal des années passées aux Tuileries. Si vous saviez le nombre de personnes qui demandent à m'être présentées, affirmant m'avoir bien connue enfant. Elles me décrivent précisément tel ou tel salon. Étant incapable de répondre à leur attente, je suis obligée de mentir... En revanche la nuit, mes souvenirs me ramènent aux pénibles moments de ma vie au Temple et même aux Tuileries.

— Et à Versailles ?

— Jamais, hélas !

La fille de Marie-Antoinette fait véritablement peine à voir, avec son regard lourd et sa bouche pincée qui la vieillissent prématurément.

— Nous allons atteindre la cour du château et vous devez imaginer mon attente et mon inquiétude. Je n'ai aucun courage pour poursuivre ces mémoires intimes que nous avons rédigés. Je doute qu'ils m'apaisent et m'aident à affronter les Français. Et j'ai peur... Tellement peur !

— Conservez cette pudeur qui vous honore, mais décrivez les faits, si présents dans votre esprit. Une fois que vous aurez raconté, votre fardeau sera plus léger.

— Je crains l'écrit, et je le maîtrise si mal ! Les querelles, les railleries sur mes souvenirs diviseront encore les Français ; à quoi bon, alors ?

— Leur publication permettra peut-être que pareils faits ne se reproduisent plus...

— Allons, Renée, cessez de rêver ! Les enfants, avec

leur innocence, paieront encore et toujours pour leurs parents...

— Si un seul enfant est épargné, votre témoignage aura été utile.

— Peut-être. Pourquoi aurais-je le courage de revivre ces instants terribles que les Français curieux veulent m'entendre raconter ? Je préférerais demeurer ici, puisque le roi vient de m'offrir le domaine de Trianon !

— Vous avez raison ! N'allons pas trop vite en besogne. Commençons par visiter le château.

— Encore votre éternel optimisme ! Ne doutez-vous jamais, Chantereine ?

— Je pense que l'homme se renouvelle comme les plantes au cours des saisons et que le mal n'est pas une fatalité. Notre comportement se rapproche parfois d'une folie bestiale, mais nous savons aussi nous amender ou évoluer...

— Vous vous trompez. Certains êtres sont des monstres leur vie entière, même s'ils n'en ont pas conscience.

— Toujours cette même crainte de vos semblables !

— Je crains moins Dieu que les humains. La trahison a fait partie de mon quotidien depuis mon enfance et, qui sait, peut-être qu'un jour vous me trahirez ?

Ces derniers mots ont fait sursauter la vieille dame.

— Alors, si vous pensez de la sorte, pourquoi ma présence à vos côtés dans un mo...

Elle n'a pas le temps d'achever :

— Parce que vous m'avez beaucoup manqué en exil. Vous voulez la vérité ? Vous êtes le seul être humain que je supporte ! Tous les autres, en dehors du semblant de famille qui me reste, je les hais ! Derrière chaque Français, je vois un porteur de pique ! un bourreau ! un gardien de prison ! un accusateur public !

— Vous exagérez sûrement. Madame, rassurez-moi,

vous avez eu des moments de bonheur depuis que nous avons été séparées ?

Les mains de la duchesse se mettent à trembler ; elle agrippe son chapeau de paille. Tout en ramenant son châle mauve sur ses épaules, elle poursuit :

— Vous vouliez connaître les détails et les circonstances de mon exil ? Alors, parlons-en. Profitons de ce que personne ne viendra nous déranger : ce fut une suite de désillusions et de trahisons. En prison, au moins, il m'était aisé de reconnaître la haine, mais à Vienne, l'étiquette cachait le dégoût que je leur inspirais. Dès ma libération, la trahison est venue de Mme de Moucy, ancienne dame d'honneur de ma tante Élisabeth, avec laquelle je suis partie.

— Oh ! comment oublier ma jalousie et mon chagrin à l'idée qu'elle allait vous servir de dame de compagnie ?

— Reconnaissez qu'à part vous, les candidates n'étaient pas nombreuses à vouloir servir la fille du roi décapité. J'ai eu la faiblesse de me laisser aller à quelques confidences, lors de ce long périple jusqu'à Vienne, et de lui raconter les relations entre ma mère et ma tante à Versailles, puis en prison.

— Où est le mal ?

— Ne soyez pas naïve ! Il y a eu des disputes parfois violentes et ce que j'ai entendu aurait dû rester à l'intérieur des murs de la prison, ou confiné dans l'intimité de la berline...

— Je ne comprends pas où est votre erreur.

— J'ai commis l'imprudence de lui parler de notre retour de Varennes et de ma tante qui avait reproché à ma mère d'avoir laissé M. de Fersen organiser leur fuite. À ses yeux, c'était un étranger, uniquement préoccupé par le sort de la reine et un mauvais stratège politique. La dispute est devenue si violente que mon père a voulu interrompre la promenade dans les jardins pour que ses enfants ne l'entendent pas. Or, l'attaque contre M. de Fersen a transformé ma mère en furie. Elle s'est jetée sur sa belle-sœur en l'accusant d'être une oie blanche, incapable de juger un homme. Horrifiée par cet accès de violence, Élisabeth lui a répliqué qu'elle n'était pas responsable si la reine était haïe de tant de ses sujets et si aucun ne voulait la sauver, tant sa conduite était indigne d'une reine de France. Mon père a tenté de nouveau, avec maladresse, d'interrompre ce flot de vilenies, mais il n'y est pas parvenu. Même dans sa propre famille, il n'était plus obéi !

— Et qu'avez-vous ressenti ?

— Une gêne immense. J'ai eu, depuis, loisir de réfléchir : l'inclination évidente de ma mère pour le chevalier de Fersen relève de ses secrets les plus intimes. Si mon père lui a fait confiance, j'ai fait de même. Il doit rester dans nos cœurs comme celui qui tenta de nous faire évader et non comme un libertin digne des écrits de M. de Beaumarchais !

— Certes, mais où est la trahison ?

— Mme de Moucy, à son arrivée à Vienne, a demandé à rester à mon service, mais la cour de Vienne avait trop d'exilés français et cette permission lui a été refusée. Je reconnais ne pas avoir appuyé sa requête, malgré sa crainte de rentrer à Paris.

— Pourquoi cette crainte ? Le Directoire était déjà plus conciliant et elle était partie avec un ordre de mission, j'imagine.

— En effet, et même fort bien rémunéré par M. Tallien. Pourtant, elle m'a demandé de l'aider financièrement pour revenir en France. Ses craintes et surtout sa demande financière très élevée m'ont paru infondées. J'avais une pension très modeste, allouée par mon cousin l'Empereur. Devant mon refus, elle m'a dévoilé avoir rédigé tous les soirs une sorte de carnet d'entretiens de notre voyage, qu'elle se proposait de faire publier un jour. Choquée par une telle audace, j'ai fait venir Hué. Ensemble, nous avons lu quelques feuillets. C'était ignoble : elle décrivait une mère volage, éprise du chevalier Fersen, et sans un mouvement de tendresse pour ses enfants ! Un père dormant à tout instant, sans la moindre autorité, et une tante bigote et tyrannique ! Très en colère, je l'ai priée de quitter mes appartements et j'ai jeté le manuscrit au feu... Mais elle avait, paraît-il, pris soin d'en faire des copies. Depuis presque vingt ans, je lui fais porter chaque année mille livres pour qu'elle ne les fasse publier ni en Belgique ni en Hollande !

— Qu'est devenue cette « charmante » personne ? interroge Renée.

— Je ne sais ! Elle ne s'est pas présentée aux Tuileries, vous vous en doutez bien.

— Les services de police y remédieront, maintenant que votre oncle est au pouvoir.

— Je ne m'abaisserai pas à demander à M. Fouché ou à ses sbires d'intervenir. Je crains trop que la lecture de ces feuillets ne les réjouisse !

— Permettez-moi alors de m'en charger.

— Vous ?

— Non, M. Robert. Cet homme, désormais âgé, force le respect. Il a gardé de nombreuses amitiés dans les administrations et se chargera de mettre fin à ce chantage dans la plus grande discrétion.

Madame la Dauphine se range à l'avis de Chantereine.

— Je suis fatiguée, il est vrai, de porter ce genre de fardeau seule et je vous confie bien volontiers cette tâche. Faites disparaître ces papiers, mais de grâce ne les lisez point... Cette trahison m'a servi de leçon, et je prends désormais pour exemple l'attitude de ma tante, qui nous exhortait à ne jamais colporter la moindre indiscrétion, pour préserver la réputation d'une famille régnante. Comme cette époque de savoir-vivre est révolue, si je vous écoute pour la rédaction de mes souvenirs, ainsi que vous le souhaitez, alors il me faudra enfreindre cette règle et livrer en pâture toutes nos faiblesses.

— Je vous promets, intervient Chantereine, que rien d'inconvenant ne sera retransmis par moi. Vous pouvez en être certaine.

Un long silence s'installe, à peine rompu par le martèlement des roues sur les pavés, à l'approche de Versailles. Elles ont franchi la Seine à Meudon, et, malgré toute l'adresse du cocher, elles ont dû patienter, car un régiment de lanciers, à l'uniforme inconnu, a voulu passer sur le pont au même instant. L'anonymat que la duchesse a choisi pour protéger son périple oblige sa voiture et leurs occupantes à attendre. Marie-Thérèse patiente, les yeux mi-clos. Chantereine, en revanche, montre des signes d'inquiétude. Elle redoute la vue prochaine du château. La princesse sait-elle que le palais de Louis XIV a été pillé, abandonné, aménagé sans succès en résidence impériale, puis en garnison ? Faut-il lui raconter tout cela ?

Renée la regarde, attendrie. Comment la préserver ? Depuis que la duchesse est de retour, les pires ragots circulent en ville. On parle d'une possible imposture : la véritable fille de Marie-Antoinette, à demi folle et hébétée, résiderait au secret dans une province allemande. Louis XVIII, ne voulant pas effrayer le peuple, aurait trouvé cette « doublure » : hautaine, incapable de descendre de carrosse pour prendre un enfant dans ses bras, ou accepter un bouquet ! Malgré la censure du gouvernement, certains journaux dévoilent le manque de goût de la princesse On la dit incapable d'aménager les Tuileries et de faire travailler les artisans du faubourg, incapable de distinguer une marqueterie d'un mauvais placage de sapin. Mais il y a bien pis : ses proches sont eux aussi déçus et désapprouvent sans retenue l'ennui de ses réceptions. Elle ne trouve donc grâce aux yeux de personne. Seul le roi continue à vanter ses mérites, au point de la comparer à Antigone.

« Si seulement les Français connaissaient le courage, la dignité et l'esprit vif qui l'habitent », pense Chantereine.

Comment une vieille femme comme elle, sans relations, pourrait-elle changer l'image que les Parisiens se font de la duchesse d'Angoulême ? Il lui faudrait une amie de son âge et de son rang. Elle se promet de tenter d'approcher Pauline de Béarn. La fille de la gouvernante des enfants de Louis XVI, élevée avec elle, a sûrement conservé toute la confiance de l'ancienne Madame Royale. Qu'elle est seule, cette princesse, sans parents, ni frère, ni sœur, et sans enfants ! Son mari, muré dans une solitude étrange, ne lui est sûrement d'aucun secours. D'ailleurs, Marie-Thérèse ne parle jamais de lui, ni de son beau-père et oncle, le comte d'Artois, un nostalgique dont les malheurs de l'émigration n'ont pas éteint le goût des plaisirs.

Soudain un mouvement de l'attelage réveille la jeune femme.

— Je crois que je me suis assoupie. J'étais dans un rêve en compagnie de ma mère et de Lamballe, mais je ne sais pas où nous nous trouvions. La reine était jeune et très belle. Je ne sais ce qui se passait : elle riait, j'étais proche et je regardais... Pour une fois, ce rêve m'a été très doux.

— C'est peut-être un signe de ce qui vous attend aujourd'hui.

— Ma mère aussi a dû craindre son arrivée à Versailles pour la première fois alors qu'elle était une jeune fiancée d'à peine quinze ans. À sa place j'aurais été terrorisée ! Hélas, je n'ai ni son courage, ni son sang-froid, encore moins sa beauté et son allure légendaire. Je n'ai pas hérité sa grâce, mais je ne le regrette pas. Ses attraits ont déclenché tellement de médisances et de calomnies à son endroit. Au moins, cette timidité et cette froideur qui me sont reprochées m'épargneront d'être accusée de frivolité. Je me souviens que pour moi, enfant, la reine ressemblait à une fée vêtue d'une robe blanche, quand elle m'emmenait me promener à Trianon ou me faisait entendre la musique de son cher Gluck. Je l'ai vue rire avec ses amies dès qu'elle pouvait s'échapper de la Cour.

Petite, je n'y voyais aucun mal ! J'ai le souvenir d'une mère douce, aimant passionnément ses enfants et cherchant sans cesse à se trouver auprès d'eux. À Versailles, elle m'impressionnait par son maintien de reine. En revanche, dès les beaux jours, lorsqu'elle se réfugiait dans son domaine, elle devenait la plus merveilleuse des mères. Elle nous pardonnait tout, nos escapades dans le parc, notre manque d'entrain à suivre les cours de nos précepteurs, et se souciait sans cesse de notre santé. Mes frères et moi l'aimions tendrement... J'ai compris, plus tard, qu'elle cherchait avant tout à nous offrir une vie d'amour, à nous protéger, loin des tempêtes que la France traversait.

Renée est soulagée d'entendre sa princesse lui conter un souvenir heureux.

— En arrivant moi-même en Autriche à l'âge de dix-sept ans, j'ai pu, grâce à l'archiviste de la bibliothèque de la Hofburg, lire les échanges de correspondance entre l'impératrice et sa fille. Cette dernière était encore une jeune fille insouciante à laquelle on demandait d'être une femme accomplie. J'aurais aimé mieux connaître son enfance, mais la cour de Vienne, à mon arrivée, a observé un mutisme total, comme si Marie-Antoinette de Habsbourg-Lorraine avait cessé d'exister en partant pour la France en 1770 ! J'étais si terrifiée par cette société inconnue que je n'osais rien demander. Je survivais, recroquevillée dans mes appartements, près de ces si jolis poêles de faïence. Parfois, je me plongeais dans la lecture de ces lettres. Les débuts de son séjour en France m'ont touchée, tant sa crainte de déplaire à l'impératrice était grande.

— Nous approchons, dit Renée d'une voix douce. Le château, que je découvre, est splendide. Si vous vous penchez par la portière, vous verrez comme il brille. Le soleil a tenu ce matin à saluer votre venue.

— Je ne peux pas regarder dehors... Je ne peux pas. Nous avons été beaucoup plus rapide que lors de cet horrible voyage d'octobre 1789, où notre carrosse faisait le chemin inverse. J'ai peur de croiser le fantôme de cet équipage !

— Madame, vous m'inquiétez ! Ne voulez-vous pas remettre ce pèlerinage à plus tard et au bras de votre époux ?

— Vous ne comprenez pas. Le duc est la dernière personne qui pourrait m'accompagner aujourd'hui.

— Que voulez-vous dire ?

— « Ils » m'attendent ; j'en suis sûre. Nous ne serons pas seules. Le roi aura tout organisé pour mettre en scène le retour de la rescapée de la Révolution.

— Allons ! Je ne peux croire votre mari et le roi si peu soucieux de votre liberté.

Marie-Thérèse s'insurge :

— Vous me pensez injuste envers le roi ? Peut-être, mais tout nous sépare : il a quitté le château dès les premiers jours de l'insurrection, pour un exil confortable. Que sait-il des émeutes ? de la guillotine ? de la peur ?

— Donnez l'ordre d'arrêter et faisons quelques pas. Ou bien rentrons ! propose Chantereine, inquiète des propos exaltés de la princesse.

D'un geste de la main, la duchesse balaie la proposition et recule au fond du carrosse. Elle frissonne.

— J'ai froid, c'est absurde, avec ce soleil déjà haut !

Le carrosse s'immobilise alors. Marie-Thérèse s'écrie :

— Déjà ?

Et, tandis que la poignée de la portière tourne et qu'un valet déplie le marchepied, Chantereine entend :

— Reinette ? Suis-je vêtue comme il le faut ? Fallait-il du noir ou...

La vieille dame, faisant fi des convenances, l'interrompt :

— Allons, un peu de courage, venez, votre enfance vous attend.

4

Louis Joseph

Les deux femmes descendent lentement de l'attelage. Marie-Thérèse, immobile, parcourt des yeux la façade rose de l'édifice qui se dresse devant elle. Dans cette cour de marbre, un silence impressionnant accompagne ces premiers instants, malgré la présence à quelques mètres du gouverneur du château et de son escorte. Il y a quelques semaines encore, l'endroit grouillait de militaires au service de l'Empereur. Aujourd'hui, l'endroit est vide.

Le marquis de Vérac, au passé napoléonien notoirement connu, attend un geste, un mouvement de cette femme qu'il redoute. Renée prie le ciel qu'elle trouve la force de saluer et d'entrer. La duchesse, insensible à la tension qui l'entoure, les ignore souverainement. Ses yeux fixent le décor, ses oreilles guettent en vain un bruit. Ce château, son château, va bientôt se réveiller et ses impressions d'enfance vont resurgir, là où elle les a perdues, un matin d'octobre, il y a vingt ans.

Il faut entrer ! Elle se dirige vers la porte que le valet vient d'ouvrir et s'engouffre dans le premier vestibule. Elle s'anime et enfin, au lieu de se faire présenter les officiers de la maison royale, déclare d'un ton déplaisant :

— Il fait une humidité glaciale, ici !

Vérac bredouille que, informé tardivement de sa visite, il n'a pu faire aérer les pièces... Devant le regard dur de la princesse, le pauvre homme ne finit pas sa phrase. Elle passe outre et se dirige, d'un pas pressé, vers ses anciens appartements. Elle s'arrête brusquement :

— Renée, je vous attends !

Comme si elle faisait visiter le château, elle entreprend de raconter :

— Nous avons toujours eu de la chaleur grâce aux poêles autrichiens que la reine avait fait installer. Ce qui lui valut, me raconta-t-elle, un pamphlet acerbe sur ses dépenses. Ma mère, qui nous avait vanté les mérites de ce chauffage, ne saura jamais à quel point sa fille était frigorifiée à Vienne ! La prison ne m'a pas aguerrie contre les rigueurs de l'hiver, elle a endurci mon cœur !

La quelques hommes autour du gouverneur ont battu en retraite dès la première antichambre.

Marie-Thérèse avance dans les pièces de petites dimensions qui furent l'appartement des enfants royaux, au rez-de-chaussée. Elles sont vides, leurs murs sont maculés d'inscriptions et leurs boiseries sont arrachées. Rien ne permet d'imaginer que des enfants et leurs parents y ont vécu des moments paisibles dans un confort douillet.

— Je ne me souviens plus du visage de mon grand frère. Habitait-il ici avec moi ? s'interroge la duchesse.

Troublée elle-même par la désolation du lieu, Renée ne cherche pas à répondre. Pour ne pas montrer son désarroi, Marie-Thérèse s'approche d'une fenêtre afin de l'ouvrir et espère ainsi chasser les souvenirs. Une vision l'assaille alors. Sur le point de défaillir, elle se retient à la crémone.

Renée se précipite :

— Qu'avez-vous ?

— Ce n'est rien, marmonne-t-elle. J'ai cru entendre la rumeur de cette foule qui m'a fait si peur... Elle était là, visible depuis cette embrasure ! J'avais onze ans lorsque, un soir d'octobre, j'ai voulu regarder qui étaient ces gens amassés devant les grilles. Je n'avais pas peur, avec tous ces gentils Suisses qui m'accompagnaient partout et qui me saluaient avec bienveillance. J'imaginais que ces gens étaient là car mon père les avait invités. Mme de Tourzel, en un instant, s'est jetée sur moi et a refermé les tentures. Je n'ai pas compris sa frayeur, elle si maîtresse d'elle-même, au point que Louis Charles, mon jeune frère, et moi doutions quelquefois de son affection pour nous. Un page s'est interposé pour nous demander de monter chez la reine qui réclamait ses enfants. Depuis la mort de Louis Joseph, trois mois auparavant, le chagrin de ma mère se ravivait le soir et il lui fallait alors la présence de ses deux enfants. Face à ma mère, j'ai séché mes larmes et tenté de faire bonne figure ! À sa naissance, quelque vingt mois après la mienne, j'avais éprouvé une grande joie devant ce doux bébé. Pourquoi aurais-je dû ressentir quelque crainte à devoir partager avec lui l'amour de mes parents ? Ils étaient déjà tellement sollicités et je les voyais si peu ! Louis Joseph est devenu très vite l'essentiel de ma vie. Je fuyais mes leçons d'écriture pour me précipiter dans ses appartements. Dès qu'il me voyait, il battait des mains et riait. Aux premiers beaux jours, nous partions toutes les après-midi à Trianon rejoindre notre mère et ses amis... Là, je l'ai promené, pendant des heures, dans une ravissante carriole attelée à une chèvre. J'ai pris soin de lui comme s'il était mon enfant.

Renée, ébranlée par le récit, s'est adossée à une cheminée, seul témoignage des splendeurs d'antan, dans cette pièce ravagée.

— Je m'égare dans des souvenirs heureux, reprend Marie-Thérèse, et pourtant cette pièce est vide, la peinture abîmée, les vitres cassées. Elle était si jolie, ma chambre. Est-ce possible que rien n'en subsiste ? Pourquoi le bonheur doit-il toujours fuir et être remplacé par ces images de mort ?

— Je ne sais pas, Madame, lui avoue sa compagne.

— Mon frère, le Dauphin Louis Joseph, ne laissera

aucun souvenir aux Français, hormis sa mort prématurée. Pour eux, c'est un enfant sans voix, un innocent. Mais moi, je l'ai aimé, comme je n'aimerai jamais quiconque, et il est là pour toujours, dans mon cœur. Hélas, mon amour n'a rien pu faire. Je n'ai point eu besoin de participer, comme mes parents, aux conciliabules avec ces messieurs de l'Académie de médecine. J'ai compris, seule, qu'il grandissait mal et souffrait d'horribles douleurs dans les membres que mes caresses ne pouvaient pas soulager. Combien de fois n'est-on pas venu me chercher le soir, pour l'apaiser, tandis que la crise gonflait ses genoux et lui interdisait tout mouvement ? Je l'ai bercé et lui ai chanté des chansons, le temps que les tisanes le calment. Puis je m'endormais à ses côtés. Louis Joseph, si courageux et digne le jour, pleurait, dans la soirée, comme s'il craignait de s'endormir pour toujours. Il était mélancolique comme notre mère que le crépuscule rendait triste. Son dos était appareillé d'un horrible corset de fer destiné à empêcher la colonne de se tordre. La maladie était plus forte que les médecins et rien n'empêchait son corps de se disloquer. Un soir, la reine a voulu le prendre dans ses bras, mais le simple fait de le bouger lui a arraché d'horribles cris... Alors, ma mère a perdu son sang-froid, elle a hurlé contre les médecins et leur incapacité à le guérir. Mon frère pleurait de plus belle, effrayé, et moi je me terrais dans un coin. Elle a donné l'ordre de le soulager avec du laudanum. Le praticien jugeait ce calmant trop puissant pour un enfant. Elle lui a rétorqué : « C'est un ordre, le Dauphin ne souffrira plus. » Elle s'est approchée de lui, lui a caressé les cheveux en chantonnant une berceuse en allemand. Son fils étant redevenu calme, la reine a pu retourner au souper des ambassadeurs. Elle m'a avoué beaucoup plus tard qu'elle ne supportait plus ses souffrances. Moi, je n'ai jamais pu parler de mon chagrin avec mes parents et leur en voulais de m'avoir éloignée de lui sous prétexte de risque de contagion. Aussi, quand on est venu me dire qu'il était mort, je n'ai pas versé une larme devant eux et j'ai commencé à consoler ma mère, effondrée.

Tandis que Marie-Thérèse évoque cette première tragédie, des gardes ont, silencieusement, déposé deux tabourets défraîchis et laissé sur le rebord de la cheminée une carafe d'eau fraîche, ainsi que des gobelets d'argent.

— Ce marquis de Vérac est prévenant, ironise Marie-Thérèse en s'asseyant.

Une fois encore, Renée s'étonne de la capacité de sa protégée à changer si facilement de conversation. Elle est imprévisible, à l'image de ce qu'a été sa vie, songe la vieille dame, en versant à boire.

— J'imagine que ce matin du 6 octobre, en arrivant chez la reine, vous lui avez caché votre peur de la foule ?

— À ses côtés, ma frayeur s'effaçait. La reine, contrairement à moi, était très nerveuse : il nous fallait rester avec elle, attendre les instructions, et surtout, se tenir sagement. Je lui ai, pourtant, demandé pourquoi le roi avait fait venir dehors tant de gens. Elle a souri, m'a prise dans ses bras, et m'a dit : « Mousseline, ta gentillesse te causera bien des déboires ! Ces gens, vois-tu, ne nous veulent aucun bien. » Le protocole ne voulait pas que l'on porte le deuil pour un enfant, mais ma mère avait quand même revêtu une robe sombre. Elle n'en était pas moins belle. Je me souviens lui en avoir fait le compliment ce matin-là. J'ignorais alors à quel point nos vies étaient en danger.

— Comment auriez-vous pu le savoir ? Vous, si jeune...

— En effet, mais rien ne m'échappait. J'étais souvent dans les appartements royaux à écouter les courtisans parler et s'inquiéter. Ils me voyaient comme une enfant et poursuivaient leurs conversations devant moi sans précaution, jusqu'à l'arrivée de la reine ; alors, je bousculais l'ordre établi, pour me cacher dans ses jupes, et oublier les impressions inquiétantes que je venais de percevoir. Oh ! Renée, si vous saviez comme j'aimerais, à cet instant, retrouver l'odeur si particulière qu'elle avait. Ni la peur ni la prison ne l'ont jamais effacée. Mme Vigée-Lebrun s'étonnait de ma docilité à poser des heures debout contre elle. Comment lui répondre que la douceur de la peau de ma mère me rendait calme et sereine ? En posant sa tête contre sa taille, Mousseline la sérieuse devenait ainsi Mousseline l'enfant heureuse, tandis que « chou d'amour » faisait tout ce qu'il pouvait, lui, pour échapper à ces séances ! Le bonheur pour moi, l'impatience pour lui. J'aimerais tant retrouver le grand portrait, où ma mère pose avec ses enfants, devant un berceau vide, en souvenir de la mort de ma petite sœur Sophie.

— Encore une mort ! s'exclame Chantereine.

— Eh bien, Reinette ! Pensiez-vous que cette journée à Versailles serait une partie d'agrément ? Nous n'avons pas encore parcouru le château que je vous assaille déjà d'images de souvenirs malheureux !

— En effet, mais je constate que votre mémoire s'est réveillée au contact de ces pierres et que vous évoquez votre mère comme vous ne l'aviez jamais fait auparavant.

— Toujours à trouver une satisfaction ! Allons, les appartements de mes parents nous attendent !

5

Le départ

Il leur a fallu traverser une succession de pièces dépouillées de leurs meubles et de leur décor pour atteindre un escalier de marbre qui arrache la princesse à sa méditation.

— Il est intact ! Vingt ans de déprédations n'ont pu détruire sa beauté. Je retrouve la rampe que j'aimais tant caresser.

— Pardonnez-moi, mais je suis perdue. Où viviez-vous ? Au rez-de-chaussée ? Au premier ?

— Nous avons souvent déménagé, au gré des naissances. Notre mère, contrairement aux précédentes reines, a toujours voulu nous garder près d'elle. Elle avait deux appartements : un d'apparat où elle recevait et l'autre plus intime, mieux chauffé, où nous nous retrouvions.

— Ces pièces du rez-de-chaussée me semblent très exposées aux regards des curieux !

— Vous avez raison. Elle détestait cette proximité, comme moi, et cherchait à se réfugier au Trianon où les jardins étaient interdits aux promeneurs. En octobre, la reine, apprenant que des émeutiers arrivaient à Versailles, est revenue pour être avec le roi.

— Les grilles ont-elles été franchies facilement ?

— Je ne sais plus exactement... Mais je revois une horde de femmes se précipitant vers les antichambres. Elles étaient laides, en guenilles, et hurlaient : « À bas l'Autrichienne ! » J'étais complètement ignorante des réalités : je pensais que mon père possédait la France et ma mère Trianon !

À l'aube, le château a été envahi par la foule, ma mère réveillée à la hâte, obligée de courir en chemise dans la chambre du roi... Quant à ma gouvernante, elle est parvenue difficilement à fermer la porte au nez de ces femmes furieuses. De nombreux gardes se sont sacrifiés pour nous.

— Et vous ?

— Mon frère et moi n'avions rien vu, ni entendu. Nous nous sommes retrouvés ici même, dans ce qui était la chambre de notre père, dans ses appartements privés.

La fille de Louis XVI, adossée à la cheminée, ferme les yeux. Elle semble réentendre l'écho des grondements et des hurlements. Elle doit attendre que la terrible hallucination s'éloigne et que sa respiration se calme pour achever son récit.

— Je me suis réfugiée dans les jupes de la reine, terrorisée. Je la vois encore, le visage pâle, vêtue de sa chemise blanche sur laquelle elle avait passé une redingote à rayures jaunes. Elle me serrait dans ses bras, sans parvenir à parler, tandis que mon père, gardant son sang-froid, faisait ouvrir la fenêtre pour s'adresser à la foule. J'entends encore les cris qui montaient de la cour : « Le roi à Paris ! » Ces gens riaient, l'interpellaient comme personne jusque-là n'avait jamais osé le faire ! Mon père souriait, aimable, affable. La peur, cette maudite peur qui vient de me reprendre, n'avait pas de prise sur lui. Puis ma mère a été à son tour interpellée. Elle s'est levée, tout en nous tenant par la main. Elle ne tremblait pas. Les rares courtisans, massés dans la chambre, étaient glacés d'effroi. Aucun ne bougeait. Elle s'est avancée, en relevant la tête, pour se diriger vers le balcon avec ses enfants. La foule a hurlé ne vouloir s'adresser qu'à elle. Nous lui avons lâché la main pour nous réfugier dans les bras de Mme de Tourzel. Cette dernière, d'habitude si réservée, nous a serrés contre son cœur, c'est de ce jour qu'elle a gagné mon affection... De la chambre, je n'apercevais que le dos et la chevelure de la reine. La fille de Marie-Thérèse d'Autriche était seule face à une marée humaine menaçante hurlant : « À bas la Prussienne, dehors l'Autrichienne ! » Impressionnés par son calme, ils ont progressivement changé d'avis et se sont mis progressivement à crier tous en chœur : « Vive la reine ! » Elle a levé la main et d'un geste lent les a salués, comme s'ils étaient venus l'acclamer. C'est alors que le marquis de La Fayette est apparu au balcon et lui a baisé la main, devant la foule qui l'a applaudi... Ah ! l'hypocrisie de ce geste !

— Vous ne l'aimez guère, relève Renée.

— Pourquoi ne n'est-il pas dirigé vers le balcon lorsque ces femmes hurlaient et réclamaient le sang de ma mère et sa peau pour en faire des rubans ? Eh oui ! Chantereine, ma mémoire me revient et ce sordide détail aussi. Ma mère le détestait ; je me ferai un plaisir de le lui rappeler, s'il se risque un jour devant moi. J'aurai le même mépris qu'elle pour sa lâcheté !

Le flot des souvenirs l'emporte dans un crescendo :

— Et mon père, pourquoi ne s'est-il pas présenté pour défendre l'honneur de sa femme traitée de catin par ses sujets ? Ne fallait-il pas, à cet instant, imposer enfin son autorité ? Lorsque ma mère a quitté ce maudit balcon, elle s'est sentie salie, comme elle devait me le confier plus tard : « Les Français ont une arme redoutable pour tuer : la calomnie, et j'en mourrai un jour ! » De retour dans ses appartements et sans trembler, elle a regardé mon père et Necker. Elle leur a prédit que les Parisiens nous chasseraient de Versailles : « Ils ne nous laisseront tranquilles qu'une fois cette nouvelle humiliation imposée. »

La vieille dame suit, d'un pas fatigué, la princesse. Il a suffi que celle-ci pousse une porte cachée dans d'exquises boiseries blanc et or pour que Chantereine comprenne que des pièces plus intimes jouxtaient les pièces de réception. Mais aujourd'hui les soieries pendent par lambeaux, les rideaux sont lacérés, les lattes de parquet enlevées. L'absence de vie accentue le tragique de l'histoire.

La princesse marche d'un pas lent en prenant soin de ne pas heurter le sol avec ses talons. Aurait-elle peur de réveiller le château endormi ? Elles atteignent une autre pièce dans un état tout aussi pitoyable : les boiseries ont été arrachées, l'immense miroir au-dessus d'une cheminée de marbre noir a été brisé. Seuls subsistent les plafonds blanc et or où les lettres ouvragées M et A s'entrelacent avec une grâce infinie. Une balustrade en bois doré sépare la pièce en deux parties inégales. Renée, intriguée, s'en approche, passe sa main sur le bois et les dorures écaillées.

Discrètement, les deux gardes apportent des tabourets.

Marie-Thérèse, sans même les regarder, s'assied, et d'une voix troublée, précise :

— C'était sa chambre... Le lit se trouvait là et, de chaque côté, une porte nous permettait d'aller et venir entre cette pièce d'apparat et nos appartements. Nous adorions, mon frère et moi, entrer sans bruit pendant que la reine recevait.

— Quel état lamentable, se désole Renée, balayant la pièce d'un regard.

— En cette dernière journée, je suis redescendue dans ma chambre pour décider des objets usuels que je pourrais emporter en cas de départ précipité. Que choisir ? Depuis la mort de Louis Joseph, je ne voulais plus jouer, je m'en sentais incapable sans lui. J'ai extrait d'un coffre son livre de prières et une petite aquarelle le représentant dans notre potager. Ma retenue a impressionné ma gouvernante. Quant au nouveau Dauphin, il réclamait ses tambours et ses sabres !... Quelques heures plus tard, j'ai descendu notre bel escalier de marbre, consciente qu'il se passait quelque chose de grave. Mme de Tourzel tentait de me cacher, avec les plis de sa robe, les taches de sang qui jonchaient les marches. Nos serviteurs s'agitaient, sous les invectives de quelques fiers-à-bras, au premier rang de la foule massée dans la vaste cour. Je crois me souvenir que notre départ a été digne : pas d'évanouissement des dames d'honneur de la reine, pas de glapissements des valets du roi, pas d'effronteries des petits pages. J'ai laissé derrière moi tous mes souvenirs, mes livres, mes dessins, mes premiers bijoux, les courriers que mon père me faisait parvenir lorsqu'il s'éloignait, mes premières robes, que sais-je encore.

— Et vos animaux, ajoute Renée.

— Surtout mes animaux chéris : mon chat, bien sûr, et un petit lapin blanc qui partageait mes jeux à la ferme. C'est à eux que j'avais confié mes pleurs lorsque j'ai compris que je ne reverrais plus Louis Joseph... Quelques jours avant sa mort, le roi m'a emmenée dans son cabinet sous les combles du château. J'adorais ce lieu, sorte de laboratoire de menuiserie, d'horlogerie et de serrurerie. Mon père, très méticuleux, refusait que quiconque le nettoie à part lui. Il aimait y être seul. J'étais très fière lorsqu'il acceptait de me concéder un peu de son temps et me donnait la permission d'attiser le feu. En ciselant une clef, il m'a expliqué que le mal de mon frère empirait et qu'il fallait le soigner à Meudon, où l'air était meilleur, pour nous prémunir de la contagion. Je ne l'ai jamais revu.

— Il n'y a pire chagrin pour un parent que d'enterrer son enfant. Le roi, je le crains, devant la gravité des événements qui agitaient le pays, n'a guère eu le temps de pleurer son fils, se désole Renée.

— Je n'ai jamais rien vu du chagrin de mon père ! soupire Marie-Thérèse. Me l'a-t-il caché pour ne pas alourdir le mien ? Il a dû sûrement prier et ma mère verser beaucoup de larmes, mais je ne parviens pas à me souvenir de leur douleur. Ce matin d'octobre, ils ont, comme toujours, fait bonne figure et c'est sous un grand soleil d'automne que nous sommes montés en voiture. L'arrivée de ma mère a été accueillie cette fois aux cris de « À bas la putain ». Affectant de ne rien entendre, elle s'est installée au fond du carrosse avec mon père et moi ; en face de nous, Mme de Tourzel, mon frère sur ses genoux, ma tante Élisabeth et mon oncle Provence. Autour de nous se pressaient des hommes à cheval, des gentilshommes, certains familiers, d'autres inconnus, qui tentaient de faire rempart entre la foule et mes parents. Tandis que le cortège s'ébranlait, avec une exaspérante lenteur, le roi répondait à tous ceux qui les interpellaient à travers la fenêtre de la berline. Un voyage ordinaire, s'il n'y avait pas eu, nous encerclant, les armes menaçantes et les vociférations des femmes !

— N'aviez-vous pas peur ?

— Mon petit frère et moi étions tétanisés par l'effroi, l'excitation et l'incompréhension. Nous n'osions pas questionner les grandes personnes et, tels de vaillants petits soldats, nous avons obéi à nos parents en restant silencieux. L'étroitesse de la berline nous a empêchés de bouger et d'ouvrir le coffre en osier contenant de l'eau et des provisions. Comment aurions-nous pu avaler quoi que ce soit devant les regards de la foule qui nous pressait et réclamait sans cesse du pain ? Quand j'ai enfin demandé pourquoi le cortège avançait si lentement, ma mère m'a répondu : « Il ne faut pas blesser la foule ! » J'ai voulu me retourner pour voir le château briller de tout son éclat en cette fin d'après-midi, mais mon père m'a ordonné vivement de rester au fond de la voiture. Je me suis mise à bouder. Le roi n'avait fait que me protéger de la vue insoutenable de la populace portant au bout des baïonnettes tantôt la tête d'un de nos malheureux gardes, tantôt du pain. Je ne l'ai compris que beaucoup plus tard, en parlant avec Tourzel. Je suis restée prostrée sur ma banquette, fidèle à mon image de Mousseline, la sérieuse. J'étais médusée par l'horrible spectacle de ces femmes ivres de boisson et de haine, insultant mes parents. Nos ennemis, qui avaient organisé cette marche sanglante, savaient trop quel effet produirait sur la sensibilité de mon père une manifestation de gens affamés ! Jamais ce roi si charitable et si chrétien n'aurait pu donner à ses soldats l'ordre de tirer sur ce cortège.

— Que voulez-vous dire, Madame ? s'étonne Chantereine.

— Avec les années et en observant les mœurs politiques, je me suis rangée à la théorie de mon oncle : il était persuadé que cette émeute avait été orchestrée par nos ennemis et qu'on avait organisé à Paris la disette de pain.

— Croyez-vous vraiment l'homme assez mauvais pour affamer une ville à des fins politiques ?

— Je le crois et c'est Orléans le coupable ! s'emporte Marie-Thérèse.

— Alors il aura payé de sa vie ce sinistre calcul, qui poursuivra sa descendance, conclut Renée, très perturbée par ce qu'elle vient d'entendre.

Reprenant sa déambulation dans le château désert, Marie-Thérèse se sent flotter entre le monde d'hier et celui d'aujourd'hui. Elle ne sait plus très bien qui elle est. Elle ne retrouve ni les bruits ni les odeurs de ce palais : la senteur mêlée de dix espèces de fleurs empanachant les vases dans chaque pièce, l'odeur musquée des bougies, ce parfum lourd si particulier qu'a la terre après la pluie et qu'elle aimait. Mais aujourd'hui, il n'y a plus rien. Pourquoi venir ici ? Pour se perdre encore ?

6

La galerie des Glaces

Elles ont quitté les appartements dévastés et, d'un pas lourd, ont atteint la grande galerie que Renée découvre pour la première fois. Stupéfaite par la magnificence de ce décor, elle laisse sa main caresser les murs décorés de marbres polychromes.

— C'est magnifique ! s'écrie-t-elle.

— Oh ! c'était si beau avant. Dès mon plus jeune âge, j'ai été fascinée par ce lieu. Le parquet nous offrait des occasions de glissades effrénées que je partageais avec les pages, pendant que Mme de Polignac, ma gouvernante, se laissait charmer par quelque beau flatteur. Imaginez la salle illuminée par les torchères et les girandoles, et dans chaque niche un buste d'empereur romain, ou une statue de nymphe ou de déesse.

Marie-Thérèse avance d'un pas décidé et confie :

— Mes appartements étaient en dessous, et les soirs de grand couvert j'écoutais les bruits de la fête, où j'aurais tant aimé paraître. Cette pièce exceptionnelle mesure deux cent neuf pieds de long et trente pieds de large, comme mon père nous l'a toujours appris. Il se disputait avec mon oncle qui, lui, soutenait qu'elle mesurait dix pieds de plus. Mémoire, mémoire, qui trompes-tu ? Qu'importe, pour moi elle a la dimension de souvenirs heureux. Mais comme aujourd'hui ces glaces me paraissent ternes !

Renée perçoit la mélancolie de la princesse et tente une diversion :

— Regardez ces plafonds, comme ils sont beaux ! Que savez-vous, Madame, de ces peintures qui les ornent ? Elles me semblent intactes.

— Les émeutiers n'ont pas trouvé le temps, semble-t-il, de monter des échafaudages pour les détruire ; ils auraient dû, car il s'agit de l'évocation des actions les plus glorieuses de mon aïeul Louis XIV. Enfant, il nous a fallu apprendre par cœur le nom des tableaux : *Le Roi prend Maastricht* ou *Le Roi arme sur terre ou sur mer.* Cela m'ennuyait. Un jour, j'ai même demandé à mon père pourquoi il ne changeait pas ces tableaux et n'en commandait pas d'autres à sa propre gloire. Il a ri en m'expliquant qu'il fallait conserver Versailles dans l'état dans lequel son aïeul l'avait imaginé et n'y rien changer. Je me suis quelquefois demandé comment mon illustre aïeul, Louis XIV, aurait réagi face à la Révolution. Aurait-il maîtrisé les premières révoltes avec ses régiments de dragons comme dans le Palatinat ? Aurait-il envoyé en prison les meneurs, comme Mirabeau, ou aurait-il choisi de trouver le chemin d'un compromis comme mon père l'a fait ?

Renée lui répond :

— J'imagine mal le Roi-Soleil en conciliateur. Il aurait envoyé la troupe !

Sur ces mots, elles quittent la galerie pour une immense salle aux murs couverts de marbres multicolores. Au plafond se déploie une fresque grandiose où de multiples personnages s'élancent vers un ciel aux nuages colorés de bleu vif, mêlés à des roses chatoyants. L'effet est saisissant ! Devant la vieille dame médusée, Marie-Thérèse s'amuse à réciter comme une enfant :

— Cent quarante-deux personnages pour célébrer l'apothéose d'Hercule ! Louis XV n'a pas osé se mettre en scène comme son ancêtre. Il a choisi ce dieu entouré de Junon, Jupiter et autres muses avec lesquelles il semble être à l'aise... J'ai appris la mythologie grâce à ces représentations !

— Quel travail titanesque !

— Vous avez raison : ce fut le chef-d'œuvre du peintre Lemoyne. La légende veut que, épuisé par son travail, il se soit suicidé après son achèvement en se perçant le corps de neuf coups d'épée !

Au milieu de la pièce, la princesse chancelle, avant de se retenir à temps à une curieuse cheminée de marbre ornée d'un Hercule et coiffée d'une tête de lion en bronze. Renée s'avance pour lui venir en aide, mais déjà Marie-Thérèse s'est reprise et sa main caresse la tête du lion.

— Je le retrouve ! J'adorais le toucher et, toute petite fille, j'espérais qu'il allait me sourire.

— Je crois que, enfant, il m'aurait effrayée !

— Les animaux ne me font pas peur ; les pires cruautés viennent des hommes. L'auriez-vous oublié ?

Elle abandonne l'animal pour s'avancer vers une fenêtre sale, puis s'immobilise. Renée la voit pointer son doigt et, avec son gant, essuyer la poussière que les années ont déposée.

— Mon Dieu, que le parc est triste, je le reconnais à peine ! Je ne vois aucune fleur, les buis ne sont plus taillés et les bassins sont vides ! J'aimais tellement le bruit de l'eau des fontaines. Je connaissais le nom de chacune des statues qui ornent le parc depuis les terrasses jusqu'au canal. Aujourd'hui, je ne sais plus... Mais qui s'en soucie ?

Ses épaules s'affaissent et les larmes inondent subitement son visage. Elle détourne la tête pour ne plus voir ce parc ravagé. Renée esquisse un pas vers elle, mais se fait rabrouer :

— Ne m'approchez pas, ne me touchez pas !

Saisie, la vieille dame s'arrête dans son élan.

— Madame, s'il vous plaît, ne retenez pas vos pleurs, pas avec moi... Nous sommes seules. Songez que le pire est derrière vous, ce château et ces jardins n'attendent que vous pour revivre.

— Taisez-vous, Chantereine ! Ne comprenez-vous pas que j'en suis incapable. Je n'ai plus goût à rien ! Je suis trop faible par rapport à tous ceux qui m'ont précédée : je n'ai pas l'énergie de Louis XIV, ni le sens de la grâce qu'avait Louis XV, ni le bon goût de ma mère ! Allons-nous-en ! Je commence à avoir froid et vous devez être épuisée, debout depuis des heures, à entendre mes lamentations. Je n'aurai pas la force de me promener dans le parc, pas aujourd'hui. Je voudrais juste me recueillir quelques instants dans la chapelle.

En quittant ces immenses pièces délabrées, Marie-Thérèse glisse son bras sous celui de Chantereine. Quiconque les observant pourrait se demander, à bon droit, laquelle soutient l'autre, tant leurs démarches paraissent hésitantes.

La chapelle a conservé intacte sa majesté. Il y fait un froid glacial malgré la saison. Marie-Thérèse s'avance seule et d'un pas lent vers la nef ; elle lève les yeux vers l'autel que les révolutionnaires ont épargné. Ainsi l'Être suprême n'aura pas triomphé ici. Dieu aura donc conservé son autorité dans la maison de son père. Elle ne peut s'agenouiller, faute de prie-Dieu ou de banc. Elle se tient immobile et raide.

Face à l'autel, les lèvres entrouvertes, elle semble s'adresser à une personne invisible.

— Versailles, est-ce vous ce refuge que j'espérais dans mes rêves ? Vous êtes si froid, si grand, si vide ! Chers parents, où êtes-vous ? Je suis venue vers vous dès que j'ai pu, je voulais vous retrouver... Je suis là ! Je vous en supplie, faites-moi un geste ! Dois-je continuer à chanter les louanges de Dieu, dois-je Le remercier de tant d'épreuves ? Et Vous, mon Dieu, pourquoi avoir infligé de telles souffrances à mon père, Votre meilleur serviteur ? Je vais finir par douter de vous, Seigneur, achève la princesse avec un signe de croix désabusé.

Renée la voit se retourner et revenir vers elle en vacillant mais, avant que la vieille dame ne puisse venir à son secours, Marie-Thérèse s'écroule sur le marbre sans un bruit.

7

Le mariage

Les gardes ont accouru et transporté la duchesse d'Angoulême auprès de Chantereine, qui lui fait respirer un mouchoir imbibé d'eau des Carmes. Elle reprend doucement ses esprits.

— Pardonnez-moi, Reinette, l'émotion a été trop forte. « Ils » avaient raison ; il était ridicule d'espérer. Il y a trop de morts dans ce château. Non, ne dites rien...

Dans le carrosse qui roule maintenant à vive allure, Marie-Thérèse revoit le petit visage de son frère déformé par la douleur. Elle détourne les yeux vers la portière. Renée l'observe, désespérée de ne rien pouvoir faire, et lui dit à voix basse :

— Si vous voulez parler, je vous écouterai... Mousseline !

Les mains de Marie-Thérèse s'agitent et tout son corps est pris de tremblements, puis les larmes reviennent. Elles coulent lentement le long de son visage.

— J'avais un lapin... Il s'appelait Nenni. Oh ! comme c'était doux quand il se glissait dans mon cou et emmêlait ses oreilles dans mes cheveux. L'a-t-on mangé comme ennemi du peuple ? Ou égorgé comme Mme de Lamballe ?

C'est le gémissement de douleur d'une enfant que Renée entend. Elle retrouve, dans son discours un peu insensé, la jeune prisonnière du Temple qui souffrait, se révoltait et criait son désespoir.

Elles sont restées un long moment sans prononcer le moindre mot jusqu'à ce que le carrosse entreprenne la descente vers la Seine et Paris. Une fois l'octroi de Versailles franchi, la duchesse se met à discourir comme si aucun malaise ne l'avait perturbée.

— Ce lugubre voyage à Versailles vous a donné raison, ma chère. Je ne sais pas me libérer de mon passé et pourtant, sans lui, je ne suis rien. Je sens bien que j'ai échoué dans ma rencontre avec les Français. Ils me trouvent laide et austère, alors qu'ils m'espéraient émue, belle et fragile ! J'irai donc à la recherche de mon enfance, et peut-être alors pourrai-je répondre à ce qu'ils attendent de moi. Ils aimeront Mousseline, à défaut de la duchesse d'Angoulême, mais pour cela, j'ai besoin de vous ! Je dois écrire cette tragédie, si je veux réhabiliter la mémoire de mes parents et ne laisser personne le faire à ma place.

— Bravo ! J'aime vous voir combative !

— Merci, Reinette, merci. Nous rédigerons, comme il y a vingt ans, mes souvenirs de cette journée. Vous serez mon témoin, ma plume, et peut-être mon bourreau. Vous en sentez-vous la force ?

— Ma vie est à vous, vous le savez bien !

— Alors, voulez-vous quitter votre chère rue des Rosiers et résider près de moi au palais ?

L'éventualité de faire son entrée aux Tuileries perturbe la modestie de la vieille dame. Suivant son instinct, elle pressent qu'elle doit refuser, hésite, puis répond :

— Je ferai comme vous le souhaitez, mais me laisser vivre parmi votre peuple, c'est aussi vous permettre d'entendre la population et de connaître ses sentiments à votre égard, loin de toute flatterie de courtisans.

— Décidément, vous ne pensez guère à vous ! Je vous voulais près de moi pour vous ménager, mais vous avez raison. Je vous ferai préparer un appartement et vous irez à votre guise. Je ferai de vous ma lectrice, afin que vous puissiez circuler librement, sans être entravée par toutes ces précautions sécuritaires imposées aux Tuileries. Espérons que les anciens grognards de Napoléon nous sont acquis dorénavant.

— Pourquoi craignez-vous tant la trahison, Madame ?

— Parce que, comme je vous l'ai dit en nous rendant à Versailles, mon exil a été synonyme de mensonges, de viles manœuvres. En réalité, personne n'a voulu de moi à ma sortie de prison. Je croyais encore que mon cousin, l'empereur François II d'Autriche, sensible à mon sort, avait négocié et obtenu ma libération. J'étais bien naïve et bien peu au fait des tractations politiques. François II avait compris que je pouvais être un enjeu. Il voulait m'avoir à ses côtés pour me faire épouser son frère l'archiduc Charles Louis. L'Autriche espérait ainsi battre un jour les armées républicaines françaises et mettre sur le trône la fille de Louis XVI et son mari Habsbourg.

— Mais je croyais que les femmes en France ne pouvaient être reines, seulement régentes ?

— Bravo, Reinette ! En me rétablissant sur le trône, il comptait abroger cette fameuse loi salique ! Dès mon départ de France, j'avais écrit à mon oncle que je souhaitais le rencontrer, mais la diplomatie autrichienne a retenu mes courriers. Mon oncle a alors envoyé à Bâle, lors de mon passage, son conseiller le duc d'Avaray. La surveillance autrichienne m'a empêchée de le rencontrer. Je suis arrivée à Vienne horriblement seule et désemparée. Mon cousin ne supportait pas que l'on parle de ma famille. J'étais considérée comme une lointaine parente, dont on ne savait que faire. Régulièrement, on me reparlait de ce projet de mariage autrichien auquel je répondais évasivement, prétextant qu'il me fallait le consentement de mes oncles. Enfin, grâce à Cléry, j'ai pu lire le courrier que m'adressait mon oncle Provence, notre chef de famille. Et là, ce fut une nouvelle désillusion.

— C'est-à-dire ? demande Chantereine.

— D'Avaray avait mis au point un plan que mon oncle a appliqué à la lettre. Tous deux m'ont assuré que mes parents avaient décidé, de leur vivant, mon union avec mon cousin Angoulême. Il leur a été facile d'obtenir mon consentement.

— N'aviez-vous jamais évoqué votre mariage avec votre mère ?

— Jamais. D'Avaray a fait rédiger à mon cousin Angoulême des lettres dans lesquelles il avouait avoir toujours eu de l'inclination pour moi.

— C'était vrai ?

— Je l'ai cru, puisqu'il me l'avait promis le soir de son départ de France. Mon mari vit sous la domination de son oncle Louis XVIII, depuis que son père lui préfère son deuxième fils, le duc de Berry. Angoulême a obéi. D'Avaray a dicté toutes les lettres à mon futur mari en lui disant que son bonheur dépendait de mon acquiescement. Dès la deuxième lettre, j'ai cru aux sentiments sincères de mon cousin et j'ai commencé à en éprouver aussi à son égard. D'Avaray avait réussi ! Louis XVIII n'avait pas d'héritier, la dynastie des Bourbons devait perdurer grâce à cette union.

— Sauf que dame nature s'est vengée et a refusé de donner l'héritier tant attendu...

— Eh oui, Chantereine, dans l'organisation du plan pour convaincre une jeune écervelée en manque d'amour, d'Avaray a été excellent. Mais il n'a jamais imaginé que le neveu ne saurait pas remplir ses obligations matrimoniales !

— Vous leur en voulez toujours ?

— Aujourd'hui, non. Mon destin est d'être en France. Cependant, à Mittau, quelques jours après mes noces, lorsque j'ai découvert le manque d'ardeur de mon mari, j'ai tenté de lui parler. C'est lui qui m'a fait découvrir toute la machination, en m'avouant, incidemment, ne pas avoir rédigé les courriers lui-même. Au demeurant, c'est un homme bon, un cousin en somme... La suite m'a été dévoilée par quelques courtisans désireux de porter ombrage au favori du roi. J'ai pleuré, et puis j'ai accepté l'idée que le bonheur n'était pas fait pour moi.

— La vie est longue, Madame, conclut Chantereine.

— Elle ne m'a réservé jusqu'ici que des trahisons et des humiliations, tout au long de cet exil. Saviez-vous que mon oncle m'a forcée à écrire à l'empereur d'Autriche pour lui réclamer la dot de ma mère. Son pays aurait oublié de la verser en 1770 ! L'empereur, excédé par ma demande, m'a fait dire par le comte Kinsky en personne qu'il tenait à ma disposition à la chancellerie copie du versement de la dot, ainsi que des dépenses occasionnées par ma sortie de France ! Imaginez ma gêne... Mortifiée aussi, lorsque j'ai eu connaissance, par un billet anonyme, du courrier que mon oncle avait envoyé à la cour d'Espagne annonçant mon mariage. Je m'en souviens encore ! « Les longs malheurs de ma nièce, son courage, ses vertus ont rassemblé sur elle un intérêt dont il est essentiel de tirer parti en la mariant avec mon héritier. »

La vieille dame sursaute, horrifiée :

— Admirable description d'un mariage de raison !...

— En effet, et j'ai appris à lui pardonner. Aujourd'hui, mes sentiments pour lui sont empreints de bienveillance et j'admire son habileté politique. J'en ai pris conscience dès notre premier entretien privé. Nous avions tant à nous dire ce 9 juin 1799 ! Nous nous sommes retrouvés seuls, le soir de mon arrivée, dans un petit salon au coin d'un feu après le dîner. Sa femme, Marie-Joséphine de Savoie, était quasiment folle, et mon fiancé incapable de s'adresser à moi autrement qu'en bégayant ! En revanche, mon oncle m'a fascinée dès le premier instant.

Il ne ressemblait guère à mon père, du moins dans le souvenir que j'en avais, mais le timbre de sa voix était identique. Il était déjà extrêmement imposant et ne pouvait guère se déplacer. Cela lui importait peu, car il aimait que l'on vienne à lui. Même au fin fond d'un village glacé de Courlande, il faisait régner un protocole plus strict encore qu'à Versailles.

— À l'annonce de la mort de votre père, n'avait-il pas écrit à toutes les cours d'Europe pour proclamer qu'il était dorénavant Louis XVIII, le seul prétendant au trône de France ? N'était-ce pas pénible pour vous ?

— En effet, mais souvenez-vous, Chantereine, le premier des trois frères à s'exiler a été le plus jeune : le comte d'Artois quitte la France le 15 juillet 1789, sous couvert d'alerter les cours européennes du début de la Révolution. Il ne reviendra pas. Mon père et son frère Provence quittent Paris le 21 juin 1791. Ce sera la trop fameuse fuite à Varennes. Mon oncle réussit à atteindre la Belgique, ayant fui seul, tandis que mon père a eu le tort de s'évader avec sa famille. Le tenant du pouvoir et son héritier ne devaient pas voyager dans le même attelage, selon lui...

— Il ne regrettait donc pas sa fuite ?

— Non, il tirait même fierté de sa réussite. Je me souviens que notre entretien avait mal commencé. Mon oncle pouvait parler aisément, car il n'avait pas d'enfant. L'évocation de mon père m'était tellement pénible que j'ai baissé la tête pour cacher mon chagrin. Il ne s'est aperçu de rien et a poursuivi son récit : mon père, prisonnier des Tuileries au retour de sa fuite, lui avait fait parvenir un message lui demandant de rentrer en France, sous peine que nous soyons déchus de nos droits au trône et que nos biens soient confisqués. La candeur de sa demande a été l'objet de discussions animées entre tous les émigrés. Après une fuite avortée, un roi pouvait-il s'imaginer reprendre son rôle de monarque, alors que l'Assemblée légiférait à tout-va pour transformer la France en république ? Ils ont décidé, Artois et lui, d'aider leur frère en restant en exil. Son statut d'aîné et son tempérament l'ont fait agir par la voie politique, tandis qu'Artois a pris la responsabilité de celle des armes.

« Je lui ai alors posé la question de sa loyauté, me remémorant l'acte héroïque de la princesse de Lamballe restée au service de la reine. « Courageuse, mais folle », m'a-t-il répondu ! « Sa mort n'a aidé en rien, ni la famille royale, ni la cause de la royauté. » Il m'a démontré que l'obéissance, lorsqu'on est frère de roi, n'a pas la même signification que si l'on est simple sujet. Il était convaincu qu'une fois les chimères révolutionnaires épuisées, le peuple ferait de nouveau appel au meilleur système politique qui soit : la monarchie absolue. Il en était sûr et maintenait que mon père, en échouant dans sa fuite, avait signé son arrêt de mort.

« Il a agi en son âme et conscience pour le bien de la France et n'a jamais été influencé par une quelconque ambition personnelle, jusqu'à sacrifier une partie de sa famille et engager une armée étrangère contre son propre pays. Ce fut un immense déchirement pour lui, doublé d'une fatale erreur, car la ferveur révolutionnaire d'une armée de va-nu-pieds les a précipités dans une guerre fratricide. La monarchie et le rétablissement de la religion devaient l'emporter, Mousseline, m'a-t-il martelé, au prix même du sacrifice de nos parents. »

« Vous imaginez, Chantereine, que ce discours cynique m'a glacée. Mais c'est surtout l'emploi de mon surnom qui m'a fait exploser et j'ai eu le courage de lui tenir tête en l'assurant que je tiendrais mon rang à ses côtés, mais qu'il ne devait plus jamais m'appeler Mousseline. Mousseline était morte un matin de janvier 1791, lorsque son père était venu lui faire ses adieux. Dans une lettre qu'il me fit déposer dans ma chambre le soir même, il m'avertissait que je me trompais d'ennemi et que les vrais monstres étaient ceux qui avaient signé les arrêts de mort de nos proches. « Prenez garde. Personne ne vous oblige à épouser demain votre cousin, mon héritier. Ne liez pas votre destin si vous me considérez comme un traître », m'écrivait-il en réclamant mon soutien indéfectible. Lui était prêt à tout pour rétablir sa famille sur le trône : à mentir, à tricher, à fuir, à tuer ! Enfin, il me mettait face à mes propres choix : accepter ce mariage et épouser sa cause ou bien retourner en Autriche auprès d'une famille qui avait laissé mourir ma mère. Il terminait en évoquant sa souffrance quotidienne de la perte de son frère et espérait la partager dorénavant avec moi.

« Ma nuit n'a été que pleurs et rage d'être de nouveau abandonnée par Dieu et les miens... Mais le lendemain, tout en haïssant leur conduite honteuse, j'épousais mon cousin.

— Pourquoi avoir accepté ?

— Parce qu'à l'aube je ne savais plus quel serait mon rôle sur cette terre. Mon oncle, lui, était sûr et convaincu qu'en me mariant, j'obéirais. Sa lucidité et son assurance étaient les armes d'un grand roi. Quant à nos relations, elles se sont beaucoup améliorées avec le temps. Le pacte que nous avons échangé le jour de mon mariage a scellé mon retour dans la famille des Bourbons.

— Quel est-il ?

— Un partage de fonctions : à Louis XVIII, le retour de la monarchie, à moi, le combat pour réhabiliter la mémoire de mes parents.

— Alors, vous devez l'entreprendre, lui assure Chantereine.

Elles sont arrivées sans encombre devant les Tuileries. La duchesse donne des instructions au cocher pour qu'il raccompagne Renée chez elle. Elle se retourne pour lui rappeler de ne pas oublier de se munir d'un livre pour leur prochain rendez-vous. Chantereine sera sa lectrice aux yeux de la cour, ainsi elles garderont secrète la rédaction des souvenirs de la princesse. Elles se quittent heureuses de leur stratagème. De retour chez elle, Renée revit intensément cette première journée à Versailles. Elle retrouve sous la chandelle le plaisir de la plume qui griffe le papier et la fierté de partager de nouveau les souvenirs de l'intimité de sa protégée. Renée a mal pour elle d'autant qu'un doute l'effleure : et si sa princesse était encore vierge ? N'allait-elle donc jamais connaître la joie de s'endormir dans les bras d'un homme ?

8

Saint-Cloud

À seize heures précises, Chantereine se présente à l'entrée du palais. Un chambellan qui l'accompagne jusqu'aux appartements de la duchesse l'annonce :

— Madame Chantereine, première lectrice de la duchesse d'Angoulême !

Renée ne peut s'empêcher de rosir de plaisir à l'énoncé de sa nouvelle fonction. Marie-Thérèse s'est levée et s'avance vers elle, le visage serein. Elle lui avoue avoir curieusement bien dormi, malgré l'émotion de leur périple de la veille.

— Et vous, Reinette, comment vous sentez-vous ?

— Je me porte aussi bien qu'une vieille souche et j'ai même passé une partie de la nuit à griffonner notre conversation d'hier. Votre première rencontre avec votre oncle m'est parfaitement restée en tête. À propos de rédaction de notes, je souhaiterais, Madame, que vous puissiez reprendre possession de votre manuscrit du Temple. M'autorisez-vous, une prochaine fois, à me faire accompagner par la femme qui a pris le risque de le conserver ?

— C'est avec reconnaissance que je la recevrai. J'essaie de ne jamais oublier de remercier ceux et celles qui ont aidé ma famille dans ces années terribles. J'ai ainsi assisté ce matin à un service religieux en souvenir de l'abbé d'Edgeworth qui nous a quittés il y a sept ans. Mais commençons, voulez-vous... Il me revient un fait que je tiens absolument à vous conter.

La duchesse lui désigne un charmant secrétaire en merisier blond où tout un nécessaire d'écriture l'attend.

Edgeworth, le dernier confesseur de mon père, avait réussi à nous rejoindre à Mittau, où mon oncle lui avait donné asile.

Les premières soirées ont été atroces, car il nous a décrit, par le menu, les dernières heures du roi. Ce récit, suivi de nos larmes, l'intimité qu'il avait eue avec mon père, l'admiration qu'il éprouvait pour lui au point de réclamer au pape sa canonisation, ont créé un lien très particulier entre nous. C'était un caractère admirable qui croyait à la perfection de l'humanité. Il m'incitait chaque jour à puiser dans mes forces qu'il m'assurait aptes à supporter ma nouvelle vie. Il est resté dix ans auprès de nous, puis il est tombé malade alors qu'il était dans la force de l'âge. Je l'ai soigné sans relâche et j'ai écouté de nouveau le récit des ultimes moments de mon père, en ce 21 janvier 1793. L'abbé craignait un oubli de ma part, ce qui était impensable. Durant son sommeil de malade, j'ai pris des notes, qu'à son réveil je lui lisais, jusqu'à ce qu'il les valide... Il est mort dans mes bras, et, malgré ses souffrances, son visage rayonnait, persuadé de retrouver Dieu et son roi au ciel !

— Quel curieux parcours que celui de cet homme ! commente Renée en finissant d'écrire.

— Cette évocation de la figure de mon cher abbé me fait penser que j'ai trouvé, en arrivant ici, une demande d'audience de M. Chauveau-Lagarde qui a été l'avocat de la reine et de ma tante. Je dois le rencontrer, car il a dû être un des derniers témoins du calvaire de ma mère. Vous serez là, mon cher scribe. Mais reprenons notre travail. Je croyais passer la nuit dans les rêves de Versailles revisité et ce sont curieusement les souvenirs des Tuileries qui sont revenus malgré moi.

— Je vous écoute, Madame.

C'est là qu'une nouvelle Mousseline grandissait, riait moins, consciente que la vie aux Tuileries n'était pas digne d'une famille régnante. Je sentais que nous vivions cernés de Parisiens hostiles, qui voulaient nous voir sans cesse et connaître nos agissements... J'avais peur, mais je ne disais rien ! Je me souviens de ces jours d'avril 1791 où mon père cherchait à faire ses Pâques avec son confesseur habituel, et non avec ces nouveaux prêtres, qui avaient prêté serment à la constitution. Cette question religieuse, qui avait enflammé toute la France, minait mon père. Malgré le retour des beaux jours, son humeur se dégradait. Décidé à passer la semaine de Pâques dans sa résidence de Saint-Cloud, le roi a demandé une voiture pour dix heures et nous a annoncé notre départ. Mon frère et moi étions fous de bonheur de quitter ces Tuileries sinistres pour Saint-Cloud. Ce domaine royal, mon père l'avait racheté à son cousin Orléans et en avait fait don à la reine. Le château et le parc avaient été réaménagés selon le goût éclairé de ma mère. Nous y étions à l'abri des curieux ! Notre famille adorait ce lieu. Vers dix heures, nous allions monter dans la berline à l'issue de la messe : mes parents, mon frère, notre tante Élisabeth et Mme de Tourzel. Les grenadiers de la garde nationale, redoutant que mon père puisse quitter le royaume, se sont mis à la tête de l'attelage et ont déclaré qu'ils ne laisseraient pas partir le roi. M. Bailly, le maire, et M. de La Fayette ont essayé de vaincre leurs résistances. Rien n'y a fait. Mon père, sur le point de laisser éclater sa colère, a mis la tête à la portière et s'est adressé à ses gardes : « Il serait étonnant qu'après avoir donné la liberté à la nation, je ne fusse pas libre moi-même ! »

Rien n'a calmé les soldats qu'une foule de curieux entourait. Des insultes ont fusé en direction de notre petite escorte. M. de Duras, un des gentilshommes de mon père, a même été molesté. Nous avons entendu un garde insulter la reine en la traitant de « foutue bougresse ». Ses traits se sont décomposés et elle a serré très fort ma main, sans se départir de son maintien. J'ai senti ce jour-là qu'elle avait peur, peur de cette foule, peur de ces Français qui la haïssaient. Elle a murmuré quelques mots en allemand, que seul mon père a compris. L'angoisse s'est propagée à l'intérieur du carrosse et mon frère a commencé à pleurer en voyant les mauvais traitements infligés à M. de Duras. Puis il s'est mis à hurler : « Qu'on le sauve ! Qu'on le sauve donc ! »

Il a fallu le calmer, puis attendre au milieu du vacarme des hommes, et même des chevaux, que les cochers maîtrisaient mal. Enfin, au bout de deux heures, M. de La Fayette est revenu, contraint d'avouer que l'Assemblée ne pouvait assurer la sécurité du roi et qu'il valait mieux renoncer à ce voyage. Mon père est sorti sans un mot. Nous l'avons suivi et avons traversé le jardin sous les railleries des soldats trop heureux d'avoir imposé leur loi... Comme je les ai détestés alors et comme j'ai admiré ce roi trop bon, qui s'obstinait à nous enseigner le pardon, encore et toujours !

— Mais à partir de cet incident, je lui ai désobéi, j'ai connu la haine et ce sentiment a été ma force et mon soutien ; c'est par lui que je survis...

— Je crois qu'à votre place, soupire Chantereine, j'aurais haï aussi !

Mon père s'est enfermé seul dans son bureau et n'a point paru au dîner. Nous avons retrouvé notre monotonie habituelle. J'étais dans ma chambre avec mon précepteur, l'abbé d'Avaux, et je recopiais une carte de l'Angleterre, lorsque mon père est entré. Il est venu vers moi et m'a félicitée pour mon sang-froid. Je me suis blottie dans ses bras. J'ai ouvert mon cœur et d'une voix hésitante, je lui ai dit :

— Sommes-nous prisonniers dans ces horribles Tuileries ? »

Il a souri et m'a répondu : « Ma fille, Louis XIV y logeait et s'y trouvait bien. Nous ne devons pas être plus difficiles que lui. »

J'ai répliqué :

« Votre aïeul n'aurait jamais supporté les insultes que nous avons subies ce matin.

— Il est exact, m'a-t-il fait remarquer, que dans l'ancien temps, les auteurs des injures que la reine a subies auraient mérité la pendaison. »

Je lui demandai alors de m'expliquer pourquoi ce peuple, qui nous aimait tant, était devenu soudainement si méchant avec nous.

Je n'ai jamais oublié la réponse que mon père m'a faite. Elle a débuté par un rire, si rare chez lui. L'abbé d'Avaux, en s'effaçant, venait de culbuter mon encrier sur la carte britannique. Il se confondait en excuses, ce qui ne faisait qu'augmenter notre hilarité. Une immense tache noire était en train d'envahir notre ennemie de toujours... Notre fou rire calmé et mon père ayant repris son sérieux, l'abbé, conscient de l'importance de la réponse du roi, nota ce qu'il pensait être, éventuellement, son testament politique. Des années plus tard, ce même abbé, ayant survécu miraculeusement à la Terreur, me l'a fait porter lors de mon exil en Angleterre. Sur le moment, je n'avais pas retenu les propos de mon père, trop heureuse d'avoir ri avec lui. Plus tard, j'ai été bouleversée de lire la réponse royale.

La duchesse se lève, se dirige vers un secrétaire en partie dissimulé par des rideaux de brocart bleu ; elle l'ouvre avec une clef qu'elle a sortie d'une poche de sa robe, sans chercher à se cacher du regard de sa visiteuse. Elle fouille dans une pile de papiers, avant de dénicher un feuillet qu'elle brandit et lit à voix haute :

« Mon enfant, j'ai voulu rendre le peuple encore plus heureux qu'il n'était. J'ai eu besoin d'argent pour payer les dépenses occasionnées par les guerres. J'en ai demandé à mon peuple comme l'ont toujours fait mes prédécesseurs. Des magistrats qui composent le parlement s'y sont opposés. Ils ont dit que mon peuple seul avait le droit d'y consentir ou non. J'ai assemblé à Versailles les premiers de chaque ville par leurs naissances, leurs fortunes, ou leurs talents. Voilà ce qu'on appelle les états généraux, ils ont été réunis. Ils m'ont demandé des choses que je ne puis faire, que votre cher

Louis XIV n'aurait pu accepter, et qui mettraient en péril le règne de votre frère. Il s'est trouvé des méchants qui ont fait soulever le peuple, et les excès où il s'est porté ces derniers temps et ce matin sont leur ouvrage. Il ne faut pas en vouloir au peuple... »

Le roi s'est ensuite levé. Je l'ai retenu par la manche de son habit et lui ai promis de ne jamais oublier ses mots. Aujourd'hui, je suis fidèle à ma promesse : les mots sont en moi, mais il m'est impossible de ne pas en vouloir aux Français ! Un jour, peut-être... Alors qu'il me quittait, j'ai commis une erreur qui me hante encore. Je lui ai confié que ma mère avait eu très peur dans ce maudit carrosse, ce matin, et j'ai ajouté ces mots stupides : « Les Parisiens sont si méchants avec elle, ne pourrions-nous partir loin d'eux ? »

Il m'a serrée dans ses bras et m'a promis d'y songer : « Si je ne puis faire le bonheur de mon peuple, j'essaierai de faire celui de ma famille. »

La duchesse respire profondément et ajoute, comme si elle se justifiait devant ses juges :

— Par ma question, ai-je incité mon père à imaginer un départ ? Je serais responsable alors de cette fuite et des drames qui ont suivi. Il serait juste que je sois la seule survivante et que je paie cette faute en vivant sans les miens...

Avant que Renée ne la réconforte, la duchesse se lève et propose de sortir prendre l'air. Son invitation sonne comme un ordre.

9

Varennes

En quittant ses appartements privés, la duchesse croise son aide de camp qu'elle présente hâtivement à Renée. Il n'a pas le temps de lui annoncer que de nombreuses personnes attendent pour être reçues que la duchesse a déjà tourné les talons.

Quelques instants plus tard, Marie-Thérèse et Chantereine marchent le long du quai de Seine, dans un jardin de buis et de statues, qui les isole d'une foule curieuse massée à quelques mètres. La princesse s'avance à pas lents et se laisse faire quand Renée lui prend le bras.

— Vous admirez cette très belle ville. J'éprouve pour elle des sentiments mitigés. Paris est le point de départ et d'arrivée de notre fuite, qui reste un affreux souvenir.

— Je l'imagine aisément. Mais poursuivez...

Elles s'installent derrière une charmille sur un banc de pierre. Discrètement, Renée sort un petit carnet similaire à celui des premiers jours au Temple. Elle s'applique à noter rapidement et fidèlement les paroles de la princesse.

Dans la journée du 20 juin 1792, ma mère est allée se promener avec mon frère, deux dames d'honneur et moi, à Tivoli au bout de la chaussée d'Antin. Au cours de cette promenade, elle m'a prise à part quelques instants pour me prévenir que nous risquions d'être séparées dans la soirée. Elle m'a demandé de prétexter une grande fatigue pour aller me reposer de bonne heure et n'avoir qu'une femme de chambre auprès de moi.

J'étais couchée, ainsi que Mme Brunner, ma femme de chambre, sans pouvoir trouver le sommeil, quand soudain la reine est entrée. Elle nous a annoncé qu'il fallait nous vêtir pour partir sur-le-champ. Brunner a été prévenue que les circonstances risquaient de mettre en péril son mari et ses proches. Elle a accepté, sans hésiter, de nous accompagner. Mme de Tourzel, qui s'occupait de mon frère, l'a conduit dans un entresol, où on nous a habillés, lui en petite fille, et moi d'une robe d'indienne mordorée à fleurs bleues et blanches. Je lui ai demandé s'il savait ce qu'on allait faire. Il m'a répondu que nous allions jouer la comédie puisque nous étions déguisés ! Ma mère a rectifié : « Nous nous rendons dans une place de guerre où il y a beaucoup de soldats... » Mon frère, enchanté à l'idée de faire la guerre, s'est réveillé complètement.

En découvrant que notre cocher n'était autre que le chevalier de Fersen, je me suis sentie rassurée. Pour éloigner tout soupçon, la voiture a fait plusieurs tours dans Paris. Malgré la chaleur étouffante de ce premier jour d'été, nous nous sommes blottis contre Mme de Tourzel, sans dire un mot, conscients de la gravité des événements. Nos parents se sont fait attendre un long moment... Il fallait que mon père se couche et patiente le temps que M. de La Fayette, qui ce soir-là s'éternisait, se retire ! Puis il devait se rhabiller pour rejoindre ma mère et se changer de nouveau pour revêtir un habit sombre et une perruque grise. Alors, il pourait sortir sans escorte des Tuileries, comme s'il était un serviteur du roi, et se diriger seul, pour la première fois de sa vie, dans Paris jusqu'à notre voiture... Ma mère a dû faire de même, mais elle a pris beaucoup de retard, car en quittant les guichets du Louvre, elle a longé la Seine vers la gauche et non vers la droite !

Enfin, nous nous sommes mis en route. Pas une explication ne m'a été fournie au début du voyage. Je ne voulais rien savoir, ni où nous allions, ni comment. J'ai compris que nous partions. Oui, mais pour combien de temps ? Peu m'importait... Les miens étaient réunis dans ce carrosse et M. de Fersen était là pour nous protéger... Mes yeux se sont fermés. Bercée par les cahots, j'ai rêvé de notre arrivée à la cour de Suède, où désormais, grâce au chevalier, nous pourrions vivre en paix ! Un magnifique château, éclairé de mille chandelles et étincelant de neige, où des gens nous souriaient et nous attendaient.

Nous avons franchi sans encombre la barrière Saint-Martin, sous la protection de la Vierge, que nous venions d'implorer ! Là, en attendant l'attelage, notre mère nous a révélé nos nouvelles identités : nous étions les enfants de la baronne de Korff qui rentrait chez elle en Prusse. Mme de Tourzel était la baronne, ma mère sa gouvernante et voyageait sous le nom de Mme Rocher, mon père était l'intendant Durand, ma tante Élisabeth, sa dame de compagnie Rosalie, mon frère était une petite Aglaé, tandis que j'étais Amélie. Nous qui adorions nous déguiser, nous étions servis ! Mon frère était bien sûr furieux d'être une fille, tandis que je souriais d'imaginer ma mère au service de ma gouvernante. La reine, fille d'impératrice, fuyait son royaume, grâce à une domestique !

Il a fallu attendre pour changer de voiture et lasser le chevalier de Fersen... Attendre, ce mot est toujours lié dans ma mémoire à ce triste périple. Mme de Tourzel n'a cessé tout au long de ces quelques jours de nous demander de patienter, d'espérer, de souhaiter, que sais-je encore ! Cela m'était facile, mais pour mon jeune frère, c'était beaucoup plus difficile. Il passait de l'excitation à l'abattement. Heureusement, il somnolait souvent, ce qui nous permettait de profiter du silence. Je me sentais désormais presque une grande personne. Je devinais que chacun priait secrètement. Qu'éprouvaient mes parents en quittant la France ? Je n'en ai rien su. Mon père nous regardait sans cesse, son fils et moi... Avait-il conscience que chaque secousse de cette voiture le privait de ses prérogatives royales ? Ma mère, dans son silence, s'obstinait à vouloir se tenir droite.

Ma tante Élisabeth m'a confié plus tard, lors de notre intimité forcée, que ce voyage ne l'avait pas inquiétée outre mesure. Ayant consacré sa vie à Dieu et à Louis XVI, elle n'aurait pour rien au monde renoncé à accompagner le roi. Il quittait cette terre hostile, elle le suivait comme elle avait toujours fait. Ma mère ne laissant jamais une plainte s'échapper, Élisabeth a commencé à considérer sa belle-sœur avec respect et bientôt tendresse. L'amitié profonde qu'elles allaient éprouver l'une pour l'autre est née dans cette berline surchauffée de cette nuit de juin.

Au matin, il a fallu remplacer les chevaux, et mon père, faisant fi du retard que nous avions pris, est sorti parler avec les postillons et leur a laissé un généreux pourboire, peu conforme à son nouveau rôle d'intendant... Il était à craindre que ce geste ne donne l'alerte ! Nous descendions pour marcher ensemble et nous dégourdir les jambes. Une promenade en famille, en quelque sorte. Je me souviens encore aujourd'hui avoir voulu cueillir des coquelicots le long de la route. Mon père attendri a accepté, mais devant l'agacement de ma mère, j'ai jeté rapidement mes fleurs sur le bord du talus.

À Châlons, la foule nous a reconnus et nous a encouragés à continuer. En revanche, l'accueil a été différent à l'approche de Sainte-Menehould. La population nous a manifesté son hostilité et il a fallu poursuivre notre chemin, de crainte d'être découverts. Sans le savoir encore, nous étions déjà pourchassés par des hommes mandatés par l'Assemblée « pour arrêter les individus de la famille royale »...

À notre arrivée à Varennes, M. de Choiseul, qui devait nous escorter avec ses hussards, n'était pas au rendez-vous. La nuit commençait à tomber. J'étais épuisée, je rêvais d'un lit. Mon frère ne tenait plus en place et voulait monter sur un cheval pour en découdre avec les ennemis de papa ! La reine est revenue nous dire que M. de Choiseul et ses amis n'avaient donné aucun signe de vie... Sa voix était mesurée, mais j'ai compris que le moment était grave. C'est alors qu'un homme a surgi en criant : « Passeports ! » La frayeur m'a rejetée au fond de la voiture. L'ordre a été donné de nous conduire dans une maison proche, l'heure tardive empêchant de viser nos passeports. Nous sommes descendus en silence, tête basse, épuisés et déjà vaincus.

Nous avons été enfermés dans une chambre garnie d'un lit

sur lequel je me suis écroulée de fatigue et de peur, avec mon frère dans les bras. Mes parents et ma tante se sont assis sur des chaises de paille. Au petit matin, j'ai été réveillée par des voix pressant mon père de reconnaître qu'il était Capet ou le roi ! Je me souviens avoir entendu ma mère prononcer des mots admirables : « Si vous le reconnaissez pour votre roi, respectez-le ! » Enfin, mon père s'est exprimé : « Oui, je suis votre roi, voici la reine et la famille royale. Cerné dans Paris par les baïonnettes et les poignards, je viens chercher en province, au milieu de mes fidèles sujets, la liberté et la sécurité. Ma famille et moi ne pouvons plus vivre à Paris sans risquer notre vie. »

À ces mots, les hommes se sont figés et certains se sont même attendris, à l'exception de deux d'entre eux, qui ont ordonné au roi de repartir pour Paris sur-le-champ. D'autres sont arrivés encore pour voir le souverain fugitif, qui ne ressemblait guère à l'image royale avec cette petite perruque grise et sale et sa redingote froissée. Son rôle et son titre n'existaient plus, face à cette foule menaçante ! En entendant ces gens proférer : « Si l'Autrichienne ne déguerpit pas... », mon père s'est résigné et a pris son fils dans ses bras pour remonter dans la berline.

En quittant la ville, j'ai aperçu, sur les hauteurs, une troupe de cavaliers que j'ai désignée à Mme de Tourzel ; celle-ci a mis un doigt sur sa bouche, ce qui m'a laissée espérer qu'ils étaient là pour nous sauver... Durant tout le trajet du retour, j'ai imaginé que cette troupe, dirigée certainement par notre ami Fersen, allait bientôt nous sortir des griffes de ces hommes hurlants.

Nous venions de quitter Varennes et nous avancions au pas, escortés de gardes nationaux et d'hommes en colère criant : « Vive la Nation ! Vive l'Assemblée ! » À Sainte-Menehould, le maire, en présentant au roi les clefs de sa ville, lui a fait les plus vifs reproches sur son départ de Paris. Comment a-t-il pu oser ! J'ai vu ma mère reculer sur son siège et s'enfoncer les ongles dans ses paumes. Nous avons atteint Châlons où, curieusement, la population n'a pas manifesté trop d'hostilité et nous a logés le plus décemment possible. Couchée sur une méridienne, j'ai tenté de résister au sommeil pour écouter les conversations des adultes. J'ai entendu certaines autorités de la ville témoigner secrètement au roi leur espoir de pouvoir nous délivrer. Mon père, effrayé du danger qu'une nouvelle évasion pourrait faire courir à sa famille, a refusé. Il a seulement demandé qu'une messe soit dite le lendemain matin pour la Fête-Dieu. La nuit a été courte et mauvaise. À l'aube, mon père avait un visage abattu et un regard empli de tristesse. Pendant la messe, un détachement de soldats ivres venus de Paris a interrompu le saint service et a voulu nous obliger à reprendre notre route, avant la communion. Le prêtre, effrayé, s'est enfui. Nous avons été obligés de rejoindre la voiture. C'est alors qu'un des forcenés, voyant mon père saluer avec reconnaissance quelques habitants, l'a tiré par son habit et lui a craché à la figure...

Les révoltés, étonnés de leur propre audace, ont observé un instant de silence. J'ai voulu me précipiter vers le roi, mais Mme de Tourzel m'en a empêchée avec une telle force qu'elle m'a immobilisée ! Telle Véronique auprès du Christ, ma mère a essuyé le visage de son époux, puis, lui prenant le bras, l'a aidé à monter ! Pas un son ne s'est échappé de ses lèvres... Il n'a pas fait un geste... Les Châlonnais présents se taisaient ou pleuraient... Nous allions à la mort : ce crachat n'était que le prélude aux humiliations que mon père allait connaître.

— Oh, quelle horreur ! murmure Chantereine.

Épernay a été une étape affreuse. À Dormans, un curé a été massacré sous nos yeux ! Le Dauphin a eu si peur qu'il a rêvé, dans son sommeil, qu'il était attaqué par des loups dans un bois ! Personne n'a pu calmer ses hurlements et il a fallu le porter chez sa mère. Elle a pris son fils adoré dans ses bras, lui a parlé tout doucement en le berçant : « Dors, chou d'amour, dors ! Tout ira bien, car nous sommes ensemble... Rien ne peut nous arriver ! »

L'humidité ayant gagné le jardin proche de la Seine, les deux femmes sont remontées s'installer dans le grand salon. Marie-Thérèse peut reprendre :

Le voyage interminable s'est poursuivi sous une forte chaleur. L'intérieur du carrosse en velours blanc était devenu gris et sale de poussière ! La robe de soie que portait ma mère depuis trois jours n'était qu'un tissu chiffonné et auréolé de taches. Je ne supportais plus les motifs de ma robe bleue, tant je les avais fixés au cours de ce trajet.

Deux membres de l'Assemblée sont venus nous rejoindre dans cette voiture. Il a fallu nous serrer davantage ! L'un d'eux, Barnave, me regardait avec douceur, apitoyé de voir des enfants associés à pareille aventure. Ma tante Élisabeth, profitant du fait que mes parents s'étaient assoupis et que nous traversions des plaines peu habitées, a essayé de s'entretenir avec lui. Elle a plaidé les raisons qui avaient poussé son frère à déserter, expliquant que l'on avait empêché le roi de vivre sa foi, qu'il ne pouvait rester à Paris. Il n'avait pas cherché à fuir son pays, mais avait voulu s'établir en province à l'est où les populations étaient encore fidèles à la royauté et à la religion catholique. Elle mentait, prête à tout pour nous sauver...

À un certain moment, ma mère a demandé à baisser les stores de la voiture, mais cela lui a été refusé, car il fallait qu'en toute circonstance la prisonnière soit vue. Le député Pétion a pris ses aises au milieu de nous. Le Dauphin a alors grimpé sur les genoux de la reine, Barnave à côté de mon père et Pétion s'est installé entre ma tante et ma gouvernante ! J'ai dû me glisser entre les jambes de Mme de Tourzel. J'ai vu, pendant toute cette horrible après-midi, le manège de cet abominable bonhomme, qui collait son corps contre celui de ma tante et profitait de chaque secousse pour pousser sa jambe contre la sienne. Stoïque, ma tante n'a pas bougé et s'est réfugiée dans la prière jusqu'à Paris. Le même Pétion nous a tendu un piège. Il a commencé par s'émerveiller, en félicitant ma mère et mon père, de l'aisance et du bonheur domestique qui unissait notre famille. Il s'est amusé de voir le roi aider son fils à se soulager dans une grande tasse d'argent. Il est devenu dangereux, lorsqu'il a osé demander à ma mère le nom du complice de notre évasion, un Suédois travesti en cocher. Déjouant sa curiosité, la reine a rétorqué qu'il n'était pas d'usage pour une Reine de France de connaître toutes les identités de sa domesticité !

À l'approche de Paris, en ce quatrième jour d'infortune, une troupe d'émeutiers est venue entourer notre cortège. En quelques instants, les insultes ont repris : « À mort, l'Autrichienne », « À mort, la putain », « À mort, la bougresse », que désormais je ne comprenais que trop bien. Voulant calmer ce déchaînement, la reine a pris son fils dans ses bras pour le montrer à la foule. La réponse a été si violente qu'elle me hante encore ! Une femme a crié : « Elle a beau nous le montrer, son enfant, on sait bien qu'il est pas du gros Louis ! » Ma mère, horrifiée, a posé l'enfant sur les genoux de son père, puis a fondu en larmes. C'en était trop ! Trop de haine, trop d'injustice, trop de violence, trop de foules hostiles, trop de routes cahotantes... Qu'allions-nous découvrir dans cette ville haïe ?

C'est le silence que nous y avons trouvé ! M. de La Fayette avait fait placarder sur les murs : « Celui qui applaudira le roi sera bâtonné, celui qui l'insultera sera pendu... » Dès la barrière de Paris et jusqu'au Louvre, une foule immense nous attendait. En signe de réprobation et dans un geste d'irrévérence, les hommes, muets, ont gardé leur chapeau. Cette atmosphère oppressante s'est propagée dans la cour des Tuileries, dans les escaliers, puis dans nos appartements. Elle n'a été interrompue que par M. de La Fayette venant demander à mon père s'il avait des ordres à lui donner. Épuisé, mais calme, le roi lui a asséné : « Il me semble que je suis plus à vos ordres que vous n'êtes aux miens ! »

Nous nous sommes, enfin, retrouvés seuls. Nous étions vivants, mais à quel prix et pour combien de temps ? Mon père nous a tous enlacés et a remercié longuement notre chère gouvernante de nous avoir accompagnés et apporté une aide précieuse. J'ai découvert alors les cheveux de ma mère devenus subitement blancs comme neige ! Devant ma réaction, elle a perdu contenance et mon père attendri l'a prise dans ses bras en lui assurant : « Vous n'en êtes que plus belle, ma tendre amie. » Il se trompait. Durant ce maudit périple, la beauté et la jeunesse de la reine s'étaient enfuies...

10

Le retour

Renée a patienté trois longs jours avant d'être de nouveau convoquée au palais. Recluse chez elle, elle a revécu chaque épisode dramatique de la fuite royale en rédigeant les souvenirs de Marie-Thérèse. Elle qui a attendu près de vingt ans pour retrouver sa princesse ne supporte plus de vivre loin d'elle et jalouse tous ceux qui sont autorisés, par leur nom ou leur fonction, à l'approcher quotidiennement. Elle se reproche d'avoir refusé d'habiter le palais et tourne en rond dans son appartement devenu soudain laid et vétuste. De peur de manquer le messager royal, elle ne quitte pas son logement, vêtue de sa meilleure robe et prête à bondir au moindre signe des Tuileries.

Au soir du troisième jour, tout en se déshabillant et soufflant sa chandelle, l'âme chagrine, elle se demande quel plaisir une princesse de France peut trouver à perdre son temps avec une femme comme elle, sans éducation. La nuit, qu'elle appréhendait, va curieusement lui donner la réponse : Renée rêve qu'elle est dans une pièce sombre, une jeune femme grise et maigre repose contre elle, tandis qu'elle lui brosse les cheveux et la réconforte doucement.

À son réveil, un carrosse mené par un écuyer silencieux vient s'immobiliser devant la porte du 24, rue des

Rosiers pour la conduire dans les appartements privés de la duchesse d'Angoulême.

En ce jour, sa princesse est vêtue d'une robe de cotonnade vert clair qui illumine son teint et la rajeunit. Renée la complimente pour sa tenue, ce qui fait rire Marie-Thérèse :

— Mais, voyons, Renée, c'est une robe d'intérieur que je ne saurais porter, sauf devant vous...

Fière de partager cette intimité, Renée chasse de son esprit les doutes qu'elle a ressentis ces derniers jours. Elle est rassurée : la princesse n'a d'autre confidente qu'elle ! Marie-Thérèse, spontanément, lui demande de l'aider à trier son courrier en avouant avec une moue :

— Je suis tellement en retard...

Toute la matinée, les deux femmes lisent et classent des demandes d'aides financières, de rentes, de titres. Elles ne parviennent pas, le plus souvent, à savoir s'il s'agit de secours indispensables ou de suppliques adressées par des gens qui veulent se faire connaître de la duchesse. Chantereine aurait tendance à accorder des subsides sans discernement, alors que la duchesse, plus perspicace, ne concède, la plupart du temps, que la moitié de ce qui est réclamé. Selon elle :

— La royauté n'est guère plus riche que l'empire !

À midi, la princesse se retire dans sa chambre pour revêtir sa tenue d'apparat, en vue du déjeuner officiel avec les sénateurs. Renée est invitée à se restaurer et se reposer dans l'antichambre.

— Faites comme si vous viviez ici ! Mon après-midi vous sera consacrée, lui signifie en riant Marie-Thérèse avant de disparaître.

Quelques heures plus tard, elles se retrouvent. Renée a parfaitement déjeuné, servie pour la première fois de sa vie par deux domestiques en gants blancs et livrée. Elle s'est ensuite assoupie sur une charmante méridienne tapissée d'un décor fleuri tout à fait à son goût.

La duchesse ne cache pas son soulagement de se réfugier dans ses appartements, après avoir subi un de ces déjeuners interminables où chaque convive s'est senti obligé de lui affirmer à quel point il admirait ses parents et haïssait Napoléon.

— Mais pourquoi faut-il être hypocrite et lâche, lorsqu'on gouverne ? s'emporte Marie-Thérèse, tandis que Renée l'aide à dégrafer sa robe. Allons, poursuivons. Je veux pouvoir un jour vivre dans le présent, sans l'ombre de mes parents et de leurs malheurs au-dessus de nos têtes... Où me suis-je arrêtée ?

— Au retour de Varennes. Je vous ai laissé mon compte rendu sur le guéridon, près de la cheminée, lui répond Chantereine.

Marie-Thérèse, prise par sa lecture, ne s'interrompt que pour corriger un nom propre ou un détail particulier. Quelques minutes plus tard, elle sourit à la vieille dame :

— Je vois que vous avez su profiter de l'enseignement de tante Élisabeth en protégeant ma dignité et mon intimité. Je vous en suis très reconnaissante.

Et, contre toute attente, Marie-Thérèse embrasse furtivement le front de Renée. Pour effacer la gêne que cet instant d'abandon a provoquée, la duchesse reprend son récit.

Nous avons retrouvé notre vie aux Tuileries comme si nous n'avions jamais voulu en partir ! Triste illusion... Chaque moment de la journée s'accompagnait d'une succession de mesquineries et de démarches humiliantes. Mon père n'allait jamais d'une pièce à l'autre sans être escorté de deux gardes. Quant à sortir à Paris, cela lui était devenu impossible. L'Assemblée considérait qu'elle ne pouvait plus assurer notre sécurité et qu'il nous fallait désormais résider dans le périmètre du palais. Tel un ermite, il s'est alors réfugié dans ses livres et ses prières... en attendant le pire. Je me souviens être venue une après-midi le retrouver dans sa bibliothèque et le questionner sur notre situation. Je n'ai pas compris le sens de sa réponse. Il m'a avoué que son pouvoir se réduisait chaque jour pour se limiter au palais dans lequel nous étions enfermés et qu'il fallait nous y résoudre pour le bien des hommes.

« Vous parlez toujours du bonheur des hommes, alors que je suis si malheureuse ! » lui ai-je dit en chuchotant.

Il a souri tristement avant de me confier qu'un roi n'avait pas droit au bonheur !

« Et sa fille ? ai-je osé.

— Je crains que non. Regardez votre tante Élisabeth ! Elle est la vertu même et se consacre à la France depuis sa naissance et cependant, elle mourra... oubliée de tous. »

À cette époque, il était difficile de faire confiance à quiconque, aussi mes parents écrivaient-ils sans relâche. Ma mère suppliait les cours étrangères de leur venir en aide et suggérait de tenter des actions leur permettant de fuir. Mon père prenait des notes sur sa vie et ses interminables réunions du conseil. Écrits inutiles : tout se décidait à l'Assemblée, et toutes leurs lettres étaient ouvertes. Le roi cherchait dans la religion un secours, en songeant à sa mort prochaine et inévitable. Le souvenir de Charles II d'Angleterre, décapité par ses sujets, imprégnait profondément son esprit.

L'année s'est écoulée sans espoir de mieux-être. La diplomatie avait épuisé ses ressources et notre ministre des Affaires étrangères a perdu de l'importance au profit du ministre de la Guerre. Les rumeurs de guerre s'amplifiaient. La cour d'Autriche et celle d'Angleterre étaient devenues les plus farouches ennemies de la France. Comment pourrait-elle, elle, Marie-Antoinette, reine de la France, accepter d'être secourue par une armée dirigée par son propre frère l'empereur Léopold ? Ce dernier fut emporté en trois jours par la maladie. Ma mère a eu la certitude qu'il avait été empoisonné.

Je tremblais tant pour la vie de mes parents qu'à chaque instant de nos repas j'imaginais un garde ou un visiteur tirer un poignard de son habit et frapper l'un ou l'autre, comme à la cour de Suède ! Aux Tuileries, nous étions entourés de curieux et de gens inconnus. Beaucoup de nos partisans avaient disparu. Certains se cachaient en province, d'autres avaient choisi l'exil, à part ma chère princesse de Lamballe, revenue, après notre fuite, reprendre sa charge aux Tuileries ! On lui a donné, à son arrivée au palais, un appartement séparé de celui de ma mère seulement par le palier de l'escalier. Cela m'a permis de vivre des heures privilégiées avec elle. Elle tentait de me faire espérer un monde meilleur, alors qu'elle voyait bien que les Parisiens nous rejetaient. Quant à mes parents, ils ne pouvaient plus nier que nos vies étaient en danger.

Le soir du 19 juin, le roi est venu nous annoncer qu'il craignait de voir les Parisiens marcher contre nous. Le Dauphin s'est écrié : « Comment peuvent-ils être fâchés contre nous ? Vous êtes un bon roi et un bon papa. » Mon père nous a expliqué qu'il s'était opposé par veto à deux décisions de l'Assemblée. Il s'agissait d'arrêter les prêtres non assermentés et d'organiser une troupe de vingt mille hommes près de Paris. Il m'a demandé si je comprenais l'enjeu. J'ai répondu sans hésiter : « Il s'agit d'envoyer à la mort tous les religieux fidèles au pape et à Votre Majesté. Pour les troupes, j'imagine que vous craignez pour notre sécurité, si ces hommes étaient fidèles à l'Assemblée. » Mon père, satisfait de mes connaissances, nous a priés de nous retirer et nous a recommandé, dans nos prières du soir, d'y adjoindre le salut de tous ses sujets. Je suis restée avec Lamballe dans ma chambre en lui confiant ma terreur à l'idée de retrouver la même horde de femmes qui avait envahi nos appartements à Versailles. Elle s'est allongée contre moi, m'a bercée comme une enfant en espérant apaiser mes frayeurs... sans toutefois y parvenir.

Le 20 juin : la populace des faubourgs s'est décidée à atteindre les Tuileries à tout prix pour nous rappeler le souvenir cuisant de notre fuite, un an plus tôt jour pour jour. Nous n'avions plus personne pour nous défendre. La garde constitutionnelle avait été dissoute et la garde nationale, à la botte de l'Assemblée, ne voulait pas agir ! Dès le matin du 20 juin, quelques fidèles du roi sont venus nous apporter leur aide et leur protection, tandis qu'on nous annonçait un rassemblement de quinze mille émeutiers en ville.

C'est après le dîner que nous avons commencé à entendre des bruits sourds... Les Parisiens s'invitaient aux Tuileries ! Nous étions à leur merci. Cette fois, aucune armée étrangère ne nous attendait aux portes de Paris et pas de M. de Fersen en vue pour nous sauver. J'avais peur, une peur panique, peur de ne plus être portée par mes jambes, peur de mourir...

Le corps de Marie-Thérèse ne supporte pas le poids du souvenir de ce drame et se met à trembler. Du bout des lèvres, elle ne cesse de répéter qu'elle a froid. Renée veut l'entourer de son propre châle pour la réchauffer, mais la princesse rejette ce geste et, réussissant à se dominer, reprend :

Du courage, mon père en a eu pour nous tous. Entendant la foule se rapprocher et enfoncer les portes à la hache, il a décidé d'aller à la rencontre de la foule insurgée. Il a prié fermement la reine de rejoindre ses appartements où le Dauphin nous attendait. Ma mère, impressionnée par cette soudaine autorité, m'a entraînée, les yeux baignés de larmes, persuadée qu'elle ne reverrait jamais plus son mari. Nous n'avons même pas eu le temps de l'embrasser, que déjà il s'élançait, suivi de sa sœur Élisabeth, pour affronter la colère du peuple. Nous avons été entraînés, grâce à un passage secret, dans la chambre du roi et, enfin, dans la chambre du conseil. Nous y sommes restés sans bouger, sans parler. Nous entendions des hurlements, des applaudissements et des tambours battre, sans savoir si le roi était encore vivant. Les cris s'amplifiaient, les insultes devenaient audibles : ma mère était la cible de ces attaques, il n'était question que de « madame Veto ». Ils la cherchaient ! Dans quelques instants, ils allaient être devant nous ! Les sinistres craquements des boiseries fracassées ont achevé de nous glacer le sang.

Ils sont entrés en masse et ont trouvé derrière la table du conseil et serré contre les fenêtres un groupe de femmes faisant rempart de leurs corps à l'héritier du trône de France. Mme de Tourzel, Mme de Lamballe, Mme de Tarente, Mme de La Roche-Aymon et la reine protégeaient un enfant de huit ans. À cet instant, je n'ai plus eu peur ! Je n'étais plus la petite fille des journées d'octobre 1789, mais une adulte qui regardait sa mère, si droite, si digne, si impressionnante dans sa robe blanche. Comme je l'ai admirée ! Il m'a suffi d'un instant, à mon tour, pour redresser le buste et lever la tête. Oui, ce jour-là, la reine était bien la digne fille de l'impératrice Marie-Thérèse et moi sa petite-fille. Galvanisées par le courage de ma mère, les dames d'honneur n'ont pas flanché et ne se sont pas évanouies.

Santerre, le premier homme à entrer, s'est arrêté à quelques mètres de la table, et s'est adressé à la reine : « Madame, vous vous êtes trompée, le peuple ne vous veut aucun mal. Si vous le vouliez, il vous aimerait autant que votre fils vous aime (en désignant mon frère). N'ayez pas peur. » Elle lui a répondu qu'elle ne s'était pas trompée et qu'elle n'avait pas peur... Il a alors ordonné aux curieux d'avancer. Combien de gens se sont approchés de nous et nous ont parlé ce jour-là ? Dans mon souvenir, un flot ininterrompu passait devant cette table, maigre protection, sur laquelle mon frère avait été hissé. Nous sommes restés des heures debout sans bouger, sans montrer le moindre signe d'impatience ou de faiblesse, au milieu de cette foule en guenilles... Parfois montaient des rires, des cris, des mots violents ou crus... Ils nous fixaient médusés en s'apercevant que nous leur ressemblions... Si l'un des émeutiers nous agressait, alors tous derrière renchérissaient, jusqu'à ce qu'un des meneurs les entraîne ailleurs. Quelquefois, ils passaient sans rien dire ou commentaient le décor de la salle du conseil sans même nous regarder...

Un bonnet rouge et sale a été posé sur les jolis cheveux bouclés de mon frère. Il le porte, acceptant en silence tous ces commentaires sur sa beauté ou son charme... Ma mère s'est vu offrir une potence miniature avec une poupée pendue et ces mots inscrits : « Marie-Antoinette à la lanterne. » Puis un cœur de bœuf sanguinolent a été jeté sur cette même table. Une étiquette y était plantée : « À bas les Bourbons. » La reine n'a pas cillé. Le défilé a continué durant cinq heures, voire plus... Enfin, Santerre a donné l'ordre aux derniers Parisiens venus contempler le spectacle d'évacuer la salle... Il était attendu à son comité de section ! Ses derniers mots m'étaient destinés, me montrant du doigt, il a demandé à ma mère mon âge et s'est attiré cette réponse cinglante : « Ma fille a l'âge où l'on ne sent que trop de pareilles scènes ! »

La foule a reflué et nous nous sommes réfugiés dans les bras les uns des autres, pendant que nos dames de compagnie remettaient de l'ordre dans les appartements bousculés par tant de monde... Mes parents, cette nuit-là, ont peu dormi. Je me suis écroulée dans ma chambre, tandis que Tourzel calmait mon frère très agité. J'ai plongé tard, très tard, dans un sommeil lourd, proche de la léthargie. Je n'avais pas envie de me réveiller et encore moins d'agir comme s'il ne s'était rien passé la veille. Ils allaient revenir. Il faudrait de nouveau les affronter en silence, avec froideur et courage, en attendant une hypothétique délivrance venue d'ailleurs.

Par la suite, ma mère a réitéré ses demandes à toutes les cours d'Europe. Elle a supplié Mercy, l'ambassadeur d'Autriche, qui l'avait suivie de Vienne à Paris et qui était resté à ses côtés pendant vingt ans, de « faire vite » pour nous soustraire à nos ennemis. C'était demander aux armées autrichiennes de vaincre les armées françaises, d'envahir le territoire national et de pénétrer dans Paris ! Pressée de sauver ses enfants, elle reconnaissait devoir sa survie aux ennemis de sa nouvelle patrie. Dilemme insupportable. Nous attendions, soudés les uns aux autres, notre fin prochaine. Le roi se taisait. Pas une parole n'est sortie de sa bouche durant les dix jours qui ont suivi les émeutes de juin, excepté les annonces qui soutenaient sa partie de trictrac du soir avec sa sœur Élisabeth : « Doublets ! Dame touchée ! Dame jouée ! »

« Madame Veto avait promis de faire égorger tout Paris », ces couplets révolutionnaires m'assaillaient dès que je sortais dans le jardin. Finalement, nous avons cessé de nous montrer. Il a alors fallu nous habituer, par cet été brûlant, à vivre à l'intérieur de ce palais où régnait une ambiance détestable, espionnés par les gardes nationaux et les domestiques. Ma mère n'essayait même plus de me rassurer en promettant la fin des désordres. Elle me serrait juste la main très fort comme pour éloigner mes angoisses, mais aussi les siennes... Mousseline la sérieuse avait grandi et elle pouvait

tout entendre, contrairement à mon frère, « chou d'amour », qu'il fallait rassurer en minimisant les événements.

J'avais beau voir, sans tout comprendre, la royauté se débattre contre un peuple qui ne voulait plus d'elle, je n'en restais pas moins une jeune fille de treize ans hantée par la peur ! Peur du bruit, des hurlements des Parisiens, que nous entendions de toutes les pièces du palais. Ils campaient place Louis-XV ou sur le quai des Tuileries et en souhaitant notre mort prochaine. Nous ne pouvions que fermer nos fenêtres pour éviter les projectiles. J'avais deux ennemis à combattre : le jour, la foule – dès que je voyais un groupe s'avancer vers nous, je manquais de m'évanouir – et la nuit, avec son cortège d'ombres. Je rêvais de hordes sanguinaires qui rentraient dans ma chambre et me tuaient à coups de hache... Je me suis réveillée une nuit en hurlant : je venais de voir les têtes de ma mère et de la princesse de Lamballe sur des piques ! À partir de ce soir-là, des gouttes de valériane m'ont assuré un sommeil nauséeux ininterrompu. Lamballe est allée, sans rien me dire, converser avec la reine, puis m'a demandé la permission de dormir avec moi, car elle craignait déjà de rentrer dans son hôtel à Chaillot. Nous n'étions pas dupes de ce mensonge, mais son sourire enchanteur nous a servi de pacte du silence. Lorsque nous ne parvenions pas à dormir, elle me racontait ses souvenirs de jeune fille, son mariage avec le prince de Bourbon, ses premiers pas à la cour, sa rencontre avec ma mère...

Les traits de Marie-Thérèse se détendent enfin à l'évocation de ces jours heureux.

Grâce à elle, j'ai su les détails de l'arrivée de la Dauphine Marie-Antoinette, en 1770, sa popularité dans les premiers mois, sa bonne entente avec Louis XV, ses disputes avec la favorite du vieux roi, Mme du Barry, le bonheur éprouvé lors de ma naissance tant attendue... La reine redevenait une jeune fille enjouée, une amie délicieuse, gaie, tolérante, attentive aux autres. Lamballe évoquait leur amitié, sa propre rivalité avec les ambitieux Polignac, la manière dont la jeune reine avait imposé de garder ses enfants auprès d'elle au mépris des règles édictées par Louis XIV. J'ai tout appris : son besoin de plaire, son énergie, sa peur de vieillir, son dédain des courtisans, jusqu'à son ignorance des choses d'argent ! Chaque soir en m'endormant, je rêvais d'elle en jeune princesse comblée dans l'apparat de Versailles...

Mais ses traits se figent de nouveau :

Hélas, le matin, je la retrouvais, vieillie, figée dans ses robes blanches informes, ses cheveux retenus par un simple bonnet. Elle cherchait à nous cacher son angoisse en restant distante et je devais la suivre sagement dans ses prières, ses travaux de tapisserie et ses maigres repas. Toujours selon le bon plaisir de son époux, la reine avait accepté de s'installer dans l'appartement du Dauphin, mieux protégé en cas d'agression. « Chou d'amour », inconscient des raisons de ce rapprochement, se précipitait dans ses bras et la couvrait de mots tendres et de baisers. Je crains que ce rituel du matin ne soit devenu le seul moment acceptable de sa journée de mère ! Mon frère se rapprochait d'elle, tandis que je m'en éloignais.

Tout au long du mois de juillet 1792, je l'ai observée : elle vivait avec cette idée qu'elle ne pourrait peut-être pas empêcher la mort de nous atteindre. Elle l'espérait pour elle, pour fuir ce monde horrible, mais pas pour ses enfants, et cette angoisse la dévorait nuit et jour. Nos parents s'entretenaient parfois sur le sens à donner à leur destin. Pour le roi, le malheur faisait partie intégrante des obligations d'une famille royale. La reine s'insurgeait contre cette philosophie fataliste et réclamait pour tous les enfants du monde, y compris les siens, le droit au bonheur et à l'innocence. Elle nous assurait qu'il nous restait un espoir, sa famille, qui n'allait pas tarder à nous sortir de ce mauvais pas... La princesse Élisabeth, moins crédule, interrompait sa belle-sœur et nous engageait à prier pour le salut de nos âmes ! Si la France voulait du sang, des piques et des bonnets rouges, moi, je voulais juste retrouver mon pays d'antan et revoir mon château de Versailles.

— Je n'ai guère changé, ma chère Renée, remarque la princesse en arrêtant son récit. Aujourd'hui, pour supporter ma nouvelle vie à Paris avec ce retour dans ce maudit palais des Tuileries, je me réfugie comme de coutume dans mes songes. Nul autre que vous ne connaît ce désir, mais il me maintient en vie depuis que j'ai touché le sol de France... Je veux m'installer à Trianon et réhabiliter enfin la mémoire de mes parents. Mais je vois que vous êtes épuisée. Vous êtes pâle à faire peur... Et moi, une écervelée égoïste, qui parle sans prendre soin de vous.

— Mais non, proteste Renée : un verre d'eau suffira à me redonner des couleurs. Il faut que nous poursuivions.

— C'est hors de question. Rentrez vous reposer. Mon passé peut fort bien attendre. Je dois, demain, accompagner le roi lors d'une visite à Bordeaux où m'attend mon époux.

— Mais, quand nous reverrons-nous ? demande Chantereine désarçonnée.

— Je ne sais pas. Je vous ferai signe dès mon retour, je vous le promets.

— Je pensais vous apporter, demain, le manuscrit que nous avions rédigé au Temple.

Devant la mine dépitée de sa lectrice, la princesse s'approche d'elle et la regarde avec bienveillance.

— Allons, Reinette, ne soyez pas affligée. Je vais revenir et je recevrai, dès mon retour, la personne qui a veillé à sa conservation et la récompenserai, je vous le promets.

11

La brouille

La duchesse d'Angoulême n'a pas osé avouer à Renée qu'elle serait absente tout le mois de juillet. Pour se faire pardonner, elle lui fait déposer le lendemain, à son domicile, une corbeille de fruits garnie des premières fraises et des premières cerises provenant du sud de la France. Dans une lettre presque tendre, elle prie Chantereine de profiter de l'été à Paris et l'assure qu'elle lui donnera régulièrement de ses nouvelles.

Il n'en sera rien. Pendant plusieurs semaines, la vieille dame ne reçoit aucune missive. Elle doit se contenter de suivre le voyage de la duchesse d'Angoulême dans la presse favorable au régime, qui rapporte jour après jour les témoignages de fidélité des provinces visitées par la famille du souverain.

En août, un mot laconique lui parvient enfin. De cette écriture restée malhabile, la duchesse annonce que, ayant subi plusieurs malaises et indispositions dans le cours de l'été, ses médecins lui ont conseillé d'accepter la proposition de la comtesse de Saint-Aldegonde de l'accompagner aux thermes de Vichy.

Aux premiers jours de septembre, Renée s'est imaginé ne plus la revoir. Or, un courrier l'informe bientôt qu'elle est attendue pour le lendemain, et que la présence de

Roselyne Debord, couturière, est souhaitée, avec le manuscrit.

Chantereine se rend aux Tuileries et descend du carrosse, dans la cour, avec, sous le bras, un maroquin de cuir bouilli à la couleur fanée.

— Madame la Dauphine vous attend dans le salon bleu, lui annonce le comte de Montmorency.

Étonnée par ce changement de lieu, celui-ci étant réservé aux invités d'honneur, la vieille dame ne dit mot.

Elles se retrouvent enfin. Mais la duchesse d'Angoulême, au lieu de serrer la vieille dame contre son cœur, l'apostrophe durement :

— Mais où est l'autre femme... cette couturière ?

Interloquée, Renée se défend :

— Mme Debord est décédée, aux premiers jours d'août, alors qu'il faisait si chaud à Paris.

— Ah ! cela est fâcheux, marmonne la duchesse, je voulais la remercier de vive voix et lui remettre une bourse...

— Une bourse ? s'écrie, stupéfaite, Renée. Alors, le salon bleu, c'était pour elle ! Mais quand comprendrez-vous les Français, Madame ? Elle ne voulait pas d'argent, cette malheureuse femme !

— Mais calmez-vous !

— Elle vous a attendue, à ses risques et périls, persuadée que vous viendriez en personne la remercier... Mais non, la duchesse d'Angoulême avait fort à faire à se préoccuper d'elle, encore d'elle, toujours d'elle.

— Cessez !

— Pas le temps de répondre à mes lettres, les avez-vous seulement lues ? Pas le temps de penser aux Parisiens écrasés par la chaleur ! Alors, de là à imaginer que deux vieilles femmes puissent passer leur été à attendre le retour d'une princesse égarée dans ses souvenirs d'enfance, hurle Renée, ayant perdu son sang-froid.

La voix de Marie-Thérèse s'élève ; caverneuse, dans le salon, trop vaste pour leur tête-à-tête :

— Il suffit, madame. Donnez-moi mon manuscrit et retirez-vous !

Sous le coup de l'affront, Chantereine avance la main vers la duchesse, pour tenter un geste de réconciliation, mais la duchesse, implacable, déclare :

— Sortez, madame, ou je fais appeler mes gens...

Renée ne se souviendra jamais comment elle a pu quitter le salon d'apparat du palais des Tuileries. Elle sait seulement qu'elle est rentrée à pied chez elle sans les précieux carnets, humiliée et traitée comme elle ne l'a jamais été. Des jours durant, elle s'est cloîtrée chez elle, ne pouvant contenir le flot de ses larmes de détresse, au point d'espérer que la mort mette un terme à ses tourments.

L'automne s'est annoncé discrètement, avec ses soirées fraîches et un soleil pâle, puis s'est installé avec des matinées pluvieuses, rendant les levers de Renée affreusement douloureux. Son corps entier souffre de rhumatismes qui transforment tous les gestes quotidiens en une épreuve... Son cœur pleure la nuit, et crie sa rage le jour, d'avoir échoué si près du but qu'elle a toujours cherché à atteindre sans relâche : unir leurs deux destinées. Elle a été bien orgueilleuse d'imaginer l'amitié possible entre deux femmes que la naissance oppose ! « La Révolution n'a rien changé ! gronde-t-elle. Je suis une femme du peuple, elle est princesse de sang royal et elle n'a pas supporté ma franchise. Cette fierté l'a peut-être sauvée au Temple, mais la tuera aux Tuileries... »

Ses voisins ont remarqué la mine défaite de Chantereine, mais ils n'ont pas osé le moindre commentaire. La vieille dame quitte rarement son appartement et délaisse ses actions charitables. Ne supportant pas sa propre souffrance, comment pourrait-elle soulager celle des autres ?

Louis XVIII, malgré les charges du royaume, a lui aussi décelé le manque d'entrain de la Dauphine et son isolement chaque jour plus inquiétant. Les silences marqués de la duchesse d'Angoulême, ses brusqueries de langage, ses façons odieuses vis-à-vis des dignitaires de l'Empire et son humeur atrabilaire en font désormais un personnage peu apprécié, mais respecté pour quelque temps encore. Personne, pas même son mari, ne parvient à établir avec elle un semblant d'intimité, et chacun s'en tient désormais aux compliments d'usage et aux considérations anodines sur le temps, anormalement doux en ces derniers mois d'une année mouvementée. Un soir, l'oncle convoque la nièce dans l'intimité de ses appartements privés pour la supplier de cesser ses oraisons en solitaire dans la chapelle des Tuileries et de reprendre son rôle de régente. La mine fermée, la duchesse ne lui répond pas, ce qui oblige le roi à lui déclarer sans ambages que son attitude hostile vis-à-vis des Français ne l'aidera pas à réhabiliter la mémoire de ses parents. Persuadé que l'amour porté par la princesse à sa mère défunte l'emportera sur son mal-être et qu'elle se rangera enfin du côté de leurs intérêts communs, il ajoute :

— Si les Parisiens ne vous connaissent pas, ils ne vous aimeront pas et continueront à détester votre mère. Réfléchissez, ma nièce.

Touchée au fond de l'âme, Marie-Thérèse capitule. Elle promet de s'amender et convient de reparaître aux réceptions données dans la salle du trône, et même de participer aux préparatifs du sacre de Louis XVIII à Reims, dans la tradition des Bourbons.

Dans le silence de la nuit, Marie-Thérèse s'affole à l'idée de devoir honorer sa promesse et, pire encore, sans le soutien de Chantereine, la seule à lui témoigner de la compassion face à sa terreur de la foule. Elle prend enfin conscience de l'absurdité de leur séparation et regrette de l'avoir congédiée si brutalement.

N'arrivant toujours pas à trouver le sommeil, elle se rappelle qu'un jour, un curieux message lui était parvenu aux Tuileries. Dans le désordre de son courrier, elle n'y avait pas prêté attention. Une seconde lettre adressée, cette fois directement au roi, lui avait pourtant été remise par le fidèle Montmorency.

Cette missive stipulait qu'en 1808, l'empereur Napoléon s'était décidé à faire abattre la tour du Temple. Trop de souvenirs, de légendes, étaient incompatibles avec ce nouveau régime. Un des maçons, nommé Benoît, en charge de la destruction, avait trouvé entre deux pierres une petite croix en or avec une fleur de lys gravée. L'homme avait conservé la relique, persuadé qu'elle appartenait à la famille du dernier roi.

Un matin d'octobre, reçu dans le salon de la paix par la duchesse d'Angoulême et son époux, il avait remis avec une émotion extrême le petit bijou, en espérant, avec tous les courtisans présents, que la duchesse dévoilerait l'histoire de cette croix. Mais la fille de Louis XVI avait déçu : elle avait remercié maladroitement cet homme, qui rêvait de lui baiser la main. Puis elle avait déposé l'objet dans un tiroir de son secrétaire, avec les reliques de ses parents.

Ce soir, comme tous les autres soirs, elle interroge sa mémoire capricieuse. Elle n'a aucun souvenir de cette croix, mais cet incident l'a marquée. À qui était-elle ? Qui l'avait cachée entre deux pierres ? À quel moment ? Peut-être a-t-elle évoqué cet objet durant ses tête-à-tête avec Chantereine ? Croyant trouver la réponse dans ses mémoires, elle se saisit du manuscrit où l'écriture régulière et appliquée de celle qui a noté fidèlement chaque souvenir de sa détention la bouleverse. Mais la lecture ne répond pas à sa question.

Une semaine après l'entretien accordé au maçon Benoît, le mystère reste entier. De guerre lasse, Marie-Thérèse demande au fidèle Montmorency de faire chercher Mme Chantereine à son domicile, pour une audience privée, ce jour du 15 octobre à dix-sept heures.

L'écuyer s'y rend, conscient que l'absence de la vieille dame aux Tuileries, depuis un mois, n'est pas étrangère aux sautes d'humeur de la duchesse. Il lui faut un long moment pour persuader la vieille dame de se rendre à la convocation. Renée, fatiguée, l'allure négligée, n'espère plus qu'une seule chose, que Dieu veuille bien la rappeler très vite à lui. Elle avoue au fidèle chambellan qu'elle n'a plus aucun courage et ressent désormais une véritable détestation pour les Tuileries, où chaque entrevue avec la duchesse d'Angoulême l'a éloignée du souvenir merveilleux qu'elle veut encore conserver de la fille de Louis XVI.

Montmorency ne veut rien entendre de cette querelle de femmes et lui répète :

— Sa Majesté a besoin de vous et vous attend...

Renée finit par accepter, mais se jure, en son for intérieur, que cette rencontre avec la duchesse d'Angoulême sera la dernière.

À dix-sept heures, Montmorency introduit dans le petit salon des appartements privés de la duchesse Chantereine que la séparation a cruellement marquée. Dès qu'elle la voit, Marie-Thérèse s'alarme de son état, et, spontanément, se jette dans ses bras. Partagée entre la joie de la revoir et l'inquiétude pour sa santé, elle lui adresse des mots affectueux.

Sur la réserve et dominant son émotion, Renée affirme être en parfaite santé et s'étonne de sa présence en ce lieu. Marie-Thérèse, surprise que sa compagne de toujours ne lui ait pas pardonné leur dernière rencontre, est obligée de lui raconter l'incident de la croix et de faire appel à sa mémoire.

Renée s'en souvient parfaitement. Avec assurance, elle révèle :

— Je n'ai pas en mémoire d'avoir écrit l'histoire de

ce bijou, dans nos cahiers, peut-être ne le vouliez-vous pas. Peu importe, la croix appartenait à votre tante Élisabeth, qui la tenait de sa mère, la princesse de Saxe... Vous m'avez raconté qu'elle priait chaque soir, car un Christ et une Vierge y sont gravés, en plus de la fleur de lys. Après le départ de votre mère, les conditions de détention ont été encore plus rudes et votre tante la cachait entre deux pierres pour éviter les fouilles de nuit...

La duchesse redevient progressivement la jeune fille que Renée a connue au Temple. Oubliant le maintien qui lui est imposé, elle se détend et sa voix prend un timbre presque plaintif.

— Alors, Reinette, pourquoi ne puis-je me souvenir de ce détail ?

— Je ne connais pas la réponse, mais peut-être pourrions-nous intégrer dans vos mémoires ce souvenir...

— Feriez-vous cela pour moi ? interroge anxieusement Marie-Thérèse.

— Je suis fatiguée, Madame... Fatiguée d'attendre, et d'être à votre disposition lorsque bon vous semble. Mon dévouement pour vous était trop exagéré, et même (elle s'interrompt un instant avant d'oser) trop filial !

— Ne vous ai-je pas proposé de vivre à mes côtés ?

— En effet, j'ai refusé, ayant la prétention de croire que vous aimeriez vous rapprocher de moi et des Parisiens, mais je me suis trompée !

— Ce que vous me demandez m'est impossible ! Ce peuple que vous aimez tant, je le hais ! Si Dieu avait voulu me donner des enfants, peut-être ceux-ci auraient-ils su se rapprocher des Parisiens... Mais, moi, je n'y parviens pas. Seuls mon savoir-vivre et mon éducation masquent mon dégoût pour ces gens.

— Mais vous, Madame, qui êtes si croyante, comment pouvez-vous vivre dans la haine ?

— Vous avez tout compris, Chantereine, je hais le

jour, je pleure l'après-midi, je m'évanouis le soir, je prie la nuit.

La duchesse se met à répéter ces mots, à les moduler comme une rengaine, qu'elle parvient même à fredonner. Renée comprend que l'esprit de Marie-Thérèse est au bord de la démence et que, laissée seule, elle pourrait y sombrer.

C'en est trop pour Renée, qui l'interrompt :

— Non, je vous en prie... Je vous ai ramenée à la vie une première fois au Temple, je ferai de même ici, dans ce palais que nous détestons, vous et moi.

— Et comment voulez-vous me guérir ?

— Nous allons finir d'écrire ces souvenirs. Ils seront publiés et les Français apprendront à vous aimer, une fois ce travail terminé, propose Chantereine d'une voix ferme.

— Nous irons ensuite nous installer à Trianon ? interroge la jeune femme comme une enfant.

— Auparavant, vous irez vous recueillir sur la tombe de vos parents.

— Comme vous savez lire dans mes pensées, Reinette. C'est mon souhait le plus cher et le seul qui me fasse tenir à la vie.

— Et le mien était de vous revoir.

Reconnaissante, la princesse retrouve le sourire et tend ses bras à la vieille dame pour la serrer contre son cœur.

— Viendrez-vous demain finir ces mémoires ?

— Si Dieu me prête vie, nous les achèverons.

— Alors à demain, Reinette.

12

La fin d'un monde

Dans un secrétaire à la délicate marqueterie de bois de citronnier, quelques feuillets sont déposés jour après jour à l'abri des regards. À la fin de l'automne 1814, le manuscrit relatant l'enfance de Madame Royale, devenue duchesse d'Angoulême, est presque terminé.

Dans quelques jours, les deux femmes auront achevé leur récit. Ce samedi, elles poursuivent leur travail. Elles ont modifié leurs habitudes en rapprochant leurs fauteuils de la cheminée. Le temps venant, Renée souffre du froid autant que la princesse qui est restée frileuse depuis son incarcération.

Tout en attisant le feu, la duchesse se remémore :

Nous savions que les insurgés allaient arriver ! Ils avaient promis de revenir. En juillet, l'Assemblée et le roi se sont encore affrontés, le 5 août, à propos de l'abolition de la royauté. L'énergie que ma mère avait mise à convaincre les pays voisins de nous venir en aide se soldait par la publication d'un manifeste. Le général en charge de l'armée autrichienne menaçait Paris de destruction, si le moindre mal était fait à mes parents. L'Autriche, notre éventuel sauveur, devenait en un instant, par le courrier du duc de Brunswick, l'instigateur de notre perte. Les Parisiens, ivres de rage qu'on leur dicte leur conduite, marchaient de nouveau vers nous pour se défaire de leur roi et nous exterminer. La foule, cette fois-ci, connaissait les lieux, avait mémorisé nos visages. Ils seraient mille fois plus nombreux et surtout mieux organisés que précédemment.

Il était minuit lorsque j'ai été réveillée par toutes les cloches des églises de Paris sonnant le tocsin. Vers une heure du matin, Mme Campan est venue frapper à ma porte ; elle m'a demandé de me vêtir et de rejoindre les appartements du roi. Que doit-on mettre pour rencontrer, peut-être, ses futurs bourreaux ? Ma tenue de la veille, une robe de cotonnade déjà chiffonnée ! J'ai dû me présenter devant mes parents et les quelques fidèles tous épuisés par une nuit sans sommeil... Le bruit se rapprochait, toujours identique : sonneries des cloches, tambours et chants. Le roi a décidé de rencontrer les troupes chargées d'assurer notre sécurité. Il s'est dirigé vers le jardin, escorté de quelques gentilshommes : Saint-Priest, Viomesnil, Boissieu... De la fenêtre, je l'ai vu et entendu accueilli aux cris de : « Vive Pétion, vive la Nation, à bas le roi ! » Au loin, j'apercevais la foule surgir de toutes parts et envahir la place Louis-XV et les quais des Tuileries. Nous allions être encerclés par une masse de têtes portant des bonnets rouges et des piques. Plusieurs colonnes traînaient des canons qu'ils pointeraient en direction des portes du palais !

À peine remonté dans ses appartements, mon père s'est montré à ses grenadiers rangés de long de la galerie des Carrache. Ils ont présenté les armes. Ils n'étaient que cinq cents, au lieu des huit mille promis par l'Assemblée. Un silence de mort s'est ensuivi et nous avons pu entendre l'entrée de la foule criant sa colère contre mon père. Soudain, un homme a grimpé sur une statue et s'est mis à hurler en direction des fenêtres. Il a bientôt été remplacé par une créature à la chevelure rouge vêtue en amazone, qui s'est mise à crier à son tour. Son visage déformé par la haine m'a impressionnée.

Le roi voulait protéger sa famille. Il s'est alors adressé au procureur Roederer, seul député et seul membre de l'Assemblée présent : « La défense est impossible, Sire : il n'y a qu'un petit nombre de gardes nationaux sur lesquels on puisse compter. Il faut vous réfugier au sein du corps législatif. »

Fallait-il renoncer à sa dignité et à son courage pour un combat perdu d'avance, en fuyant à travers les jardins des Tuileries ? Fallait-il abandonner tous ceux qui étaient prêts à donner leur vie pour nous ? Ma mère a trouvé l'aplomb nécessaire pour lui dire :

« Qu'on me cloue sur ces murs avant que je ne consente à les quitter !

— Si vous vous opposez à la mesure que je vous propose, vous répondrez de la vie du roi et de celle de vos enfants », a répliqué sévèrement le député.

Mon père ne disait mot. Finalement, ma tante Élisabeth s'est adressée au procureur :

« Monsieur Roederer, répondrez-vous de la vie du roi ?

— Oui, madame, comme de la mienne ! »

Le roi, alors, s'est levé et nous a dit, les yeux embués de larmes : « Je vais donner cette dernière preuve d'amour à mon peuple. Marchons ! »

Il voulait, au prix de sa vie, empêcher un bain de sang entre Français. Nous avons quitté précipitamment nos appartements, sans prendre le temps de réunir quelques effets ou de dire adieu à tous nos compagnons d'infortune. Le roi s'est tourné une dernière fois vers ses gardes, les a suppliés de se retirer. Nous sommes descendus par l'escalier d'honneur où la foule des insurgés nous attendait déjà. Les hurlements ont redoublé dès qu'ils nous ont vus. Les insultes pleuvaient, surtout à l'encontre de ma mère, à laquelle on promettait une mort ignoble. Roederer a tenté de calmer la foule ; il y est parvenu, Dieu sait comment. Il a organisé une haie avec la garde nationale pour nous permettre de traverser les jardins, puis de rejoindre le couvent des Feuillants devenu le siège de l'Assemblée.

L'horreur a été crescendo : je ne réussissais plus à avancer la tête haute. J'ai vu les têtes de personnes que j'aimais transformées en boules sanguinolentes sur des piques agitées par des monstres fiers de leurs trophées. J'allais m'évanouir, j'allais tomber... là, devant eux. Le bras très ferme de ma tante Élisabeth m'a soulevée du sol et m'a poussée devant elle, en m'encourageant : « Ne montrez pas votre peur, vous leur feriez trop plaisir ! »

Que n'avais-je l'âge de mon frère, lui qui avançait en tenant la main de notre mère, inconscient du danger ! Il jouait avec les feuilles déjà tombées au sol des marronniers comme si l'été s'achevait en ce jour du 12 août. Je cherchais vainement mon père des yeux, mais il était déjà loin, soutenu par une foule qui le poussait vers l'Assemblée. Mes jambes ne me portaient plus. Il me semblait rester sur place tant la foule me serrait de près. Certaines femmes s'adressaient directement à moi. Les unes me plaignaient d'être la fille d'un tyran, d'autres louaient ma bonne tête, ou mes boucles, tandis que d'autres me traitaient déjà de « fille de catin ». Devant la porte du manège, je croyais notre calvaire achevé ; en réalité, il commençait.

C'en est trop pour la vieille dame qui lâche la plume, se frottant les yeux pour chercher à effacer les images décrites vingt ans après par celle qui les a vécues. Elle ne peut pas aller plus loin dans la retranscription des mémoires aujourd'hui. Elle prie donc la princesse de lui accorder un peu de répit. Sans l'écouter, celle-ci continue :

Il n'y a pas un lieu dans ces maudites Tuileries où je ne revoie des armes, ou je n'entende des injures obscènes, ou je ne sente l'âcre odeur du vin et du sang mêlés.

— M'écoutez-vous, Renée ? demande la duchesse agacée devant l'immobilité de sa lectrice.

— Pardonnez-moi, Madame, mais je ne peux poursuivre tant j'ai de la peine à supporter la violence de votre récit. Je préférerais le reprendre plus tard.

— Pardon, j'ai été submergée par mes souvenirs.

— Ne vous inquiétez pas, je vais vous laisser et je vous rapporterai vos propos retranscrits, fidèlement j'espère...

— Quand ? demande la duchesse, inquiète.

— Nous sommes samedi et j'imagine que vous passerez le dimanche avec votre oncle.

— Nous nous reverrons alors en fin de semaine prochaine, car lundi, je reçois votre amie de toujours Mme de Tourzel ! annonce Marie-Thérèse avec un sourire.

— En effet il vaut mieux que je ne sois pas présente, car votre ancienne gouvernante ne salue que les gens qu'elle a côtoyés à Versailles !

— Eh bien, Renée, voilà des propos fort peu chrétiens qu'il vous faudra vous faire pardonner ! Vu le nombre impressionnant de courtisans que la Révolution a guillotinés et le nombre d'années qui nous séparent de l'Ancien Régime, Mme de Tourzel, aujourd'hui, doit avoir un auditoire fort restreint...

— Ne puis-je revenir avant ?

— Ce sera difficile car le roi me fait assister à des réunions tenues secrètes. À vous, Reinette, je dois la vérité : nous recherchons les corps de ma famille et comptons organiser leur transport à Saint-Denis, pour la date anniversaire de la mort du roi, le 21 janvier. Il nous faut faire vite.

— Je les croyais au cimetière de la Madeleine, s'étonne Renée.

— Les fouilles ne donnent rien ! Nous n'avons aucune preuve formelle que les corps décapités de mes parents aient été jetés dans une fosse commune d'un cimetière parisien. Ma pauvre mère ! J'aurais vraiment désiré qu'elle repose à Trianon, près du temple de l'Amour. Quant à mon frère, c'est encore pire. Personne ne sait où il se trouve et les rumeurs les plus folles circulent. Je sens bien pourtant qu'il est mort.

13

Le rêve

En ce lundi d'octobre 1814, une femme, vêtue d'une tenue de l'Ancien Régime, se présente devant la duchesse d'Angoulême et effectue une profonde révérence, malgré ses infirmités. Madame la Dauphine aide Mme de Tourzel à se relever et lui prend les mains en signe de bienvenue. Sa mine sévère l'empêche, comme dans son enfance, de l'embrasser.

Elles ne se sont pas revues depuis la prison du Temple en 1795. Pendant l'exil, l'ancienne gouvernante a réussi à faire parvenir quelques lettres rassurantes sur son sort. C'est ainsi que Marie-Thérèse a appris que Pauline de Tourzel, compagne de son enfance, s'est mariée avec le comte de Béarn, un des nombreux aristocrates à avoir rallié la cause napoléonienne.

Aujourd'hui, après une messe donnée en mémoire de Louis XVII, Mme de Tourzel, en gage de sa fidélité, a été nommée duchesse. Cette distinction, la dame de la cour l'a reçue avec fierté et émotion ; dans le salon privé de la princesse, elle tente de reprendre une relation interrompue par l'exil, il y a presque vingt ans... La conversation s'anime lorsque Mme de Tourzel lui fait part de son souhait de s'entretenir avec elle d'un sujet particulier.

— Je vous écoute.

— J'ai commencé, sentant ma fin prochaine, la rédaction de mes mémoires...

— Bien, l'interrompt Marie-Thérèse, que cette initiative contrarie, sans pour autant l'exprimer.

— En tant que gouvernante des enfants de France de 1789 à 1795, prononce avec emphase la vieille dame, j'ai vu tous les événements qui ont conduits à la chute de la monarchie. Je viens vous demander, Madame, l'autorisation de témoigner.

— Comment pourrais-je vous en empêcher ? répond-elle.

— Je voudrais réhabiliter le roi et la reine de France, en attendant leur canonisation par l'Église de Rome...

— Je ne doute pas de la bienveillance de votre démarche et je serai enchantée de vous lire. J'imagine que votre fille Pauline donnera aussi sa version des faits !

— Bien sûr, Madame... Puis-je avoir votre consentement ?

— Comment ne pas vous le donner, surtout après la distinction que vous venez de recevoir ? ajoute Marie-Thérèse d'un ton sec. Mais puisque votre mémoire est intacte, permettez-moi de vous interroger. J'ai fait un curieux rêve cette nuit et je souhaiterais votre assistance, car ma mémoire me fait souvent défaut.

— Si je peux être d'un secours quelconque...

— Il m'est revenu une image de mon enfance, à Versailles, je crois, mais je n'en suis pas sûre... Des rires, du bruit, mais dans la douceur.

— Où étaient ces rires ? À Trianon, peut-être ?

— Dans une pièce magnifique, décorée de colonnes, de guirlandes et de boiseries.

— Etait-ce un décor doré ?

— Je ne crois pas, je le vois peint de couleurs claires, un sol en marbre, et de grandes fenêtres entre les colonnes. Il y a du monde autour de la reine. Les robes sont légères, mais les coiffures sophistiquées et somptueuses ! Une fête peut-être...

— Le roi était-il présent ?

— Non, et pourtant toute la conversation tourne autour de sa personne.

— La salle était-elle ronde au rez-de-chaussée ?

— Je ne sais pas.

— Ce n'était pas au château. Il s'agit sûrement du pavillon devant le Petit Trianon, où votre mère recevait ses amis.

— Est-il possible que, enfant, j'aie pu assister à ces soirées ?

— Je ne sais. Je me plaignais fort du relâchement des horaires et du désordre dont était responsable la duchesse de Polignac, grande organisatrice des fêtes de votre mère !

— Polignac ! Voilà un nom toujours décrié !

— Il est vrai qu'elle et sa famille ont eu une influence néfaste sur votre mère. Il a fallu la banqueroute du duc et le début de la Révolution pour que la reine s'éloigne enfin d'eux et me nomme à sa place comme gouvernante.

— Est-il vrai qu'elle fut la première à émigrer ?

— En juillet 1789, me semble-t-il. Elle aurait cédé à la demande de la reine qui craignait pour sa sécurité.

— À sa place, ma chère Lamballe n'aurait jamais consenti à partir !

— Je vous l'accorde aisément. Revenons à votre rêve... Vous y étiez assurément, malgré votre jeune âge.

— Tout en vous parlant, mon souvenir se précise : je suis dans un coin de cette grande pièce et je récite à haute voix un compliment devant les invités. Une femme très belle, mais fardée à outrance et enceinte, propose à la cantonade d'avancer toutes les pendules d'une heure ! Ils rient tous à gorge déployée, mais je ne perçois pas la réaction de ma mère. Après, je ne sais rien, si ce n'est que j'associe ce rire collectif au nom de Polignac.

— L'énigme est facile à résoudre pour moi qui ne

vous quittais guère. Le roi ne dormait pas à Trianon. Les soupers ou les fêtes se déroulaient souvent dans le pavillon, dit « de la nouvelle ménagerie », durant la belle saison. Les festivités que Sa Majesté honorait de sa présence n'avaient pas la même gaieté et il souffrait de voir sa femme et son frère Artois succomber à la folie du jeu ! La duchesse de Polignac a eu l'idée d'avancer d'une heure les pendules pour que votre père quitte la fête plus tôt et que le jeu puisse reprendre.

— Quelle insolence ! D'autant que j'imagine que si vous avez eu vent de cet affront, mon père en a eu connaissance !

— Je le crains, mais son amour pour son épouse le rendait indulgent. La première révolution que votre père a eu à affronter a été celle de sa cour et de ses courtisans. Ce sont eux qui ont commencé à critiquer et à se moquer de leur roi.

— Et la reine ?

— Elle n'a pas imaginé le risque qu'il y avait à désacraliser la fonction royale, en essayant de vivre loin d'un protocole qu'elle ne supportait pas mais qui la protégeait.

— J'ai relu, en exil, les lettres magnifiques de ma grand-mère l'impératrice Marie-Thérèse à sa fille. Mon aïeule avait compris le danger de se retrancher dans une petite fraction de la cour et de se moquer des règles de la morale et de la religion. Pourquoi ma mère s'est-elle laissé influencer ?

— Elle était trop jeune pour résister à la fausseté du monde courtisan. Votre mère s'est assagie dès la maladie du Dauphin, mais il était trop tard... Les malheurs commençaient. Le goût de la liberté et de la licence s'était répandu !

— Madame, je vous remercie, car vous êtes parvenue, en partant d'un de mes rêves, à m'expliquer l'origine de la Révolution. La liberté n'est pas toujours bonne pour le peuple, je saurai m'en souvenir.

14

L'enfermement

La semaine suivante, Chantereine et Marie-Thérèse reprennent leurs places habituelles dans le salon : la vieille dame assise devant le secrétaire et la duchesse dans une bergère proche de la fenêtre. Cette dernière peut se lever de temps à autre pour admirer la Seine sans interrompre son récit. Elle revient sur cette horrible date du 10 août 1792 :

À la fin de cette journée, nous n'étions pas morts. Nos têtes n'étaient pas sur des piques ! Ma famille et moi n'avions pas été déchiquetées par le canon et pourtant, je mourais de peur...

Nous avons été parqués dans la loge du logographe, sous la tribune, avec mes parents, mon frère, Mme de Lamballe et Mme de Tourzel. Installés sur des banquettes, nous étions si serrés que l'air nous manquait. Où avons-nous trouvé la force de résister ?

Pendant que nous étions entassés dans ce réduit, condamnés à écouter sans bouger les vociférations des députés contre la royauté, mon père vivait ses dernières heures de roi. Ses traits étaient affaissés par le manque de sommeil et ses yeux vides trahissaient son immense tristesse. Il écoutait les députés lire les pétitions demandant son bannissement, son emprisonnement ou sa mort, sans tressaillir, à l'exception des attaques visant la reine. À ce moment-là, son visage se couvrait de rougeurs, signe d'une colère intérieure qu'il parvenait encore à contenir. Ma mère se tenait à ses côtés et le regard fixe. On pouvait penser qu'elle n'entendait rien, qu'elle n'était pas là... Elle caressait machinalement la nuque de son fils endormi sur ses genoux, qu'aucun cri ne semblait réveiller d'une torpeur due à la fatigue, la peur et l'incompréhension. La petite cage qui nous contenait était séparée de l'Assemblée par une grille que certains députés ont réussi à arracher pour mieux nous voir. Les portes de l'Assemblée s'ouvraient sans cesse à l'arrivée des trophées pris aux Tuileries : des lettres, des bijoux, du linge, de la vaisselle, apportés en triomphe au pied de l'estrade. À ce butin, s'ajoutait l'annonce régulière de l'arrestation d'un fidèle de la royauté... Chaque nom était accompagné de cris de joie, comme si la mort de ces malheureux allait arrêter la guerre aux portes de la capitale et assurer la paix !

Et puis, Mme de Lamballe, assise tout contre moi, s'est effondrée ! Ce malaise aurait pu la sauver, car elle a été transportée un moment loin de nous. Au lieu de demander à quitter ces lieux, à se fondre dans la ville et tenter de fuir, sitôt rétablie, elle n'a réclamé qu'une chose : reprendre sa place à nos côtés. En venant nous rejoindre, elle a signé son arrêt de mort. Mon père, en la voyant, est sorti de son mutisme pour prononcer ces mots pleins de civilité navrée : « Vous n'auriez pas dû revenir, princesse. » Elle lui a offert son plus joli sourire en guise de réponse, et moi, je lui ai pris la main et l'ai portée à mes lèvres. Je revivais. Avec elle près de moi, l'étau de la peur se relâchait.

L'Assemblée, visiblement, ne savait pas quoi faire de nous ! Nous étions pourtant bien dociles en écoutant ces messieurs demander notre mort et évoquer toutes les atrocités que nous avions commises. Eux-mêmes étaient bien embarrassés d'avoir un homme, quatre femmes et deux enfants à nourrir et à loger. Nous avions quitté les Tuileries sans le moindre effet... Nous devenions des transfuges sans bagages. La famille de France avait triste allure !

Le soir, nous avons été transférés au couvent des Feuillants. Au matin du 12 août, M. Pascal, un officier de la garde suisse, de la même taille que mon père, a réussi à nous faire parvenir des vêtements. Ma mère a reçu de la duchesse de Gramont du linge de corps et quelques effets. La reine a réparti entre ma tante et moi quelques affaires. J'ai pu, pour la première fois, me vêtir comme une femme, moi qui en rêvais depuis l'enfance. La comtesse de Sutherland, ambassadrice d'Angleterre, a elle aussi réussi à faire passer des habits pour mon frère qui n'a pas eu, cette fois-ci, à se déguiser en fille ! Ces gestes anodins, symboles de fidélité à la royauté, représentaient un immense danger que ces femmes avaient osé braver.

— Une Anglaise ! dit Renée en souriant, heureuse de faire diversion, tant le récit de ces journées d'août la met mal à l'aise. Elle se souvient trop bien de l'allégresse des gens de son quartier et de leur fierté d'avoir déposé un roi... Dans ces moments-là, les Parisiens imaginaient leur bonheur assuré par le mot « République » !

La duchesse poursuit, songeuse :

De ces trois jours, assis dans cette loge, et de nos nuits aux Feuillants, il ne me reste que des souvenirs confus. Mme de Tourzel avait laissé sa chère fille Pauline, notre compagne de jeux, depuis notre départ de Versailles. Notre gouvernante cachait son angoisse comme elle le pouvait, mais elle faisait peine à voir. Au bout de quelques jours, trois peut-être, les nouveaux gouvernants ont décidé que nous n'avions plus à assister aux débats et que nous devions être assignés à résidence. En entendant cela, j'ai eu peur que, dans leur cruauté, ils nous séparent, mon frère et moi, de nos parents. Lorsque j'ai su que nous allions au Temple, j'en ai été presque soulagée, d'autant que je venais d'apprendre que Pauline était vivante. En revanche, ma mère a pâli et chuchoté : « Vous verrez qu'ils nous mettront dans la tour, dont ils feront pour nous une véritable prison. J'ai toujours eu une sainte horreur de ce sinistre vestige des temps médiévaux, et j'ai prié mille fois M. le comte d'Artois de faire abattre ce monument. Je pressentais sûrement ce que nous aurions à y souffrir. »

Nous avons dû remonter dans une berline et traverser Paris sous les hurlements des Parisiens, qui ne se lassaient jamais de nous conspuer. Cette fois-ci, le voyage a duré trois heures pour faire une demi-lieue.

Les députés faisaient avancer les voitures au pas ou même les faisaient arrêter, afin de permettre aux curieux de s'approcher pour nous injurier, toujours aux cris de « traîtresse, bougresse, le peuple aura ta peau... ». Les gardes ont pris peur tellement la foule malmenait les attelages. Un officier a fini par sortir la tête et a demandé aux Parisiens de respecter la loi et de laisser aller les berlines. Ainsi, le roi n'existait plus ! Une fois le portail franchi, nous avons eu la surprise de découvrir notre prison illuminée, comme au temps des fêtes somptueuses du comte d'Artois ! Nous sommes descendus, stupéfaits, et Pauline a cru bon de me dire à voix basse que ces lumières présageaient peut-être de meilleures conditions qu'aux Tuileries !

— La suite vous la connaissez, ma chère Renée. Mon enfermement a duré trois ans, quatre mois et quatre jours !

Passé les lumières du dîner, nous sommes montés dans cette tour pour ne plus en redescendre. Je m'étais curieusement habituée à la solitude de ma vie, n'attendant plus rien de l'existence, quand vous êtes arrivée... Je me souviens de vous comme d'une femme sans âge, mais bien mise, qui a plongé dans une profonde révérence en cachant ainsi son visage. Une révérence en prison ! « Cette femme est folle et risque la guillotine », ai-je pensé. Votre apparition m'a effrayée, je voulais rentrer dans le mur, échapper à votre regard. Je vous ai entendue prononcer un mot interdit : « Madame »... Vous parliez et j'avais peur de vous écouter. Vous m'avez dit quelques mots comme ceux-ci : « Je suis venue vous tenir compagnie, Madame, si vous voulez bien de moi. Permettez que je reste auprès de vous et que je lie mon sort au vôtre. Je me nomme Mme Chantereine, pour vous servir. »

Mon esprit a bondi : était-ce encore un piège ? Vous m'avez regardée longuement, vous m'avez parlé de respect, de confiance. Vos yeux étaient gris et me rappelaient ceux de ma petite chatte. J'avais envie d'aller vers vous et j'avais peur à la fois. Mon cerveau n'arrivait point à fixer vos paroles. Vous parliez de changement de gouvernement, de volonté de réconciliation. Que pouvais-je y comprendre, moi qui entendais chaque soir les hurlements des factions sous ma fenêtre ? Puis vous m'avez appris que Robespierre avait été tué, et que les nouveaux maîtres de la France ne me voulaient aucun mal...

— Mais, permettez, dois-je retranscrire ce souvenir ? Notre première rencontre n'intéressera personne.

— Détrompez-vous. J'y tiens absolument : je crois que vous m'avez sauvé la vie et aujourd'hui, je peux vous en remercier. Vous aviez raison, il me fallait vivre et sortir de cette prison pour devenir alors aux yeux des Français la mémoire vivante de notre tragédie !

— C'est possible en effet, admet la vieille dame, si fière au fond de son cœur.

Un coup discret à la porte les interrompt. Montmorency, sans attendre l'accord de la duchesse, vient d'entrer et tout en s'excusant de sa démarche, annonce que la délégation de Vendée attend depuis deux heures pour être reçue. Agacée, Marie-Thérèse se lève et fonce vers le malheureux aide de camp qui, sentant l'orage arriver, recule nerveusement.

— Qui sont ces gens qui osent nous interrompre ? Ne savent-ils pas qu'en plus d'être froide et hautaine, je suis réputée pour être toujours en retard ?

Renée, très gênée par le ton agressif de la princesse, se lève aussitôt et annonce qu'elle doit partir. Le pauvre homme soulagé jette un regard reconnaissant à la vieille dame et lui propose même de la faire ramener ! La duchesse, vaincue, se déclare prête à affronter les regards curieux qui l'attendent. Elle fait promettre à Renée de reprendre leur entretien rapidement et lui adresse, sous forme de reproche, une remarque qui comble de bonheur la vieille dame :

— Reconnaissez que ce serait plus facile si vous viviez proche de moi !

15

Chauveau-Lagarde

Les jours suivants, la duchesse d'Angoulême a dû accompagner son mari tenu de représenter le roi Louis XVIII, cloué dans ses appartements des Tuileries par un accès de goutte. Si le duc accepte de parader au milieu des Parisiens, la duchesse, la mine renfrognée, consent de mauvaise grâce. Elle refuse, toutefois, d'embrasser les bébés présentés par leurs mères désireuses d'être touchées par la martyre du Temple. De ces sorties des Tuileries, elle revient épuisée, et même écœurée par les excès d'amour de ce peuple si versatile.

Marie-Thérèse regagne ses appartements soulagée d'y retrouver sa chère Chantereine, qui l'attend avec un nombre impressionnant de feuillets relatant les derniers souvenirs du Temple.

— À vous maintenant de les relire et de les corriger, pour qu'ils puissent être un jour prochain publiés. Je voudrais tenir le volume dans mes mains avant de mourir.

— Il est hors de question que vous puissiez me quitter. Vous êtes mon unique amie sur cette terre. Je m'attellerai à cette pénible lecture, je vous le promets. De mes années d'isolement, j'ai conservé un besoin viscéral de solitude. Il n'y a que dans le silence et seule avec moi-même que je trouve la force de supporter le monde. Vous, ma chère Renée, m'avez apprivoisée, je ne vous fais pas peur...

— Peur ? s'étonne Chantereine. Pourquoi aurais-je peur ?

— Depuis que j'ai quitté ma prison, les gens ont peur de moi. Cette peur qui m'a accompagnée pendant toutes ces années s'est métamorphosée, et je la transmets comme si elle était contagieuse. Je perçois leur malaise et cela m'est odieux. Reinette, dites-moi la vérité : est-ce que je porte malheur ?

— Allons, proteste Renée, comment pouvez-vous me demander cela à moi dont vous avez fait le bonheur ?

— Oublions, voulez-vous, nos errements et reprenons le sage parcours de la morne duchesse d'Angoulême. Je souhaitais votre présence, ce soir, car j'ai demandé à M. Chauveau-Lagarde de me rendre visite. Malgré son grand âge, je ne peux le recevoir seule, et j'aimerais que vous preniez en note ses paroles.

— Je le ferai volontiers, mais qui est-il pour que vous le receviez secrètement ?

— Ne me dites pas, Chantereine, que vous ignorez ce nom ?

— J'en conviens humblement...

— Il a été le défenseur de la reine et de ma tante au cours du procès.

L'homme qui entre a plus de soixante ans. Sa silhouette voûtée contraste avec la bonhomie de son visage et la jeunesse de son regard. Il paraît surpris de découvrir une femme très grande, vêtue d'une robe grenat qui la vieillit, et, près d'elle, un petit bout de femme insignifiante, sans les manières du monde, que la duchesse présente comme sa lectrice avant de lui proposer un siège.

— Madame, je vous suis infiniment reconnaissant de me recevoir en audience privée. Si vous le permettez, je vais rester debout quelques instants pour me réchauffer devant la cheminée.

— Craignez-vous le froid ? demande la duchesse.

— Je le crains, en effet, depuis que j'ai éprouvé les prisons de la République, avoue-t-il. La détention m'a fait connaître, en plus du froid, les vertus du silence, de la prière et de la résignation.

Renée, mise à l'aise par la simplicité qui se dégage du personnage, se permet d'intervenir :

— Vous partagez, monsieur, avec la duchesse, les stigmates de l'enfermement.

— Les Tuileries, précise Marie-Thérèse, sont une enfilade de pièces étroites impossibles à chauffer.

— J'imagine, répond l'avocat sur le même ton courtois, que vous voudrez vous installer à Versailles...

— À Saint-Cloud, à l'Élysée où réside Berry, partout sauf dans ces Tuileries peuplées de fantômes ! proteste aussitôt la duchesse.

Pour masquer le trouble que provoque chez lui cette surprenante confession, l'ancien avocat s'installe alors dans la bergère qui fait face à celle de la duchesse et pose sur un guéridon le sous-main de cuir rouge qu'il a apporté.

L'entretien peut commencer.

— Maître, je me réjouis que notre roi vous remette, demain, l'ordre de chevalier de Saint-Louis en récompense des efforts que vous avez déployés pour sauver la reine et la princesse Élisabeth. Vous êtes une des dernières personnes à avoir rencontré ma mère et je voulais entendre votre témoignage sur ses derniers jours.

— Je crains de vous décevoir, ayant fort peu côtoyé notre infortunée Reine. Quant à la princesse Élisabeth, je n'ai jamais eu l'honneur de lui parler. Lorsque Sa Majesté a été transférée du Temple à la Conciergerie, elle y a été interrogée en secret le 12 octobre 1793 par le président Herman du Tribunal révolutionnaire, un jeune protégé de Robespierre. Cet interrogatoire a porté sur six chefs d'accusation : ses relations coupables avec l'Autriche, ses dépenses excessives, son influence néfaste sur le roi, sa participation à la fuite de Varennes, le massacre des Tuileries, et enfin ses supposées tentatives d'évasion du Temple. La reine a répondu sans jamais se départir de son calme et la séance s'est achevée dans la soirée par la signature du procès-verbal et la nomination de deux avocats-conseils et défenseurs : maître Tronson du Coudray et votre serviteur. Prévenu le lendemain de la tâche qui m'incombait, il m'a fallu quitter, en toute hâte, ma ville de Chartres et rejoindre la capitale. J'ai vu la reine le 13 au soir. Sa Majesté m'a remis l'acte d'accusation. Devant l'importance du dossier et le désordre qui régnait au greffe, nous avons demandé un délai de trois jours, qui nous a été refusé. Sa Majesté vivait dans une cellule indigne, que je préférerais ne pas vous décrire. Elle était extrêmement calme, pour ne pas dire absente, comme si le verdict lui était déjà connu. Le lundi 14 octobre, il y avait foule dans la salle, dite de la Liberté, pour assister au procès. Votre mère s'est assise sur une banquette face au juge Herman et à ses trois assesseurs. Replié dans un coin sombre de la pièce, Fouquier-Tinville, le procureur, attendait son heure. Douze jurés, issus du peuple, ont, en entrant, participé à cette mise en scène voulue par le pouvoir. À raison de quatre séances, durant deux jours, la reine, tout en conservant un admirable sang-froid, a entendu quarante Français appelés à la barre pour témoigner contre elle. Les premières accusations ont été : sa participation aux affaires de l'État et sa détestation de la Révolution. La reine se défendait admirablement bien. Alors Fouquier-Tinville a cru qu'il pourrait en finir rapidement en faisant témoigner Hébert. Celui-ci a porté l'infâme accusation d'acte incestueux entre la mère et le fils.

— Ne revenons pas sur cette ignominie, le prie la duchesse.

Venant à son secours, Chantereine intervient :

— Souvenez-vous, Madame, qu'un enfant, en pareille

situation, est contraint de dire ce que ses bourreaux attendent de lui.

Chauveau-Lagarde, mal à l'aise, comprend que la Dauphine ne peut plus souffrir ces horreurs. Il s'empresse de poursuivre :

— Dans la nuit, l'accusateur public a déroulé son discours haineux et requis la peine de mort. Votre mère m'a alors regardé et m'a souri, très discrètement, comme pour me faire comprendre qu'elle avait eu raison de ne conserver aucun espoir. Cette infime relation entre nous m'a donné le courage de plaider deux longues heures, alors que je n'avais rien préparé et que la foule présente m'était hostile. Fouquier-Tinville, exaspéré par mes observations quant au manque de preuves et sur un procès qui ne respectait aucune règle juridique, m'a alors fait arrêter en pleine audience... La délibération des jurés a été rapide et inutile. Ramené entre deux gendarmes, j'ai pu entendre le président Herman la condamner à la peine de mort. La reine n'a pas réagi et a quitté la salle du Tribunal révolutionnaire sans un mot. J'ajoute que je n'ai pas été autorisé à la revoir. La suite, vous la connaissez, Madame...

— Mal, je vous l'avoue, si ce n'est par la lettre qu'elle a écrite, quelques heures avant son exécution, à ma tante Élisabeth et que nous venons de retrouver, mes oncles et moi.

— La reine, durant les quelques heures où nos chemins se sont croisés, m'a fortement impressionné. Son comportement, d'une dignité exemplaire, la maîtrise de ses émotions, la parfaite utilisation des rares mots qu'elle a prononcés, sa courtoisie à l'égard de ses avocats, comme sa crainte pour notre avenir, a façonné dans ma mémoire l'image d'une femme, qui, face à l'adversité, s'est révélée admirable.

— Merci, monsieur, votre témoignage me va droit au cœur. Mais je n'ai jamais su ce qu'était devenu votre confrère ?

— Il a, lui aussi, connu la prison, puis a été déporté en Guyane où il est mort...

— Alors, la reine avait raison de s'inquiéter pour ses défenseurs, car vous aussi avez été emprisonné.

— Je crois que j'ai eu de la chance, sourit le vieil homme. En juin 1794, Robespierre a supprimé le recours à un avocat pour les accusés. Ne pouvant plus rien faire à Paris pour ces innocents que Fouquier-Tinville envoyait à la guillotine sans un semblant de procès, je me suis retiré à Chartres. Hélas, ma ville natale avait aussi son lot de révolutionnaires féroces. J'ai été arrêté et je devais comparaître sous trois jours, ce qui signifiait être exécuté ! Les tribunaux avaient fort à faire. Je suis resté, avec mes compagnons d'infortune, très discret jusqu'à ce que Robespierre soit lui-même inquiété, puis guillotiné... Après quelques semaines, j'ai été libéré.

La duchesse s'approche de lui :

— J'aimerais vous prouver ma gratitude, mais comment ?

— Je ne veux rien, Madame ; il est du devoir de chaque avocat de défendre tout accusé, qu'il soit coupable ou innocent ! répond Chauveau-Lagarde

Marie-Thérèse réagit vivement :

— Vous la saviez « totalement innocente » !

— Peu m'importait, Madame. J'étais à cette date, et je le suis toujours, un fervent adversaire de la peine de mort.

— La guillotine a pourtant eu beaucoup de succès auprès des humanistes.

— Je crois en Dieu, et à ce titre je pense qu'Il donne la vie et que Lui seul peut décider de l'heure de notre mort.

La princesse regarde Renée et guette un signe d'acquiescement qu'elle obtient par un léger sourire.

— Pourtant, maître, convenez que certains crimes odieux méritent la mort...

— Aucun, Madame.

Chauveau-Lagarde se relève pour parler, dans un réflexe de mise en scène habituelle du brillant rhéteur qu'il a été.

— Il me faut vous avouer, Madame, que la renommée qui m'accompagne depuis que j'ai défendu la reine Marie-Antoinette est établie sur un pur hasard : je n'ai pas demandé la défense de la reine, j'ai été commis d'office.

— Cet aveu vous honore, maître, et Leurs Majestés appréciaient les gens honnêtes. Je suis comme mes parents... Je pressens que vous avez tout fait pour empêcher la reine de monter sur l'échafaud, c'est de cela que je voudrais vous remercier. Je ne possède pas grand-chose, si ce n'est le pouvoir de vous faire anoblir.

Chauveau-Lagarde se met à rire d'une façon incongrue qui étonne la princesse et sa compagne.

— Pardonnez mes manières, mais comprenez-moi, je ne veux rien. J'ai eu, par l'étrangeté du destin, l'insigne honneur de connaître votre mère quelques instants et cette rencontre a modifié le cours de ma vie. Je la croyais (il baisse le ton), pardon, Madame, inattentive aux souffrances de ses sujets. Tout être peut devenir bon devant les difficultés de la vie ou devant la mort. Cet enseignement que je tiens de la reine me sert de guide pour poursuivre mon chemin sur terre... La portée de cette leçon serait ternie par une récompense. C'est moi qui vous remercie.

— Avez-vous ressenti la même chose pour la princesse Élisabeth ?

— Je n'ai pas eu l'occasion de lui parler. Transférée à la Conciergerie, elle a passé sa dernière nuit dans la cellule où avait séjourné la reine. La princesse Élisabeth a été amenée dans la salle du tribunal. La Convention n'avait rien à lui reprocher ! Si bien que l'interrogatoire du président Dumas a tourné court, et elle a été ramenée dans sa cellule...

— Avez-vous lu sa déposition ? demande la duchesse.

— J'ai pu me la procurer le lendemain. Les questions tournaient autour du complot avec l'étranger, de la fuite de la famille royale. Votre tante a répondu très sobrement.

Il sort de l'étui de cuir des feuilles de papier qu'il consulte rapidement. Voici ses réponses : « J'ai su, dans la soirée du 20 juin, que nous devions tous partir la nuit même. Je me suis conformée aux ordres de mon frère. Ni lui ni moi n'avons jamais eu l'intention de quitter la France. »

La duchesse, ébahie par l'aplomb de sa tante et le sourire aux lèvres, l'interrompt :

— Je crains que ma tante n'ait commis le premier mensonge de sa vie !

Renée ajoute, à son tour :

— Le deuxième, car souvenez-vous que dans la voiture vous ramenant à Paris, Mme Élisabeth a tenté de rallier le député Barnave à cette même version !

Chauveau-Lagarde regarde d'un air curieux la vieille dame.

— Mme Chantereine, intervient la duchesse, est devenue la meilleure historienne et biographe de ma famille. Elle connaît ma vie mieux que moi ! Mais, poursuivez, je veux entendre tout ce que vous savez des derniers jours de ma tante.

Chauveau-Lagarde acquiesce et reprend son récit :

— La princesse a passé la nuit, seule dans sa cellule, avant d'être amenée le matin avec vingt-quatre autres accusés dans la salle du tribunal. Lorsque j'ai voulu rencontrer ma cliente pour parler des accusations qui pesaient contre elle, les gardes m'ont interdit l'accès de la prison. Je me suis précipité chez l'accusateur général. Fouquier-Tinville m'a reçu courtoisement, malgré la foule de désespérés attendant qu'il prenne connaissance de leurs demandes d'intervention ou de grâce. Rassuré par son amabilité, je l'ai cru lorsqu'il m'a garanti que le procès n'aurait pas lieu le jour même, et que je pourrais la rencontrer tout à loisir. J'ai été ignominieusement trompé par lui !

— C'était bien de l'angélisme de votre part, souligne sans tact la duchesse.

— Oui, avoue-t-il d'un air contrit. J'ai couru au tribunal, dès que j'ai été informé que la princesse était jugée au milieu de dizaines d'autres accusés. C'était une parodie de procès, sans pièces à conviction, sans témoins et sans interrogatoires. Alors, malgré l'interdiction qui m'avait été faite de la rencontrer, je me suis levé et j'ai parlé... Au milieu du désordre, j'ai fait observer tous les manquements à la légalité. Comme les jurés ignoraient mes arguments juridiques, j'ai changé de registre. J'ai parlé de votre tante. Je ne la connaissais pas, mais cette femme, toute de blanc vêtue, digne, me touchait. J'avais la conviction qu'elle était innocente et qu'elle ne pouvait être l'ennemie des Français. Ma plaidoirie a fait enrager Dumas, le président du tribunal, qui m'a accusé de corrompre la morale publique. Alors, votre tante a quitté son mutisme pour venir à mon secours et s'est écriée : « À quoi servent vos questions ? Vous voulez ma mort. Je suis prête ! » La suite, je m'en souviens mal, je l'avoue. J'ai été arrêté sur-le-champ, tandis que la princesse et vingt-deux autres personnes étaient condamnées à mort ce jour-là. La fin appartient à la légende que cette femme extraordinaire a forgée en mourant la dernière, devant toute une foule impressionnée.

— Je crois, en effet, que ma tante n'a pas craint de mourir, heureuse de paraître devant Dieu et de retrouver son frère. Pensez-vous qu'il y ait encore des personnes que je devrais remercier pour avoir soulagé les derniers instants de la reine ? demande subitement Marie-Thérèse.

— Je vous écrirai à ce sujet après avoir mis de l'ordre dans mes idées et consulté mes papiers. Je crois me souvenir de cette étrange femme, gardienne avec son mari de la Conciergerie, qui a tenté d'adoucir les conditions de vie de la reine. Peut-être est-elle encore en vie... Elle se nommait Richard, me semble-t-il.

La duchesse l'assure qu'elle lui en sera très reconnaissante et se lève pour signifier la fin de l'entrevue.

Cette nuit-là, Marie-Thérèse fait un rêve curieux. Dans un lieu inconnu, au milieu d'étrangers, des hommes et des femmes, tous vêtus d'habits sombres et somptueux, s'animent autour d'elle. Ils l'invitent à danser mais elle reste figée. Deux danseuses s'approchent d'elle, avec des froissements voluptueux de soie. Elles portent des robes identiques, d'immenses perruques blanches agrémentées de plumes grises et de perles noires. Leurs visages sont grimés de blanc et de maquillages outranciers, les yeux fardés de noir, la bouche débordant de rouge... Alors que la musique s'éloigne, elles entourent la princesse et tournent autour d'elle, comme si elles voulaient la dissimuler sous leurs capes. Marie-Thérèse ne cherche pas à fuir, elle obéit à cet étrange rite... Soudain, les deux femmes se démasquent et s'envolent dans un cri étrange et inhumain.

Au réveil, elle a la certitude que ces ombres étaient celles de sa mère et de sa tante. Voulaient-elles par leur danse la protéger ou l'amener à les suivre au royaume des morts ?

16

Antoine Richard

Aux Tuileries, les courtisans se montrent toujours aussi réservés à l'égard de la duchesse d'Angoulême. Ils n'apprécient ni ses humeurs brusques ni ses silences déroutants, certains la critiquent même ouvertement. Les commérages vont bon train sur l'étrange relation qui la lie à une femme du peuple. Le roi l'a même convoquée, un matin de décembre, de bonne heure, en présence de son ministre favori et du duc de Blacas. Les deux hommes se sont interrogés en sa présence sur l'opportunité des visites rendues par Mme Chantereine. Le roi s'est inquiété : sa chère nièce, en ne présentant pas cette femme à la Cour, alimente les commérages. Certains, insinue Blacas, évoquent même la possibilité d'un chantage exercé sur la fille de Louis XVI. Devant le roi et son ministre, Marie-Thérèse parvient à contenir sa fureur, avant de leur signifier résolument qu'elle n'a pas l'intention de modifier quoi que ce soit dans sa relation avec sa lectrice. Cette dernière continuera à être reçue aux Tuileries, sans la moindre obligation.

Le roi insiste une dernière fois :

— Cette dame vous est précieuse. Nous le comprenons. Nous pourrions l'anoblir et la présenter à la Cour...

La duchesse, les yeux brillants de colère, s'y refuse, sans savoir elle-même pourquoi elle tient tant à maintenir secrètes leurs relations. Elle bénit le ciel de posséder un caractère décidé, qui lui permet de ne jamais céder. Un héritage de sa tante Élisabeth, pense-t-elle, en traversant à toute allure la galerie de Diane qui la ramène vers ses appartements.

Lors de sa rencontre suivante avec Chantereine, la duchesse se garde bien d'évoquer sa confrontation à son sujet avec le roi. La vieille dame qui passe tant de temps auprès d'elle aimerait que Marie-Thérèse découvre sa rue, à l'occasion des fêtes de Noël.

Sensible à la demande, elle promet d'y réfléchir, puis ajoute :

— Je préférerais, Reinette, me rendre rue des Rosiers une fois la cérémonie du 21 janvier passée. Cette manifestation va m'être très pénible.

Plusieurs fois dans l'après-midi, Chantereine revient sur son projet de visite. Elle voudrait que sa princesse rencontre les époux Binet, restés très attachés à la cause royale et à la destinée de la fille de Louis XVI. Renée a tellement à cœur de relier le passé au présent que Marie-Thérèse se laisse attendrir.

Un peu plus tard, la princesse lui confie une de ses récentes mésaventures.

— Enfant, j'ai souvent croisé la comtesse de Chatenay. Aussi, l'ai-je reçue hier en audience privée. La conversation m'a entraînée à lui demander des nouvelles de son père. Elle m'a répondu qu'il était mort jeune. J'ai cru bon d'ajouter :

— Où l'avez-vous perdu ?

Mme de Chatenay a hésité, puis m'a dit :

— Hélas, Madame, il a péri sur l'échafaud, pendant la Terreur.

— Au mot « échafaud », j'ai fait un bond, assaillie par la vision du supplice de mon propre père. Je l'ai congédiée, sans doute trop brutalement, et à cette heure, elle doit se répandre sur mes manières déplaisantes dans tout le palais.

— Pourquoi ne pas demander à l'une de vos dames d'honneur présentes durant l'entretien d'aller trouver la comtesse pour expliquer votre réaction ?

— Ce serait vouloir m'excuser... Jamais ! s'exclame la duchesse.

— Je ne vous demandais pas cela, tempère la vieille dame. Je voulais juste vous recommander l'apaisement, en faisant inviter la comtesse à une prochaine réception, afin de clore le malentendu.

La duchesse promet d'y réfléchir, mais son esprit peu habitué à entendre la critique est déjà ailleurs.

Les jours suivants, elles tentent d'achever les mémoires au plus vite. Renée met dans cette entreprise toute son énergie, persuadée qu'il faut regarder le passé en face pour en conjurer les démons. Marie-Thérèse hésite encore sur ce qu'elle veut livrer aux Français, fidèle au principe qu'une fille de France ne doit pas dévoiler l'intimité de sa famille. Renée, elle, n'a plus aucun doute : sa princesse doit faire vite et être la première à témoigner avant que d'autres acteurs de cette tragédie, telle Mme de Tourzel, ne fassent état de leurs souvenirs et n'exaltent leurs actions.

La duchesse d'Angoulême reçoit alors dans son cabinet particulier l'ancien secrétaire de Barras, M. Robert. Avant de passer le pas de la porte, il a sorti de sa veste un pli et l'a tendu discrètement. Elles le lisent ensemble : « Les souvenirs de Mme de Moucy ont été détruits par mes soins, et la dame neutralisée... » D'un signe de tête, la princesse remercie l'ancien allié de Robespierre pour son intervention et s'apprête à recevoir M. Richard, un des ultimes témoins des derniers jours de Marie-Antoinette, amené par Robert. La princesse tient à entendre ce que ce témoin pourra lui révéler. Renée, quant à elle, assise devant son secrétaire, immobile et silencieuse, s'apprête à retranscrire fidèlement la conversation.

— Monsieur Richard, je crois savoir que vous avez, étant enfant, rencontré la reine Marie-Antoinette. Avez-vous quelques souvenirs que vous pourriez partager avec moi ?

Le jeune homme, très intimidé, n'ose pas prendre place et encore moins goûter au verre de vin d'Alsace qui lui a été proposé. Enfin, il s'assied et, sans jamais regarder son interlocutrice, il raconte :

— J'avais huit ans lorsque la reine a été conduite à la Conciergerie. Mes parents régissaient cette prison où s'entassaient des centaines de malheureux, qui attendaient une nuit ou deux avant d'être guillotinés. Nous vivions dans un logis, au rez-de-chaussée, où rien ne m'échappait. Mon père avait, sous ses ordres, les guichetiers, les gardiens des cachots, les cuisiniers. Il devait maîtriser une centaine de prisonniers qui réclamaient des laissez-passer pour leurs visiteurs, des lettres, des suppliques. Au premier étage, les détenus comparaissaient devant le tribunal révolutionnaire. Ceux qui étaient condamnés n'étaient pas ramenés dans la salle commune, mais conduits, pour les femmes dans des petites cellules, et pour les hommes...

La duchesse ne peut s'empêcher de manifester son impatience.

— Tout cela, je le sais. Je vous remercie et je peux vous annoncer que la cellule où ma mère a vécu ses dernières heures, tout comme ma tante, sera prochainement transformée en chapelle. Je dois me rendre bientôt sur les lieux pour discuter de ces aménagements. Revenons à l'emprisonnement de la reine. Votre mère, m'a-t-on dit, a tenté de soulager la rudesse de sa détention.

— En effet, et elle l'a payé cher. Deux mois après la mort de la reine, mes parents ont été emprisonnés, suspectés d'être complices d'une tentative d'évasion. Ils ont été vite réintégrés dans leur fonction, personne ne voulant prendre leur place à la Conciergerie.

— Qu'est devenue madame votre mère ? s'enquiert la duchesse.

— Ma mère a été tuée d'un coup de couteau par un prisonnier à qui on venait d'annoncer son exécution, annonce calmement l'homme.

— Quelle horreur ! s'exclame Chantereine.

Marie-Thérèse, habituée à cacher ses sentiments, reste sans voix.

Un long silence suit, ponctué seulement par les grincements du fauteuil de Robert, mal à l'aise dans ce lieu écrasant de solennité.

— Monsieur Richard, je voudrais vous remercier des bontés que votre mère a eues pour la mienne. Quel est votre métier et puis-je faire quelque chose pour vous ?

— Je suis maçon.

— Êtes-vous marié ?

— Oui, et j'ai deux enfants, dont l'un restera boiteux. Mais, je ne veux rien !

— Permettez-moi tout de même de vous accorder un logement.

L'homme, gêné, triture le bas de sa veste.

— Allons, mon ami, ne faites pas attendre la princesse, intervient Robert agacé.

— Bien sûr, bien sûr, j'accepte.

— Monsieur Richard, avant de terminer notre entretien, avez-vous rencontré la reine ?

— En effet, Madame, j'ai eu cet honneur. Mais les circonstances, difficiles, risquent d'être pénibles à raconter.

— Je vous écoute, poursuivez.

— Ma mère a tenté d'améliorer son logement en lui

fournissant des draps propres et en la nourrissant convenablement. Elle voyait bien que la reine dépérissait, désespérée de ne plus voir ses enfants. Un matin, elle a cru bien faire et elle est entrée dans la cellule avec moi.

— Avec vous ? s'étonne la duchesse.

— Oui, elle a pensé qu'elle serait contente de voir un enfant. La reine a souri, elle m'a serré contre elle et m'a dit : « Tu ressembles à mon fils. Il est en prison au Temple. Il a ton âge, je crois bien. » Après, elle s'est mise à pleurer en nous avouant combien elle était malheureuse d'être séparée de ses enfants et que Dieu, sur ce point, ne la ménageait pas en lui faisant endurer le pire des supplices. Puis elle s'est effondrée dans les bras de ma mère qui en était très gênée. Ma présence lui a causé, je crois, un mal horrible.

— N'en soyez pas fâché. Ce geste, peut-être maladroit, est la preuve qu'il y a eu des Français courageux et sensibles, même dans les pires moments.

— En vivant une partie de mon enfance en prison...

— Comme moi, fait remarquer celle qui fut Madame Royale.

— J'ai rencontré des gardiens malheureux de faire ce métier, et surtout, les aides du bourreau, désespérés de procéder à la toilette des femmes avant leur exécution...

— Cessez ! Monsieur Robert, voulez-vous me préparer une note pour offrir un logement aux descendants de Mme Richard, dont le regard compatissant fut l'un des derniers qu'ait croisés ma mère.

Marie-Thérèse ne sait pas encore ce qu'elle veut dévoiler aux Français. Elle craint le mécontentement de son oncle et de son mari, lorsqu'ils liront en particulier le récit de son mariage et de son installation à Mittau. Devant la santé fragile de Louis XVIII, chaque jour plus impotent, elle hésite.

— J'ai attendu vingt ans pour raconter mon enfance, peut-être devrais-je attendre la disparition du roi ? s'interroge la duchesse devant sa confidente.

— Ne m'avez-vous pas dit souvent que vous étiez sur terre pour réhabiliter la mémoire de vos parents ?

— Bien sûr, mais les Français doivent aimer le roi actuel et je crains qu'une telle publication ne le rende encore plus impopulaire. J'attendrai la cérémonie du 21 janvier pour prendre une décision.

17

Le 21 janvier 1815

Comme tous les Parisiens, Chantereine a suivi, grâce à la lecture du *Moniteur universel*, l'épopée tragique des corps de Louis XVI et de Marie-Antoinette. La date anniversaire de la mort du roi a ravivé les consciences. M. de Chateaubriand écrit même : « Le 21 janvier approche. Que fera la France ? Laissera-t-on passer encore ce jour de douleur, sans aucune marque de regret ? Où sont les cendres de Louis XVI ? Quelle main les a recueillies ? »

Les dépouilles du couple royal ont été retrouvées dans un cimetière de la rue d'Anjou, grâce à un certain M. Desclozeaux qui est parvenu à acheter, durant l'Empire, le lieu entre-temps désaffecté. Le journal précise que la duchesse d'Angoulême a envoyé à cet homme, comme témoignage de sa reconnaissance, les portraits de feu le roi et la reine.

Vingt-deux ans après l'exécution du roi, les obsèques solennelles vont pouvoir enfin avoir lieu.

Renée, la veille de la cérémonie, est venue aider Marie-Thérèse à organiser son emploi du temps. La vieille dame connaît bien le peuple de Paris, elle donne un avis utile à la princesse sur les innombrables demandes de secours qui parviennent au palais. Elle lui suggère de visiter et de secourir l'hospice des orphelins de Saint-Antoine, l'Hôtel-Dieu et l'hôpital de la Salpêtrière.

Au cours de la matinée, elle découvre que la duchesse n'a pas l'intention de se rendre à la cérémonie du 21 janvier.

— L'usage, dans la famille des Bourbons, explique Marie-Thérèse, est que les filles n'assistent pas aux funérailles des membres de leur famille.

— Mais les Parisiens ne comprendront pas. Ils vont se déplacer pour vous voir et communier dans la douleur du souvenir. N'avez-vous pas vécu pour cet instant-là ?

— Allons, Renée, calmez-vous. J'ai besoin de votre soutien et de votre bonté, pas de votre colère. Il faudra pourtant que le peuple me pardonne... J'obéis aux règles de ma famille, quoi qu'il m'en coûte !

Marie-Thérèse, comme à son habitude, laisse son regard errer sur les jardins des Tuileries. Un long moment s'écoule, avant que Renée n'entende :

— Pardon, Reinette, il y a des jours où le chagrin qui est dans mon cœur me rend presque folle. Il vaut mieux que je m'isole un peu. Rentrez chez vous, mon amie, et allez vous mêler à la foule, le long du cortège, vous me raconterez tout fidèlement !

Personne ne saura, pas même Renée, ce que le roi et sa nièce ont décidé, en cette veille de funérailles, au cours d'un entretien particulièrement violent. Après d'incessantes hésitations, elle a affronté son oncle. Elle lui a jeté à la figure, dans un discours heurté, qu'elle ne serait pas présente dans le cortège de cette « parodie d'enterrement » et qu'elle se réfugierait derrière l'interdiction faite aux filles de France d'ensevelir leurs morts, comme le lui permet le protocole de leur famille. Louis XVIII, consterné par cette décision, va tenter, une partie de la nuit, de la faire changer d'avis. En vain. À bout d'arguments, sa nièce lui a même soutenu que ses parents devraient être ensevelis dans l'intimité familiale de la chapelle du Trianon, en souvenir de leur amour. Cette idéalisation du passé a mis Louis XVIII hors de lui et il a jugé que les années d'emprisonnement et même l'exil avaient retiré à la princesse tout sens commun. Il sait maintenant que son héritière ne saura jamais assumer son rôle de reine, hantée par les heures tragiques de son enfance.

— Je peux vous protéger du passé en vous soutenant à la Cour. Mais, en vous éloignant aujourd'hui, de vos sujets, vous vous rendez impopulaire à tout jamais et vous en souffrirez. Est-ce bien là que vous voulez aller ? Vivre comme un fantôme à Versailles ? Quand consentirez-vous à affronter les autres ?

— Je ne peux pas, j'ai froid et je tremble, a-t-elle murmuré avant de s'effondrer aux pieds du souverain, obligé une nouvelle fois d'appeler à l'aide.

En cette journée glaciale du 21 janvier 1815, une foule nombreuse s'est massée derrière les régiments qui forment un rempart entre le cortège et les Parisiens. Parti de la rue d'Anjou, le char funèbre s'avance, surmonté de deux couronnes, garni de velours noir décoré de larmes d'argent et d'écussons aux armes du roi et de la reine, puis se dirige lentement vers Saint-Denis, tiré par huit chevaux caparaçonnés de housses de deuil. Les drapeaux en berne et les tambours voilés de crêpe du cortège ne parviennent pas à émouvoir la foule, qui observe avec un certain détachement le passage des dépouilles royales.

Renée s'est postée sur les boulevards, près de la porte de Saint-Antoine. La foule se tait, lorsque passe devant elle un important détachement de militaires, suivi du char, puis enfin des carrosses de toute la famille survivante des Bourbons, avant que n'apparaisse le roi Louis XVIII. Le duc d'Angoulême, sanglé dans un uniforme noir qui lui sied bien, s'efforce d'adresser aux Parisiens un sourire aimable. Mais ce sont encore des commentaires désobligeants qui fusent sur l'absence de son épouse que Renée, meurtrie, entend.

À plusieurs lieues de là, la duchesse d'Angoulême prie dans la chapelle attenante à ses appartements durant la cérémonie.

Lorsque Renée revient quelques jours plus tard aux Tuileries, elle ne cherche pas à recueillir la moindre confidence de la princesse. En revanche, celle-ci se montre très volubile pour montrer à Chantereine les plans de la chapelle expiatoire qu'elle vient de commander et qui doit être érigée sur le lieu de l'ancien cimetière de la Madeleine.

— J'ai donné mon accord pour une chapelle gréco-romaine. Il y aura aussi un monument à la mémoire de nos pauvres gardes suisses, morts en nous défendant lors de l'attaque des Tuileries. Nous allons commander deux figures de marbre représentant mon père montant au ciel aidé de l'abbé Edgeworth et la reine soutenue par la religion, qui aura les traits de ma tante.

— Ce sont les artistes qui vous ont proposé ces symboles ? interroge Chantereine.

— Non, c'est moi, répond fièrement la duchesse.

— Mais ne craignez-vous pas que ce témoignage déroute les Parisiens ?

La duchesse poursuit, comme si elle n'avait rien entendu :

— Pour le peuple, nous allons réaménager la place Louis-XV et concevoir un monument à quatre faces avec le roi, la reine, la princesse Élisabeth et le testament de Louis XVI sur le dernier côté. Voyez, ma chère Renée, j'ai déjà bien travaillé à la réhabilitation de Leurs Majestés. Vous n'imaginez pas le nombre d'heures d'entretien que j'ai dû subir pour que les artistes me présentent des projets satisfaisants.

Renée aurait tant aimé la savoir se préoccuper des

Français plutôt que de s'enfoncer dans son passé, en restaurant les usages de la cour de Louis XIV ou encore en imaginant les stèles funéraires de ses parents. Sa princesse a peur, pense-t-elle, d'endosser ce rôle de reine que sa mère n'a pas su tenir. Toujours cette peur qui paralyse sa vie et la rend si lointaine et si froide. « Tant que je vivrai auprès d'elle, elle restera prisonnière de son passé. Si je veux son salut, il me faudra la quitter de nouveau. »

18

Trianon

Les cérémonies du 21 janvier ont eu des conséquences fâcheuses pour les occupants des Tuileries. Le froid glacial, pendant l'interminable transfert et la messe dans la basilique humide de Saint-Denis, ont cloué au lit avec une très forte fièvre le duc d'Angoulême. Les médecins ont même craint une fluxion de poitrine. Les obligations de la duchesse ont dû être modifiées et Chantereine est restée confinée chez elle à attendre que le duc se rétablisse. Elle n'a pu revenir aux Tuileries qu'au bout de quatre semaines.

Fin février, une longue lettre arrive rue des Rosiers. La duchesse veut retourner à Versailles et demande à Renée de l'y accompagner. Elle la charge d'organiser, avec Montmorency, le voyage pour qu'il reste secret. Elle souhaite rencontrer, s'il est toujours de ce monde, son cher père Adrien. M. Robert est de nouveau mis à contribution pour retrouver discrètement la trace de l'ancien jardinier de la reine.

Le 3 mars, quand elles se rejoignent, Marie-Thérèse lui narre la vie au palais et les tracasseries qu'elle subit. Jamais elle n'évoque les difficultés politiques que rencontre son oncle ou les tractations diplomatiques que la France, sous l'égide de Talleyrand, tente pour conserver un rôle prédominant parmi les puissances européennes. Marie-Thérèse est ailleurs, comme si cette cérémonie du 21 janvier l'avait définitivement renvoyée à son passé... Est-ce pour cela qu'elle n'évoque jamais son mari ? Elle n'est pas une épouse, mais une jeune fille qui revient dans son château, après un long voyage, s'inquiète la vieille dame tandis que le carrosse file.

La berline longe une route bordée de grands marronniers sous lesquels des moutons assoupis se protègent du soleil. Dans le fracas des sabots sur les pavés, le véhicule franchit la grille, puis pénètre dans une cour rectangulaire où l'attendent le gouverneur et les quelques officiels, qui auront la lourde tâche de redonner vie au domaine endormi depuis vingt-cinq ans. Le roi Louis XVIII a distribué à sa famille les appartements de Versailles, laissant supposer que sa cour pourrait s'y installer. Il a pu ainsi récompenser certains de ses proches qui l'ont suivi dans l'exil, en leur accordant un logement princier.

Chantereine découvre le Grand Trianon : deux corps de palais de plain-pied reliés par un péristyle à colonnes de marbre. Elle cherche à partager le plaisir que lui procure ce ravissant décor, mais la duchesse descend précipitamment de voiture. Renée hésite à sortir, tandis qu'un jeune laquais l'y invite en lui tendant la main avec déférence.

Il est midi. Une belle lumière hivernale accueille Marie-Thérèse. Aujourd'hui, elle déroutera encore ceux qui l'attendent en évitant le château de ses ancêtres. C'est le domaine privé de Marie-Antoinette qu'elle veut retrouver.

La fille de Louis XVI et de Marie-Antoinette est beaucoup trop nerveuse pour se montrer aimable, mais son attitude change lorsque le gouverneur, M. de Vérac, leur présente un très vieil homme au dos courbé par le travail : « M. Adrien, jardinier. » Un sourire éclaire alors le visage fermé de la princesse. Sans prêter plus d'attention aux autres témoins de la scène, elle glisse son bras sous celui du vieillard, et l'entraîne vers le jardin qui borde le palais.

— Père Adrien. Je suis si heureuse de vous revoir !

L'homme, touché, incline la tête.

— Je vous dois tant ! Souvenez-vous ! Quand j'étais enfant, vous m'avez appris chaque nom de fleur, chaque variété de fruits et communiqué votre passion pour la nature.

— Ce n'est pas moi qui vous l'ai donnée, mais Sa Majesté la reine, votre mère ! bredouille le jardinier.

Au mépris de tout protocole, la princesse s'éloigne dans le parc en compagnie du vieux serviteur de sa mère. Chantereine prie en son for intérieur pour que cette promenade permette enfin à sa protégée de retrouver sa sérénité. Le curieux couple que forment cette grande femme raide et ce petit homme voûté avance à pas menus dans le jardin à la française imaginé par Louis XIV dont le dessin est encore lisible malgré les dégradations du temps.

Soudain la duchesse s'anime :

— Je suis comme mes parents : ce Grand Trianon ne me plaît guère. Je crois que c'est mon père qui avait dit : « Trop de marbre, trop de rose. »

— Mais le roi votre père aimait les jardins du domaine !

— Je me revois, enfant, en train de jouer, de sauter les haies de buis et de m'amuser avec mon petit frère et ma chère Pauline ! Quel bonheur pour nous que Trianon ait été un lieu privé, ajoute-t-elle avec un sourire qui la rajeunit. Je ne me souviens pas d'autres compagnons de jeux...

— Je me rappelle Mlle Pauline, mais il y avait aussi les enfants des fermiers et de quelques familles modestes que votre mère associait à votre éducation et à vos jeux. Votre gouvernante craignait que votre tempérament devienne arrogant et cherchait à vous rendre charitable en vous faisant côtoyer des gens du peuple...

Marie-Thérèse ne peut retenir un rire grinçant :

— C'est peut-être cette arrogance qui m'a permis de survivre en prison.

Le jardinier, un peu gêné, choisit de ne pas répondre et s'enquiert du sort de la famille Tourzel. Soulagé de les savoir en vie, il reprend :

— Vous souvenez-vous du jeu de bagues ?

— Mais encore ?

— Caché par une haie de charmilles, un manège de petits chevaux avait été installé à côté du théâtre. Avec un bâton, vous deviez à chaque tour attraper un anneau. Les enfants des fermiers avaient reçu ordre de leurs parents de vous laisser gagner ! Seul votre cousin, votre époux d'aujourd'hui, l'avait compris... Et d'ailleurs, vous étiez si heureuse de l'emporter qu'il se taisait.

— Vous êtes la mémoire de mon enfance !

— Ceux qui avaient le privilège de résider dans ces lieux ou d'y travailler partageaient le souci constant de rendre la reine et sa famille heureuses. À Trianon, pas de politique, pas de courtisans, pas de protocole, rien que des jeux, des rires, des promenades...

— Votre bienveillance pour ma mère me touche infiniment !

— Nous sommes quelques-uns à chérir ce lieu plus que tout. Vous étiez adorée, princesse, par votre entourage. Versailles vous a protégée, quand vous étiez petite. Il vous attend aujourd'hui pour que vous retrouviez la paix après tant de malheurs.

La princesse et le jardinier contournent l'admirable palais sans que Marie-Thérèse s'aperçoive des transformations radicales que Napoléon lui a fait subir. Chemin faisant, Adrien évoque brièvement ces vingt années terribles pendant lesquelles il a continué à travailler au château, ainsi que ses efforts pour protéger le parc des dégâts de l'histoire. D'instinct, ils savent tous deux où leurs pas vont les conduire.

— Vous n'étiez pas née lorsque le roi votre père a offert le Petit Trianon à la reine. Connaissez-vous la phrase qu'on lui a prêtée à l'occasion de ce cadeau ?

— Je ne crois pas.

— *Vous aimez les fleurs, j'ai un bouquet à vous donner : c'est le Petit Trianon.*

— Quel joli mot ! Je m'en souviendrai ! Mon oncle vient de me donner la jouissance de ce palais et j'ai hâte de le retrouver.

— Il n'a guère changé et le souvenir de la reine vous y attend.

— Vous êtes peut-être le premier, en dehors de feu Mme de Lamballe, à parler de ma mère avec douceur et bonté. J'y suis très sensible, car depuis mon emprisonnement, je n'ai entendu que des critiques, des insultes ou des silences hypocrites, dès que je prononce son nom.

— Tous ceux qui, comme moi, ont travaillé pour elle ici l'ont aimée. Certaines des personnes qui vous attendaient ce matin ont risqué leur vie pour protéger le domaine. Vous souvenez-vous, Madame, que la reine organisait le dimanche des après-midi champêtres pour les serviteurs de Trianon ? Elle a fait scandale en servant elle-même de la limonade...

— Je ne serai jamais aussi spontanée ! Cette étiquette que certains redoutent me rassure et me permet de contrôler mes frayeurs !

— La peur a fait partie de votre enfance, il est normal qu'elle vous ait marquée. Votre mère, elle, a eu une jeunesse insouciante !

Ils avancent en se taisant, puis Marie-Thérèse reprend :

— Le jardin a triste mine, père Adrien, comme moi ! Les parterres du midi sont encore là, mais leurs fleurs sont maigres et les buis si mal taillés.

— Il faut dire qu'il y a encore peu les officiers de cavalerie faisaient tourner leurs chevaux dans les allées de sable.

— Dites-moi, n'étiez-vous pas avec moi dans notre jardin de plantation, lorsque Mme de Polignac est venue m'annoncer la mort de mon frère aîné ?

— Oui, hélas...

— Depuis vingt ans, je tente de me souvenir de vos paroles, mais ma mémoire s'y refuse !

— Je vous ai suppliée de l'imaginer dans chacune des fleurs que nous allions planter ce jour-là, pour que son âme puisse se répandre autour de nous. J'ai moi-même entretenu ce lieu et planté chaque année, malgré les restrictions imposées, pour que le souvenir du Dauphin perdure. Je savais que vous reviendriez un jour ici pour le retrouver.

Marie-Thérèse frissonne d'émotion à ces paroles.

— Comment pourrai-je vous remercier pour ce geste ?

Le vieux jardinier sourit.

— Votre présence à Trianon est le plus beau des cadeaux que je puisse recevoir. Vous étiez, ajoute-t-il, une petite fille merveilleuse. Une Mousseline, la sérieuse, souvenez-vous ! Vous illuminiez la vie de vos parents.

— Hélas, je n'ai pas su les réconforter longtemps...

L'ombre du couple royal disparu les emplit de tristesse. Ils avancent dans une même communion de pensée.

— Madame, dirigeons-nous vers le jardin de la nouvelle ménagerie où le marquis de Vérac vous a fait préparer un repas. Le gouverneur était très inquiet de votre visite. Il semble qu'à votre première venue, vous vous êtes plainte du froid, avant de vous évanouir...

Elle l'interrompt :

— Ils sont tous terrorisés ! Par honte, par mauvaise conscience ou par haine... Et leurs regards en biais me coupent souvent l'appétit, s'emporte la duchesse.

— Vous devez être bien malheureuse pour parler ainsi...

— Pour être malheureuse, il faudrait avoir été heureuse un jour !

Sa voix gagnée par la colère est montée d'un ton.

— Mais vous l'avez été ici, voyons ! réplique le vieil homme choqué.

— Je n'en ai aucun souvenir, ricane-t-elle. En quittant Versailles, j'ai laissé la mémoire de mon enfance ! Depuis, je suis un objet manipulé au gré des ambitions politiques. Ma vie n'intéresse personne. On m'épie, on me guette... Je suis l'ours savant montré aux Tuileries, puis détaillé dans les salons parisiens et enfin dans les journaux pour lesquels je reste la pauvre orpheline du Temple ! Je n'ai trouvé qu'un rempart face à la haine que j'éprouve pour mes compatriotes : le silence !

— Je crois que je peux comprendre. J'entends votre malaise. Vous pouvez aller retrouver le petit théâtre de votre mère, vous y serez bien. Le décor et la machinerie ont été conservés par miracle... Je vous y rejoindrai.

Pour la première fois depuis son retour sur le sol de France, Marie-Thérèse se sent presque soulagée d'avoir évacué sa colère. Durant le déjeuner froid qui lui est servi dans le petit pavillon français, la duchesse se montre presque cordiale avec le gouverneur et les nouveaux fonctionnaires du domaine royal. Renée, discrètement assise sur un tabouret, le remarque et soupire d'aise : sa princesse semble tenir son rang avec naturel.

Chantereine et le père Adrien se saluent comme s'ils se connaissaient depuis longtemps et, laissant les convives poursuivre leurs conversations, entament une nouvelle promenade. Marie-Thérèse, en les rejoignant, remarque que les pas de la vieille dame et du jardinier s'accordent dans une même démarche lente, ce qui l'oblige à ralentir sa propre allure. Sans avoir été informé de l'importance qu'a Renée auprès de la duchesse, le jardinier devine en elle une alliée.

— Savez-vous que vous devez à la princesse de Lamballe votre chambre à Trianon ? fait-il remarquer à Marie-Thérèse.

— Que dites-vous là ? Comment savez-vous cela ?

— Mon épouse a été sa cameriste jusqu'à son départ en Angleterre. La princesse était une femme admirable, étrangère aux intrigues de la Cour...

Les deux femmes s'arrêtent un instant de marcher. Le souvenir de Lamballe les ramène au temps des confidences au Temple. Dans cet instant de douceur, Marie-Thérèse s'offre le plaisir de glisser son bras sous celui de Renée.

Adrien poursuit son récit :

— La reine avait commandé ici d'importants travaux afin d'y vivre seule avec ses intimes. Elle y retrouvait sa jeunesse et sa fougue. Son amie s'inquiétait des horaires fantaisistes, de la passion excessive des invités pour les fêtes, en pensant aux critiques que ne manquerait pas de subir la royauté. Le comte d'Artois et la reine ont même joué *Le Mariage de Figaro* de M. de Beaumarchais, alors que l'œuvre était interdite ! Ils s'amusaient tant à Trianon ! Cette frénésie de plaisirs les a souvent rendus inconscients. Ils ont interprété eux-mêmes cette pièce qui se moquait de leur société !

— Le roi ne pouvait-il faire entendre raison à sa femme ou à son frère ?

— Je n'en sais rien, avoue le vieil homme. Je n'étais pas dans l'intimité de Sa Majesté, mais j'ai su qu'il s'en était ouvert à la princesse, avec l'espoir qu'elle puisse raisonner la reine.

— Et ma chambre ?

— Votre mère, irritée du discours raisonnable de son amie, l'a peu à peu écartée et s'est rapprochée de la duchesse de Polignac. La princesse, très peinée, a quitté la Cour pendant quelque temps. Avant son départ, elle s'est entretenue avec le roi et lui a suggéré de vous faire venir avec votre frère, pour l'été, et de vous aménager un appartement proche du sien. Le roi a accepté, espérant que les médisances contre la reine cesseraient si on la savait à Trianon avec ses enfants.

— Un rempart pour sa réputation ! conclut la fille de Marie-Antoinette, avec une pointe d'irritation dans le ton. Père Adrien, de grâce, que cette promenade à Trianon ne devienne pas le prétexte de rappeler, même innocemment, les récits calomnieux des légèretés qu'on prêtait à la reine !

Le pauvre homme blêmit à cette remarque assénée d'un ton sec. Il est sauvé par Renée qui vole à son secours :

— Vous étiez marié, monsieur ?

— Assurément, et très heureux. Nous vivions dans la maison du garde dans le hameau. Elle s'appelait Lucile et était camériste de la princesse Lamballe. Au cours de l'hiver 1790, alors que le château était calme, ma femme s'est mise à souffrir d'une pleurésie. Eau de quinquina, feuilles d'oranger, sangsues, camphre... Rien n'y a fait !

— Ai-je connu votre épouse ? demande Marie-Thérèse, cette fois avec un accent de gentillesse.

— Non, je ne crois pas, car son service l'accaparait fort, au point de loger parfois sur une paillasse au château plutôt que de nous rejoindre.

— Nous ? Vous avez des enfants ?

— Nous avons eu trois garçons. Le premier est mort à Valmy face aux troupes autrichiennes de votre oncle. Le deuxième a succombé de la peste en Égypte. Le dernier en Espagne, il y a deux ans de cela...

Les deux femmes, le cœur lourd, se taisent et arrêtent leur marche, mais le jardinier les entraîne de nouveau et déclare avec une pointe d'orgueil :

— La reine connaissait les noms de mes fils et moi je veillais avec mes apprentis jardiniers sur les jeux des enfants de France...

— Comment se nommaient vos fils ?

— André en hommage à Le Nôtre, Charles en hommage à Le Brun, et Jules...

— Pour Mansart, bien sûr ! ajoute Renée, toute fière d'avoir deviné la réponse.

Ils arrivent chez la reine, en passant par la porte du guet. Devant ce petit bâtiment à la forme épurée, la duchesse fait un effort pour dominer son émotion :

— Le Petit Trianon ! Enfin... Quelle merveille ! J'ai tellement souffert en exil des pâles copies du style Louis XV qui enchantaient les empereurs et les princes d'Allemagne...

— Avant d'y entrer, il faut que je vous prévienne : le palais a été réaménagé par Pauline Borghèse. Je crains qu'il ne reste rien du décor de votre mère !

— Hélas, je le sais et m'attends au pire, moi qui ne supporte pas les ornements voyants de votre Napoléon.

Dans le hall, d'où s'envole un ravissant escalier, Marie-Thérèse s'arrête, interdite et comme foudroyée. Elle semble ne pas pouvoir aller plus loin. Chantereine tente de lui prendre le bras pour l'accompagner. Elle s'en dégage et annonce qu'elle ne peut renoncer à monter. Doucement, le père Adrien propose de poursuivre vers le hameau. Marie-Thérèse accepte et s'éloigne d'un pas vif du Petit Trianon. Elle se retourne et lance abruptement au jardinier :

— Croyez-vous en Dieu ?

Stupéfait par la question, celui-ci prend le temps de réfléchir avant de répondre.

— Je vous avoue que je n'ai jamais cru... Peut-être étais-je trop miséreux dans mon enfance pour intéresser les curés ! Je n'imagine pas un instant être une créature de Dieu à sa merci. Mon seul guide est la nature et son sempiternel cycle de recommencement. Mes fils se devaient de vivre peu, comme certaines fleurs ! Ils m'ont enchanté longtemps, puis ils sont partis... Je suis le vieil arbre qui ne donne plus de fruits, mais qui protège les jeunes plantations alentour de l'ombre que je leur procure, jusqu'à ce qu'un arbre voisin, jeune et vigoureux, ne vienne un jour m'assécher à mon tour !

— Quelle belle image ! Je veux bien être transformée en arbre à l'instant pour être à l'abri du monde ! s'écrie Marie-Thérèse, d'un ton enjoué.

— Princesse, bientôt je rejoindrai les miens, et si je pouvais voir ce domaine renaître, je partirais serein !

— Pourquoi vouloir quitter cette terre alors que nous venons tout juste de nous retrouver ? s'inquiète la duchesse.

Renée demande au vieil homme s'il craint la mort.

— Bien sûr que non... Comment avoir peur de retrouver les miens ? lui répond-il.

Marie-Thérèse reçoit ces mots comme une évidence. Des larmes lui viennent et, ne voulant pas montrer son chagrin à cet homme, lui aussi meurtri par l'existence, elle s'isole d'eux...

Adossée à un orme, elle tente de contrôler son émotion. Elle se laisse glisser sur le tapis de feuilles, le dos contre l'écorce, pour mieux respirer ; les pleurs qui coulent le long de ses joues ne la dérangent plus. Apaisée par la force de la nature vivifiante, elle sent monter en elle une sensation inconnue de paix. Des échos de rires et de jeux la ramènent à un temps enfoui dans son esprit. Elle voit apparaître le sourire apaisant de sa mère. Elle éprouve l'effleurement d'une caresse sur sa joue et croit même entendre un encouragement bienveillant d'une voix emplie d'amour :

— Allons... Mousseline.

— Maman... Aidez-moi, je vous en supplie. Nous sommes ici chez vous ! Peut-être qu'en vivant parmi ces arbres qui m'ont connue enfant je trouverai moi aussi la vérité de ma foi et j'obéirai à la volonté divine. Peut-être, dans ce lieu créé par vous, accepterai-je, enfin, le rôle que Dieu m'a assigné et que je répugne à tenir.

Lorsque ses compagnons s'avancent, ils la découvrent à même le sol, les bras enlacés à l'arbre... Renée s'approche d'elle doucement, tandis que le vieil homme lui tend les bras pour la relever. Ensemble, ils la soutiennent et reprennent en silence leur pèlerinage vers le hameau de la reine.

— Vous souvenez-vous de votre bonheur à tenir les agneaux dans vos bras et à suivre la fermière dans tous ses gestes ? enchaîne le jardinier.

— Je me souviens du lieu, mais comme inhabité, figé presque, murmure Marie-Thérèse.

— Non, la ferme vivait, s'anime Adrien. Les vaches lavées chaque jour donnaient du lait pour votre famille ! Ce lieu créé pour faire plaisir à la reine était devenu un havre de paix pour tous, même pour les animaux !

Le père Adrien lui désigne du doigt une jolie maison de pierres et de chaume avec un escalier adossé à la façade, recouvert de lierre et de mousse.

— La reconnaissez-vous ?

— En marchant vers elle, j'ai reconnu votre propre maison attenante au potager que vous avez créé pour moi.

— En effet, princesse. Je voudrais vous montrer le rosier que j'ai planté en secret le long des marches, le jour de la mort de la reine.

— Encore des gestes de fidélité qui me touchent tant ! De quelle couleur est-il ?

— Sa floraison est d'un jaune pâle très doux... Il n'a pas trop souffert grâce à l'étang qui borde la maison.

— Je n'arrive pas à m'imaginer enfant, jouant ici.

— Vous étiez pourtant la seule à vous passionner pour vos plants ! Les autres, surtout les garçons, s'approchaient de l'eau pour chasser les libellules.

— Et Mme de Tourzel courait derrière vous ! plaisante Renée.

— Elle craignait l'eau, tout comme le roi qui n'avait

vu la mer qu'une seule fois. Les gardes à Trianon devaient savoir nager pour rester dans le domaine, précise Adrien.

Renée, amusée, intervient pour mentionner qu'elle ne sait pas nager ; bien que fille d'armateur, l'eau la terrorise.

Un rayon de soleil surgit entre les nuages qui ont accompagné la promenade. Les marronniers, encore nus, ont perdu leur noirceur hivernale et laissent deviner quelques rares bourgeons précurseurs d'un printemps précoce.

Plus tard, Chantereine demande au père Adrien s'il a rencontré Mme Élisabeth, personnage qui, depuis la rédaction des mémoires, fascine la vieille dame. Le jardinier avoue ne l'avoir jamais croisée ; il sortait très peu de Trianon, domaine où la reine n'invitait jamais sa belle-sœur.

— Certes ! J'imagine mal la rigueur de l'une s'accommoder des fantaisies de l'autre dans cet endroit idyllique...

— Leur amitié s'est forgée dans leurs malheurs, intervient Marie-Thérèse, avant d'ajouter : au Trianon, leurs différences étaient patentes, mais dans l'adversité du Temple, elles se sont rapprochées et vraiment aimées.

— Pourquoi ne pas créer une rose en hommage à Élisabeth de France, d'autant que nous pouvons compter sur le soutien de Richard, notre botaniste ?

Émue, Marie-Thérèse approuve et ajoute :

— Elle sera blanche pour évoquer son innocence ! Dites-moi, père Adrien, n'est-ce pas ce même Richard qui a sauvé le parc durant la Révolution ?

— Il a été préservé grâce à lui et à son idée ingénieuse de proposer aux révolutionnaires sa transformation en lopins de terre cultivable ! Mais fort peu d'habitants ont osé planter des navets dans les parterres de M. Le Nôtre !

— Je le rencontrerai avec bonheur, ne serait-ce que pour le remercier...

— Princesse, beaucoup d'heureuses rencontres vous attendent. Vous êtes chez vous ici.

— Versailles est à l'histoire surtout et aux Français... Même si, par leur attitude passée, ils ne le méritent pas !

— Essayez de ne pas trop leur en vouloir. Les temps étaient durs, il y a vingt ans, et beaucoup de Français vivaient dans la misère.

— Alors ils le sont encore ! Ce ne sont ni la Révolution ni cet empereur qui leur ont accordé une vie meilleure, réplique-t-elle.

— Je n'en suis pas si sûr. Je suis né en 1750, issu d'une famille de métayers du Berry, et mon enfance a été d'une pauvreté que vous ne pouvez concevoir... Nous étions harcelés par les intendants du duc de la Rochefoucauld qui prenaient chaque année une part importante de la récolte. Puis c'étaient les collecteurs d'impôts... Enfant, j'ai eu faim !

— Comme moi peur ! l'interrompt Marie-Thérèse, agacée et prompte à défendre le règne paternel.

— J'ai eu la chance, poursuit doucement le vieil homme, de quitter cette terre ingrate et de rentrer au service des oratoriens de Tours, puis de Versailles... Je serais resté quelques mois de plus, la misère m'aurait désespéré au point de tuer n'importe quel nanti, homme ou femme.

— Mais tout le monde n'avait pas faim. Le royaume se portait bien et nous étions en paix...

— Vous oubliez les très mauvaises récoltes précédant la Révolution qui ont plongé les paysans dans la misère...

— Cela n'explique pas le besoin de tout détruire, les hommes, le passé, la politique, la religion...

— Les êtres humains, dès qu'ils sont en groupe, perdent toute raison et toute mesure, et vous le savez mieux que quiconque ! Mais la vie est encore difficile pour beaucoup de vos sujets. Laissez-moi ajouter, moi qui vous admire, que vous pouvez les aider. Quelle que soit votre vie future, ne vous éloignez pas d'eux. Ils ne demandent qu'à vous connaître et à vous aimer. Ni le roi actuel, ni plus tard votre époux ne pourront régner, s'ils ne savent pas comment vivent leurs sujets.

— Je doute que mon oncle accepte de quitter son fauteuil et son protocole... Quant à moi, je peux vivre fort simplement. Le séjour au Temple m'a appris à n'avoir pas d'exigence. Comme Chantereine, vous voulez que je me tourne vers eux. Cela m'en coûtera ! Mes forces physiques sont limitées, mais je suivrai votre conseil, je vous le promets.

— J'en suis heureux, Madame, car les Français ont changé en votre absence. À votre prochaine visite à Versailles, il vous faudra rencontrer ses habitants qui vous vénèrent depuis le jour de votre naissance tant attendue.

— Pourquoi me dire que les Français ont changé ? Est-ce à dire qu'ils ont eu plus de liberté sous Napoléon que sous le règne de mon père ?

— C'est en tout cas ce qu'ils pensent !

— Alors, pourquoi nous acclamer à notre retour ?

— Ils ont acclamé Napoléon, il y a deux mois... Et s'il revenait, ils l'applaudiraient de nouveau.

— Je crains que vous ne soyez dans le vrai, concède-t-elle. Le règne de mon père aura été un florilège de l'inconstance des sentiments populaires : applaudissements, huées, silence glacé, larmes, vivats, crachats.

— Vous saurez vous faire aimer ! ajoute Renée qui ne peut qu'approuver le discours d'Adrien en tous points conforme au sien.

— Me faire aimer, moi ? Vous rêvez ! Vos Français n'aiment que mon frère, l'enfant du Temple. Moi, ils m'ont oubliée, dès mon premier jour de prison. Je n'étais rien, lui, il était tout : le fils, le Dauphin. La France avait besoin de lui, pas de moi !

— Mais vous, vous étiez l'aînée des enfants du roi, la plus douée, la plus vive, la plus apte, peut-être à régner, comme votre grand-mère en Autriche dont vous portez le nom.

— Moi, régner ? Une femme, régner ?

— Cela s'est vu et se verra encore ! Vous n'avez ni émigré, ni pris les armes, ni trahi ! s'écrie Chantereine, c'est tout cela qui vous rend irremplaçable dans le cœur des Français.

— Laissez les Français vous montrer qu'ils aimeraient vous voir jouer un grand rôle, intervient le jardinier. Imaginons que dans la nature, les plantes ou les animaux soient différents. Certains chiots meurent à la naissance, d'autres, de la même portée, supportent tout !

— Dois-je rire ou pleurer, monsieur, à imaginer les enfants de France en portée d'épagneuls ?

— Vous pouvez rire, princesse, d'autant que je sais par la *Gazette de France* que vous aimez les chiens...

— Alors, je devais être la plus vigoureuse de la portée ! Je reviendrai et ensemble nous réaménagerons le jardin de la reine !

— Hâtez-vous, Madame, car mes jambes ne me porteront plus longtemps !

— Attendez un peu avant d'aller rejoindre vos chers morts, j'ai besoin de vous. C'est un ordre de la fille de votre roi !

— Vous savoir revenue à Versailles, et plus encore à Trianon, me comblerait ! Avec votre soutien, princesse, je vais rassembler certains jardiniers dont le talent et la mémoire me seront précieux pour remettre en état le parc de votre mère.

— Merci, père Adrien. Après avoir erré vingt ans en Europe à fuir les armées de Napoléon, je rêve d'un lieu rien que pour moi.

— Le Trianon est à vous désormais. Donnez quelques ordres et les extravagances de Pauline Borghèse ne seront plus qu'un mauvais souvenir qui laissera place au style délicat de la reine Marie-Antoinette.

La duchesse s'arrête devant le charmant hameau à colombages.

— Ne voulez-vous pas entrer ? demande le jardinier.

— Pas encore, pas aujourd'hui. Allons, Renée, les Tuileries nous attendent. Je ferai honneur ce soir à la Cour, je vous le promets.

Leur promenade touche à sa fin. Le vieil homme pressent que ce moment de grâce, loin du protocole, ne se renouvellera pas. Il aimerait lui insuffler un peu de sa force, de son courage et, dans un élan quasi paternel, la prendre dans ses bras. Il n'ose pas et prononce ces mots avec une infinie douceur :

— Votre visage est empreint d'une fraîcheur nouvelle qui vous rend belle, Madame, au point de ressembler...

— Allons, père Adrien, laissons la reine en paix dans son domaine.

Jamais Marie-Thérèse n'a reçu pareil compliment, elle qui se sent si laide ! Comment pourrait-elle ressembler à l'être adoré de son enfance ? D'un geste, elle balaie ces comparaisons comme si elles abîmaient la beauté légendaire de sa mère.

Rompant l'instant de grâce de l'hommage rendu, l'écuyer Montmorency accourt à leur rencontre. Son teint blême alerte immédiatement les deux femmes.

— Pardonnez mon intrusion, Madame la Dauphine, déclare-t-il essoufflé. Une estafette du ministère de l'Intérieur vient de nous annoncer une nouvelle stupéfiante : Bonaparte s'est échappé de l'île d'Elbe et a atteint les côtes françaises !

La duchesse se raidit et laisse échapper un cri. Le soleil vient de disparaître derrière les nuages d'un gris métallique, obscurcissant le ciel dans un funeste présage. Le froid s'empare d'elle et la fait frissonner. Elle saisit des mains de Montmorency la lettre qu'il s'apprêtait à lui donner. Le cachet brisé, Marie-Thérèse s'éloigne pour lire le court message que Louis XVIII vient de lui adresser :

« Madame ma nièce,

L'orage qui vient d'éclater sur la terre de nos ancêtres nous oblige à défendre notre patrie. Je vous prie de rejoindre au plus vite votre époux et de mettre tout votre courage pour défendre la royauté de nouveau en danger... »

La duchesse parvient à se maîtriser, se tourne vers son écuyer et lui annonce qu'il lui faut se rendre sur-le-champ à Bordeaux. Elle va devoir quitter ce lieu où, pour la première fois, elle a frôlé le bonheur, et prendre congé sans plus tarder. D'une voix tremblante, elle s'adresse au vieux jardinier :

— Prenez soin de mon domaine...

Il s'incline sans rien dire.

À l'annonce de la nouvelle fuite de sa princesse, Chantereine a replongé dans l'état de souffrance qu'elle a vécu aux dernières heures de leur intimité au Temple. Ne supportant pas une fois de plus l'idée d'être abandonnée, elle implore d'une voix brisée :

— Ne puis-je, cette fois, vous accompagner ?

Entendant cette supplique, le regard de la fille de Marie-Antoinette se fait lointain, puis dur. Ne pas se laisser attendrir par les quelques heures de douceur qu'elle vient de revivre, songe-t-elle. « Sinon, je n'aurai pas la force d'obéir au roi. » Le temps presse, elle y réfléchira plus tard. Elle voudrait répondre, mais sa voix ne lui obéit pas. Ce terrible bégaiement, qui la paralysait au Temple, la reprend :

— Et com-combattre les... les Français ? Et l'exil si votre... votre Bona-Bo...

Renée attrape la main de Marie-Thérèse et la plaque tendrement sur sa propre joue :

— Allez, Madame... J'attendrai !

Ces mots ont la vertu de calmer les tremblements. Devant cette preuve d'amour donnée par Renée à la princesse, comme celle d'une mère à sa fille, Marie-Thérèse saisit les deux mains de Chantereine. Elle les embrasse délicatement et regarde intensément la vieille dame, ignorant les larmes qui commencent à couler sur leurs visages.

— Au... au re-revoir, Rei... Reinette...

— Non, proteste Renée en souriant. À demain, Madame.

Quelques mots encore...

Après l'échec du retour de Napoléon, Marie-Thérèse de France reprendra sa place aux Tuileries d'abord auprès de Louis XVIII puis, à sa mort en 1824, auprès de Charles X, le dernier frère de son père. Ses rapports avec la Cour comme avec les Français deviendront difficiles au point que la légende de « la martyre du temple » s'effacera pour laisser place à celle d'une femme rigide et austère.

En 1830, les Français chassent le dernier des Bourbons et mettent sur le trône le fils de Philippe Égalité qui devient roi sous le nom de Louis Philippe. Fidèle à la promesse faite au Temple à son père de ne jamais pardonner à la famille du régicide, Marie-Thérèse reprend la route de l'exil vers l'Écosse, Prague, et enfin Gorizia dans le Frioul où elle s'éteindra, oubliée de tous, en 1851...

L'historiographie perd la trace de Renée Chantereine à partir de l'année 1806, date à laquelle elle correspondait encore avec Marie-Thérèse de France. Il est certain que cette femme du peuple a joué un rôle majeur dans le rétablissement de la princesse et dans sa volonté de vouloir témoigner. Fréquemment, tout au long de ses Mémoires, Marie-Thérèse de France la mentionne et lui rend hommage. Les deux femmes se sont-elles revues en 1814 lors du retour d'exil de Marie-Thérèse ? La grande Histoire ne nous le dit pas mais liberté a été prise d'imaginer leurs retrouvailles.

Ce roman repose sur des faits historiques recoupés par des archives d'époque. Parmi la somme de documents consultés afin de mieux saisir la personnalité complexe de Marie-Thérèse, une attention et une affection toute particulière ont été portées aux livres suivants :

Mémoire écrit par Marie-Thérèse Charlotte de France sur la captivité des pinces et princesses, ses parents depuis le 10 août 1792 jusqu'à la mort de son frère le 9 juin 1795, Éditions historiques, Paris, 1923.

Mémoires de madame la duchesse de Tourzel : gouvernante des enfants de France de 1789 à 1795, les archives de la Révolution française, Pergamon press, 1989.

Mémoires de la comtesse de Boigne née d'Osmont : récits d'une tante, collection « le Temps retrouvé », Mercure de France, 1979.

Mémoires sur la vie privée de Marie-Antoinette par Mme de Campan, les Amis de l'histoire, Paris, 1969

Dernières années du règne et de la vie de Louis XVI par François Hué, Plon, 1860.

Journal de ce qui s'est passé à la tour du Temple pendant la captivité de Louis XVI par M. Cléry, Patris, 1814.

Table

PREMIÈRE PARTIE

DEUXIÈME PARTIE

Cet ouvrage a été imprimé
en avril 2010 par

CPI
FIRMIN-DIDOT

27650 Mesnil-sur-l'Estrée
N° d'édition : 50617/01
N° d'impression : 99790
Dépôt légal : mai 2010

*Cet ouvrage a été composé et mis en pages
par* ÉTIANNE COMPOSITION
à Montrouge.

Imprimé en France